Jean-Louis Fetjaine

Merlin im Elfenwald

Roman

Aus dem Französischen von
Svenja Geithner

Deutscher Taschenbuch Verlag

Von Jean-Louis Fetjaine
sind im Deutschen Taschenbuch Verlag erschienen:
Vor der Elfendämmerung (20842)
Die Nacht der Elfen (20823)
Die Stunde der Elfen (24334)
Der Weg des Magiers (24409)

Deutsche Erstausgabe
Dezember 2005
Deutscher Taschenbuch Verlag GmbH & Co. KG, München
www.dtv.de
© 2004 Éditions Belfond, Paris
Titel der französischen Originalausgabe:
›Brocéliande‹
© 2005 der deutschsprachigen Ausgabe:
Deutscher Taschenbuch Verlag GmbH & Co. KG, München
Umschlagkonzept: Balk & Brumshagen
Umschlagbild: © F. B. Regös
Satz: Fotosatz Reinhard Amann, Aichstetten
Gesetzt aus der Berling 10,5/13,25˙
Druck und Bindung: Kösel, Krugzell
Gedruckt auf säurefreiem, chlorfrei gebleichtem Papier
Printed in Germany · ISBN 3-423-24503-4

Für Eloïse, die kleine Elfe

Sevego qui scripti anc historiam aut verius fabulam quibus-
dam fidem in hac historia aut fabula non accomodo. Quaedam
similia vera, quaedam non, quaedam ad delectationem stulto-
rum.

Tain Bo Cualnge

Die Personen
in alphabetischer Reihenfolge

Um die Lektüre zu erleichtern, habe ich die Schreibung der häufig unaussprechlichen walisischen Namen für die Leser auf dem europäischen Festland vereinfacht. Die ursprüngliche Schreibung steht in Klammern.

AEDAN MAC GABRAN:
König der Skoten vom Stamme der Dal Riada, Nachfolger von Conall Mac Comgaill. Beinamen »der Gerissene« oder »der Verräter«

ALDAN:
Königin von Dyfed, Witwe des Ambrosius

AMBROSIUS AURELIANUS (Emrys Gwledig):
Rhiotham (höchster König) der Britannier um 469, besiegte die Sachsen am Mons Badonicus

ARTUS (Artur Mac Aedan):
Sohn von Guendoloena und Merlin

BLAISE:
Beichtvater von Königin Aldan

BRUDE (Bridei Mac Maelchon):
König der Pikten

BUDIC MUR:
König des armorikanischen Reiches Cornouaille

CETOMERINUS (Cetomerin oder Kedverin):	Klostervorsteher (Präpositus) des Paulus Aurelianus auf der Insel Battha (Batz)
CHILPERICH:	König der Franken in Paris
CYLIDD:	Britannischer Diener Königin Guendoloenas
DAWI:	Abt von Caerfyrddin, Superior von Blaise
DYGINELEOUN:	Barde des Prinzen Owen von Rheged
FELIX:	Bischof von Nantes
GUENDOLOENA (Gwenddolyn):	Schwester Riderchs, Gemahlin von Aedan Mac Gabran, Königin der Skoten von Dal Riada, Mutter von Artur Mac Aedan
GWYDION:	Stammesältester der Elfen von Brocéliande
GWENDYDD:	Schwester von Merlin
JUDHAEL (Iudwal):	König des armorikanischen Reiches Domnonia
KENTIGERN:	Abt und Bischof Riderchs, Missionar von Strathclyde und Kumbrien
KOLUMBAN:	Abt der Insel Iona, mit dem Beinamen Columcille (»die Taube der Kirche«)
LANGUORETH:	Königin von Cadzow, Gemahlin Riderchs

MÉEN:	Schüler von Bischof Samson, Gründer des Klosters Trefoss
MYNYDDOG (Mynyddawg):	König der beiden Reiche von Manau Goddodin
MYRDDIN – MERLIN:	Sohn der Aldan von Dyfed, Barde des verstorbenen Königs Guendoleu von Kumbrien
OWEN:	Sohn Urien von Rhegeds
PAULUS AURELIANUS:	Bischof von Léon
RIDERCH (Rhydderch):	König von Strathclyde
SAMSON:	Bischof von Dol
TALIESIN:	Barde des Königs Urien von Rheged
URIEN (Uryen):	König von Rheged, Vater von Owen (Owains)
VICTURIUS:	Bischof von Rennes
WAROC (Gwereg):	Graf von Vannes, dann König von Broërec (Bro-Waroc)
WITHUR:	Graf von Léon

I

Die Überfahrt

Die Schmerzen weckten sie kurz vor Tagesanbruch, und sie waren so heftig, dass sie nach Atem rang, nicht einmal mehr dazu imstande zu schreien, die Hände in ihr linnenes Bettzeug verkrampft, die Beine vor ihrem zum Bersten prallen Bauch angezogen, und es fühlte sich wahrlich an, als ramme man ihr eine brennende Fackel in den Leib. Dann ebbte der Schmerz ab, und Guendoloena, die es aus Angst, den Schmerz erneut anzufachen, nicht wagte, sich zu rühren, ließ den Blick Hilfe suchend durchs Zimmer schweifen. Ein Hauch Tageslicht drang zwischen den ledernen Vorhängen, die die schmalen Fenster verdeckten, herein, und Myriaden winziger Staubkörnchen schwebten, umfächelt von der kühlen Morgenluft, im Gegenlicht. Auf der anderen Seite des Bettes saß in einen Armstuhl hingesunken die Hebamme, die der König dazu abgestellt hatte, bei ihr zu wachen. Sie schlief wie ein Murmeltier, leise schnarchend. Guendoloena wollte schon nach ihr rufen, doch dann würde alles von vorne beginnen, und im Augenblick war noch alles so friedlich ... In der Ferne bellte ein Hund. Vom Fluss her war vereinzelt Stimmenlärm zu vernehmen; vermutlich Fischer, die hinausfuhren, um die über Nacht ausgeworfenen Netze einzuholen. Bald würde die Stadt zum Leben erwachen, und mit ihr die königliche

13

Feste, und es würde wieder die übliche Betriebsamkeit herrschen, die den ganzen Tag nicht eine Minute nachließ.

Die junge Frau schloss die Augen und atmete tief ein, während der Schmerz allmählich abflaute. Das Zimmer war von einem angenehmen Duft nach frisch gemähtem Gras und rosa Heideblüten erfüllt, die man auf ihre Bitte hin auf dem Boden ausgestreut hatte. In Dun Breatann, der Hauptstadt der Nordbritannier, wo sie aufgewachsen war, war dies ein allgemein üblicher Brauch, und der liebliche Geruch verstreuter Blumen, die sämtliche Winkel der Burg mit ihrem Duft erfüllten, war untrennbar mit ihrer Kindheit verbunden gewesen.

Wie fern dies alles nun schien . . .

Dunadd, die Burg der Skoten von Dal Riada, deren Königin sie inzwischen war, ähnelte eher einer einfachen Herberge als einem königlichen Wohnsitz. Hier gab es nichts als Holz und Fell, Lehm und Wind, nicht das kleinste Gebäude aus Stein – wenn man einmal von der Kirche absah, die die Mönche von Iona erbaut hatten. Schon beim ersten Morgengrauen füllten die Straßen sich mit Verkaufsständen und mit Unmengen lärmenden Pöbels, der, um ehrlich zu sein, einen solchen Radau veranstaltete, dass sie allmählich wirklich zu dem Schluss gelangt war, die Skoten könnten gar nicht Markt halten, ohne dabei lauthals herumzubrüllen, sich gegenseitig in die Haare zu geraten oder aber schallend zu lachen. Die Gebäude, in denen der König und sein Hofstaat wohnten, lagen zwar erhöht, und es fegte beständig die Meeresbrise darüber hinweg, doch vor dem Lärm aus der Unterstadt schien es kein Entrinnen zu geben. Überdies empfing König Aedan, ihr Gemahl – sofern er nicht gerade auf der anderen Seite des Hochlandes, in dem der Stamm der Loairn lebte, die Pikten bekriegte –, den lieben langen Tag alles, was Dal Riada an Prozesssüchtigen und lästigen Bittstellern zählte, nahm Trauungen vor, erteilte jungen Kriegern den Ritterschlag; und um ihn herum stets dieses heillose

14

Geschrei und Gelächter, das bis zum Sonnenuntergang nicht abriss.

Dies würde mit Sicherheit ein langer Tag und Guendoloena dankte dem Himmel für diesen Augenblick der Ruhe. Ihr Bauch peinigte sie jetzt nicht mehr. Sie verspürte lediglich noch ein dumpfes Schweregefühl im Rücken und im Lendenbereich. Doch als die junge Königin vorsichtig die Beine ausstreckte, unterdrückte sie einen Schreckensschrei. Die Laken und ihr Nachtgewand waren durchtränkt von einem lauwarmen, klebrigen Nass, das aus ihrem Becken bis auf die Schenkel hinabgeronnen war. Sie blickte flüchtig zur Hebamme hinüber, und als sie sah, dass diese immer noch schlief, schob sie vorsichtig eine Hand unter die Betttücher, zwischen die Beine.

»Gott im Himmel!«

Die ganze Bettwäsche war von einer blutigen Flüssigkeit befleckt, die keinen Zweifel mehr zuließ. Das erste Fruchtwasser war abgegangen. Der anstrengende Teil begann . . .

Guendoloena wischte sich die Hand ab, dann setzte sie sich auf, lehnte sich mit dem Rücken gegen das Kopfteil ihres Bettes und bemühte sich, ruhig und gleichmäßig zu atmen, um die Mischung aus Angst und freudiger Erregung zu bezähmen, die ihr heftiges Herzklopfen verursachte. Das Kind würde geboren. *Ihr* Kind würde geboren . . .

Doch während eine neuerliche Wehe in ihrem Leib aufstieg, beschlich Guendoloena unmerklich noch eine ganz anders geartete Furcht. Ihre Heirat mit Aedan lag noch keine sechs Monate zurück, und selbst wenn keiner am Hofe die Stirn oder auch die Leichtfertigkeit besessen hätte, eine Bemerkung darüber zu verlieren, wusste doch jeder, dass der König der Skoten und seine Gemahlin sich erst wenige Tage vor ihrem Verlöbnis zum ersten Mal begegnet waren.

Das Kind, das hier geboren würde, war ein Bastard.

Die junge Königin spürte, wie ihr Herz unwillkürlich wieder zu rasen begann, während der Druck in der Kreuzgegend jetzt so intensiv wurde, als würde ein Feuer angefacht. Tränen schossen ihr in die Augen, ihre Finger krallten sich erneut in das Bettzeug, und sie biss sich auf die Lippen, um nicht laut loszuschreien. Bitte nicht. Nicht schon jetzt. Der Tag war kaum angebrochen, das ganze Haus schlief noch. Einige Sekunden lang blieb alles noch unverändert.

Dann wurde sie von einer neuerlichen Wehe gepackt, die heftiger war als die vorangehende. Guendoloena konnte sich nicht länger beherrschen und stöhnte laut auf.

Der Himmel hatte sich mit dunklen Wolken bezogen, und die See war stürmisch, zerfurcht von einer ungleichmäßigen Dünung, die von der Seite gegen das Korakel drückte. Das Boot, das keinen Kiel besaß und mit zwei viereckigen Segeln aufgetakelt war, stemmte sich hart gegen die Wogen und driftete trotz der Anstrengungen des Steuermanns, den Kurs zu halten, unaufhörlich ab. In jedem Wellental klatschte ein Schwall Gischt über das gesamte Oberdeck, das randvoll mit Gepäck und Tieren beladen war. Alles, was dort nicht ordentlich festgezurrt war, rollte von einer Bordwand zur anderen und prallte dabei jedes Mal gegen die Trauben von Passagieren, die sich, mit aschfahlen Gesichtern und durch die Seekrankheit jeder Willenskraft beraubt, an der Reling festklammerten. Und die Überfahrt fing doch gerade erst an . . .

Obschon die Mehrzahl der Kapitäne davor gewarnt hatte, war die Flotte erst am frühen Nachmittag in See gestochen, nach einer endlosen, chaotischen und deprimierenden Einschiffung, die sich unter dem üblichen Tumult aus den Abschiedsrufen, den Beschimpfungen und dem Gejammer derer vollzogen hatte, die zurückblieben. Sie würden das Schiff bei

Nacht steuern müssen, ohne die kleinste Landmarke, an der sie sich orientieren könnten; doch die Alternative wäre gewesen, am Kai liegen zu bleiben, und keiner jener raffgierigen Seeleute, denen die Massenauswanderung der Britannier einen Reichtum bescherte, der ihre kühnsten Erwartungen übertraf, hätte auch nur im Traum daran gedacht, auf diese Weise einen vollen Tagesverdienst daranzugeben.

Seit der Krieg in dem siechenden Königreich Dyfed wütete, drängten sich Hunderte, ja Tausende von Flüchtlingen an den Gestaden der Südküste und versuchten, sich samt Waffen und Gepäck einzuschiffen, um von der Insel zu fliehen und nach Letavia[1] zu gelangen, einem unberührten Land, in dem man, wie es hieß, noch ein Stück Grund finden und ein friedliches Dasein führen konnte.

An jenem Morgen war, wie jeden Tag, eine ganze Horde von Menschen aus den engen Gassen von Caerfyrddin herausgequollen und hatte sich an den Ufern des Tiwi zusammengeschart, kaum dass die Flotte mit ihren vom Südwestwind geblähten Segeln am Horizont aufgetaucht war. Nur diejenigen, die das Gold für die Überfahrt zu zahlen vermochten, erhielten Zugang auf die von der Truppe bewachten Decks. Doch bisweilen geschah es, dass ein Adliger kam, der begütert genug war, um ein *Lestr*[2] zu mieten – eines jener gewaltigen Langschiffe mit fünf oder zehn Reihen von Ruderern, die in der Lage waren, bei jeder Witterung das Meer zu überqueren – und dass er diejenigen bei sich an Bord aufnahm, die bereit waren, sich bei ihm zu verdingen. Einige Jahre als Halbfreie gegen ein neues Leben in Kleinbritannien[3] ... Gegen ein si-

---

[1] Mit diesem Namen bezeichneten die Kelten von der Insel Britannien Armorika. Die Einwohner wurden Letivi genannt.

[2] Von dem lateinischen Wort *longa navis* abgeleitet, bezeichnet *Lestr* ein großes Schiff mit Segeln und Rudern nach römischem Vorbild.

[3] Die Bretagne. [Anm. d. Übs.]

cheres Leben zumindest. Das war eine Chance, die sich keiner
hätte entgehen lassen.

Seit Stunden kreuzte ihr Korakel, um trotz Gegenwind den
Meerarm unterhalb von Dyfed hinaufzufahren, und hatte sich
dabei rasch vom Rest der Flotte entfernt. Als das Schiff endlich
Kurs nach Süden, auf die offene See und die Küste von Leta-
via, nahm, konnte man irgendwann nur noch das flackernde
Licht seiner Positionslaternen erkennen.

Und bald sah man auch das nicht mehr.

Die Passagiere hatten sich instinktiv um die Masten zusammengedrängt, die meisten von ihnen eng aneinander gekauert, gleich einer verängstigten Schafherde. Da hockten etwa
ein Dutzend Menschen – Männer, Frauen und Kinder –, die ihr
durchweichtes Gepäck an sich drückten, während sie ängstlich
die Gesichter der Matrosen betrachteten und auf irgendein
winziges Zeichen des Trostes warteten. Nur drei Reisende hielten sich abseits dieses erbarmungswürdigen Häufchens. Der
Erste war ein einfacher Landjunker mit Bart und rabenschwar-
zem Haar, der mit einer dick gepolsterten ledernen Brünne bekleidet war und ein langes Schwert an der Seite trug, das er,
so, wie es aussah, durchaus zu handhaben wusste. Er stand,
breitbeinig, um das Gleichgewicht zu halten, zwischen seinem
Pferd und seinen Mauleseln und redete in einem fort leise und
beruhigend auf diese ein. Der Zweite war ein Geistlicher, ein
kleiner Mann in einer schwarzen Mönchskutte, mit Tonsur und
Bart, der seit ihrer Abfahrt am Bug des Korakels Posten bezogen hatte, gleichgültig gegen die Wellen – ja, er fing sogar schallend zu lachen an, wenn ihn eine Woge nass spritzte, und er war
wohl im Grunde so glücklich, dass er es darüber ganz vergaß,
seine Schäfchen zu trösten. Der Dritte schließlich beobachtete
ihn zuweilen lächelnd, um sich dann wieder für eine ganze Weile in trübsinnigen Tagträumen zu verlieren, wobei sein noch ju-
gendliches Antlitz einen harten, gramvollen Zug annahm. Wie

18

die meisten der Passagiere hatte er erst selten den Fuß auf ein Boot gesetzt, doch sein Körper passte sich dem Stampfen des Korakels ebenso natürlich an, als sei er ein alter, an das Leben auf dem Meer gewöhnter Seebär. Mit verschränkten Armen, das Gesicht von seinem weißen, vom Wind gezausten Haar umflattert, stand er in seinen blauen Wollmantel gehüllt und kehrte ihnen den Rücken zu, den Blick gedankenverloren in die Ferne, auf die Insel Britannien gerichtet, die allmählich hinter dem Heck verblasste. Er besaß kein Gepäck bis auf seinen Bogen, einen mit Pfeilen gefüllten Köcher und einen Proviantsack, in dem sich ein paar harte Fladenbrote befanden. Und doch hatte er nichts zurückgelassen, weder Familie noch Besitztümer; ihm war nichts geblieben als bittere Erinnerungen, der Schmerz über die unfreiwillige Trennung von der einzigen Frau, die er je näher kennen gelernt hatte, und das Gefühl, seinem verstorbenen König gegenüber versagt zu haben.

Die Nacht brach herein, ohne dass er sich gerührt hätte. Die anderen vermochten ihn nur noch mit knapper Not zu erkennen, so dunkel war seine Silhouette, die mit der Düsternis ringsum verschmolz. Allein sein weißes Haar und sein mondbleiches Gesicht formten einen gespenstischen Fleck, der so unheimlich war in seiner Reglosigkeit, dass selbst die Matrosen es jetzt mieden, den Blick in seine Richtung zu lenken, und seine Anwesenheit schließlich, als es gänzlich finster geworden war, schlicht vergaßen.

Das Meer hatte sich zur Nacht hin beruhigt. Ein gleichmäßiger Wind trieb die Reisenden stetig voran und blies das überschwemmte Deck trocken. Die anderen waren alle nach und nach eingeschlummert, ja, selbst der Mönch und der adlige Krieger schliefen, nicht aber das Kind mit den weißen Haaren. Über Stunden hinweg beobachtete es sie, einen nach dem anderen, Passagiere und Matrosen, bis es über jeden von ihnen alles wusste.

So war das. Es genügte ihm, ein Wesen eingehend zu mustern, um Einblick in sein Leben zu erhalten, seine verborgenen Gedanken zu erkennen, sich um sein Wissen zu bereichern sowie seine niederen Gefühle und Ängste zu erfassen. Ungeachtet seines zarten Alters hatte das Kind sich auf diese Weise die Erfahrung mehrerer, ja Dutzender Leben zu Eigen gemacht, hatte dadurch allerdings seine Unschuld verloren und sich ein Gefühl der Bedrückung eingehandelt, das es keine Sekunde mehr losließ und es noch schwermütiger machte, als es ohnehin schon war.

So verbrachte das Kind die Nacht, umgeben von dem durchdringenden Quietschen des Tauwerks, bis die Wellen kaum merklich unter einer silbrigen Kräuselschicht zu schillern begannen. Der Himmel nahm langsam eine zarte Rottönung an und war bereits so hell, dass es in der Ferne die Küstenlinie zu erkennen meinte. Dieser Anblick wärmte ihm das Herz und riss es aus seiner Lethargie. Es hatte die spontane Anwandlung, seinen Gefährten, den kleinen Mönch in der schwarzen Kutte, zu wecken, doch da wurde es von einer plötzlichen Angst gepackt. Eine neue Art vibrierender Unruhe hatte das Deck erfasst, ebenso düster und kompakt wie eine Gewitterwolke, und das Kind nahm Hass, Angst und Gier darin wahr. Nachdem es zunächst weiter reglos an seinem Platz verharrt hatte, drehte es sich nun zum hinteren Teil des Korakels um, und da sah es sie: drei Besatzungsmitglieder, die still und leise wie Wölfe die Gruppe der Schlafenden umzingelten. Die aufkommende Morgendämmerung brachte die Klingen ihrer Messer zum Leuchten.

Keiner von ihnen bewegte sich in seine Richtung. Vielleicht hatten sie es tatsächlich vergessen. Oder vielleicht waren sie auch der Ansicht, das Kind mit dem weißen Haar könne keine Bedrohung darstellen. In beiden Fällen begingen sie einen Fehler.

Einzig der Steuermann war an seinem Platz sitzen geblieben, den Körper in der Erwartung des Gemetzels gespannt, mit angehaltenem Atem und einem Blick, in dem ein böses Funkeln glimmte. Die anderen drei waren jetzt bereit. Sie würden jeden Augenblick zuschlagen.

Das Kind löste sich von der Reling und tat einen Schritt nach vorne.

»Lasst das«, sagte es.

Es hatte mit leiser Stimme gesprochen, wie um die Schlafenden nicht zu wecken, doch die Matrosen zuckten zusammen und richteten ihre Klingen unverzüglich auf den, der da soeben geredet hatte. Derjenige, der am dichtesten bei ihm stand, zögerte, sah sich Hilfe suchend nach seinen Kameraden um, näherte sich dann jedoch auf eine verächtliche Kopfbewegung des Steuermannes hin dem Kind und schwenkte sein Messer. Genau in dem Moment, als der Mann nahe genug herangekommen war, um zum Angriff auszuholen, hielt er in seiner Bewegung inne, schien ins Taumeln zu geraten, dann stieß er ein ersticktes Stöhnen aus und brach zitternd zusammen, ohne dass sein Gegner auch nur die Hand gehoben hätte. Die beiden anderen hatten sich jäh aufgerichtet und waren drauf und dran, sich auf den Jungen zu stürzen, als eine Frau erwachte, ihre Messer erblickte und laut zu kreischen begann.

Binnen weniger Sekunden brach auf dem Deck ein heilloses Chaos aus und alles rannte wild durcheinander. Einer der Matrosen hatte Zeit genug, auf gut Glück zuzustechen, und ein durchdringender Schrei verriet, dass er sein Opfer getroffen hatte. Der Rest bestand nur noch in einem einzigen Knäuel raufender Menschen, die dicht an dicht über das Deck fegten – in einem Tumult aus Entsetzensschreien, dumpfen Schlägen und heiseren Beschimpfungen. Nachdem der Steuermann seinen Platz an der Pinne verlassen hatte, um sich ebenfalls ins Getümmel zu stürzen, stellte sich das Schiff quer, worauf alle

Mann zu Boden geschleudert wurden. Die Matrosen waren als Erste wieder auf den Füßen, doch schon wurde ihr Gefährt von einer Welle herumgedrückt, so dass der Wind plötzlich scharf von vorne kam und die Passagiere zum Bug rutschten, worauf zwischen den Matrosen, die sich soeben noch irgendwo festgeklammert hatten, und ihren Opfern eine Schneise entstand, in der die zusammengekrümmte Gestalt des Mannes lag, der es auf das Kind abgesehen gehabt hatte, ebenso wie zwei leblose Körper, deren schwärzliches Blut das Bootsdeck verklebte.

Abermals hatten sich die drei selben Passagiere von den anderen entfernt und standen jetzt den drei überlebenden Seeleuten gegenüber. Das Kind hielt seinen Bogen in der Hand, hatte aber noch keinen Pfeil aufgelegt. Der Mönch besaß als einzige Waffe einen Bootshaken, den er sich rasch gegriffen hatte, und er wirkte noch leicht schlafumnebelt, wie er da mit seinem zersausten Bart stand und einfältig mit den Lidern klimperte, so als begriffe er nichts von dem, was da vor sich ging. Der Krieger schließlich schwenkte sein langes Schwert und krallte sich mit der anderen Hand an der Reling fest, um das Gleichgewicht zu halten. Im dämmrigen Licht des Morgengrauens war von dem Mann nur eine verschwommene Silhouette zu erkennen, aber sein Schwert zitterte so heftig, als würde er von Zuckungen gebeutelt.

Das sich selbst überlassene Korakel wurde von den Wellen hin und her geworfen und seine großen Segel klatschten bei jedem Windstoß aufs Deck und drohten sie erneut zu Boden zu werfen. Die Matrosen hatten die Lage erfasst. Langsam setzten sie sich in Bewegung und drängten den Landjunker von den beiden anderen ab. Wenn dieser erst einmal getötet wäre, wäre der Rest nur noch ein Kinderspiel.

»Bleibt, wo ihr seid«, sagte das Kind in unverändert ruhigem Ton. »Lasst eure Messer fallen . . .«

Die drei Männer drehten sich zu ihm um und erschauderten vor Entsetzen. Rund um das Kind breitete sich ein fahler Lichtnebel in der Morgendämmerung aus, ein langsam aufsteigender Dunst, der aus den auf das Deck hingestreckten Leichen emporzuquellen schien und es nach und nach von allen Seiten einhüllte. Es war ein Bild des Grauens, bei dem es einem eiskalt ums Herz wurde, und doch machte das Kind nicht die geringsten Anstalten, sich dem Ganzen zu entziehen.

»Heilige Jungfrau Maria«, murmelte der Mönch. »Verschon sie, Merlin . . .«

Das ausgemergelte Gesicht des Kindes war schweißüberströmt, und es schloss die Lider, während der unheimliche Lichtschein es nun beinahe vollständig vor ihren Blicken verbarg.

»Was hast du gesagt?«, fragte der Krieger mit tonloser Stimme.

Der Mönch erwiderte nichts, sondern ließ seinen Bootshaken sinken und kehrte ihnen den Rücken zu, so als sei das Los der drei Matrosen bereits besiegelt.

»Ist er das, Merlin? Ist das Prinz Myrddin?«

Dem frommen Mann, der aufs Deck hinsank und den Kopf zwischen den Händen vergrub, rannen jetzt Tränen über die Wangen.

»Merlin ist tot!«, brüllte einer der Matrosen am anderen Ende des Bootes. »Die Gälen haben ihn getötet und ihm den Kopf abgehauen!«

»Da täuschst du dich«, sagte das Kind.

Es tat einen Schritt auf sie zu und zog dabei langsam einen Pfeil aus seinem Köcher. Sein Gesicht war jetzt, im Schein der aufgehenden Sonne, endlich klar zu erkennen, und sie erschauderten abermals, als sie das Funkeln in seinen traurig blickenden Augen gewahrten.

»Du bist ja noch ein junger Bengel«, stieß der Matrose grimmig hervor. »Merlin war ein Krieger, der zwei Mann hoch war und stark wie ein Bär. Es hat sechs Lanzen gebraucht, um ihm den Garaus zu machen!«

»Es bräuchte weit weniger, um mir den Garaus zu machen«, bemerkte das Kind mit einem freudlosen Lächeln. »Ich bin Emrys Myrddin, Sohn der Aldan von Dyfed und des Morvryn, Adliger aus dem kleinen Volk von Brocéliande, Prinz eines versunkenen Reiches und Barde eines toten Königs. Selbst gestorben vermutlich, und neu geboren, wie Taliesin. Wie dem auch sei – ich bin Merlin, und du sitzt abermals einem Irrtum auf, Pedrog . . .«

Der Mann verzog voller Hass das Gesicht, dann versteinerte seine Miene, da ihm bewusst wurde, dass Merlin ihn soeben mit seinem Namen angesprochen hatte.

»Woher weißt du . . .«

»Er hat es mir verraten«, murmelte das Kind, indem es mit der Spitze seines Pfeils auf die Leiche ihres Gefährten zeigte. »Du heißt Pedrog und die beiden anderen sind Gorthyn und Tahal und ihr seid alle drei Mörder, Piraten und Leichenplünderer . . . Seit Wochen hat keiner von denen, die ihr bei euch an Bord genommen habt, überlebt, habe ich Recht?«

Ohne sich um die verstörte Miene der Seeleute zu scheren, fing Merlin zu lachen an und warf einen flüchtigen Blick zu seinem Gefährten in der schwarzen Kutte hinüber.

»Ach ja, ich vergaß . . . Zwei dieser Schurken hier sind Christen, Blaise. Was sagst du dazu?«

Der Mönch sah aus seinen tränennassen Augen zu ihm auf, doch plötzlich erstarrte seine Miene. Merlin hatte gerade noch Zeit, sich umzudrehen: Pedrog stürzte sich mit erhobener Waffe auf ihn, und schon sauste das Messer durch die Luft, geradewegs auf seine Kehle zu. Das Kind warf sich genau in dem Moment nach hinten, als die Klinge niederfuhr. Mitgerissen von ihrem Schwung, krachte der Matrose unsanft gegen die Reling, verlor das Gleichgewicht und fiel auf die Knie. Er sprang zwar mit einem Satz wieder auf die Beine, doch in dem Augenblick rammte Merlin ihm bereits die Spitze seines Pfeils, den er nicht mehr hatte auflegen können, zwischen die Augen. Für die Dauer einer Sekunde blickte ihn Pedrog mit einem Ausdruck grenzenloser Ungläubigkeit an, dann verließen ihn seine Lebensgeister, und er brach ohne einen Laut der Klage auf dem Deck zusammen. All das war so schnell vor sich gegangen, dass der Mönch ebenso wenig wie der Krieger in der ledernen Brünne hatte reagieren können. Doch als der, den das Kind als Tahal identifiziert hatte, seinerseits auf es losstürmte, hatte sich der Landjunker bereits wieder gefasst. Sein großes Schwert durchzuckte gleich einem metallenen Blitz das morgendliche Dämmerlicht und setzte dem Angriff des Seefahrers ein jähes Ende. Gorthyn, der Letzte, wich bis zur Pinne zurück, warf einen nervösen Blick über die Schulter und sprang dann völlig unvermittelt ins Wasser, um in Richtung Küste davonzuschwimmen. Diese musste mindestens eine Meile[4] entfernt sein; doch vielleicht schaffte er es bis ans rettende Ufer...

Es brauchte eine Weile, bis sie sich alle wieder gefangen hatten. Der Kampf hatte nicht lange gedauert, und das morgendliche Halbdunkel bot Raum für Zweifel an dem, was sie gesehen hatten. Wären da nicht die Leichen auf dem Deck gewesen, deren Blut sich mit dem Meerwasser vermischte, wäre ihnen das Ganze vollkommen unwirklich erschienen.

Der Mönch, den das Kind mit dem Namen Blaise angesprochen hatte, war der Erste, der sich regte. Er stieg über die Leiber der Toten hinweg, um ein Tau aufzuheben, das auf das Deck peitschte wie eine wütende Schlange, und das Segel mit ein paar fachkundigen Handgriffen zu fieren. Das Korakel

---

[4] Tausend Schritte, also ungefähr eineinhalb Kilometer.

nahm alsgleich Fahrt auf. Mit einer Kinnbewegung bedeutete er Merlin, die Pinne zu übernehmen, was das Kind auch sofort gehorsam tat. Wenige Augenblicke später glitt das Boot wieder mit seiner ursprünglichen Geschwindigkeit schnurgerade auf die Küste zu.

Verblüfft starrte der Krieger erst den einen, dann den anderen an. Der Ordensbruder und dieses merkwürdige Kind mit dem langen, weißen Haar legten angesichts der auf dem Boden des Korakels hingestreckten Leichen beide die gleiche Ungerührtheit an den Tag, so als existierten diese bereits nicht mehr, ja, als hätten sie überhaupt niemals existiert und als hätte es gar keinen Kampf gegeben ... Dennoch schienen sie es zu vermeiden, einander in die Augen zu sehen, und auf den Wangen des Mönchs schimmerten noch immer Tränen. Der Junker schaffte es nicht, sich von der Reling zu lösen, und wurde, ohne sich dessen bewusst zu sein, von krampfartigen Zuckungen geschüttelt. Hinter ihm entfernten sich einige Passagiere vorsichtig von dem vorderen Schott, an das sie sich Schutz suchend hingekauert hatten. Eine Frau kniete neben einem Leichnam nieder und fing still zu weinen an, während sie sich verzweifelt umsah. Weitere Passagiere kamen und scharten sich um sie her, sprachen jedoch kein Wort. Der Kampf war vorüber, aber die Atmosphäre an Bord war immer noch angstgeladen.

Eine Weile segelten sie so dahin, dann knotete Blaise das Tauwerk an einer Spiere fest und begab sich zu dem Krieger hinüber. Als er bei ihm angelangt war, rang er sich ein Lächeln ab und wies mit dem Kopf auf das blutverschmierte Schwert, das dieser noch immer schwenkte.

»Das ist jetzt nicht mehr nötig.«

Der Mönch tätschelte ihm mit einer tröstenden Geste die Schulter, dann gesellte er sich endlich zu der Gruppe von Passagieren, um den Opfern jenes törichten Gemetzels die letzten Sakramente zu erteilen. Der Landjunker, der allmählich wieder zu sich kam, schob sein Schwert in die Hülle zurück, vergewisserte sich, dass seine Hände nicht mehr zitterten, und näherte sich dann, leicht zögerlich, dem Kind an der Pinne.

»Bist du wirklich Merlin?«, fragte er, auf die Reling gestützt.

»Jawohl, so heiße ich.«

»Du hast uns gerettet.«

Merlin drehte sich lächelnd zu ihm herum.

»Du doch auch, oder nicht? Wir sind einander nichts schuldig.«

»Oh nein . . . Wenn du nicht gewesen wärst, weiß ich nicht, ob . . .«

Er hielt inne, um tief Luft zu holen und die frische Seeluft einzuatmen.

»Wenn du nicht gewesen wärst, hätten uns diese Schweine die Kehle aufgeschlitzt und uns ins Meer geworfen«, fuhr er fort. »Ich besitze nichts Großartiges, bis auf mein Pferd, mein Schwert und diese Maulesel dort, aber sie gehören dir, bis ich meine Schuld beglichen habe . . . Ich bin Bradwen aus dem Hause Gwegon und der Grafschaft von Llandeilo.«

Merlin lächelte erneut, dann schloss er die Augen und genoss die Berührung der Sonnenstrahlen.

»Was ist mit dem Hause Gwegon geschehen?«

»Die ganze Stadt hat gebrannt und mit ihr all die befestigten Landsitze der Umgebung. Ich selbst war mit der Armee der Königin ausgezogen, gemeinsam mit meinen Söhnen, um den Gälen nachzusetzen, während sie kamen und unsere Dörfer in Brand steckten. Meine Frau ist gestorben, ebenso wie meine Mutter, meine Söhne und meine ganze Hausgemeinschaft; mein Vieh . . .«

Merlin wiegte schweigend den Kopf. Eine Weile lang musterte er sein Gegenüber eingehend, dann wandte er seine Aufmerksamkeit wieder dem Steuern des Schiffes zu.

»Ist das der Grund, dass du so voller Ängste steckst?«

Bradwen schauderte und wich einen Schritt zurück.

»Deine Hände zittern noch immer, dabei hast du dich wacker geschlagen«, fuhr das Kind fort, ohne ihn anzusehen. »Der Schwertstreich, den du dieser Kanaille verpasst hast, konnte sich wahrlich sehen lassen. Aufgeschlitzt vom Schädel bis zum Bauch hinunter!«

Dem Krieger hatte es die Sprache verschlagen. Sein Gesicht war feuerrot, das Blut pochte ihm in den Adern und er schwankte zwischen Scham und Entrüstung.

»Das ist doch der Grund dafür, dass du deine Heimat verlassen hast, nicht? Du befürchtest, dass du zu einem Feigling verkommen bist?«

Die Küste war nur noch wenige Taulängen entfernt. Eine Dunstschicht hing über dem Land und verschleierte ihre Umrisse, doch es schien ihm, als sähe er nichts weiter als düstere Felsen, die direkt ins Meer eintauchten. Einige Minuten lang sprachen weder der Krieger noch das Kind eine Silbe und ließen sich sanft vom Schlingern des Schiffes wiegen, dann ergriff Bradwen erneut das Wort.

»Es gab eine Zeit, da hätte ich dich für das, was du da soeben gesagt hast, über Bord geworfen«, murmelte er. »Aber du hast wohl Recht, du vermaledeiter Hexenmeister. Das Schwert eines Feiglings wäre dir zu nichts nütze.«

»Aber nein . . .«

Abermals schenkte ihm Merlin ein Lächeln, aber diesmal ohne jenes spöttische Funkeln in den Augen, das man von ihm gewohnt war. Für die Dauer dieses Lächelns erschien er als das, was er war: ein Jüngling, kaum den Kinderschuhen entwachsen, eine unfertige Gestalt, die in ihren zu weiten Kleidern schwamm.

»Nein, Bradwen, ich bin kein Hexenmeister. Und verzeih mir, wenn ich dir zu nahe getreten bin. Ich glaube nicht, dass

28

die Angst einen Feigling aus dir gemacht hat, und im Übrigen hast du ja soeben das Gegenteil bewiesen. Ich würde es mit Freuden begrüßen, wenn du mich begleitest, aber das hieße, dich in den Abgrund mitzureißen. Dort, wo ich hinwill, gibt es keine Menschen – zumindest hoffe ich das. Du musst doch Familie dort drüben haben, einen Ort, den du aufsuchen kannst?«

»Ich kenne nur den Namen des Dorfes, Nuiliac, ein geroderter Flecken Land im Reiche Léon. Ich weiß, dass sich dort einige meiner Landsleute aus Llandeilo niedergelassen haben. Das oder nichts . . .«

Bradwen streckte die Hand aus, um sie in eine Welle zu tauchen, und bespritzte sich das Gesicht.

»Und du?«, fragte er.

Das Kind gab keine Antwort. Seit einigen Sekunden blickte es sich nervös nach hinten um, nach der offenen See und der Insel Britannien, die sie verlassen hatten. Ein merkwürdiges Gefühl stieg in ihm auf, eine unausgesprochene innere Not, ein Anflug von schlechtem Gewissen, die bedrückende Empfindung, etwas Wesentliches zurückgelassen zu haben, ohne allerdings recht zu wissen, was dies genau war. An die Pinne gekrallt, stemmte er sich mit seinem ganzen Gewicht dagegen und bemühte sich, das Korakel auf Kurs zu halten. Wenn man ihn so sah, bleich wie ein junges Mädchen, konnte man kaum glauben, dass er keine halbe Stunde zuvor zwei Männer getötet hatte.

»Weshalb bist du fortgegangen?«, hakte Bradwen nach.

»Vermutlich«, murmelte Merlin, »weil ich der Meinung war, ich hätte nichts mehr zu verlieren . . .«

Diesmal versuchte er gar nicht erst zu lächeln. Sein Gesicht wirkte mitgenommen, noch bleicher als gewöhnlich; er ließ die Pinne los und ließ sich nach hinten gegen die Reling sinken.

»Glaubst du, ich habe einen Fehler begangen?«

»Ich verstehe nicht«, erwiderte der Krieger und wich zurück.

»Meinst du, ich hätte bei ihr bleiben sollen?«

Blaise stürzte zu ihnen hin und stieß sie beiseite.

»Die Pinne, zum Henker! Willst du uns gegen die Klippen fahren?«

Merlin hielt sich mit beiden Händen den Kopf, er zitterte an allen Gliedern und wirkte derart verstört, dass es ein Grauen war, ihn anzusehen.

»Was hat er denn?«, erkundigte sich Blaise.

Bradwen schüttelte hilflos den Kopf. Wie alle auf dem Boot betrachtete er das Kind mit Schrecken, ohne dass er die Ursache des Kummers verstanden hätte, der es so jäh überkommen hatte.

»Merlin, was ist los?«, schrie Blaise.

Das Kind sah zu seinem Gefährten auf, und sein Gesicht war ebenso weiß wie sein langes Haar, tränenglänzend und doch mit einem Mal von einem freudigen Leuchten erhellt, das ebenso unbegreiflich wie sein Kummer war.

»Mein Sohn!«, rief er aus. »Mein Sohn ist geboren!«

II

Die zwei Geschlechter

Von morgens an hatten die Schlachttruppen Dun Breatann in Marschordnung formiert verlassen. Vorweg war
das Fußvolk aufgebrochen, ebenso wie die Transport-
züge, die von einem kleinen Trupp Reitern eskortiert wurden.
Trotz der Staubwolke, die die schwerfällig vorrückende Masse
hinter sich herzog, konnte man hier und da in der Ferne das
Funkeln der Helme und der langen, eisernen Lanzen sehen.
Schillernd und gewunden wie eine riesige Schlange bewegte
sich die Armee an den Hügeln entlang, die die nördliche
Grenze des Königreichs markierten, und bildete einen mehr
als zehn Meilen langen Zug, der sich über den gesamten Uferbereich der trichterförmigen Clyde-Mündung erstreckte.
Höchstwahrscheinlich konnte die Vorhut sogar schon das Fi-
scherdörfchen Glesgu[1] sehen. Da marschierten über tausend
Mann, unter zehn verschiedenen Bannern vereint – eine ei-
sengespickte und Blut dürstende Menge, die unbesiegbar war
und dank ihrer Größe jeglichen Feind schlagen würde, der verrückt genug war, bei ihrem Herannahen nicht die Flucht zu ergreifen. Und doch wirkte die Truppe aus der Entfernung win-

---

[1] »Die liebe Familie« oder auch Glas Chu, »der geliebte grüne Ort«, alte gä-
lische Namen für Glasgow.

zig klein; unbedeutend, beinahe harmlos, ja fast schon von der unendlichen Weite des Landes verschluckt ...

Die Hand auf dem Hals seines Pferdes, schloss Riderch die Augen und holte tief Luft. Der Wind blies vom offenen Meer her und war geschwängert von frischem Salzgeruch. Es war ein schöner Sommertag, ideal, um einen Ausritt in die Hügel zu unternehmen, auf Hirschjagd zu gehen und unter freiem Himmel zu schlafen ... An diesem Tag konnte jedoch keine Rede von einem Jagdausflug sein. Seit Wochen wurde alles, was sein Reich an Männern zählte, die alt genug waren, eine Waffe zu halten, angeworben, ausgerüstet und für den Kampf ausgebildet, und genauso verhielt es sich wohl in sämtlichen Teilen des Landes, von einem Ende der Insel bis zum anderen. Die Britannier würden zum Ruhme Gottes in die Schlacht ziehen, würden endlich die Sachsen angreifen und sie zum Meer zurücktreiben. Danach kämen die Gälen an die Reihe, sofern sie es noch einmal wagen sollten, an ihren Küsten zu landen, und die Pikten, diese halb nackten Barbaren, die die gebirgige Ödnis im Norden unsicher machten. Von seinen eigenen Gebieten in Strathclyde bis nach Cornouailles im Süden der Insel bereiteten sich die keltischen Armeen sämtlicher Reiche darauf vor, gemeinsam ins Feld zu ziehen – zum ersten Mal seit den Lebzeiten des Ambrosius Aurelianus, des Bären Britanniens, des sagenumwobenen Artus ... Ein Jahrhundert zuvor hatten die Britannier geschlossen hinter diesem Feldherrn gestanden, hatten den Vormarsch der Sachsen am Mons Badonicus gestoppt und dabei so viele Feinde getötet, dass die Heiden nach Osten zurückgewichen waren, bis zur Küste, und sich in rauen Mengen eingeschifft und alles hinter sich zurückgelassen hatten. Jahrelang hatte auf der Insel Frieden geherrscht. Doch nun mussten sie von vorne beginnen. Ceawlin, Cynrics Sohn und König der Westsachsen, marschierte gegen das Königreich Ergyng und die Städte Caer Ceri und Caer

Glow[2], die letzten Siedlungen, die die Königreiche im Süden mit dem Rest der britannischen Herrschaftsgebiete verbanden. Dort, ein paar Meilen vom Mons Badonicus entfernt, würde *sein* Feldzug seinen Anfang nehmen. Dort, wo Artus' Feldzug geendet hatte...

Riderch befühlte den kordelförmig gedrehten goldenen Torques, der seinen Hals schmückte. Dieser Reif stammte noch von Artus, und der schlichte Umstand, dass er ihn heute trug, machte ihn ungeachtet des zeitlichen Abstands, der sie trennte, zu dessen Nachfolger, zum Großkönig Britanniens und zum Oberhaupt dieses gewaltigen Bündnisses, das soeben in den Krieg zog. Ach, könnte Gott ihm doch einen ebenso strahlenden Sieg bescheren wie seinem Vorgänger...

Ein letztes Mal betrachtete Riderch die beiden dunklen Basalthügel, die sich schützend über seiner Burg an der Mündung des großen Flusses erhoben. Ein paar rote Mäntel, eine Hand voll Banner mit dem Wappen von Strathclyde sprenkelten die Wehrmauern. Gerade genügend Männer, um einer Belagerung standzuhalten, falls die Dinge sich zum Schlechten wenden sollten...

Der junge König verscheuchte die düstere Vorahnung, die ihm das Herz zusammenschnürte, zog sich, beschwert durch seinen schweren Gambeson und sein Panzerhemd, in den Sattel und gab sich Mühe, ein zuversichtliches Lächeln aufzusetzen. Einige Schritte weiter hinten warteten schweigend seine Reiter und hielten den Blick auf ihn geheftet. Jetzt war nicht mehr der rechte Moment, um zu zweifeln. Mit einem kurzen Ruck an den Zügeln lenkte er sein Ross herum und stand ihnen nun von Angesicht zu Angesicht gegenüber. Zweihundert kampferprobte Krieger, die einen Wald aus Lanzen und blutroten Fahnen schwenkten, blickten ihm in die Augen,

[2] Heute Cirencester und Gloucester.

während eine Gruppe von Mönchen, die am Ufer aufgereiht standen, einen Choral anstimmte, den der Wind zum Meer hin verwehte. Er machte die hoch aufgeschossene, ausgemergelte Gestalt des Bischofs und Abts Kentigern unter ihnen aus, der ehrerbietig zu ihm herübernickte und mit einer bedächtigen Handbewegung ein großes Kreuzzeichen in der Luft schlug. Nicht weit von ihm entfernt stand Dawi, der Abt von Dyfed – der Mann, der ihm wenige Monate zuvor den Torques von Artus um den Hals gelegt hatte. Sie gemahnten wahrhaftig alle beide eher an Vagabunden als an Gesandte Gottes, und doch bestand kein Zweifel daran, dass ohne ihre Unterstützung keine seiner Hoffnungen hätte Gestalt annehmen können. Männer von erschreckender Magerkeit, ärmer als der niedrigste seiner Sauhirten, bei denen ein Streich mit der flachen Schwertklinge genügt hätte, um sie entzweizuhauen ... Selbst am Tage seiner Krönung, als er endlich auf dem Gipfel seiner Macht und seines Ruhms angelangt war, indem er vor der Versammlung der Könige und sogar in Gegenwart von Aedan Mac Gabran, dem König der Skoten und seit kurzem Gemahl seiner eigenen Schwester, Guendoloena, den Torques des Ambrosius in Empfang genommen hatte, hatte Riderch sich vor ihnen verneigen und einen Eid auf den einen und einzigen Gott schwören müssen und hatte auf diese Weise sein Reich und das Bündnis in ihre Hände gelegt ... Eine halbe Ewigkeit schien seit jenem Tag vergangen. Doch zu einem Krieg gegen die gesamten sächsischen Königreiche bricht man nun einmal nicht auf wie zu einem einfachen kriegerischen Überfall. Es hatte Monate, ja des ganzen Winters und auch noch des Frühlings bedurft, um die Schwerter zu schmieden, die Lanzen zuzuspitzen und die Kettenhemden zu wirken; um ausreichend Verpflegung und genügend Fuhrwerke zusammenzustellen, die Unschlüssigen zu überzeugen, deren Vertrauen zuweilen schlicht erkauft werden musste, oder seine Stärke gegenüber denen zu demonstrieren, die seine Autorität noch immer infrage stellten. Zu Letzteren gehörten auch Elifers Söhne: Gwrgi, Peredur und ihre nichtswürdige Bande von Reitern aus dem Großen Gefolge, die aus den Bergen von Gwynedd herabgekommen waren und, obschon sie barbarischer waren als die Heiden, in jedem ihrer Sätze auf Gott Bezug nahmen!

Angewidert spuckte Riderch auf die Erde. Bald wären sie an der Reihe. Und an jenem Tag würde es ihnen nichts mehr nützen, sich hinter ihren Kreuzen und ihren vermaledeiten Priestern zu verschanzen!

Eine plötzliche Stille riss den jungen König aus seinen hassgeschwängerten Überlegungen. Die Mönche hatten aufgehört zu singen. Kentigern, der ein acht Fuß hohes Kreuz gleich einem Feldzeichen in die Höhe hielt, hatte noch immer die andere Hand, mit der er zuvor das Kreuzzeichen geschlagen hatte, erhoben. Geblendet vom Widerschein der Sonne auf der spiegelglatten Oberfläche des Clyde, vermochte Riderch seine Züge nicht klar zu erkennen, doch er verneigte sich demütig und bekreuzigte sich, da er wusste, dass der Bischof ihn, genau wie sie alle, beobachtete.

Einen Augenblick lang schien er zu zögern und ließ seinen Blick erneut über den geschlossenen Block seiner Reiterschaft schweifen, dann gab er seinem Ross ohne ein weiteres Wort die Sporen. Vermutlich hätte er eine Ansprache an die Soldaten halten sollen oder zumindest einen Befehl erteilen, doch seine Kehle war wie zugeschnürt, und er konnte sich keinerlei Anzeichen der Schwäche erlauben. Im Übrigen waren jetzt gar keine Worte mehr vonnöten. Es gab keinen, dem nicht klar gewesen wäre, dass der Feldzug, der da soeben seinen Anfang nahm, hart und lang werden und mindestens bis zum Winter dauern würde und dass viele von denen, die an diesem Tag die Hauptstadt seines Reiches verließen, nicht wieder zurückkehren würden. Mit einem erneuten Sporenhieb trieb Riderch sein schweres Streitross zum Galopp an. Er hörte die Befehle, die einer seiner Kommandanten mit heiserer Stimme brüllte, und dann das donnernde Getrappel der berittenen Krieger, die hinter ihm losstürmten.

Eine Zeit lang verscheuchte das durch den wilden Ritt ausgelöste Hochgefühl die trüben Gedanken, die ihm das Herz beschwerten. Er brauchte nur wenige Minuten, um die Nachhut seiner Truppe einzuholen. Die Soldaten, an denen er vorüberpreschte, brüllten seinen Namen, streckten ihre Waffen in die Höhe und schlugen auf ihre Schilde, und das Johlen wollte überhaupt kein Ende nehmen, so dass seine Zweifel schließlich, als er am vorderen Ende der Kolonne angelangt war, verflogen waren. An der Spitze einer solchen Armee fühlte Riderch sich unbesiegbar, seine Brust war stolzgeschwellt und er war sich seines Geschicks ebenso wie der Rechtmäßigkeit seines Vorgehens so sicher wie am Tage seiner Krönung.

Er parierte sein Ross zum Schritt, um eine Gruppe Reiter an sich vorbeizulassen, und als seine Truppenführer sich um ihn herum versammelten, warf er einem von ihnen, dessen Gesicht bereits puterrot und schweißglänzend war und seine schlechte körperliche Verfassung verriet, eine scherzhafte Bemerkung zu. Tadwen, der Befehlshaber seiner Reitertruppe, machte Anstalten, zu ihm heranzutraben, doch Riderch gebot ihm mit einem Blick Einhalt. Noch wollte er alleine bleiben und die euphorische Stimmung des Augenblicks genießen. Er griff erneut nach dem Torques an seinem Hals und spürte die schwere Bürde – im wörtlichen wie im übertragenen Sinne. Es war eine Geste, die ihm in Fleisch und Blut übergegangen war und die vor ihm schon andere vollführt hatten, auch wenn er das nicht wusste. Als Allererster Ambrosius, doch auch König Guendoleu von Kumbrien, den der Rat der Könige zu dessen Nachfolger erkoren hatte und der kaum Zeit gehabt hatte, diese Ehre auszukosten. Und dann schließlich Merlin, Guendoleus Barde, ein Bastard von königlichem Geblüt, der sich skrupellos der noch warmen sterblichen Hülle Guendoleus genähert und sich des Torques bemächtigt hatte, um damit quer durch die britannischen Lande zu fliehen, bevor er den goldenen Halsreif schließlich dem Mönch, der ihn begleitete, überlassen hatte. Doch diese beiden würden ihm nicht mehr im Wege stehen. Guendoleu war tot. Und was Merlin betraf, so war es fortan völlig unerheblich, ob er tatsächlich der berüchtigte Barde war oder nicht. Ohne den Torques war Merlin ein Nichts.

Der Tag begann grau in grau und es fiel ein ekelhafter Sprühregen. Das Korakel war bei Nipptide im Innern einer windgeschützten, seichten Bucht auf einen kleinen Kiesstrand aufgelaufen. Als Erster hatte Merlin das Boot verlassen, ohne die anderen Passagiere auch nur eines Wortes oder Blickes zu würdigen, und war auf den kleinen Hügel aus braunem, von Tang überzogenem Felsgestein geklettert, der sich vor ihnen erhob. Er war noch nicht wieder aufgetaucht.

Blaise raffte seine Mönchskutte in ziemlich grotesker Weise hoch und ließ sich ins Wasser gleiten, um ans Ufer zu waten, wo Bradwen ihn mit seinen Tieren erwartete.

»Sie behalten das Boot«, erklärte der Mönch, als er bei ihm angelangt war. »Einer von ihnen war Fischer und versteht sich darauf, ein Schiff zu steuern. Für die meisten ist das ein größerer Reichtum, als sie ihn je besessen haben.«

»Ein wahres Geschenk des Himmels, nicht wahr?«

Der Krieger lachte verbittert und reichte ihm die Hand, um ihn auf trockenen Grund zu ziehen – auf eine große, von Schwarzalgen bedeckte Felsplatte.

»Wenn Gott es so gewollt hat . . .«

»So ist es . . . Gott hat es durchaus so gewollt, dass diese

Schweine all diejenigen abschlachten, die vor uns bei ihnen an
Bord gegangen sind, uns jedoch nicht. Gott hat es durchaus
gewollt, dass meine Frau und meine Söhne getötet wurden,
ich aber nicht. Ich scheine unter Gottes Segen zu stehen,
stimmt's?«

Blaise musterte ihn scharf, las jedoch mehr Trauer als Empörung in seinem müden Blick.

»Wir haben alle eine Bestimmung, mein Bruder. Und Gott
allein weiß darum.«

»Hm, hm ... Wie dem auch sei, sieh nur, wie sie Reißaus
nehmen! Man könnte meinen, sie hätten den ...«

Der Mann wagte seinen Satz nicht zu beenden und biss sich
auf die Zunge.

»Na? Was wolltest du sagen? Man könnte meinen, sie hätten
den Leibhaftigen erblickt, ist es das?«

Bradwen stieß einen tiefen Seufzer aus und ging in die Ho-
cke, um sich einen Kieselstein zu greifen, mit dem er zerstreut
herumzuspielen begann.

»Verzeih mir ...«

»Aber nicht doch«, erwiderte Blaise und setzte sich neben
ihn. »Im Übrigen – vielleicht ist ja etwas Wahres dran.«

Einen Steinwurf von ihnen entfernt hatten die Männer das
Korakel mit dem Bug zum offenen Meer hingeschoben und
ein Paar Ruder in die Ruderlöcher am vorderen Ende des Bootes gesteckt. Einer von ihnen drehte sich um und winkte ihnen
zum Abschied zu, bevor er sich an Bord hochzog. Der Wind
verwehte den Gruß, den er ihnen zurief, aber sie nickten beide
zugleich mit dem Kopf und erwiderten seine Worte mit einem
Handzeichen. Die kleine, von Felsen eingerahmte Bucht, in
der sie an Land gegangen waren, stellte einen idealen natürlichen Zufluchtsort dar, denn sie war vor Wind und Wellen geschützt, und trotzdem liefen die anderen aus und nahmen das
Risiko in Kauf, Schiffbruch zu erleiden, falls das Wetter sich

verschlechterte und sie keinen Hafen zum Festmachen fänden. Doch Blaise verstand sie nur allzu gut. Sie alle hatten noch die Schreckensbilder von dem, was auf dem Boot geschehen war, im Kopf, selbst wenn ihre Seele sich weigerte zu begreifen, was ihre Augen gesehen hatten. Wenigstens hatte Bradwen den Mut, darüber zu sprechen ...

»Als ich ihn kennen gelernt habe, war er noch nicht so«, murmelte der kleine Mönch und kratzte sich nervös den Bart, ohne dabei den Blick von den unbeholfenen Manövern des Korakels zu lösen. »Ihm haftete schon immer etwas Befremdliches an, und das ist im Übrigen auch der Grund, weshalb die meisten Menschen eine Abneigung gegen ihn hegen. Doch er hat sich verändert. Ich glaube, ihm ist mittlerweile zu Bewusstsein gekommen, wer er eigentlich ist ...«

»Bei uns in Llandeilo nannte man ihn den ›Sohn des Teufels‹«, erklärte Bradwen.

»Alle Welt nennt ihn so.«

»Ich dachte, das wäre nur so eine Geschichte. Ein Märchen, um den Kindern Angst einzujagen ...«

Blaise seufzte amüsiert.

»Der Teufel hat viele Gesichter«, brummte er.

Draußen auf dem Wasser hatten die Männer die Segel gesetzt und das Schiff hatte Fahrt aufgenommen. Binnen weniger Minuten umrundete das Korakel das Kap und verschwand aus ihrem Blickfeld.

»Nun denn«, sagte Blaise. »Jetzt hast du den Teufel mit eigenen Augen gesehen. Und sie auch ... Wenn sie mit heiler Haut davonkommen, dann haben sie etwas, um ihre Erzählung zu bereichern, nicht wahr?«

Er machte Anstalten, sich zu erheben, aber Bradwen hielt ihn am Arm zurück.

»Warte ... Ich habe gesagt, ich würde euch beistehen, doch will ich wissen, was sich in jener Nacht wirklich zugetragen hat. Der Prinz… Ich meine, Merlin… Er ist ein Hexer, stimmt's?«

Blaise warf einen flüchtigen Blick über die Schulter nach hinten, aber das Kind mit dem weißen Haar war nirgends zu sehen. Also setzte er sich wieder hin und zuckte die Achseln.

»Kein Hexer, nein… Ich weiß nicht, was er wirklich ist, und das ist vermutlich das, was wir hier in Kleinbritannien herausfinden wollen, irgendwo in dem großen Wald. Ich weiß nicht, was er zu Gesicht bekommen hat oder was ihm widerfahren ist, doch sein Haar, das noch schwärzer war als das deine, ist binnen einer Nacht schlohweiß geworden. Alles, was ich weiß, ist, dass er zu den Toten spricht und die Toten zu ihm. Er ist das, was man einen Nekromanten nennt… Ich glaube nicht, dass er daraus irgendeine wie auch immer geartete Macht bezieht, doch es scheint, als sauge er auf diese Weise das Wissen ihres gesamten Lebens in sich auf. Frag mich nicht, wie…«

»Das reicht nicht als Erklärung!«, rief Bradwen aus. »Er hat auf dem Boot zwei Männer getötet, die weit stärker und massiger waren als er selbst!«

»Die Erfahrung Dutzender und Aberdutzender Krieger, die auf dem Schlachtfeld gefallen sind, all ihre Listen, all ihre Techniken… Füge zu all dem noch das gesammelte Wissen einiger Heiler und Ärzte hinzu, dank dessen er den Schlag so platzieren konnte, dass der Tod auf der Stelle eintritt… Letztlich tappe auch ich im Dunkeln, das kannst du mir glauben.«

»Du willst sagen, dass die Toten ihn all das lehren, was er weiß? Aber warum?«

»Das weiß ich nicht.«

Der Krieger grunzte verächtlich und schleuderte voller Wut den Kiesel, den er zuvor aufgehoben hatte, ins Wasser. Mit einem Satz war er auf den Füßen, betrachtete prüfend den Hügel aus braunen Felsen hinter ihnen und kratzte sich dann nervös seine struppige Mähne und seinen Bart, die von einer schimmernden Gischtschicht benetzt waren.

»Meinst du ...« Er hielt inne, lachte verunsichert, als er sich der Ungeheuerlichkeit dessen, was ihm da auf der Zunge lag, bewusst wurde –, und da Blaise ihn mit eisiger Miene beobachtete, fuhr er fort: »Meinst du, die Toten können ihm Dinge über die Lebenden mitteilen?«

»Auch das weiß ich nicht.«

»Zum Henker, du weißt ja gar nichts, guter Mönch!«

»Das ist richtig.«

»Aber er kannte den Namen dieser Männer, und als er mit mir gesprochen hat, hat er... Nun, was er mir gesagt hat, war...«

Der Mönch schmunzelte und legte ihm mitfühlend die Hand auf die Schulter.

»Du bist nicht gezwungen, uns zu folgen. Du bist ihm nichts schuldig... Nun, wo steckt er denn?«

Der Krieger wies mit dem Kinn auf die Anhöhe hinter ihnen. Zwischen den Felsen war ein Pfad zu erkennen, der sanft ansteigend bis zum Gipfel hinaufführte, wo er sich in den Ginsterbüschen verlor.

»Viel Glück, Bruder.«

Blaise erhob sich, ging sein Gepäck einsammeln und tastete sich, zunächst vorsichtig einen Fuß vor den anderen setzend, über die rutschigen Steine voran. Dann erreichte er mit wenigen Schritten den Pfad, den er, ohne sich noch einmal umzuwenden, hinaufkletterte. Dort war Merlin, er hockte auf einem Baumstumpf, der aus einem Teppich aus Gestrüpp herausragte, zum offenen Meer gewandt, aufrecht wie ein Menhir.

»Sie segeln fort«, sagte Blaise, als er in Hörweite angelangt war.

Das Kind wandte sich zu ihm herum, lächelte schwach und

41

nickte. Seine Augen waren gerötet und sein Gesicht bleicher denn je.

»Wir hätten nicht abreisen sollen ...«

Blaise hielt all die Fragen, die ihm auf der Seele brannten, zurück. Jener Sohn, von dem Merlin gesprochen hatte. Jene jähe Anwandlung von mit Freude vermischter Traurigkeit ... Das beste Mittel, den jungen Prinzen zum Reden zu bringen – ja, vielleicht das einzige –, war, ihn nicht auszufragen. Daher zog sich der Mönch die Kapuze seines Mantels über das bloße Haupt, hakte die Schließe am Hals zu, stellte das Gepäck ab und setzte sich neben ihn auf den Baumstumpf, um ihn aufmerksam zu betrachten. Der Nieselregen hatte Merlins langes Haar gleich einer Guimpe an seine Wangen gedrückt und seinen blauen Wollmantel durchweicht, doch das Kind kümmerte sich nicht weiter darum. Regen oder Wind vermochten ihm nichts anzuhaben. Ja, mehr als einmal auf ihrer langen Reise hatte der Mönch sogar den Eindruck gehabt, dass er daraus frische Lebenskraft bezog, gleich einer Pflanze ...

»Ich habe sie verloren«, erklärte das Kind plötzlich.

Blaise, der in Gedanken weit fort gewesen war, saß da und sah ihn mit verstörter Miene an, ohne weiter zu reagieren.

»Es ist vorbei«, fuhr das Kind fort, während es auf die Erde hinuntersprang. »Ich spüre nichts mehr ...«

»Aber ...« Blaise zögerte einen Moment, und da sein Gefährte wartete, bemühte er sich, einen möglichst unbeschwerten Ton anzuschlagen: »Bist du dir wenigstens sicher, dass es sich um einen Sohn handelt?«

Merlin warf seine Haare in den Nacken, hob seinen Bogen und seinen Köcher auf, dann streckte er dem Mönch die Hand hin, um ihm aufzuhelfen.

»Das schon«, sagte er, »dessen bin ich mir sicher. Und ich habe sie gehört, weißt du ... Sie hat meinen Namen ausgesprochen. Kannst du dir das vorstellen? Guendoloena hat meinen Namen ausgesprochen, das heißt, sie denkt noch immer an mich!«

Blaise nickte freundlich mit dem Kopf, um ihn in seiner Annahme zu bestärken, doch kaum war das Kind losgelaufen, hätte er sich um ein Haar erneut setzen müssen, so unvermutet hatte ihn diese schockierende Nachricht getroffen. Guendoloena... Die Schwester von König Riderch persönlich. Guendoloena, die Aedan Mac Gabran geheiratet hatte...

»Kommst du?«, rief Merlin. »Wir müssen den Wald erreichen, bevor das da hinten über uns heruntergeht!«

Der Mönch blickte in die Richtung, in die das Kind mit dem Finger wies. Eine Regenwand bewegte sich auf die Küste zu, schwarz wie die Nacht. Er pflichtete ihm mit einem Kopfnicken bei und bückte sich, um seine Quersäcke einzusammeln. Beim Aufrichten bemerkte er das Korakel, das wenige Klafter vor der felsigen Küste auf den Wogen trieb, ohne dass es ihm gelungen wäre, sich von den Klippen zu entfernen. Obwohl es immer heftiger zu regnen begann, hielt sich Blaise kostbare Minuten damit auf, seine unbeholfene Fahrt zu verfolgen und zuzuschauen, wie es bei dem zunehmend stärker werdenden Seegang immer heftiger ins Rucken geriet. Es war zum Erbarmen, ein so schlecht gesteuertes Boot zu sehen... Zum Glück bräuchten sie nur das Riff zu umschiffen, um zu einem langen, weißen Sandstrand zu gelangen, wo sie auf Grund laufen könnten, ohne Schaden zu nehmen, falls das Wetter sich noch weiter verschlechterte.

Beruhigt rannte Blaise los, immer Merlins Fußspuren nach, bis in den eher leidlichen Schutz eines kleinen Wäldchens. Dort knoteten sie ihre Mäntel aneinander und bauten sich daraus einen Unterstand, unter dem sie sich mehr schlecht als recht aneinander drängten.

»Das wird nicht lange dauern«, brummelte der Mönch. »Schau, es klart bereits auf.«

Merlin antwortete nicht. Ebenso wie sein Gefährte hatte er sich zu dem goldenen Lichtschimmer hingewandt, der in der Ferne durch die Wolkenberge drang; doch anstatt sich vor dem heftigen Guss zu schützen, stand er unvermittelt auf, entfernte sich ein, zwei Schritte und schien einen Augenblick lang die Luft einzusaugen wie ein wildes Tier, um dann ohne ein Wort der Erklärung im prasselnden Regen quer durch den Hochwald davonzustürmen.

Blaise schüttelte mit einem betrübten Seufzer den Kopf, ohne indessen die geringsten Anstalten zu machen, ihn daran zu hindern. Seit er sich auf das Geheiß von Merlins Mutter, Königin Aldan von Dyfed, an Merlins Fersen geheftet hatte, hatte er genügend über ihn gelernt, um zu wissen, dass jeder Versuch, ihn verstehen zu wollen, vergebens war. Gott wusste, wie er ihn gehasst hatte, wie er ihn liebte, wie er sich vor ihm gefürchtet und ihn bemitleidet hatte und dass er noch immer jeden Tag für das Heil seiner gemarterten Seele betete. Und Gott wusste, wie liebend gerne er ihn oft seinem Schicksal überlassen hätte. Aldan war inzwischen tot, und vermutlich durfte er sich als von seinem Schwur entbunden betrachten, da der junge Prinz außer Gefahr war, seit sie die Insel Britannien verlassen hatten. Jeder andere hätte ihn wahrscheinlich alleine in Caerfyrddin, an den Ufern des Tiwi, an Bord gehen lassen. Anstatt sich unter diesem behelfsmäßigen Unterstand eine Erkältung zu holen, wäre Blaise jetzt, zu dieser Stunde, wieder in der Ruhe seines Klosters zurück gewesen, bei Abt Dawi, der zugleich auch Bischof war, wohlig umfangen vom stützenden moralischen Korsett der Ordensregel, fernab des weltlichen Trubels ... Beklommen zog der Mönch die Knie an die Brust und vergrub sein Gesicht darin. War er nicht soeben auf bestem Wege, alles aufs Spiel zu setzen, indem er mit Merlin mitging, einschließlich seines eigenen Seelenheils? Seit er ihm folgte, war sein Glaube wahrlich bis in die Grundfesten ins Wanken geraten. Dieses Kind, das sich über Gott lustig machte, hätte ihm eigentlich nichts als Abscheu einflößen müssen, genau wie ihn instinktiv die meisten derer empfanden, die ihm auf seiner langen Irrreise begegneten. Und doch: Wenn er sich zwischendrin wie ein Besessener benahm, war es ungeachtet des unsäglichen Grauens nicht das Böse an sich, das von ihm ausging, sondern Traurigkeit, die furchtbare Bürde einer uneingestandenen Schuld und der Suche nach einer Wahrheit, auf die Blaise ebenso wenig verzichten mochte wie Merlin. Einer Wahrheit, der sie vielleicht jenseits der von den Menschen bewohnten und unter Gottes Segen stehenden Gebiete, im Herzen des großen Waldes, auf die Spur kommen würden. In dem Land jenseits der Wälder, Brocéliande ... Vermutlich hieße dies der Sünde der Eitelkeit verfallen – doch wenn die Wesen, von denen das Kind erzählte, wirklich existierten, dann musste er sie mit eigenen Augen sehen. Musste mit ihnen reden. Um endlich zu erfahren, ob es die Elfen gab ...

Der Benediktiner richtete sich jäh auf und sah sich um, beinahe so, als sei er bei einem Vergehen ertappt worden, denn er war sich der Ketzerhaftigkeit des Gedankens, den er da soeben im Geiste formuliert hatte, durchaus bewusst. Wie so viele junge Novizen hatte seine Ausbildung in britannischen Klöstern erhalten, die durchtränkt waren vom Geist des Pelagianismus, einer Lehre, die ihren Anhängern zu der Zeit überall in der christlichen Welt die Exkommunizierung einbrachte. Ja, allein schon die Tatsache, dass man sich vorzustellen wagte, dass ein Wesen außerhalb von Gott existieren könnte, ohne deshalb gleich eine Inkarnation des Bösen zu sein, konnte aus ihm einen Anathematisierten machen, von der Kirche verstoßen und von den Menschen geächtet. Ihm bliebe also wahrhaftig nichts mehr ...

Als der Regen zum Landesinneren hin abzog und die tropfnassen Bäume im strahlenden Sonnenschein zu glitzern begannen, war der Mönch ins Gebet vertieft; und so fand ihn Bradwen, der sein Pferd und seine Maulesel an den Zügeln hinter sich herzog.

»Bist du schon wieder alleine?«, stieß er hervor, und sein Ton war so schroff, dass Blaise erschrocken hochfuhr.

»Nun beruhige dich erst einmal, er ist sicherlich nicht weit weg!«

Beinahe widerwillig stand er auf, knotete die durchnässten Mäntel auseinander und sammelte seine Quersäcke ein. Im selben Moment tauchte, ohne dass sie ihn hatten herankommen hören, Merlin neben ihnen auf, der in einer Falte seines langen Gewandes einen Arm voll kleiner, rotbackiger Äpfel trug.

»Es bestand keine Gefahr, dass ich weit weglaufen würde, meine Herren. Wir befinden uns schließlich auf einer Insel.«

»Was sagst du da?«

»Du hast mich schon verstanden ... Wir werden uns ein Boot suchen oder die Ebbe morgen früh abwarten müssen. Die Küste des Festlands liegt mindestens zwei Kilometer weiter südlich.«

Merlin sah sie lächelnd an, legte seine Ernte behutsam auf einem Grasbüschel ab, suchte sich eine Frucht heraus und setzte sich ein Stück weiter auf einen Baumstumpf.

»Zumindest werden wir nicht verhungern«, bemerkte er. »Nicht weit von hier gibt es eine Obstwiese mit Wildapfelbäumen, die so voll beladen mit Früchten sind, dass die Zweige sich bis auf die Erde herunterbiegen. Und wenn ihr Feuer macht, werde ich später am Strand unten fischen gehen.«

»Man könnte meinen, du wärst hier zu Hause«, murmelte Bradwen.

Ohne eine Antwort abzuwarten, las er ein paar Äpfel auf und ging zu seinen Tieren hinüber, die etwas abseits angeleint waren. Als er ein Stück weit entfernt war, bediente sich Blaise seinerseits und setzte sich neben Merlin.

»Was ist denn vorhin geschehen?«, fragte er leise, so dass nur Merlin es hören konnte. »Du hattest eine Vision, nicht wahr?« Das Kind suchte sich aus der Affäre zu ziehen, indem es ein unbekümmertes Gesicht machte und zu einem Scherz ansetzte – den es dann jedoch angesichts der ernsten Miene seines Gefährten nicht einmal in Gedanken zu Ende zu formulieren wagte.

»Ich kenne diese Insel«, murmelte es. »Ich weiß nicht, warum, aber das hat nichts von einer Vision. Es ist, als sei ich hier schon einmal hergekommen ... Ich weiß, dass das nicht möglich ist, aber mein Gefühl sagt es mir dennoch ganz deutlich.«

Blaise blickte flüchtig zu Bradwen hinüber. Der Krieger machte sich an seinen Mauleseln und seinem Streitross zu schaffen, ohne ihnen Beachtung zu schenken.

»Nun, das ist ja immerhin schon etwas«, sagte er. »Und wie heißt deine Insel?«

»Das weiß ich nicht ... Du musst mir einfach glauben. Aber ich weiß, wo man Äpfel findet, ich kenne die Schlupflöcher im Uferbereich, in denen sich die Meeraale verkriechen, und ich weiß auch, dass es irgendwo da drüben ein Kloster gibt, das eine sehr wertvolle Glocke birgt ...«

Blaise ließ langsam den Apfel sinken, in den er gerade hatte hineinbeißen wollen.

»Sprich weiter...«

»Wie meinst du das, sprich weiter? Was willst du denn, dass ich dir erzähle? Ich habe den Eindruck, diese Insel zu kennen, das ist alles!«

Der Mönch schien Mühe zu haben, sich zu beherrschen, und strich sich – wie so oft – mit der Hand über die Tonsur, dann kratzte er sich den Bart.

»Was du mir sagst, erinnert mich an etwas«, erklärte er sanft.
»Hat deine Mutter dir davon erzählt?«

»Das weiß ich nicht mehr.«

»Du lügst!«, schrie Blaise so laut und in so rüdem Ton, dass
Bradwen sich zu ihnen umdrehte. »Nun sag doch wenigstens
einmal die Wahrheit!«

In seiner Erregung hatte er Merlin am Kragen gepackt. Dieser machte sich jedoch ohne viel Federlesens los und ging auf
Distanz zu seinem Gefährten, gleichzeitig fassungslos und verärgert über das Gebaren, das der Mönch ihm gegenüber plötzlich an den Tag legte. Abermals stierten sie sich an und maßen
einander mit Blicken, und diesmal war es das Kind, das sich als
Erstes geschlagen gab.

»Ich glaube . . .« Merlin senkte das Haupt und sprach so leise,
dass seine Stimme nur noch ein Murmeln war. »Ich glaube,
dass die Meinen hier gelebt haben. Für den, der sie zu erkennen vermag, sind ihre Spuren noch an den Bäumen und Steinen zu sehen.«

Er äugte zu Blaise hinüber, der keinerlei Reaktion zeigte.

»Es waren Mönche aus unserer Heimat, die sie vertrieben
haben«, fuhr er in zögernderem Ton fort. »Britannier, die vom
Meer her kamen, angeführt von einem Priester, der eine Stola
trug . . . Dank der Magie deines Gottes haben sie sich in die
Fluten gestürzt und waren nie mehr gesehen.«

Langsam erhob der Geistliche den Blick und schaute das
Kind an. Sein Herz klopfte, und er versuchte einige Sekunden
lang angestrengt, seine eigenen Erinnerungen zu sortieren und
sie dem, was Merlin soeben erzählt hatte, gegenüberzustellen.
Er dachte an Paulus Aurelianus, dem Gott im Bauch eines Fisches eine Glocke hatte zukommen lassen. Ebenjener Paulus
Aurelianus war es auch gewesen, der einst einem Drachen
seine Stola um den Hals gelegt und ihm geboten hatte, sich ins
Meer zu stürzen und nie wieder aufzutauchen . . .

»Auf diese Weise hat Paulus den Drachen verjagt«, wagte Blaise zu sagen.

Merlin zuckte mit einem höhnischen Lachen die Achseln.

»Den Drachen! Den Teufel! Warum nennt ihr die Dinge nie bei ihrem wirklichen Namen?«

»Ich glaube, ich weiß, wo wir sind«, beharrte Blaise, ohne Merlins Bemerkung zu beachten. »Und wenn ich mich nicht irre, so hat uns Gott, der Allmächtige, hierher geführt, mein Sohn.«

»Ist er nicht immer derjenige, der unsere Schritte lenkt?«

»Nein ... Nein, versuch nicht, dich lustig zu machen. Du kennst diese Geschichte ebenso gut wie ich. Diese Insel hier heißt Battha, ›die flache Insel‹, und der Priester mit der Stola ist Paulinus Aurelianus[3], Sohn des Grafen Porphyrius und ein Angehöriger deines eigenen Geschlechts!«

Er hatte sich Merlin genähert und ihn am Arm gepackt, erschüttert von dieser plötzlichen Erkenntnis, doch Letzterer riss sich ungestüm los.

»Das ist nicht mein Geschlecht.«

»Du bist Prinz Emrys Myrddin, Sohn des Ambrosius Aurelianus. Und Paulus Aurelianus ist ...«

»Das ist nicht mein Geschlecht! Ich bin ein Bastard, hast du das etwa vergessen? Frag ihn!«

Mit einer wütenden Geste zeigte er auf Bradwen, der ein Stück entfernt stand und mit angehaltenem Atem zuhörte, ohne recht zu begreifen, was er da vernahm.

»Ich bin Merlin, Sohn des Morvryn, Herrscher der Elfen von Brocéliande«, fuhr er leiser, mit tonloser Stimme fort. »Mein Geschlecht ist das, das Aurelianus hier bekämpft hat! Mein Geschlecht ist das, was du den Drachen nennst, das Gottlose,

---

[3] Paulus Aurelianus, Gründer eines Klosters auf der Insel Batz (Insula Battha), später Bischof von Léon, dem die Stadt Saint-Pol-de-Léon ihren Namen verdankt.

den Teufel! Mein Geschlecht ist auf die andere Seite dieses Meerarms geflohen, zu einem Land ohne Menschen hin. Und genau dort werde ich ebenfalls hingehen!«

Blaise nickte, ohne zu antworten, dann kehrte er ihm eine Weile lang den Rücken zu, bis er seine innere Ruhe wieder gefunden und seine Gedanken geordnet hatte. Als er zu Merlin zurückkam, hob er versöhnlich die Hände.

»Wo immer du hingehst, ich komme mit dir... sofern du nichts dagegen hast. Aber ich bitte dich, gib mir noch ein paar Stunden Zeit. Ich muss das Kloster des Aurelianus finden. Wenn Gott uns bis hierher geleitet hat, zu ebendiesem Ort, so ist das kein Zufall, begreifst du?«

»Verlass dich aber nicht darauf, dass ich endlos warte.«

»Bis heute Abend oder morgen früh, wenn Ebbe ist. Auf die Weise können wir trockenen Fußes nach drüben gelangen. Und wenn es wirklich Elfen sind, die Paulus Aurelianus von Battha vertrieben hat, so werde ich es in Erfahrung bringen.«

Noch während er sprach, hatte er das Kind liebevoll bei den Schultern gepackt, worauf dieses sich beruhigte und sich zu einem Lächeln herabließ.

»Spätestens morgen machen wir uns auf den Weg zum großen Wald. Aber was immer wir dort entdecken und gleich, was uns dort widerfährt – vergiss deine wahre Familie nicht.«

Das Kind tat den Mund auf, um zu antworten, doch der Mönch war schneller und ergriff erneut das Wort. »Deinen Sohn, Merlin. Vergiss deinen Sohn nicht!«

III

Die Anschuldigung

Auch heute würde wieder ein schöner Tag ... Unten am Fluss badeten die Kinder im glitzernden Wasser, und ihr Johlen und Kreischen übertönte den Lärm aus der Stadt, das laute Treiben auf dem Markt und das ungleichmäßige Hämmern, das aus der Schmiede heraufdrang. Die Mönche hatten soeben zur Terz[1] geläutet und die nächtliche Kühle verflüchtigte sich bereits, selbst in Guendoloenas Gemach.

Ja, auch heute würde das Wetter schön, aber was nutzte ihr das? Für sie würde es nur ein weiterer Tag, den sie eingesperrt blieb, ohne ihr Neugeborenes zu sehen, und an dem sie keinen anderen Besuch haben würde als ihre Zofen, die dienstergeben um sie herumschwirrten und ein raues Gälisch sprachen, von dem sie kaum etwas verstand. Und es würde, wie jeden Tag, eine kratzbürstige Hebamme bei ihr vorbeikommen, deren schwielige Hände erst vor kurzem grob in ihrem Leib herumgefuhrwerkt hatten, bevor sie ihr Bauch und Busen bandagiert hatte. Solange die Königin Blut verlor und ihre Milch nicht versiegt war, war sie unrein und durfte weder der Messe beiwohnen noch die Kommunion empfangen, ja, sie durfte nicht

---

[1] Gebet um die dritte Tagesstunde, das heißt um neun Uhr morgens.

einmal den König sehen. Sie konnte schon froh sein, wenn man ihr Neuigkeiten von ihrem Sohn überbrachte, der irgendeiner Amme anvertraut worden war und dessen fernes Weinen ihr in den Ohren klang und ihr in ihren schlaflosen Nächten schier das Herz zerriss.

Plötzlich war das harte Klicken des Türschlosses zu hören, und Guendoloena zuckte zusammen. Unwillkürlich wich sie von der Türleibung zurück, gleich einem kleinen Mädchen, das man bei einer Untat ertappt hat, und sogleich hätte sie sich ohrfeigen mögen. Sie reckte das Kinn und wappnete sich bereits, die Dienerin, die die Milch und die getrockneten Früchte für ihren Morgenimbiss brachte, wieder wegzuschicken; doch der, der da eintrat, war ein Mann. Ein Greis, der eine schwarze Mönchskutte trug und sich mühsam vorwärts bewegte, mit tappenden Schritten und gebeugtem Haupt, gestützt von einem Novizen, der ebenfalls die Augen zum Boden niedergeschlagen hatte, so als könnte der bloße Anblick der Königin ihn beschmutzen.

Guendoloena seufzte geräuschvoll, um ihrer Verärgerung Ausdruck zu verleihen, was jedoch auf die beiden frommen Männer, die eine halbe Ewigkeit brauchten, um in die dunkelste Ecke des Zimmers zu gelangen, nicht den geringsten Eindruck machte. Der alte Mann setzte sich ächzend vor Erschöpfung auf eine mit Bärenfell bezogene Bank. Und kaum war dies vollbracht, verließ der Novize das Zimmer und schloss die Tür wieder hinter sich. Guendoloena wandte daher ihre Aufmerksamkeit ihrem Besucher zu, der jetzt sein Gesicht ins Licht bewegte. Sie erkannte ihn auf der Stelle und fiel mit gefalteten Händen auf die Knie. Es war Kolumban, der Heilige von der Insel Iona, den ganz Britannien unter dem Namen Columcille verehrte, »die Taube der Kirche«.

»Verzeiht, Pater Kolumban, mit Eurem Besuch habe ich nicht gerechnet ...«

Der Greis lächelte.

»Es ist an dir, mir zu verzeihen, meine Tochter. Ich hatte dir versprochen, dich regelmäßig zu besuchen, und nun bin ich seit deiner Hochzeit nicht mehr in Dunadd gewesen ... Komm zu mir.«

Die Königin setzte sich neben ihn in die düstere Zimmerecke, in die er sich geflüchtet hatte. Sie erwiderte sein Lächeln, nicht wissend, was sie sagen sollte, und errötete plötzlich, als ihr klar wurde, dass sie nur ein dünnes Untergewand trug, dessen feiner Leinenstoff ihre weiblichen Formen wohl nicht im Geringsten verhüllt hatte, als sie wenige Augenblicke zuvor im gleißenden Sonnenlicht vor dem Fenster gestanden hatte. Wenn sie es sich recht überlegte, war dies womöglich der Grund, dass der Mönch es derart eilig gehabt hatte, sich in diesen dämmrigen Winkel zu retten ...

»Lass mich dich ansehen«, murmelte Kolumban.

Guendoloena rang hart um ihre Fassung, war jedoch sogleich erneut verunsichert, als sie das Gesicht des Abtes erblickte. Trotz seiner Hagerkeit und seines gemäß den Gebräuchen der keltischen Kirche vollständig geschorenen Schädels hatte sich Kolumban bis zu einem gewissen Grad ein gutes Aussehen bewahrt. Allerdings war sein Blick von einem opalenen Schleier getrübt, der beinahe seine ganzen Pupillen überzog. Der Blick eines Blinden ... Mit seinen pergamentenen Fingern strich ihr Columcille langsam über das Gesicht, dann ergriff er ihre Hände und drückte sie voller Wärme.

»Ich kann fast nichts mehr sehen«, hauchte er. »Und das Tageslicht tut mir weh ... So steht es um mich. Der Herr bestraft mich für meine Sünden, indem er mich zwingt, das Leben eines Gebrechlichen, Überflüssigen zu führen, der nicht einmal mehr imstande ist, sich selbstständig fortzubewegen. Zweifellos lautet Sein Urteil, dass ich nicht würdig bin, zu Ihm zu kommen.«

»Wenn Ihr nicht würdig seid, Pater, so frage ich mich, wer es dann wäre!«

»Nun, täusch dich da nicht.«

Kolumban tätschelte ihr die Hand und lehnte sich mit einem tiefen Schmerzensseufzer an die Wand.

»Ich bin zweiundfünfzig. Das ist eigentlich nicht so alt, weißt du ... Andere stehen in diesem Alter in der Blüte ihres Lebens, sitzen hoch zu Ross und schlagen Schlachten, während mir nichts anderes bleibt, als Buße zu tun, wieder und wieder, bis ich meine Schuld beglichen habe und Gott meine Seele zu sich nimmt.«

»Pater, ich verstehe nicht ...«

»Ja, weil du Britannierin bist«, murmelte Columcille. »Die Gälen aus Hibernia[2] oder dem Skotenreich wissen um meine Geschichte und um mein Vergehen. Es ist nur recht und billig, dass auch du es einmal erfährst ...«

»Pater, ich ...«

Der fromme Mann hob die Hand, um dem Protest der jungen Königin Einhalt zu gebieten.

»Als ich jung war, hatte ich nicht die geringste Absicht, mein Leben Gott zu weihen. Ich wollte König werden oder zumindest ein großer Kriegsherr. Das entsprechende Blut floss ja in meinen Adern. Väterlicherseits stamme ich vom königlichen Geschlecht der Ui Neill ab und mütterlicherseits vom Hause Leinster. Indessen zwang man mich, in den Orden einzutreten, in das Kloster meines Lehrers Finnian von Moville. Doch seine Frömmigkeit und sein gutes Vorbild genügten nicht, um meinen Dünkel zu mäßigen. Eines Tages entlieh ich im Kloster von Magh Bile eine Übersetzung der Psalmen, die der heilige Hieronymus besorgt hatte, um sie abzuschreiben. Als ich damit fertig war, verbot man mir, mein Werk mitzunehmen. ›Ein

---

[2] Irland.

54

Kälbchen muss stets bei seiner Mutter bleiben‹, hieß es ...
Dort vor Ort hätte ich die Psalmen so oft einsehen können,
wie ich wollte, und im Übrigen kannte ich sie auswendig,
nachdem ich so lange daran gesessen hatte, um sie zu übertragen. Doch statt zu gehorchen, floh ich gleich einem Dieb und
nahm das geheiligte Buch mit ... Aufgrund dieser Tatsache
kam es in Cooldrevne zu einer grässlichen Schlacht, zu einem
Gemetzel, an dem ich mich auch noch leidenschaftlich betei-
ligte ... So viele Tote, so viele blutüberströmte Verletzte wegen eines Gebetbuches, und alles meine Schuld ...«
Der alte Mann hielt inne. Trotz des Halbdämmers meinte
Guendoloena eine Träne über seine Wange rinnen zu sehen.
»Es gibt kein schlimmeres Verbrechen, als im Namen Gottes
Mord und Totschlag anzuzetteln«, stöhnte er. »Und so sieht
meine Buße aus: ebenso viele Seelen zum Glauben zu führen
wie durch mein Vergehen ins Verderben gestürzt worden sind.
Gewiss bin ich noch weit von der Begleichung dieser Rech-
nung entfernt ...«
Eine ganze Weile lang herrschte nur noch verlegenes Schweigen zwischen ihnen, bis der Abt seine Fassung wiedergewon-
nen hatte.
»Du siehst, wie unsinnig mein Benehmen ist«, sagte er
schließlich. »Ich bin gekommen, um dich zu trösten, und habe
nichts Besseres zu tun, als mich selbst zu bemitleiden. Entschuldige bitte.«
»Allein Eure Anwesenheit ist mir schon ein Trost, Pater Kolumban. Ich sitze seit der Geburt meines Sohnes in diesem
Zimmer fest, abgeschnitten von der Außenwelt.«
Die Stimme der jungen Frau zitterte. Sie musste schwer
schlucken, wie jedes Mal, wenn sie an das Baby dachte, das
man ihr aus den Armen gerissen hatte, kaum dass es das Licht
der Welt erblickt hatte. Ob es überhaupt noch am Leben war?
Es war keine Seltenheit, dass ein Neugeborenes bereits nach

wenigen Tagen starb, besonders wenn sein Weiterleben zur Last wurde . . . Eine schändliche Verirrung der Natur: die Geburt eines Mädchens, wenn man auf einen Jungen gewartet hatte, oder schlimmer noch, die Geburt eines Bastards . . . Sie verscheuchte diesen entsetzlichen, unfassbaren Gedanken und fing sich wieder, als sie sah, dass Kolumban sie aus seinen trüben Augen beobachtete.

»Ich fühle mich so allein«, erklärte sie mit einem schwachen Lächeln. »Aedan schreibt mir jeden Tag, als seien wir Meilen voneinander entfernt, wo er doch lediglich meine Tür aufdrücken müsste.«

»Du weißt sehr gut, dass er das nicht kann, weil du unrein bist. Es wird ja nicht mehr lange so sein. Ein, zwei Tage noch, und alles sollte ein Ende haben. Zumindest wirst du wieder hinausgehen können.«

»Und endlich meinen Sohn sehen!«

Kolumban betrachtete sie schweigend, mit ernster Miene, bis ihr Lächeln erstarb.

»Der junge Prinz und der König sind in den Augen Gottes geweihte Geschöpfe . . . Du wirst deinen ersten Kirchgang nach dem Wochenbett abwarten müssen, meine Tochter.«

Guendoloena erbleichte.

»Es ist doch nur noch einen Monat hin«, fuhr Kolumban fort. »Im Übrigen könntest du sie nicht sehen. Aedan bereitet sich gerade darauf vor, Dunadd zu verlassen, um mich zum Konvent in Druim Cett in Hibernia zu begleiten. Wir werden deinen Sohn dem Großkönig Aedh präsentieren. Wenn du es wünschst, kannst du dich während dieser Zeit in ein Kloster begeben, aber dazu bist du natürlich nicht verpflichtet . . .«

Ist das der Grund, warum du hier bist?, dachte sie. *Wie viel Zeit hast du damit verbracht, mit Aedan über Politik zu reden, bevor du mich besuchen gekommen bist?*

Der Abt aus Iona, der die Verwirrung der Königin gar nicht

bemerkte, lachte ein verkrampftes, gequältes Lachen, bevor er mit einer Bemerkung schloss, deren Sarkasmus ihm selbst gar nicht auffiel.

»Danke Gott, dass du einen Jungen bekommen hast. Bei einem Mädchen findet das Reinigungsfest erst nach sechzig Tagen statt.«

Guendoloena erhob sich, war jedoch nicht dazu in der Lage zu antworten, da ihre Kehle wie zugeschnürt war, und trat ans Fenster, um frische Luft zu schöpfen.

»Warum konnte ich nicht wenigstens Cylidd, meinen Diener, bei mir behalten – und meine Zofe?«

»Cylidd ist ein Mann, er darf nicht in deine Nähe. Was diese Frau betrifft, die hat der Kaplan entlassen. Man hat mir erzählt, sie habe ein Messer unter deine Matratze geschoben – um den Schmerz zu unterbinden, das ist so ein Aberglaube hier...«

Guendoloena schüttelte mit einem kurzen, freudlosen Lachen den Kopf.

»Das hat nicht viel bewirkt, Pater, das könnt Ihr mir glauben.«

Der alte Mann lächelte sie liebevoll an und ergriff erneut ihre Hand.

»Heißt es nicht, das Weib solle unter Schmerzen gebären? Du musst dem Himmel danken für dein Leiden, denn durch den Schmerz macht eine jede Tochter Unseres Herren Evas Sünde wieder gut und darf auf die göttliche Gnade hoffen...

Nemo enim coronabitur nisi qui legitime certaverit.«[3]

Die Königin hielt sich mit einer Antwort zurück, da sie wusste, dass sie es nicht würde vermeiden können, in ihren Worten

---

[3] »Und niemand wird gekrönt, wenn er nicht zuvor rechtschaffen gekämpft hat.« Eine der Regeln des heiligen Kolumban. (In der Luther-Bibel heißt es: »Und so jemand auch kämpft, wird er doch nicht gekrönt, er kämpfe denn recht.« Timotheus, 2. Brief, Kapitel 2, Vers 5.)

Verbitterung oder beißenden Spott durchschimmern zu lassen.

»Heute ist ein besonderer Tag«, sprach Kolumban sanft weiter. »Die Familie der Christen zählt ein Kind mehr. Dein Sohn ist getauft worden.«

Die Königin erstarrte und sie fröstelte bis ins Mark. Davon war in den Briefen Aedans keine Rede gewesen. Dass ihr Sohn im christlichen Glauben erzogen würde, verstand sich von selbst. Im Gegenzug hatte sie in den letzten Wochen ihrer Schwangerschaft oftmals versucht, mit ihm über mögliche Vornamen für das Kind zu sprechen, gleich ob es nun ein Mädchen oder ein Junge würde. Doch der Skote gab sich damit zufrieden, zu all ihren Vorschlägen zu nicken, ohne je deutlich seine Meinung zu äußern. Gebe Gott, dass er ihm nicht – wie seinen älteren Brüdern Gartnait, Eochaid Find oder Tuthal – einen von diesen schrecklichen Vornamen aus Hibernia gegeben hatte, im Gedenken an irgendeinen adligen Vorfahren der Dal Riada.

»Der junge Prinz trägt einen Königsnamen«, fuhr der Abt fort.

Kolumban hielt mit einem beinahe jungenhaften Lächeln inne, da er seine Pointen wohl zu dosieren verstand.

»Pater, das ist nicht gerade sehr christlich, mich so auf die Folter zu spannen.«

»Da hast du Recht . . . Dein Sohn heißt Artus. Ein Name, der ihm die Zuneigung sämtlicher Britannier eintragen wird, falls er eines Tages an die Herrschaft kommt.«

Das Schweigen war so drückend, dass man die Fackeln in ihren Halterungen knistern und den Regen draußen gegen das steinerne Gemäuer prasseln hörte. Sie waren ein rundes Dutzend, um eine große Tafel herum verteilt, an der fünfmal so viele

Leute Platz gefunden hätten, und sie aßen hastig, über ihre Schalen gebeugt, als wünschten sie alle so rasch wie möglich eine lästige Formalität zu absolvieren und dann schlafen zu gehen, um diesen stürmischen Tag hinter sich zu lassen. Trotz seiner gewaltigen Größe gemahnte der Raum, in dem sie sich zusammengefunden hatten, in nichts an einen Prunksaal, der eines adligen Herrn vom Stande eines Withur würdig gewesen wäre. Withur war Graf von Battha und Léon und als Kronvasall dem Frankenkönig Chilperich zu bedingungsloser Treue verpflichtet, aber zugleich Lehnsmann von Judhael, dem Herrscher von Domnonia. Die Mauern waren aus nacktem Stein und der Boden aus gestampftem Lehm. Es waren dort weder Wandteppiche noch Felle zu sehen, nichts als Stroh auf dem Boden, als Schutz gegen die Feuchtigkeit, und als einzige Dekoration ein geschnitztes Kreuz auf dem Sims des Kamins, in welchem die rötliche Glut eines Holzkohlenfeuers leuchtete. Keine Dienerin, die die Trinkbecher aufgefüllt hätte, kein Barde oder Gaukler, der die massigen, düsteren Gestalten unterhalten hätte, die sämtlich mit groben Wollsachen und dickem Lederzeug angetan waren und fast alle eine Waffe bei sich trugen sowie breite bronzene Armspangen um die Unterarme – wobei sich der Graf durch nichts von seinen Baronen abhob.

Einige Minuten zuvor hatte ein Trupp Wachen eine Hand voll Männer, Frauen und Kinder zu ihnen gebracht, die sie am Uferstreifen aufgelesen hatten, doch die Tafelnden hatten sie kaum eines Blickes gewürdigt, noch ihre Mahlzeit bei ihrem Eintreten lange unterbrochen. Erst als sie fertig gegessen hatten, erhob sich schließlich einer von ihnen, wischte sich das fettglänzende Kinn ab und ging um den Tisch herum, um die kleine Gruppe eingehend zu mustern. Er unterschied sich kaum von den anderen, allenfalls vielleicht vom Alter her, im Übrigen war er wie sie bartlos und hatte kurzes Haar, wie es

59

bei den Römern Mode war, was die Derbheit seiner von Meer und Wind gegerbten Züge nur noch stärker betonte. Ohne dass er ein Wort gesagt hätte und trotz seiner gänzlich unluxuriösen Kleidung begriff jeder, der ihn sah, dass es sich um den Grafen persönlich handelte, und sie fielen geschlossen auf die Knie, als er auf sie zukam. Withur betrachtete sie ein paar Sekunden lang, befand sie für bemitleidenswert mit ihren regentriefenden Kleidern und dem wild zusammengewürfelten Gepäck, das sie da mit sich schleppten – sogar ein Schwein und ein Vogelkäfig voller Hühner befanden sich darunter! Dann bedeutete er dem Reisigen, der die Abordnung anführte, zu reden.

»Euer Gnaden, diese Leute bitten um Asyl«, erklärte der Krieger. »Ihr Boot ist am Strand auf Grund gelaufen und angesichts des strömenden Regens dachten wir . . .«

»Das hast du gut gemacht«, erwiderte der Graf.

Mit einem müden Lächeln trat er vor, um einen der armen Teufel, die da vor ihm knieten, auf die Füße zu ziehen. Es war ein betagter Mann, älter als Withur selbst, der nass war bis auf die Knochen und heftig zitterte und schlotterte.

»Wo kommst du denn her?«

»Herr, ich komme aus Llanddowror in Dyfed.«

Der Graf wiegte das Haupt und tätschelte ihm die Schulter.

»Schon wieder Emigranten aus Britannien . . . Das ist gut.«

Mit einer Handbewegung bedeutete er den Restlichen – Männern, Frauen und Kindern –, sich zu erheben.

»Hier bekommt ihr etwas zu essen und habt ein Dach über dem Kopf zum Schlafen. Morgen werden diejenigen von euch, die keine Christen sind, getauft werden, dann werden wir euch, sofern das Wetter es zulässt, über den Kanal bringen lassen, zum Kastell Léon[4]. Von dort aus wird man euch im Pagus

---

[4] Heute Saint-Pol-de-Léon.

Daoudour[5] verteilen. Der Verwalter wird Arbeit für euch finden.«

Einige blickten einander beunruhigt an, andere stürmten zu dem Grafen hin, um ihm die Hand zu küssen, doch Withur machte sich ohne Umschweife los.

»Ihr braucht mir nicht zu danken. Ein Jahr lang, vom heutigen Tage an gerechnet, werdet ihr an eine Motte[6] gebunden sein, der ihr Gehorsam, Steuern und Frondienste schuldet. Euch wird nichts gehören, weder eure Ländereien noch eure armseligen Katen noch eure Kinder, ja nicht einmal die persönliche Habe, die ihr auf dem Rücken tragt, oder das Schiff, das euch hierher gebracht hat. Wenn ihr in einem Jahr eure Loyalität mir gegenüber und euren Glauben an Unseren Herrn Jesus Christus unter Beweis gestellt habt, dann werdet ihr würdig sein, als freie Männer zu leben... Bis dahin...«

Er durchbohrte sie mit einem Schrecken erregenden Blick.

»... gnade euch Gott, wenn ihr nicht gehorcht oder euch nicht als gute Christen erweist! Bringt sie hinaus.«

Während die Gruppe sich leise murmelnd aufmachte und der Graf sich bereits abwandte, um sich wieder an seinen Platz am Tisch zurückzubegeben, räusperte sich der Reisige, um die Aufmerksamkeit auf sich zu lenken.

»Was gibt's denn jetzt noch?«

»Der da ist nicht mit ihnen zusammen gekommen, Herr«, sagte der Soldat und zeigte auf einen Mann, der nach wie vor kniete und den zwei Wachen in der Zange hielten, die ihre gezückten Schwerter in der Hand hatten. »Wir haben ihn im Norden aufgelesen, in der Nähe des Toul ar Sarpent[7], und de-

---

[5] Das »Land der zwei Wasser«, einer der neun frühmittelalterlichen Pagi – oder Bezirke – im armorikanischen Königreich Domnonia.

[6] Kleines, auf einem Erdhügel erbautes Fort eines adligen Herrn, von dem kleinere Landsitze Unfreier abhingen.

61

nen dort sind wir auf dem Rückweg begegnet. Als sie ihn erkannten, glaubte ich, sie würden ihn töten!«

»Ach, wirklich?«

Withur lächelte seinen Baronen belustigt zu, dann sah er
sich suchend nach dem alten Mann um, mit dem er wenige
Minuten zuvor gesprochen hatte.

»He, Alter, komm noch mal her!«

Der Angesprochene löste sich von den anderen und näherte
sich dem Grafen.

»Kennst du diesen Mann hier?«

»Jawohl, Herr«, erwiderte der Greis aus Llanddowror mit
einem Blick zu dem Gefangenen hinüber, aus dem der blanke
Hass sprach. »Das ist ein Pirat und Mörder. Wir haben viel für
die Überfahrt bezahlt, aber sie haben versucht, uns zu töten
und auszurauben!«

»Wen meinst du mit ›sie‹?«, forschte Withur nach. »Gibt's da
noch andere?«

»Die andern sind tot, Herr... Aber der da ist ins Wasser gesprungen, um seine Haut zu retten.«

Der Graf musterte den Gefangenen, betrachtete das jäm-
merliche Häufchen Überlebender mit zweifelnder und zugleich amüsierter Miene und lachte schallend los. Und seine
am Tisch sitzenden Barone konnten ihre Erheiterung ebenfalls
nicht länger unterdrücken und fielen alsbald in das Gelächter
mit ein. Da erhob sich unvermittelt ein Mönch zwischen
ihnen, dessen Schädel vollständig geschoren und der mit einer
weißen Mönchskutte sowie einem Überwurf aus Ziegenfell
bekleidet war. Ihr Gelächter erstarb auf der Stelle.

»Verzeih mir«, grummelte Withur und sah den Mönch an, so
dass man erst, als er sich wieder dem alten Mann zuwandte,

---

⁷ »Schlangenloch«: die Stelle, an der Paulus Aurelianus den Drachen ins
Meer gejagt hat. [Anm. d. Übs.]

wusste, wem diese Entschuldigung eigentlich galt. »Verzeih mir, aber wir haben eigentlich nicht gerade Grund zum Lachen heute Abend ... Es ist nur so, dass du mir nicht eben das nötige Format zu haben scheinst, einen so kräftigen Spitzbuben über Bord zu werfen, und schon gar nicht das, seine Gefährten zu töten!«

»Er war es nicht und auch keiner von denen da, Herr!«, presste der Gefangene zwischen den Zähnen hervor.

Einer der Wachtposten, die ihn flankierten, hob bereits den Arm, um ihm einen Schlag mit der flachen Schwertklinge zu versetzen, doch der Graf schüttelte abwehrend den Kopf.

»Du hast etwas zu erzählen, ja?«

»Ich bin kein Pirat, Herr. Mein Name ist Gorthyn, ich bin ein Matrose von Gottes Gnaden und diese elenden Schurken haben unser Boot mithilfe eines Hexers gestohlen!«

Über den Versammlungssaal senkte sich erneut bleiernes Schweigen – doch diesmal war dies nicht mehr Langeweile und Müdigkeit zuzuschreiben, sondern Bestürzung, Entrüstung und Schrecken. Die Reisigen und Barone von Withur, die an der großen Tafel saßen, erhoben sich, und ihre Mienen waren noch ernster als sonst; einige rückten näher zu dem Grafen hin, wie um ihn zu schützen. Der Mönch mit dem Ziegenfellüberwurf stieß denen, die nicht rasch genug zur Seite wichen, die Ellbogen in die Rippen und stürzte mit einer aufgeregten Hast, die an einem anderen Ort und unter anderen Umständen möglicherweise ein Lächeln hervorgerufen hätte, nach vorne.

»Du klagst diese Unglücklichen der Hexerei an?«, brummte der Graf. »Sieh dich gut vor, Matrose. Das sind keine Dinge, die wir hier auf die leichte Schulter nehmen!«

Der Mönch rannte ihn um ein Haar um und stürmte vor Gorthyn hin, bevor Letzterer überhaupt die Gelegenheit gehabt hatte zu antworten.

»So hör er mir zu, guter Mann. Ich bin Pater Cetomerinus,

Präpositus Seiner Exzellenz, des Bischofs. Mich kannst du nicht anlügen, denn das hieße Gott selbst anlügen, und du würdest tausend Jahre in der Hölle schmoren. Befindet sich dieser Hexenmeister unter ihnen?«, fragte er mit einer Kopfbewegung zu der Gruppe der Emigranten hinüber.

Gorthyn bekreuzigte sich flüchtig und ergriff sogar das Gewand des Ordensbruders, um es ehrfurchtsvoll an die Lippen zu führen.

»Nein, Euer Gnaden, er ist nicht zugegen ... Vielleicht ist er geflohen oder vielleicht hat er sich in einen Seevogel verwandelt! Aber ich schwöre bei Gott und bei der Jungfrau Maria, dass ich die Wahrheit sage. Fragt sie selbst! Sie haben den Dämon alle gesehen, genau wie ich!«

Withur und seine Barone drehten sich nach den überlebenden Passagieren um, die sich eng aneinander gedrückt hielten wie eine von Wölfen umzingelte Schafherde und ebensolche zu Tode verängstigten Gesichter machten. Der Graf fluchte leise in sich hinein (was ihm einen tadelnden Seitenblick von seinem Mönch eintrug) und ballte seine riesigen Fäuste. Schon öffnete er den Mund, um sie zu befragen, doch Cetomerinus hielt ihn am Arm zurück.

»Dieser Hexer«, fragte er Gorthyn, »wie sieht er denn aus?«

»Das vergesse ich gewiss nicht so schnell! Bisweilen könnte man meinen, er sei ein Kind, bisweilen, er sei eine Frau, bisweilen, er sei ein Greis. Er hat schlohweißes Haar, das mindestens eine Elle lang ist, ist dunkel gewandet und trägt einen Bogen ... Und dann ...«

»Nun, was denn, sprich weiter!«

»Euer Gnaden, verzeiht mir«, sagte Gorthyn und senkte das Haupt. »Er ist in Begleitung eines Mönchs unterwegs.«

»Eines Mönchs?«

Cetomerinus ließ den Arm des Grafen los und sein Gesicht war plötzlich ebenso bleich wie seine Kutte.

»Der Himmel möge einen Blitz herabsenden und mich töten, wenn ich lüge, Hochwürden! Er... Er trug keine weiße Kutte wie Ihr. Die seine ist schwarz ... und er hat einen Bart.«

»Allmächtiger Gott!«

Der Ordensgeistliche schien einen Moment lang zu taumeln, den Blick in der Ferne verloren, dann starrte er den Grafen mit verstörter Miene an, stammelte einige Worte, um kundzutun, man möge auf ihn warten, und sprang mit großen Schritten davon.

Draußen regnete es in Strömen, die Nacht war so schwarz, wie sich nur irgend denken lässt, und der Vollmond von dicken Wolken verhüllt. Der Geistliche zauderte nur einen kurzen Augenblick, dann zog er sich seine Kapuze über den Schädel und eilte den Weg hinunter, der zu dem eingefriedeten Klostergrundstück außerhalb des Marktfleckens und der Befestigungsanlagen führte. Binnen weniger Minuten gelangte er zu der niedrigen Mauer, die das Kloster umgab, trommelte an die Tür, bis der Bruder Pförtner ihm öffnete, und stürzte in das Anwesen hinein, direkt auf das einzige Steingebäude weit und breit zu, das sowohl den Altarraum wie auch die Zelle des Präpositus beherbergte.

Sein plötzliches Auftauchen in der Kapelle schreckte einen Novizen hoch, der in den Bankreihen gesessen hatte und ihn verstört anblickte. Cetomerinus bemühte sich um ein Lächeln und bedeutete ihm, sich wieder zu setzen, um dann selbst so lange vor dem Hauptaltar niederzuknien, bis er wieder zu Atem kam. Die vom Regen durchnässte, raue Wolle seines Gewandes, die unterwegs obendrein noch über und über mit Schlamm bespritzt worden war, klebte ihm auf der Haut. Das war ja nun ohnehin schon nicht die passende Aufmachung, um vor einem solchen frommen Mann zu erscheinen, daher wollte er zumindest warten, bis seine Züge sich wieder entspannt hatten und sein Atem wieder gleichmäßig ging. Zur Rechten des Altars trennte eine kleine Türe die Kapelle von der Zelle, in die sich der Meister zurückgezogen hatte und die in ebenjenem Moment von dem Mann bewacht wurde, den er suchte, um ihn zu holen. Schließlich war er körperlich zur Ruhe gekommen, doch sein Gemüt war nach wie vor erregt angesichts der Vorstellung, dass der Meister irgendwie in Gefahr schweben könnte, und der Präpositus atmete tief aus, um seine Lungen zu entleeren, bekreuzigte sich und ging mit langsamen Schritten auf die Türe zu.

Das von einem süßlich-herben Geruch erfüllte Zimmer war winzig und wurde nur äußerst spärlich von einer in ein Schälchen mit Öl getauchten Lichtschnuppe erhellt. Paulus Aurelianus lag reglos auf einem niedrigen Lager. Mit hundertundvier Jahren hoffte derjenige, den alle, von der Insel Britannien über die Bretagne bis hin zum Hofe König Chilperichs in Paris, als einen der größten Heiligen des Christentums ansahen, seit Wochen auf den Tod, der sich nicht einstellen wollte, obschon ihn seine letzten Kräfte eigentlich schon seit langem verlassen hatten. Nachdem er etliche Jahre zuvor wider seinen Willen Bischof von Léon geworden war, hatte Aurelianus angesichts seines nahenden Todes beschlossen, seinen unendlich langen Weg auf Battha, in seinem Kloster zu beschließen, weit weg von all dem Gold und Reichtum, die die Prälaten der fränkischen Kirche ungeniert zur Schau trugen. Der Präpositus, der von der Reglosigkeit seines Meisters beunruhigt war, näherte sich lautlos und streckte zögernd die Hand nach dessen Gesicht aus.

»Keine Angst, lieber Bruder, er schläft.«

Cetomerinus' Anspannung wuchs, aber er bemühte sich dennoch, sich gegenüber dem Mönch in der schwarzen Kutte, der am Lager des heiligen Mannes kauerte, nichts anmerken zu lassen.

»Das widerfährt ihm nicht mehr so oft«, murmelte dieser leise.

Als er ihn so im Halbdämmer der Zelle liegen sah, mager und pergamentartig wie eine Leiche, wahrhaftig schon aussehend wie ein Toter, stiegen Cetomerinus die Tränen in die Augen. Diesmal würde der Meister wirklich und wahrhaftig sterben ... Zweimal hintereinander hatte Paulus Aurelianus bereits sein Bischofsamt niedergelegt und hatte einen Nachfolger benannt – zunächst seinen Schüler Jaoua, dann den weisen Tiernmaël, doch den einen wie den anderen hatte Gott noch vor ihm zu sich gerufen. Jedes Mal hatte der alte Mann seine Aufgabe wieder so lange übernommen, bis ein neuer Schüler ausgebildet war. Ohne Zweifel wäre er, Cetomerinus, der Nächste. Und gewiss stünde dieser Augenblick dichter bevor, als er es wünschte.

Der Präpositus entfernte sich von der Bettstatt und wandte sich dem bärtigen Mönch mit Tonsur zu.

»Euretwegen bin ich gekommmen«, flüsterte er. »Könnt Ihr mich nach draußen begleiten, Bruder Blaise?«

Ohne eine Antwort abzuwarten, verließ der Präpositus die Zelle und steuerte geradewegs auf den Novizen zu, um ihn zu beauftragen, über Aurelianus' Schlaf zu wachen; dann durchquerte er die Kirche und blieb vor dem Eingang stehen, bis Blaise ihn eingeholt hatte. Der Regen fiel immer noch unverändert dicht, und das hölzerne Vordach, das das große Flügelportal beschirmte, bot nur einen dürftigen Schutz. Trotz allem gibt es Dinge, die man nicht im Hause Gottes bespricht, selbst wenn es heftig regnet.

Blaise schnitt eine Grimasse, als er die Wassermassen erblickte, die sich draußen vom Himmel ergossen.

»Was ist denn los?«, fragte er, während er sich die Kapuze über den Schädel zog.

»Ihr habt mir doch erzählt, ihr wäret heute Morgen auf der Insel gelandet, nicht?«

»Jawohl.«

»An Bord eines Korakels, mit einer Gruppe Einwanderer zusammen?«

Der Mönch runzelte die Brauen, bejahte die Frage jedoch, auch wenn er fürchtete zu begreifen, worauf Cetomerinus hinauswollte.

»Ihr müsst mit mir zum Grafen kommen«, erklärte Letzterer.

»Um diese Stunde und bei diesem Wetter?«, fragte Blaise entgeistert. »Da muss es sich schon um eine ernste Angelegenheit handeln!«

»Diebstahl, Mord, Besessenheit ... Hexerei ... Ist Euch das ernst genug, Bruder?«

IV

Der Tod des Barnabas

Die Sonnenstrahlen spielten durch das Zweigwerk der Hütte, das noch vor Nässe schimmerte, nachdem es die ganze Nacht weitergeregnet hatte. Bradwen war von dem heiseren Schrei der Möwen erwacht und sah ihnen zu, wie sie über dem Uferstreifen ihre Kreise zogen.

Er fühlte sich schmutzig und stinkend, Bart und Haare waren voller Sand, sein Körper tat weh nach der höchst unkomfortablen Nacht, und seine Kleider waren immer noch feucht. Stöhnend richtete er sich auf, verließ seinen Unterstand und hielt sich schützend die Hand vor die Augen, um den Strand zu begutachten. Das Meer war ruhig und schillerte unter einer leisen Dünung. Das Kind war nirgends zu sehen. Vermutlich war es losgezogen, um Muscheln oder Früchte zu suchen ... Bradwen kehrte dem glitzernden Blau den Rücken und ging zu einem Busch, um seine Blase zu erleichtern. Und schon waren all seine Sinne hellwach. Eine unauffällig vorbeihuschende Gestalt hatte sich soeben, mindestens zehn Ellen von ihm entfernt, hinter einem Baumstamm versteckt ... Instinktiv fasste er sich mit der Hand an die Seite, doch er hatte sein Schwert, ebenso wie Merlins Bogen, in der Hütte liegen lassen. Während er sich hastig wieder ankleidete, beobachtete er lauernd den Waldsaum, dann sprang er mit einem unvermittelten Satz auf ihre Hütte aus Zweigen zu. Er hielt jedoch jäh inne, als er einen kräftigen Burschen erblickte, der breitbeinig vor ihrer provisorischen Behausung aufgepflanzt stand. Der Mann hatte kurzes Haar, wie es in der Bretagne Mode war, und trug nichts weiter am Leib als einen ledernen Gambeson, der bis über seine Oberschenkelhosen hinabreichte, und als einzige Waffe einen langen Dolch, den er nicht einmal aus der Hülle gezogen hatte. Während seine Soldaten sich ihnen näherten, beäugte er Bradwen höchst argwöhnisch.

»Wer seid Ihr?«, rief Letzterer. »Wo sind meine Tiere?«

Der Mann schmunzelte und warf einem seiner Gardisten einen verschwörerischen Blick zu. Und schon spürte Bradwen, wie er von mächtigen Pranken gepackt wurde, die ihn auf die Knie zwangen.

»Da du es gerne wissen willst: Ich bin Sergeant Erle, und ich gehöre zum Grafen Withur, Herrn über diese Insel und über ganz Léon. Reicht dir das? . . . Also, jetzt bist du dran mit Reden. Wo steckt der Hexer?«

»Wie bitte?«

Ein Lanzenschaft traf ihn hart zwischen den Schulterblättern und schleuderte ihn zu Boden.

»Wo ist der Hexer?«, wiederholte der Sergeant in gleichgültigem Ton.

Diesmal hatte Bradwen verstanden. Der Mönch musste gefangen genommen worden sein; und diese Rohlinge hatten ihn wohl zum Reden gebracht. Der Hexer, den sie suchten, konnte nur Merlin sein.

Langsam richtete er sich wieder auf, bewegte vorsichtig seine schmerzenden Schultern und betrachtete, immer noch auf Knien inmitten der Wachen, den Uferstreifen, das friedliche Schaukeln der Wellen und den makellos blauen Himmel. Merlin bedeutete ihm nichts weiter, und um seinen eigenen Kopf zu retten, reichte es wahrscheinlich, wenn er alles erzählte, was er wusste, doch er beschloss, Schweigen zu bewahren … Ohne triftigen Grund – jedenfalls ohne irgendeinen Grund, der es wert gewesen wäre, dass er sein Leben aufs Spiel setzte – hatte er sich in dem Augenblick entschieden, nicht mehr länger davonzulaufen. Vielleicht geschah es aufgrund dessen, was das Kind in seinem Innern gelesen hatte. Vielleicht auch ganz einfach deshalb, weil es so ein schöner Morgen war … Dieser Gedanke belustigte ihn, und sein Schmunzeln trug ihm umgehend einen weiteren Hieb ein, der zwar noch heftiger war, dem er jedoch diesmal standhielt.

»Ob du nun auspackst oder nicht, spielt überhaupt keine Rolle«, erklärte der Sergeant. »Wir werden ihn auf alle Fälle finden.«

»Also, dann finde ihn und lass mich in Frieden.«

Einige Sekunden lang starrten die beiden Krieger sich an – Bradwen mit dem ganzen Hass und der Unbeugsamkeit eines Wesens, das bereit ist zu sterben, der andere mit der amüsierten Gleichgültigkeit eines Soldaten, der es gewohnt ist zu töten und für den das Leben eines am Strand aufgelesenen Vagabunden nicht einmal ein Zögern wert ist. Mit einem lang gezogenen metallischen Knirschen zog Erle seinen Dolch aus der Scheide.

»Wie du willst …«

Er packte Bradwen an den Haaren, bog ihm den Kopf nach hinten und hob seine bewaffnete Hand; doch in dem Augenblick, als er zustoßen wollte, traf ihn ein Stein am Handgelenk, und zwar so hart, dass seine Klinge mehrere Fuß weit fortflog.

»Suchst du *mich*?«

Wie ein Mann drehten die Wachen sich zu dem Wäldchen um, von dem die Stimme herkam. Ihren Gesichtern nach zu urteilen, erwarteten sie eindeutig, irgendeinen der Hölle entsprungenen Dämon zu erblicken, einen flammenumkränzten Hexer oder irgendeine wie auch immer geartete andere Schreckensgestalt, aber sicherlich nicht dieses Kind, das bleich wie ein Mädchen war.

»Ich bin Merlin«, sagte es, während es seelenruhig auf sie zukam. »Dieser Mann . . .«

Sein Blick glitt zu Bradwen hinüber und wanderte dann zu dem Sergeanten zurück, um dort haften zu bleiben.

». . . dieser Mann gehört nicht zu mir.«

Einen Augenblick lang schien der alte Haudegen zu zögern, dann stieß er Bradwen mit einer jähen Geste von sich und hob seinen im Sand liegenden Dolch auf.

»Ergreift diesen Bengel«, befahl er und wies mit dem Kinn auf Merlin. »Und was dich betrifft . . .«

Bradwen war wieder aufgestanden. Sein Herz klopfte zum Zerspringen, doch seine Hände zitterten diesmal nicht und er blickte dem Sergeanten ruhig in die Augen.

». . . so bete, dass unsere Wege sich nie wieder kreuzen.«

Erle musterte Bradwen erneut mit einem verächtlichen Grinsen, doch als er Anstalten machte zu gehen, hielt der Krieger ihn am Arm zurück.

»Einen Augenblick noch!«

Erle versuchte, sich loszumachen, aber Bradwen hatte Kraft in den Fäusten und sein Hass hatte sich nicht gelegt.

»Mein Pferd und meine Maulesel!«

Noch einmal maßen sie sich mit Blicken und im Grunde waren sie einander ziemlich ähnlich: Der Kumbrier hatte zwar langes Haar und einen schwarzen Bart, und der Bretone war glatt rasiert wie ein Römer, doch waren sie beide im selben Alter, waren gleich groß und führten ein vergleichbares Leben. Allerdings war dieses Mal das Kräfteverhältnis ein anderes.

»Da hinten«, brummte der Sergeant. »In dem Wäldchen . . .«

Bradwen nickte bedächtig und ließ ihn los. Ohne sich noch weiter um ihn zu scheren, machten die Wachen kehrt und

72

formten einen engen Kreis um das Kind. All die Zeit über, die er ihr Tun mit den Augen verfolgte, wandte sich Merlin nicht ein einziges Mal in Bradwens Richtung.

Unterhalb von Withurs Lehnssitz lag die Ortschaft Battha, ein Fischer- und Seefahrerdorf, mit einem Hafen, der von Booten aller Größen verstopft war und von einem betäubenden Geruch nach Tang und geräuchertem Fisch überwölkt. Der Boden war vollkommen aufgeweicht vom Unwetter des Vortags, und die Netze, die so zahlreich über den ganzen Weiler verteilt waren, dass dieser wie ein riesiges Spinnennetz wirkte, hatten schwer gelitten. Außer der Festung und der Klosterkirche gab es auf der Insel zwar nur vereinzelt Gebäude aus Stein; doch auch wenn keinesfalls geprotzt wurde, herrschte hier ein gewisser Überfluss. Schweine, Hunde und Unmengen von Federvieh liefen zwischen den Fleischerbuden umher, offensichtlich ohne dass irgendeiner daran dachte, sich ihrer zu bemächtigen – sei es aus Furcht vor Withurs Reisigen, sei es aus Respekt vor den Zehn Geboten. Keiner von denen, denen sie begegnet waren, hatte wirklich reich gewirkt, doch wenn man ihr Äußeres und ihre Kleider aus guter Wolle besah, so war wohl auch keiner von ihnen arm. Um durch die engen, überfüllten Gassen zum Lehnssitz hinaufzugelangen, hatten Erle und seine Männer zuweilen die Ellbogen einsetzen müssen, und sie waren halb taub von dem Gebrüll der Menge auf dem Markt, von den Hammerschlägen der Schmiede und dem donnernden Gepolter der Fässer, die vom Hafen aus über den steinigen Grund gerollt wurden. In diesem dichten Gedrängel hätte Merlin mehr als einmal entkommen können. Es hätte genügt, sich zu ducken, sich unter eine Gruppe Gaffer zu mischen oder unter einen Verkaufsstand zu schlüpfen, zumal die Wachen stärker darum besorgt schienen, sich aus dem Geschiebe

73

und Gestoße herauszuziehen, als darum, ihren Gefangenen im Auge zu behalten. Er unternahm jedoch keinerlei Versuch zu entkommen und folgte ihnen willig bis zu den Befestigungsanlagen rund um den Lehnssitz und weiter in das finstere Loch, das ihnen als Quartier diente.

»Warte hier«, sagte Erle, der sogleich wieder hinausging, einfach, nachdem er ihm mit einer vagen Geste einen freien Hocker am Tisch zugewiesen hatte.

Die anderen steckten ihre Lanzen in einen Ständer, setzten sich sodann neben ihn an den Tisch und schenkten ihm zu trinken ein. Das Bier war lauwarm, säuerlich und schal, aber das Kind dankte ihnen und leerte seinen Zinnbecher in einem Zug.

Einen Moment lang saßen sie da, ohne ein Wort zu sagen, schwitzend und außer Atem, dann stellte einer der Wachtposten seinen Bierhumpen ab und beugte sich zu ihm hinüber.

»Du siehst nicht aus wie ein Hexer, Kleiner.«

»Wie willst du das denn schon beurteilen?«, höhnte sein Tischnachbar. »Du bist doch schließlich kein Sergeant!«

Die anderen brachen in schallendes Gelächter aus, und alle, einschließlich zweier nicht zu ihrem Trupp gehöriger Soldaten, die gerade nichts zu tun hatten, fingen an Merlin ungeniert zu mustern.

»Er sieht eigentlich eher aus wie ein Mädchen mit seinem langen Haar.«

»Er sieht vor allem so aus, als habe er seit geraumer Zeit nichts mehr gegessen. Hab noch nie jemand so Mageren gesehen . . . Hast du Hunger, Kleiner?«

Merlin schüttelte den Kopf.

»Auf jeden Fall ist dein Kamerad ein wackerer Bursche. Ich habe vorhin wirklich geglaubt, Erle würde ihn gleich töten . . .«

Das Kind unterdrückte ein Lächeln bei dem Gedanken, welchen Stolz Bradwen empfunden hätte, wenn er diese Worte gehört hätte.

»Das ist nicht . . .«

»Hmm, ich weiß, das ist nicht dein Kamerad. Erzähl das dem Sergeanten, aber nicht uns! Wie dem auch sei, wenn du diesen Stein nicht geschleudert hättest, wäre es vorbei gewesen mit ihm.«

»Vortrefflich gezielt, aus über zehn Schritt Entfernung, direkt auf Erles Hand!«

»Er hat einen Stein auf den Sergeanten geworfen? Ist das der Grund, weshalb er hier ist?«

»Wir haben dir doch gesagt, dass er ein Hexer ist!«

»Ich persönlich finde eher, er sieht aus wie ein Mädchen.«

»Nun ist's aber gut, das hast du bereits gesagt. Also, ich für meinen Teil habe Hunger. Reich mir mal das Brot.«

Als der Sergeant eine halbe Stunde später zurückkehrte, fand er Merlin draußen im Sonnenschein sitzen, wo dieser, an das Pfahlwerk vor ihrem Quartier gelehnt, mit einer der Wachen plauderte. Einige Klafter entfernt stand ein Galgen, der groß genug war, dass man ein halbes Dutzend Verurteilter auf einmal daran hätte aufknüpfen können, und warf seinen unheilvollen Schatten bis hin zu ihnen.

»Aufgestanden!«, herrschte Erle. »Sie warten auf dich!«

Das Kind erhob sich rasch, während der Sergeant ein Lederband aus seinen Oberschenkelhosen herausfischte.

»Werd dir die Hände fesseln müssen«, brummte er.

»Sergeant, das ist nicht nötig«, protestierte derjenige, der bei Merlin geblieben war. »Er ist doch nur ein . . .«

»Maul halten! Fessle ihn lieber, wenn du schon so schlau bist. Und komm mit mir mit.«

Die beiden Männer schlugen den Weg zu den Wohngebäuden des Lehnsherrn ein und hielten Merlin zwischen sich eingekeilt, während sie ihm im Gehen die Handgelenke zusammenbanden. Einige Minuten darauf traten sie zu dritt nebeneinander in den großen Saal ein, wo sie eine ganze Versammlung erwartete. Im Vergleich zu draußen war es dort kühl. Als ihre Augen sich an das Halbdunkel gewöhnt hatten, traten sie bis vor eine lange Tafel vor, an der Graf Withur wie gewohnt Gericht hielt, unterstützt von Cetomerinus und einem seiner Vasallen, einem entsetzlich grimmig dreinblickenden Baron, dessen dunkelrote Kotta ihm das schaurige Aussehen eines Henkers verlieh. Blaise und Gorthyn, die so weit voneinander entfernt waren, wie es nur irgend möglich war, standen mit gesenktem Haupt vor ihnen. Soweit Merlin es beurteilen konnte, schienen sie nicht gefesselt worden zu sein.

Entlang der Wand gegenüber der Türe aufgereiht, erkannte er die Passagiere des Korakels. Einige wandten den Blick ab, als sie ihn sahen, doch es gab auch welche, die ihn mit einem Lächeln begrüßten.

Im hinteren Teil des Saales wurde ein Publikum, das sich ausschließlich aus Männern zusammensetzte, von lanzenbewehrten Wachsoldaten in Schach gehalten und empfing sie mit wild durcheinander gerufenen Kommentaren. Als Merlin alleine vortrat und sich zu den beiden anderen vor ihre Richter stellte, erhob sich der Präpositus und segnete sie, indem er das Kreuzzeichen über ihnen schlug, und er sprach dabei mit einer solchen Donnerstimme, dass Ruhe einkehrte.

»In nomine Patris et Filii et Spiritu Sancti. Amen.«

Alle, bis auf das Kind, bekreuzigten sich und antworteten, wie es sich gehörte.

»Seht es euch an!«, rief Cetomerinus sogleich aus. »Es kennt das Kreuzzeichen nicht! Ist das nicht schon ein Beweis?«

»Ich kenne es wohl«, erwiderte Merlin, »aber mir sind die Hände gefesselt.«

Am Ende des Saales waren einige Lacher zu hören.

»Und außerdem glaube ich nicht an deinen Gott«, fuhr er fort, und die Lacher wichen einem entrüsteten Murren.

»Pass auf, was du sagst«, knurrte Withur halblaut. »Hier ist kein Platz für Heiden.«

»Ich hatte auch nicht die Absicht zu bleiben.«

Dieser Ausfall trug ihm erneut ein missbilligendes Murren ein, der Graf wirkte allerdings amüsiert.

»Du wirst vielleicht länger auf Battha bleiben, als du denkst«, scherzte er, während er sich zu seinem Nachbarn, dem Baron mit dem langen, blutroten Wams hinüberbeugte.

»Hm, hm«, sagte der andere. »Baumelt er erst am Galgen, wird seine Zunge erst richtig schön lose sein.«

Erneut wurden Lacher und Zwischenrufe laut, die Graf Withur jedoch mit einem einfachen Heben der Hand zum Verstummen brachte.

»Dieser Schurke behauptet, du seist ein Hexer«, fuhr er mit einem kurzen, verächtlichen Blick auf Gorthyn fort. »Er sagt, du habest seine Gefährten mittels Magie getötet und habest sein Boot gestohlen.«

»Das stimmt«, erwiderte Merlin mit einem unschuldigen Lächeln. Und ehe der Präpositus, der sich abermals eilfertig aufgerichtet hatte, das Wort ergreifen konnte, hob er erneut zu reden an: »Das stimmt, dieser Mann ist ein Schurke.«

Selbst Withur ließ sich zu einem Lächeln hinreißen und wandte den Kopf ab, um dem Mönch nicht in die Augen blicken zu müssen.

»Du scheinst dich gut zu amüsieren«, bemerkte er. »Begreifst du eigentlich, dass man dich der Hexerei anklagt, Kleiner?«

Merlin nickte bedächtig, allerdings nach wie vor mit betont unbekümmerter Miene.

»Graf Withur spricht mit dir!«, rief Cetomerinus aus und schlug auf den Tisch. »Antworte auf seine Frage!«

»Euer Gnaden, ich habe ihn wohl verstanden. Dieser Mann und seine Gefährten haben uns angegriffen, während wir an

Bord ihres Schiffes schliefen. Wir haben nichts anderes getan, als uns zu verteidigen. Fragt sie dort.«

Die britannischen Auswanderer, die an der Wand aufgereiht standen, zuckten zunächst instinktiv zurück, als sie hörten, dass sie auf diese Weise in die Angelegenheit hineingezogen wurden, doch da die drei Richter eine Reaktion zu erwarten schienen, sprudelten sie schließlich alle zugleich los und gaben wild durcheinander redend ihre Erklärungen ab, die bei aller Wirrheit dem Kind Recht zu geben schienen.

»Herr, er lügt!«, schrie Gorthyn. »Und sie auch! Im Namen Gottes, ich schwöre es, dieser elende Hund hat sie verhext!«

»Du hältst jetzt das Maul!«, herrschte der Baron ihn an. »Und untersteh dich, noch einmal irgendjemanden einen elenden Hund zu schelten, sonst bekommst du es mit mir zu tun. Schreib dir hinter die Ohren, dass wir die Hunde hierzulande ehren und dass sie zu beleidigen heißt, das gesamte Geschlecht des Conan Meriadec[1] zu beleidigen!«

»Herr«, stöhnte Gorthyn, »ich wollte doch nur...«

»Wen kümmert es, was du willst? Du bist nur ein Dieb und Mörder, daran gibt es keinen Zweifel, und dein Strick hängt schon bereit!«

»Was wir wissen müssen«, schaltete Cetomerinus sich unwirsch ein, indem er Merlin fixierte, »das ist, ob du nun Magie angewendet hast oder nicht.«

Letzterer brauchte eine Weile, um zu reagieren, da er ebenso wie sie alle von dem Zwischenfall abgelenkt war.

»Sie glaubten, ich würde schlafen, doch das tat ich nicht«, antwortete er nach einiger Überlegung. »Und ich konnte sie daran hindern, diese Unglücklichen dort zu töten, das ist alles.«

»Und wie sollte ein Kind wie du Männer wie ihn besiegen

---

[1] Kynan Meiriadawc, der Legende nach erster bretonischer König um 380 n. Chr. Der Name Kynan geht auf das bretonische Wort *ki*, »Hund«, zurück.

können, wenn nicht durch Hexerei?« Das Wort verfehlte seine Wirkung beim Publikum nicht. »Hexerei, ja! Und in den Gesetzen des Bundes steht geschrieben: *Die Zauberinnen sollst du nicht leben lassen.*[2] Begreifst du jetzt, was dich erwartet, du kleiner Lump?«

»Ich habe begriffen«, gab Merlin zurück. »Doch es steht auch geschrieben: *Sei ferne von falschen Sachen. Den Unschuldigen und Gerechten sollst du nicht erwürgen; denn ich lasse den Gottlosen nicht Recht haben.*[3]«

Er legte eine Pause ein und kostete die Reaktion des Geistlichen aus.

»Und bezeichne mich nicht als Lump.«

»*Sancta Dei Genitrix!*«, rief Cetomerinus aus, und da er nicht wusste, was sagen, sah er sich Hilfe suchend nach dem Grafen Withur um.

»Du glaubst nicht an Gott, zitierst aber aus der Heiligen Schrift«, knurrte dieser. »Wer bist du wirklich, Kleiner?«

»Herr, gestattet, dass ich das Wort ergreife«, mischte Blaise sich ein. »Ich bin der Beichtvater von Königin Aldan Ambrosia, Herrscherin über die Sieben Gebiete. Dieses Kind ist ihr Sohn, das bezeuge ich vor Gott. Graf Withur, der, den man hier der Hexerei anklagt, ist Emrys Myrddin, Prinz von Dyfed und Thronerbe des Ambrosius Aurelianus.«

Blaise war rot angelaufen, während er seinen Einwand in einem Schwall hervorgesprudelt hatte. Er schöpfte Atem und mied dabei Merlins Blick. Und doch war Gott sein Zeuge, er hatte nicht gelogen. Gleich wer sein echter Vater war, das Kind war durchaus Ambrosius' Thronerbe. Und der fromme Mann, der gerade im Sterben lag und an dessen Bett er die Nacht zugebracht hatte, gehörte ebenfalls zur Familie der Aurelianii – was

---

[2] 2. Buch Moses, Kapitel 22, Vers 17, zitiert nach der Luther-Übersetzung.
[3] 2. Buch Moses, Kapitel 23, Vers 7, zitiert nach der Luther-Übersetzung.

der Präpositus und der Graf, ihren bestürzten Mienen nach zu urteilen, nun allmählich ebenfalls zu begreifen begannen.

»Das darf doch wohl nicht wahr sein«, murmelte Cetomerinus.

»Bruder Blaise hat Gott als Zeugen angerufen«, bemerkte Withur schroff. »An seiner Aussage besteht also kein Zweifel.«

»Herr, ich habe letzte Nacht mit unserem hochverehrten Paulus Aurelianus gesprochen«, fuhr Blaise, der ihm mit einem Kopfnicken dankte, fort. »Ambrosius war sein Vetter, und er kann sich noch an die Geburt von Prinz Myrddin erinnern – den er im Übrigen zu sehen verlangt.«

»Sei auf der Hut, Bruder!«, rief Cetomerinus aus. »Wenn du uns angelogen hast, werde ich dich exkommunizieren und henken lassen!«

»Dein Zorn trübt deinen Geist, lieber Bruder«, murmelte Blaise mit einer geradezu beleidigenden Herablassung. »Wozu sich seiner Aufforderung widersetzen? Da es Aurelianus' Wunsch war, dass man ihm das Kind bringe, warum nicht sich fügen und auf seine Weisheit vertrauen?«

»Nun, meinethalben.«

Withur blickte seinen Beisitzer fragend an, worauf dieser mit einem Kopfnicken sein Einverständnis erklärte, dann wanderte sein Blick weiter zu dem Präpositus. Cetomerinus war bleich und rang sichtlich um Beherrschung, doch auch er stimmte zu.

»Mir soll es recht sein«, sagte er, »aber es kommt nicht infrage, ihn mit Seiner Exzellenz alleine zu lassen.«

»Da besteht keine Gefahr«, grummelte Withur, während er sich von seinem Stuhl erhob. »Ich habe zu große Lust, das mitzuerleben!«

Er bedeutete Erle mit einem Wink, Merlin abzuführen, dann gab er den restlichen Wachen zu verstehen, dass sie über Gorthyn nach Belieben verfügen konnten.

Draußen hatte sich eine ganze Horde von Gaffern versammelt, und eine Woge von Schmährufen brach los, kaum dass sie auf dem Glacis erschienen. Während seine Reisigen sich eng um sie scharten, um eine Bresche durch dieses Gewühl zu schlagen, hörte sich der Graf in aller Seelenruhe ihr Gegröle an. »Hexer!«, schrien sie. »Dämon!« Die geballten Fäuste waren bereits hier und da mit Steinen bewaffnet, und ihre Raserei steigerte sich immer weiter, erschreckend in ihrer plötzlichen Blindwütigkeit.

»Deine Mönche haben geplaudert – oder die Wachen«, sagte Withur, während er zu dem Präpositus aufschloss.

»Wir werden es niemals bis zum Kloster schaffen«, keuchte Cetomerinus. »Sie werden uns steinigen!«

»Das würde uns gerade noch fehlen ... He, Sergeant!«

Erle kam heran. Er hielt Merlin an dem Lederband, das um dessen Handgelenke gezurrt war, fest. Withur flüsterte Erle kurz etwas ins Ohr, und zur Verblüffung des Geistlichen ließ der Soldat seinen Gefangenen los, um Hals über Kopf in den großen Saal zurückzurennen.

»Was hast du vor?«, fragte der Geistliche.

»Ich werde ihnen Barnabas vorwerfen.«

Auf Cetomerinus' Miene wich die Verständnislosigkeit der Empörung angesichts des in diesem Vergleich enthaltenen Frevels; doch noch bevor er seinen Gedanken kundtun konnte, kehrte der Sergeant an der Spitze eines Trupps zurück, der Gorthyn eng umzingelt hielt. Den Abschluss des Zuges bildete der Vasall des Grafen, dem sein Herr stillschweigend ein Zeichen erteilte. Daraufhin trieb der Baron seine kleine Abordnung mit einem knappen Befehl vorwärts. Und kaum hatte der Pöbel begriffen, dass sie auf den Galgen zusteuerten, mussten sie sich mit den Ellbogen und der flachen Schwertklinge einen Weg durch die anbrandende Menge bahnen und die Flut aus Schaulustigen gewaltsam zurückdrängen. Dafür sahen sich der

Graf, Merlin und jene, die bei ihnen geblieben waren, binnen weniger Minuten aus dem Gedrängel befreit.

»Los, gehen wir!«, rief Cetomerinus.

»Nein.«

Withur, dessen Miene finsterer war denn je, starrte Merlin lange an, dann ließ er den Blick kurz über Blaise gleiten, bevor er sein Augenmerk auf den Galgen richtete.

»Ich möchte, dass sie das sehen.«

Zunächst einmal nahmen sie überhaupt nichts weiter wahr als das wahnwitzige Gewimmel der Dorfbewohner, unter denen sich auch Frauen und Kinder befanden und die dieses makabre Spektakel wider alle Vernunft in einen regelrechten Begeisterungsrausch zu versetzen schien. Eine Leiter wurde an den Querbalken des Galgens gelehnt, der rot gewandete Baron kletterte hinauf und hievte Gorthyn mit einem Arm hinter sich hoch. Auch wenn dies schwerlich möglich schien, verdoppelte sich das Brüllen der Menge, als diesem ein Strick um den Hals gelegt wurde. Trotz des ohrenbetäubenden Lärms und der Entfernung vernahm Merlin die heiseren Angstschreie des Seemanns, die alsbald von dem Johlen der Zuschauer übertönt wurden, als er den Halt unter den Füßen verlor und ins Leere fiel. Die Augen weit aufgerissen vor Entsetzen, sah das Kind ihn verzweifelt mit den Beinen rudern und strampeln, und zwar so heftig, dass es ihm gelang, sich von seinen Fesseln zu befreien, die wohl allzu hastig verknotet worden waren. Wie ein Besessener krallte er sich die Hände in den Hals, versuchte sich an dem Strick hochzuziehen, der ihn würgte, und die Menge lachte angesichts dieses grausigen Spektakels, warf ihm obszöne Ermutigungen zu und stieß ihn an, auf dass er noch ein wenig mehr ins Schaukeln geraten möge.

Merlin, der nahe daran war, sich zu übergeben, wandte sich ab. Doch Withur packte ihn sofort unsanft am Arm und zwang ihn, den Kopf wieder zu heben.

»Schau nur zu! Falls du gelogen hast, so wird es dir noch schlimmer ergehen.«

Merlin riss sich aus der Umklammerung des Grafen los und bedachte ihn mit einem verächtlichen Blick, doch in ebendem Moment verstummte das Gebrüll der Menge mit einem Mal. Er äugte zum Galgen hinüber und sah, dass Gorthyn sich nicht mehr regte. Sein lebloser Körper pendelte noch träge am Ende seines Stricks hin und her, als sich die Inselbewohner bereits zurückzogen, um ihren Geschäften nachzugehen; die fieberhafte Erregung war ebenso plötzlich wieder abgeebbt, wie sie entstanden war.

»Jetzt können wir gehen«, erklärte Withur.

Die untergehende Sonne übergoss die trichterförmige Flussmündung der Deva[4] und die Wehrmauern der römischen Festung Ceaster[5] mit einem goldenen Schein. Noch war dies keine Ruine, aber Brochmail, Oberhaupt eines Geschlechts britannischer Landjunker, die sich gleich nach dem Abzug der Legionen dort niedergelassen hatten, hatte sie kaum instand gehalten, und die Anlage konnte ihm eigentlich bestenfalls noch als befestigter Wohnsitz dienen. Ein Fischer- und Händlerdorf drängte sich unmittelbar darum herum, doch war es zu dicht bevölkert und zu arm, als dass es hinter seiner Brustwehr aus lose aufeinander geschichteten Steinen und Schanzpfählen die gewaltige Armee hätte aufnehmen können, die ringsum unter freiem Himmel lagerte und Hunderte von Lagerfeuern entfacht hatte, die den Abendhimmel erleuchteten. Wo man auch hinblickte, sah man die Banner Dutzender Königreiche flattern und das gehärtete Eisen Tausender Lanzen funkeln.

---

[4] Der lateinische Name für den Fluss Dee. [Anm. d. Übs.]
[5] Wörtlich »die kleine Festung«, »das Fort«; das heutige Chester.

Die Temperaturen waren mild, und der Großteil der Männer hatte sich nicht die Mühe gemacht, einen Unterstand für die Nacht zu errichten. Sie bildeten dort draußen eine wogende Masse ohne klare Umrisse, zu groß und sich ihrer Stärke zu sicher, um einen Angriff zu fürchten, ja, sie verspürten nicht einmal Erschöpfung nach dem langen Tagesmarsch, völlig davon in Anspruch genommen zu trinken, zu essen und mit den Frauen aus dem Dorf, die gekommen waren, um ihnen Bier und Fisch zu verkaufen, zu schäkern.

Es war ein großartiges Schauspiel und dennoch flößte diese riesige Horde von Kriegern Riderch nichts als Ekel ein. Seit Tagen war die Armee von Strathclyde am Flusslauf des Eden entlangmarschiert und danach an der Küste von Hibernia bis in die unmittelbare Nähe des Weißen Landes[6], hier nach Ceaster, und hatte dabei fortlaufend Verstärkung erhalten durch Kontingente aus Rheged, aus Kumbrien und aus zahlreichen Stämmen im Norden, die sich ihr unterwegs angeschlossen hatten. Sie hatte sich dabei keine Rast gegönnt, ihr Marschtempo aber auch nicht erhöht; und keiner der dort versammelten Krieger hatte eine Ahnung von dem Drama, das sich ungefähr fünfzig Meilen weiter, an der Grenze zu Devon anbahnte. Die Heiden aus Wessex hatten unter der Führung der Könige Ceawlin und Cuthwin die in der Nähe von Derham errichteten Verteidigungswälle durchbrochen und die britannische Truppe, die ihnen entgegenmarschiert war, geschlagen. Caer Baddon[7] stand in Flammen. Die Könige Conmail, Condidan und Farinmail waren getötet worden, und was von ihrer Armee übrig war, war geflohen und hatte Caer Ceri und vor allem Caer Glow, das antike Glevum, Hauptstadt der römischen Provinz Britan-

---

[6] Übersetzung des gälischen Namens Gwynedd, gebirgige Region im Norden, deren höchste Erhebung das Eryri-Massiv ist, das auch Snowdonia genannt wird.

[7] Das heutige Bath, acht Meilen südlich von Derham.

nia Prima, schutzlos zurückgelassen. Die ruhmreiche Invasion des jungen Königs begann mit einer beispiellosen Niederlage, die von da an die britannischen Gebiete von der Mitte aus in zwei Teile spalten sollte. Riderch schloss die Augen, um dieses nutzlose Heer, das zu langsam gewesen war, um die Tragödie zu verhindern, nicht mehr sehen zu müssen.

»Warum sind sie bloß zum Angriff gestürmt?«, murmelte er mit einem tiefen Seufzer.

Keiner von denen, die den Rhiotam auf die Wehrmauern des römischen Forts begleitet hatten, wagte es, eine Antwort zu geben. Nicht einmal Urien, der mächtige König von Rheged, der ein Stück abseits von den anderen die Karte aus Pergament studierte, die einer seiner Truppenführer eigens für ihn ausgerollt hatte. Ja, nicht einmal sein Sohn Owen, dessen rote, in die Höhe stehende Haarbüschel im Schein der letzten Sonnenstrahlen wie Flammen aussahen und der nur selten einmal den Mund hielt. Allerdings runzelten mehrere von ihnen die Stirn, so sinnlos schienen ihnen Riderchs Worte.

»Warum haben sie nicht gewartet?«, fügte er hinzu und drehte sich zu ihnen herum. »Es hätte doch genügt, wenn sie sich hinter ihren Wallmauern verschanzt hätten und uns Boten geschickt hätten! Mit der Kavallerie hätten wir rechtzeitig eintreffen können!«

»Majestät, genau das haben wir doch getan!«

Der junge König starrte den, der da soeben gesprochen hatte, finster an. Der Mann trug einen Plättchenpanzer, der eindeutig seinen Glanz eingebüßt hatte und stellenweise zerlöchert und mit getrocknetem Blut befleckt war; er stank nach Schweiß und war von einer dicken Staubschicht überzogen. Er hatte sich ohne jeden Zweifel geschlagen, doch sein Zustand verstärkte ihre Scham und ihre Verbitterung nur noch.

»König Conmail hat mehr als zehn Botschafter zu Euch ausgesandt!«, setzte er in einem Ton hinzu, aus dem ein deutlicher Vorwurf herauszuhören war.

Riderch schüttelte den Kopf. Keiner von ihnen war bis zu ihm vorgedrungen.

»Ich bin also der Erste, der durchgekommen ist?«

Diesmal klangen weder Zorn noch Entrüstung aus den Worten des Boten heraus, sondern lediglich eine Verzweiflung, die sie alle bedrückte.

»Es ist vielleicht noch nicht zu spät«, schaltete Urien sich ein, während er seine Karte aus ungegerbter Tierhaut schwenkte. »Wenn wir beim Morgengrauen aufbrechen, können wir in zwei Tagen dort sein. Ich schlage vor, dass mein Sohn Owen mit seinen Reitern den Weg freimacht und diese Schweine zum Rückzug zwingt . . . Zumindest Caer Glow kann gerettet werden!«

»Majestät, ich bin bereit, auf der Stelle aufzubrechen!«, rief der junge Prinz erregt.

»Zwei Tage, ja«, murmelte Riderch, nachdem er sich Uriens Karte gegriffen hatte. »Caer Glow kann nicht mehr als fünfzig oder sechzig Meilen von hier entfernt sein. Wir können sie immer noch überrumpeln, vorausgesetzt, wir stoßen unterwegs nicht auf Widerstand . . .«

Er wandte sich Owen zu, der kaum älter war als er selbst und bei der Vorstellung, an der Spitze seiner Abordnung diese ruhmreiche Invasion durchzuführen, wie ein Zuchthengst bebte. Eine der ruhmreichsten Invasionen vielleicht seit den legendären Feldzügen von Artus, wenn es ihm gelänge, die sächsischen Armeen zu schlagen . . . Riderch sah sich nach seinen eigenen Truppenführern um. Und sogleich stach ihm der flammend rote Haarschopf Sawel Ruadhs[8] ins Auge, der über dessen breitschultriger, mit dem roten Mantel von Strathclyde

---

[8] Sawel der Rothaarige.

geschmückter Gestalt aufleuchtete. Der Krieger trat mit einem energischen Kopfnicken vor.

»Du wirst mit Sawel und seinen Reitern aufbrechen«, sagte Riderch zu Owen und drückte ihm die Hand.

Er sah erst den einen, dann den anderen an – sie standen einander hinsichtlich der Röte ihres Haares in nichts nach – und lächelte, vielleicht zum ersten Mal seit ihrer Ankunft in Ceaster.

»Zwischen euch werden die Sachsen den Eindruck haben, sie sähen das Feuer vom Himmel auf sich herabfallen!«

Die versammelten Könige und Barone lachten, wodurch sich die viel zu lang aufgestaute Spannung löste.

»Und ich werde mit ihnen reiten«, ertönte die grimmige Stimme eines Kriegers, der in einem Bärenfell steckte und eine mit einer schwarzen Flamme verzierte Lanze schwenkte.

»Wer bist *du* denn?«, rief Riderch, unwillkürlich beeindruckt von der breiten Statur und dem Aufzug des Neuankömmlings, während dieser sich einen Weg zwischen den Soldaten hindurchbahnte.

»Cadwallon Lawhir, Sohn des Cadvan.«

»Ich kenne dich, Cadwallon«, erklärte Sawel und trat einen Schritt vor, um sich zwischen ihn und seinen König zu stellen. »Lange Arme und großes Maul[9] . . . Wenn du mit uns kommst, wirst du zur Abwechslung einmal die Anweisungen befolgen müssen.«

Der Hüne überragte Sawel beinahe um eine volle Haupteslänge. Mit einem boshaften Lächeln beugte er sich zu ihm hinunter und enthüllte dabei eine Reihe weißer Zähne in seinem bartüberwucherten Gesicht.

»Dies ist nicht dein privater Krieg, Cadwallon«, sagte Riderch.

---

[9] Cadwallon hatte angeblich so lange Arme, dass er einen Stein vom Boden aufheben konnte, ohne sich zu bücken; daher der Beiname Lawhir, »Langarm«. [Anm. d. Übs.]

Der andere schlug die Augen nieder und nickte dem König beschwichtigend zu.

»Ich werde Sir Sawel Gehorsam leisten. Solange man uns Sachsen zum Töten gibt . . .«

»Du wirst welche töten, da mach dir keine Sorgen. Und zwar mehr, als du je zu sehen bekommen hast.«

»Nun, dann ist gut.«

»Geh und sieh zu, dass deine Männer sich bereitmachen. Ihr werdet bei den ersten Sonnenstrahlen aufbrechen.«

Cadwallon nuschelte eine Antwort und schlüpfte in die Reihen der Barone zurück. Hinter ihm löste sich ihre Gruppe nach und nach auf und ein jeder machte sich auf den Rückweg zu seinem Lager. Bald waren sie nur noch eine Hand voll auf dem Festungswall.

»Überlass Tadwen hundert Reiter als Schutz für seine Armee«, fuhr Riderch an Sawel gewandt fort. »Den Rest nimm mit. Ich möchte, dass du mir nach jeder Etappe zehn Mann zurückschickst, um mich über euer Vorankommen zu informieren. Falls ihr aufgehalten werdet, so verbiete ich euch, euch mit den Gegnern eine Schlacht zu liefern.«

Owen war entrüstet, doch als er zum Protest anhob, schnitt Urien von Rheged seinem Sohn das Wort ab.

»Wir dürfen es nicht riskieren, die Reitertruppen zu verlieren«, erklärte er. »Wenn ihr einer sächsischen Armee begegnet, dann beunruhigt die Vorhut und vereitelt den Kampf. Ihr müsst sie daran hindern, weiter vorzurücken, Owen. Nicht sie besiegen . . .«

»Geht in Ordnung«, brummte Sawel.

»Also, fort mit euch!«

Die beiden Männer verneigten sich vor dem jungen König, dann stürmte Sawel Hals über Kopf davon, während sich Owen zu seinem Vater gesellte, der ihn liebevoll bei der Schulter fasste.

»Ich begleite dich«, sagte er.

Riderch sah ihnen nach, wie sie sich entfernten. Und als er
sich anschließend erneut auf die Zinnen stützte, gewahrte er,
dass es inzwischen fast vollkommen finster war. Hinter ihm
räusperte sich jemand diskret.

»Ich habe dich nicht vergessen, Dafydd ...«

Lautlos kam die hoch gewachsene Gestalt des Kriegers näher. In der zunehmenden Dunkelheit war er kaum zu erkennen, in seinen Mantel gehüllt, das Gesicht halb verdeckt von
seinem buschigen schwarzen Bart. Er war ein schweigsamer
Zeitgenosse, ebenso unscheinbar, wie Sawel polterig war, doch
sicherlich intelligenter, maßvoller und daher ein weit besserer
Truppenführer.

»Dich möchte ich gerne mit einer besonderen Aufgabe betrauen, mein Freund. Ich will, dass du dich nach Gwynedd be-
gibst und versuchst, alle, die du dort ausfindig machen kannst,
zusammenzuscharen. Dann sollst du Sir Elidir auf einem
Lehnsgut in Dinorben treffen und alle Truppen, die er dir zur
Verfügung stellen kann, auf seinen Booten einschiffen. Ich
weiß, dass er hinter uns steht und uns unterstützen wird. Den
Bergbewohnern im Landesinneren traue dagegen nicht. Nimm
genügend Soldaten und Priester mit, um diesen vermaledeiten
Bastarden zu imponieren, und gebrauche Gewalt, falls es nötig
ist.«

»Majestät, das sind die Lande von Sir Gwrgi, und ...«

»Gwrgi hasst mich, ich weiß, doch er ist nur noch ein
Nichts. Versprich ihm Gold, überlass den Priestern das Reden,
und versuch, bis zu seinem Bruder, König Peredur, nach Dynas
Emrys zu gelangen. Er wird es nicht wagen, mir den Gehorsam
zu verweigern. Bei Bedarf – falls er es ablehnt, uns beizustehen – sollen ihm deine Priester mit dem Kirchenbann
drohen.«

Der Krieger verneigte sich ohne ein Wort.

»Eine Woche, Dafydd! Du hast eine Woche, nicht mehr. Wenn diese Frist verstrichen ist, hiss zusammen mit Elidir und allem, was ihr versammelt habt, die Segel.«

Er faltete Uriens Karte auf einer Burgzinne auseinander und zeichnete mit dem Finger ihre Route nach: von der Nordküste Gwynedds aus um die Halbinsel Dyfed herum bis zum Mündungstrichter der Sabrina[10].

»In Caerleon[11] lege einen Halt ein, ich werde Boten mit Anweisungen dort hinschicken. Sieh mal ... Wenn es Owen und Sawel Ruadh gelingt, die Sachsen rund um Caer Ceri am Vorrücken zu hindern, so kannst du hinter ihnen an Land gehen, und wir werden sie in die Zange nehmen, noch bevor sie Caer Glow erreichen.«

»Das könnte funktionieren«, murmelte Dafydd.

Riderch nickte schweigend und drückte ihm die Hand, dann drehte sich sein Truppenführer um und eilte davon.

»Ich zähle auf dich, mein Freund!«

Dafydd, der bereits auf die von den Wehrmauern hinunterführende Treppe eingebogen war, begnügte sich mit einem Kopfnicken. Über ihm, auf dem Wehrgang, war der König nur noch ein Schatten, der mit dem Dunkel der Nacht verschmolz.

---

[10] Sabrina ist der lateinische Name des Flusses Severn.
[11] Ehemaliges römisches Feldlager, wörtlich »Das Feldlager der Legionen«, in der Nähe von Cardiff, im Süden von Wales.

V

Die aurelianische Linie

Die Gesänge waren verstummt und einen kurzen Moment lang war nur das trockene Rascheln der hohen, vom Wind bewegten Gräser zu hören. Guendoloena schloss die Augen und atmete tief ein. Die Nonnen, die auf dem Vorplatz der kleinen Königskapelle aufgereiht standen, hatten mit ihren nicht enden wollenden Litaneien ihre Geduld hart strapaziert. Als sie da so alleine inmitten der zur Feier ihres Muttersegens versammelten Menge stand, fühlte sie sich von allen beobachtet, etwas, wovor ihr schon immer gegraut hatte. Gegenüber der jungen Königin, hinter einem behelfsmäßigen Altar, der aus nichts weiter bestand als aus einem mit einem großen, scharlachroten Tuch verhängten Holztisch, sah sie den Abt Kolumban. Er war der Einzige, der ihr seit ihrem Eintreffen noch nicht die geringste Beachtung geschenkt hatte. Um seine siechen Augen vor der Sonne zu schützen, hatte er sich die Kapuze seiner Mönchskutte übergezogen und hielt das Haupt gesenkt, so dass man von ihm lediglich seine leisen Lippenbewegungen und die gefalteten Hände sehen konnte. Einer seiner Schüler von der Insel Iona, Pater Adamnan, zelebrierte an seiner Stelle die Messe vor einem mit Juwelen verzierten goldenen Kreuz, das im grellen Sommerlicht funkelte. Zu ihrer Rechten saßen die Mitglieder der Königsfamilie von

Dal Riada: Sie waren zu diesem Anlass mit Brokatmänteln angetan, die über und über mit verschlungenen, aus Gold- und Silberfäden gewirkten Posamenten besetzt waren und den Blick freigaben auf lange, bis auf die Knöchel reichende Prunkgewänder; ihre Hüften zierten goldgeschmiedete Gürtel, und sie waren wahrlich so prachtvoll gekleidet, dass man sich bei einem Vergleich mit ihnen unweigerlich gering fühlte. Im Gegensatz zu seinen Söhnen und den Gemahlinnen seiner Älteren lächelte Aedan jedes Mal, wenn sich sein Blick mit dem Guendoloenas kreuzte. Eng an seine Brust gedrückt, den Kopf schutzsuchend in seinen Arm geschmiegt, schien ihr Neugeborenes, das mit einem langen, weißen Festgewand angezogen war, zu schlafen, eingewiegt vielleicht von dem eintönigen Gesang der Nonnen. Guendoloena konnte nur ein Büschel schwarzer Haare von ihm sehen, die ebenso dunkel waren wie die ihren, und die feiste kleine Hand, die auf der Brust seines Vaters ruhte. Mehr nicht. Noch nicht ... Bald, in einer Stunde, könnte sie es in die Arme schließen, es endlich richtig sehen, es wieder sehen nach den wenigen Minuten, die man ihr mit knapper Not nach seiner Geburt zugebilligt hatte.

Die Stille war nicht von Dauer. In gekünsteltem Ton verlas Adamnan die Worte der Heiligen Schrift:

»Wenn ein Weib empfängt und gebiert ein Knäblein, so soll sie sieben Tage unrein sein, wie wenn sie ihre Krankheit leidet. ... Und sie soll daheim bleiben dreiunddreißig Tage im Blut ihrer Reinigung. Kein Heiliges soll sie anrühren, und zum Heiligtum soll sie nicht kommen, bis dass die Tage ihrer Reinigung aus sind.«[1]

Unwillkürlich spürte Guendoloena, wie ihr die Röte in die Wangen stieg, denn sie empfand es als Schmach, hier vor dem

---

[1] 3. Buch Moses, Kapitel 12, Vers 2 bis 4, zitiert nach der Luther-Übersetzung.

Volk, den Baronen und dem König zu stehen, gleich einer befleckten, unreinen Frau, die die Kirche nicht mehr in ihrem Schoß dulden konnte. Durch den Mangel an körperlicher Bewegung und die lange Isolation von der Außenwelt geschwächt, schloss sie erneut die Augen, um keinen Ohnmachtsanfall zu erleiden, und versuchte innerlich die Kraft zu finden, ihre Würde zu wahren angesichts dessen, was für ihr Empfinden schlicht eine Beleidigung war.

»Und wenn die Tage ihrer Reinigung aus sind«, fuhr Adamnan fort, *»soll sie ein einjähriges Lamm bringen zum Brandopfer und eine junge Taube oder Turteltaube zum Sündopfer dem Priester...«*[2]

Hinter ihr tat ihr Diener Cylidd, der das Opferlamm trug, einen Schritt nach vorne. Adamnan schien auf eine Geste von ihr zu warten, etwa dass sie das Tier zum Altar geleitete, doch Guendoloena war nicht dazu imstande, in sich versunken, mit den Gedanken woanders, einzig von dem Wunsch beseelt, dass diese Zeremonie rasch vorübergehen möge, damit sie endlich ihr Kind zu sehen bekommen und ihr Leben als Mutter antreten konnte. Cylidd schritt so, wie man es ihm erklärt hatte, bis zum Richtblock vor und durchtrennte dem Tier auf ein knappes Nicken des Offizianten hin mit einem raschen Hieb die Kehle.

»Der [Priester] soll es opfern vor dem Herrn und sie versöhnen, so wird sie rein von ihrem Blutgang. So ist das Gesetz für die, so ein Knäblein oder Mägdlein gebiert.«[3]

Gesänge wurden angestimmt, diesmal lauter, ja geradezu schmetternd, denn der Männerchor fiel in den der Nonnen mit ein. Und als sie geendet hatten, stand Aedan vor ihr. Den Kopf in die Ellenbeuge seines Vaters gebettet und das Gesicht

---

[2] 3. Buch Moses, Kapitel 12, Vers 6, zitiert nach der Luther-Übersetzung.
[3] 3. Buch Moses, Kapitel 12, Vers 7, zitiert nach der Luther-Übersetzung.

ebenso bleich wie seine Windeln, blickte Artus sie aus seinen ruhigen, großen Augen an. Vor seinen winzigen Lippen bildeten sich beim Brabbeln Speichelbläschen, und seine kleinen Finger bewegten sich, wie um nach ihr zu flehen.

»Du kannst ihn haben«, murmelte der König.

Langsam, als wolle sie ihn liebkosen, schob sie eine Hand unter seinen Nacken, um ihn dann behutsam aufzunehmen, und sie wirkte beinahe verängstigt, als Aedan sich von ihnen löste und zurücktrat, um sie zu betrachten, die Mutter und das Kind, die endlich wieder vereint waren.

»Wieder vereint für immer«, hauchte sie, während sie sich hinunterbeugte, um ihren Sohn zu küssen.

Artus fing an zu weinen, und seine Amme eilte herbei, doch die Königin warf ihr einen grimmigen Blick zu, der ihr abrupt Einhalt gebot.

»Er hat vermutlich Hunger«, sagte Aedan. »In diesem Punkt schlägt er ganz nach seinem Vater, ständig hungrig!«

Das Lachen der Umstehenden riss Guendoloena für einen Moment aus der Betrachtung ihres Kindes, das sie förmlich mit den Augen verschlang. Da standen die Söhne des Königs, Eochaid Find und Tuthal, unbeholfen und linkisch in ihren Prunkgewändern, aber mit einem herzlichen Lächeln auf den Lippen. Der Jüngste, Domangart, schlief in den Armen einer Amme. Gartnait, der Älteste, allerdings klammerte sich am Arm seiner jungen Gemahlin fest und tuschelte ihr in einer Weise ins Ohr, die für Guendoloena einem unverhohlenen Affront gleichkam. Dann spürte er den Blick der Königin auf sich ruhen und verneigte sich zu ihr hin, mit der Andeutung eines verkrampften Lächelns, das sein eisiger Blick Lügen strafte.

»Ich freue mich, dich wiederzusehen, Mutter.«

»Ja, ich freue mich auch.«

Einen Moment lang musterten sie einander prüfend; sie waren sich aufgrund ihres Alters und ihres schwarzen Haars so ähnlich, dass man sie – auf einige Entfernung – für Bruder und Schwester hätte halten können. Gartnait war kaum größer als seine Mutter, allerdings mangelte es ihm gänzlich an Grazie, da er zu seiner kleinen Gestalt den Gang eines Pikten hatte. Seine kostbaren, goldverzierten Gewänder saßen schlecht, und man konnte ihn sich leichter mit einem Schwert in der Hand vorstellen, wie er an der Spitze einer Horde Plünderer quer durch die Highlands ritt, als in der Rolle des Höflings, die er nur unzureichend beherrschte. Er brach den Augenkontakt mit der Königin ab und sein düsterer Blick kam auf Artus zu ruhen. Sogleich drückte Guendoloena ihr Kind enger an sich, mit einer instinktiven Geste, die dem jungen Mann weiß Gott nicht entging.

»Lass mich ihn tragen«, sagte Gartnait und streckte ihr seine muskelbepackten, mit dicken Eisenspangen geschmückten Arme hin.

Die Königin blickte Hilfe suchend zu Aedan hinüber, doch dieser zog nur verwundert die Brauen hoch, als verstünde er nicht, was der Vorschlag seines ältesten Sohnes Beunruhigendes an sich haben sollte.

»Hab vielen Dank, aber ich habe ihn in letzter Zeit so wenig gesehen, dass es mir scheint, als vermöchte ich ihn nie wieder herzugeben.«

Dicht an sie geschmiegt, schaffte Artus es, einen ihrer Finger an sich zu bringen, und begann gierig daran zu saugen – wobei er Geräusche von sich gab, die sie alle, selbst Gartnait, zum Schmunzeln brachten.

»Ich hoffe, dass ihr beiden bald das Glück erlebt, ein Kind zu haben«, sagte Guendoloena mit einer Kopfbewegung zu der jungen Gemahlin des Prinzen hin.

»Oh, das hat keine Eile!«, schaltete Aedan sich lachend ein. »So großen Wert lege ich nun wahrlich nicht darauf, Großvater zu werden!«

Immer noch lachend drehte er sich zu der Kapelle herum, welche die Mönche für die Messe herrichteten. Der Tisch, der als Altar gedient hatte, war bereits fortgetragen worden, und Pater Adamnan, der auf dem Vorplatz stand, bedeutete ihm kurz darauf mit einem Wink, dass man beginnen könne. Während sich der rundum versammelte Pöbel nach und nach zerstreute, schlüpfte Gartnait neben sie, mit einem breiteren Lächeln denn je.

»Über kurz oder lang, Mutter, werde ich mich doch seiner annehmen müssen . . .«

Dann lief er davon, um sich gerade in dem Moment wieder zu seiner Frau zu gesellen und in den entstehenden Zug einzureihen, als sein Vater wieder zu Guendoloena und ihrem Kind zurückkam.

»Reich mir deinen Arm«, hauchte die Königin und rückte näher zu ihm hin.

Abermals machte die Amme Anstalten, das Kind zu nehmen, aber diesmal war Aedan selbst es, der sie davon abhielt, und sie setzten sich in Bewegung, um gemessenen Schrittes zu der kleinen, steinernen Kapelle hinüberzugehen, vor der Kolumban sie erwartete.

In dem Moment, da sie über den Vorplatz schritt, gewahrte Guendoloena den scharlachroten Blutfleck, den das Opferlamm auf dem niedergetrampelten Gras hinterlassen hatte, und dieses düstere Omen machte sie schaudern.

Wer ihn so in sich zusammengekauert auf der hölzernen Bank sitzen sah, das Gesicht in den Händen vergraben und dabei beinahe bis auf die Knie hinuntergebeugt, hätte leicht meinen können, dass Merlin, gefangen genommen von der heiligen Aura des Ortes, betete. Erle und er befanden sich alleine in der Klosterkirche. Withur, Blaise und der Präpositus waren einige

Minuten oder vielleicht auch schon Stunden zuvor durch eine kleine Türe entschwunden und kamen einfach nicht wieder. Was die Wachen der Eskorte betraf, so hatte Erle ihnen befohlen, sich draußen zu postieren.

Merlin betete jedoch nicht. Er rang mit allen Fasern seines Herzens darum, sich gegenüber dem Grauen erregenden Geist Gorthyns zu verschließen, der vom Schrecken seiner letzten Augenblicke gepeinigt um sie herumstrich. In sich verkrochen, versuchte er verzweifelt, Guendoloenas Bild heraufzubeschwören, doch es wollte ihm trotz seines intensiven Bemühens nicht gelingen, sich ihre Züge ins Gedächtnis zu rufen. Er erinnerte sich an ihre weiße Haut, als sie sich ihm hingegeben hatte, daran, wie sie zusammen gelacht hatten, an ihre Ausritte querfeldein, an die Hasen, die er für ihre Mahlzeiten geschossen hatte, an das Gefühl der Fülle, das er die ganzen zwei Tage empfunden hatte, die sie fern der Menschheit zusammen verlebt und in denen sie jegliches Zeitgefühl verloren hatten. Doch von ihr selbst sah er nur ihr langes, schwarzes Haar und den blauen Mantel, der sie umhüllte. Weder ihr Antlitz noch ihre Mimik ... In ihm lebten so viele Erinnerungen fort, die nicht die seinen waren, so viele Gesichter anderer Frauen, so viele Umarmungen, die aus der Vergangenheit all der verblichenen Seelen, die sich in ihn ergossen hatten, in seinen Bilderschatz eingegangen waren ... Seine eigenen Erinnerungen waren dort nicht mehr aufzufinden.

Merlin vergoss heiße Tränen, als sie ihn holen kamen. Und Erle, der neben ihm saß, versuchte vergebens, ihn zu trösten.

Als er Withur und Bruder Blaise entdeckte, die vor ihnen standen, wurde der Sergeant verlegen, als sei er selbst erstaunt über das Mitgefühl, das ihn angesichts der seelischen Bedrängnis seines Gefangenen gepackt hatte.

»Er erwartet dich«, murmelte Blaise.

Das Kind wischte sich sein tränenüberströmtes Gesicht trocken und stand auf. Nur wenige Schritte trennten das Kirchenschiff von der Zelle des Bischofs. Merlin legte sie langsam zurück, ohne auch nur eine Sekunde zu dem Grafen oder seinem Gefährten aufzublicken. Daher sah er nicht ihre aschfahlen, erschütterten Mienen. Erst Cetomerinus' Gesicht war es, das er verblüfft zur Kenntnis nahm, kaum dass er die winzige Zelle des Aurelianus betrat. Er weinte ebenfalls. Die verschlossene, maskenhafte Miene, die er die ganze Gerichtsverhandlung über zur Schau getragen hatte, war unter seinen Tränen dahingeschmolzen und ließ seine nackte Seele zum Vorschein kommen, die wie verwandelt war von seiner Verzweiflung. Im selben Moment nahm Merlin den unwirklichen Geruch wahr, der den ganzen Raum erfüllte. Ein zugleich herber und süßlicher Duft, der ungeheuer benommen machte und sich selbst auf die steinernen Mauern der kleinen Kammer und das Holz ihrer Türe legte und von dem er meinte, dass er ihn nie wieder loslassen würde.

»Der Meister liegt im Sterben«, stöhnte Cetomerinus.

»Riech einmal, Merlin«, raunte ihm Blaise leise ins Ohr. »Riech nur! Paulus stirbt, umgeben vom Geruch der Heiligkeit ... Sieh zu, dass du dies dein Leben lang in Erinnerung behältst.«

Mit zusammengeschnürter Kehle näherte sich das Kind dem Bett. Paulus Aurelianus lag zu ihm hingewandt; er wurde schwach vom flackernden Schein eines Lichtstumpfs beleuchtet und blickte ihn eindringlich an. Merlin kauerte sich an sein Lager. Sobald die Züge des Kindes ihrerseits im Lichtschein zu erkennen waren, musterte Aurelianus es eine ganze Weile lang, dann schloss er die Augen und drückte ihm schwach die Hand.

So verharrten sie schweigend, ohne sich zu rühren, und die Stille wurde nur durch die erstickten Schluchzer des Präpositus gestört. Dann erhob sich die Stimme des frommen Mannes im Raum, kraftlos und pfeifend.

»Das Leben ist ein Kreis, mein Sohn ... Ich kehre zum Anfang zurück. Alles, ... was ich hier getan habe, ... geschah zum Ruhme Gottes. Aber ihr seid ... ebenfalls ... Geschöpfe Gottes.«

Aurelianus öffnete die Augen und musterte ihn abermals mit solcher Betrübnis, dass Merlin spürte, wie sich ihm erneut die Kehle zusammenschnürte.

»Ich danke dem Himmel. Du kommst, ... den Kreis ... zu schließen. Im Namen der Deinen ... *Confiteor mea culpa* ... *mea maxima culpa.*«

Das Kind drehte sich jäh zu Blaise, Withur und Cetomerinus herum. Doch keiner von ihnen vermochte ihm beizustehen.

»Vergib mir«, murmelte der Sterbende.

Dieses Mal konnten die anderen sich einer Reaktion nicht enthalten, so, als zweifelten sie an dem, was sie soeben vernommen hatten. Aber der fromme Mann, der in seiner Antwort irgendeine letzte Absolution suchte, sah, hörte und erwartete nur noch das Kind und klammerte sich an seinen Arm wie ein Blatt Herbstlaub an seinen Ast. Merlin, den jetzt die Angst gepackt hatte, fühlte bereits, wie sich Aurelianus' lautere Seele in ihm regte, und diese Aussicht erfüllte ihn mit äußerstem Entsetzen.

»Ich vergebe dir«, stammelte er hastig, während er versuchte, sich zu befreien.

Der Sterbende betrachtete ihn ein letztes Mal mit einer solchen Intensität, dass alles, was ihm an Lebenskraft geblieben war, in diesen Blick einzugehen schien; dann ließ er sich unvermittelt zurückfallen. Seine Lippen formten unter Mühen ein Gebet, welches allein Merlin zu hören vermochte.

»*Confiteor Deo omnipotenti* ...«

Keiner außer Gott, dem Allmächtigen, an den er sich nun gewandt hatte, würde erfahren, was Aurelianus zu beichten hatte.

Er verdrehte abrupt die Augen und sein Körper erstarrte. Dann sackte er leblos zusammen. Doch er hatte Merlin nicht losgelassen und seine pergamentenen Finger waren um dessen Handgelenk gekrallt wie die Fänge eines Raubvogels.

»Lass mich los!«, schrie das Kind.

Die um den Sterbenden versammelten Männer fuhren zusammen, alle drei gleichermaßen überrascht und entrüstet. Merlin kämpfte, um seinen Arm dem Klammergriff des toten Aurelianus zu entwinden, er hieb mit der freien Faust auf ihn ein und ruderte mit Händen und Füßen, von einem Grauen gepeinigt, das so plötzlich über ihn gekommen war und das sie nicht verstanden. Erst als ihm klar wurde, dass der Meister gestorben war, begriff Blaise die Eile seines Gefährten, die kleine Kammer zu verlassen, doch es war zu spät. Merlin, der nach wie vor im Banne des frommen Mannes stand, war am Fußende des Bettes zusammengebrochen und wurde von Zuckungen gebeutelt, schrie und stöhnte zugleich. Die Seele des Bischofs strömte durch ihn hindurch und mit ihr eine Unmenge von Empfindungen, Wissen und Erinnerungen, in denen sich Liebe und Trauer, Grauen und Verzückung jeweils zu gleichen Teilen mischten – bis hin zu in den tiefsten Tiefen vergrabenen, schmachvollen Reminiszenzen, ja, bis zu fixen Bildern, die den Gottesmann sein Leben lang hartnäckig verfolgt hatten. Ganze Familien, die ins Meer geworfen worden waren und flehend die Hände nach ihm ausstreckten, als die tobenden Fluten sie verschlangen; das Lachen der Soldaten und die Schreie derer, die man noch herbeibrachte und die, im Namen Gottes, zu Trauben zusammengebunden in die Gischt stürzten. Und er, der fromme Mann, der mit schreckgeweitetem Blick inmitten dieses schändlichen Treibens stand und den Henkern seinen Segen erteilte, indem er seine Stola mit dem Kreuzzeichen schwenkte... Diese Unglücklichen hatten in Aurelianus' Erinnerung allesamt das Antlitz Merlins, seine

Größe, seine Blässe. Er hatte von den Seinen gesprochen. Und er rief sie sich bei ihrem vermaledeiten Namen ins Gedächtnis, so, wie er sie kennen gelernt hatte, so, wie er sie von der Insel vertrieben hatte. Die Elfen ...

Mit einem heiseren Wutschrei riss Merlin sich endlich von der eiskalten Hand, die ihn festhielt, los und robbte hastig auf den Knien davon, gleich einem Tier, schwer atmend, der Ohnmacht nahe. Von einem Magenkrampf gepackt, knickte er unter den erschrockenen Blicken der drei anderen jäh vornüber und erbrach sich, an die Mauer der kleinen Zelle gestützt.

Keiner von ihnen wagte sich zu rühren, solange das Kind nur wenige Schritte von dem Bett, auf dem die sterbliche Hülle des Heiligen ruhte, kauerte, wie zerschmettert. Dann erhob sich Merlin mit letzter Kraft und sah ihnen ins Gesicht. Als er Blaise' verstörten Blick gewahrte, öffnete er den Mund, um etwas zu sagen, fand jedoch nicht die passenden Worte und machte ein paar unbeholfene Schritte; er versuchte, sich zwischen ihnen hindurchzuzwängen, um aus der engen Zelle zu entkommen. Dabei wollte er Cetomerinus, der vor ihm stand, beiseite schieben, doch der Präpositus, der in jenem Moment mit seinen vom Kummer ebenso wie von der Entrüstung verzerrten Zügen einen schrecklichen Anblick bot, packte ihn hart an beiden Armen.

»Lass ihn gehen«, sagte Blaise.

Cetomerinus bedachte den Mönch mit einem kurzen Seitenblick, aus dem Verbitterung und Verachtung sprachen. Brodelnd vor Zorn richtete er sein Augenmerk wieder auf das Kind und stieß umgehend einen Schreckensschrei aus. Das war nicht mehr Merlin, den er da hielt, sondern der Meister persönlich, Paulus Aurelianus, Bischof von Léon und Gründer des Klosters auf Battha, so, wie er in jüngeren Jahren gewesen war, als er ihn in die Reihen der Seinen aufgenommen hatte.

»Du wirst mein Nachfolger, Cetomerinus«, sprach die Erscheinung. »Ich lege mein Amt vertrauensvoll in deine Hände. Bete für mich...«

»Meister...«

Das Gesicht verschwamm vor den Augen des Präpositus. Binnen weniger Sekunden hatte er nacheinander die bedrohliche Schnauze eines Wolfes vor sich, dann das durchscheinende Antlitz einer Fee und am Ende abermals das Gesicht von Aurelianus selbst. Allerlei Stimmen, donnernde und zärtliche, befahlen ihm so gebieterisch, das Kind loszulassen, dass er sich von der Panik hinreißen ließ und, zur Verblüffung der beiden anderen, die nichts gesehen hatten, den Rückzug antrat.

Merlin war bereits aus dem Raum. So schnell ihn seine Beine trugen, rannte er durch die Kirche und stürzte ins Freie, in den Regen hinaus, um fluchtartig das eingefriedete Klostergrundstück zu verlassen. Erst als er weit genug weg war, sank er am Fuße eines Mäuerchens nieder und begann bitterlich zu weinen.

VI

Agnus Dei

Der neue Tag hatte das Grauen der Nacht vertrieben. Durch eine der breiten Ritzen in dem Strohdach über ihrem Kopf fiel ein heller Lichtstrahl direkt auf Blaise' Gesicht. Der Mönch erwachte mit dem Gefühl, er sei gar nicht erst nicht eingeschlafen. Mühsam erhob er sich, mit steifem, schmerzendem Rücken, dehnte und streckte sich, kratzte sich heftig den Bart und entfernte flüchtig die Strohhalme von seiner Kutte. Während er sich mit einem vom Boden aufgelesenen Holzstöckchen die Zähne sauber rieb, blickte er sich angewidert nach allen Seiten um. Am anderen Ende des Raumes – ein mit feuchtem Viehfutter übersäter Schweinekoben, der den Mönchen hier wohl als Stall diente – gewahrte er die reglose Silhouette Merlins, der in seinen Mantel gewickelt lag. Natürlich: Das Kind schlief, als könnte es nichts erschüttern, weder Aurelianus' Tod noch der Schrecken, den er Cetomerinus seither einflößte. Blaise schüttelte voll Abscheu den Kopf, dann steuerte er auf die Türe zu und begann mit der Faust dagegen zu hämmern, ohne sich darum zu scheren, ob er dadurch seinen Gefährten weckte.

»Was ist los?«, ertönte draußen eine Stimme.

»Ich habe Hunger und ich will hier raus, das ist los! Ihr

könnt mich nicht hinter Schloss und Riegel halten. Ich bin ein Diener Gottes!«

»Ich auch, Bruder«, ließ sich die Stimme in ruhigem Ton vernehmen. »Man wird dir zu essen und zu trinken bringen, aber der Präpositus hat darauf bestanden, dass man euch nicht herauslässt, weder dich ... noch ihn.«

Die letzten Worte waren zögernd gekommen, als handele es sich um etwas Obszönes. Instinktiv drehte sich der Mönch nach Merlin um und sah ihn wach an die Bretterwand ihres Verschlages gelehnt, die Arme über den aneinander gepressten Knien verschränkt und den Kopf mit geistesabwesender Miene nach hinten geneigt. Blaise hieb abermals mit der Faust gegen das grobe hölzerne Türbrett, hinter dem sie gefangen saßen, schaffte es aber lediglich, sich einen Splitter einzuziehen, und verkniff sich einen Fluch.

»Ich habe dich nicht gebeten, mir zu folgen«, murmelte Merlin.

»Was sagst du da?«

»Ich habe an dich gedacht ... Was hast du davon, dass du mich begleitest, wo du doch alles aufs Spiel setzt? Dieser Mann, dieser Cetomerinus ... Er wird mich niemals fortlassen. Wenn du bei mir bleibst, wird er dich henken oder dich lebenslang in einem Kloster einsperren, bis du entweder stirbst oder den Verstand verlierst. Was mich anlangt, so kann er mich gerne töten. Was macht das schon?«

»Was redest du da für einen Unsinn!«

»Wieso? Glaubst du, ich hinge am Leben? Nein ... Wahrlich nicht, nein. Ich weiß, dass ich euch Angst einflöße und dass schon mein bloßer Anblick euren Anstoß erregt. Das war schon immer so, selbst bevor ...«

»... bevor die Toten zu dir gesprochen haben?«

Merlin schüttelte den Kopf.

»Sie sprechen nicht zu mir ... Sie fahren in mich hinein und laden ihr ganzes Leben in mir ab wie eine Bürde, von der sie sich befreien, bevor sie in die Anderwelt entschwinden. In deiner Bibel gibt es ein Tier, das mir ähnelt und auf dem die alten Juden am Versöhnungstag alles Schlechte abgeladen haben.«

»Den Sündenbock.«

»Statt sich selbst für ihre Fehler zu hassen, kippten sie all ihren Groll über dem Sündenbock aus, den sie nur noch töten mussten, um ihr Gewissen reinzuwaschen ... Ist es das, Blaise? Du, der du sagst, dein Gott habe alle Dinge geschaffen, glaubst du, dass Er mich verflucht hat?«

Der Mönch kam und setzte sich neben das Kind, und er verharrte eine ganze Weile lang schweigend, um über das, was dieses soeben gesagt hatte, nachzudenken.

»Es handelt sich hier nicht zwangsläufig um einen Fluch, Emrys ... Auch Jesus hat die Sünden der Welt auf sich geladen, bevor er sich geopfert hat!«

Merlin stieß einen amüsierten Seufzer aus, aber angesichts der ernsten Miene seines Gefährten gefror ihm das Lächeln, das sich auf seinen Lippen abzeichnete.

»Ich bin nicht der Messias, Blaise«, erwiderte er und packte ihn am Arm, um seinen Gefährten zu zwingen, ihn anzusehen. »Und bau nicht darauf, dass ich mich für die Menschen opfere. Wenn dein Gott mich verflucht hat, so ist es an euch, seinen Mönchen, meinem Schicksal ein Ende zu bereiten.«

»Es handelt sich nicht um einen Fluch«, wiederholte der kleine Mönch, zunehmend überzeugt. »Ich glaube, du bist auserwählt worden.«

»Na wunderbar!«, rief das Kind und erhob sich abrupt. »Wenn es sich nicht um einen Fluch handelt, dann ist es eine Gabe. Und wenn es eine Gabe ist, wozu ist sie dann bitte gut, kannst du mir das verraten? Alles, was ich wollte, war, die Meinen wiederzufinden und in Frieden zu leben, genau wie alle anderen – aber dazu wird es nie kommen, und das weißt du genau.«

105

Blaise hatte nicht zugehört, da er völlig von der plötzlichen Erkenntnis absorbiert war, die in seinem Kopf immer deutlichere Gestalt annahm und sich ihm in so sinnfälliger Weise als einzige Erklärung für alles, was sie in jüngster Zeit erlebt hatten, aufdrängte. Da er sah, dass das Kind noch immer völlig aufgebracht war, wartete er, bis Merlin sich ein wenig beruhigt hatte, bevor er ihm die Frage stellte, die ihm den ganzen Morgen schon auf der Seele brannte: »Ist Paulus Aurelianus' Geist jetzt, in diesem Moment in dir?«

»Nein.« Merlin blickte mit müder Nachsicht auf seinen Gefährten herab.

»Aurelianus' Geist ist im Himmel«, erklärte er mit einem Seufzer. »Zumindest steht das zu hoffen, wenn nicht, bleibt dir nur noch, den Glauben zu wechseln, mein Bruder.«

»Nun komm schon, du weißt genau, was ich meine!«

Das Kind nickte zaudernd mit dem Kopf und hob einen Strohhalm auf, mit dem es zerstreut herumspielte, während sein spöttisches Lächeln langsam erlosch.

»Ja . . . Er ist in mir.«

»Also, glaubst du nun?«, fragte Blaise leise.

»An Gott?«

Merlins ganze Antwort bestand zunächst darin, dass er die Arme in Form eines Kreuzes ausbreitete. Dann seufzte er.

»*Agnus Dei, qui tollis pecata mundi* . . . Nein, lieber Bruder. Das Lamm, das kurz vor der Opferung steht, glaubt nicht an das Schlachtermesser. Es hasst es. Es hat Angst davor. Was mich betrifft, so glaube ich überhaupt nicht mehr an irgendeinen Gott, gleich welcher es sei.«

Der Mönch schien vollkommen überrascht von dieser Antwort und schwieg eine Weile verwirrt.

»Das ändert nichts«, murmelte er schließlich. »Die Tatsache, dass du nicht an Ihn glaubst, ändert nichts . . . Selbst wenn du es nicht weißt, bist du doch das Werkzeug Gottes.«

»Wenn dir das Freude macht«, lenkte Merlin ein. »Gott ist das, was nicht anders zu benennen ist.«

»Das kannst du doch so nicht sagen! Gott ist alles, der Anfang und das Ende, das A und das O, der Ursprung aller Dinge und die Hand, die dich leitet.«

»Und der Teufel?«

»Der Teufel?«

»Nun, wenn Gott alles ist, ist er das Gute ebenso wie das Böse, das Leben wie auch der Tod, das Licht wie die Finsternis ... Und daher sind Gott und der Teufel letztlich eins.«

Dann fuhr er in demselben gleichgültigen Ton fort: »Dieses Dach ist nicht gerade solide. Wir könnten ganz leicht dort hinaus.«

Blaise blickte zu der löchrigen Stelle im Stroh hinauf, die ihm gleich beim Aufwachen ins Auge gefallen war.

»Ich hab's gesehen«, grummelte er. »Aber wir würden nicht weit kommen. Um die Klostermauern herum stehen sicher überall Wachen.«

»Sicherlich, ja«, sagte Merlin, der sich wieder zurück in seine Ecke setzte. »Wir können also ebenso gut hier warten und uns auf Seinen Schutz verlassen.«

Erstaunt wandte sich Blaise zu ihm um, doch das Kind hatte sich unter seinem Mantel verkrochen und schmiegte sich dicht an die Wand.

»Was sagst du da?«

»*Nostras deprecationes ne despicias in necessitatibus nostris*«, drang die Stimme seines Gefährten unter dem Mantel hervor, »*sed a periculis cunctis libera nos, amen ...*«[1]

Der Mönch brauchte ein paar Sekunden, bis er die Zeilen, die Merlin vor sich hin murmelte, erkannte. Er hatte kaum Gele-

---

[1] »Verschmähe nicht unser Gebet in unseren Nöten, sondern errette uns jederzeit aus allen Gefahren« (›Sub Tuum Praesidium‹).

genheit gehabt, Latein zu sprechen, seit er Königin Aldan und
die Geistlichen am Königshof von Dyfed verlassen hatte . . .

»Das ist nicht der Schutz Gottes, den du da erflehst, sondern
der der Heiligen Jungfrau Maria, *Santa Dei Genitrix!*[2]«

»Was ändert das schon, wo dein Gott doch alles ist?«

Blaise antwortete nicht. Einige Tage zuvor hätte er vermutlich noch protestiert und sie hätten sich umgehend in eine
ihrer endlosen Diskussionen über das Beten, die Kirche und
die Heiligen verstrickt. Doch das war jetzt anders. Merlin hatte
im Kern getroffen, was er seit so vielen Tagen und Wochen
nicht griffig zu formulieren vermochte. Nichts existierte außerhalb von Gott. Dieses Prinzip konnte durch nichts ein-
geschränkt werden, denn Gott konnte unmöglich begrenzt
sein. Diese grässliche Fähigkeit, Besuch von den Toten zu
empfangen, war eine Gabe, und eine Gabe konnte nur von
Gott kommen – oder vom Teufel; doch war der Teufel wirklich
nur ein Teil Gottes, wie Merlin sagte? Während er an seiner
Seite gewandert war und Tage und Wochen sein Leben geteilt
hatte, war Blaise zu der sicheren Überzeugung gelangt, dass
der junge Prinz aus Dyfed kein Geschöpf des Teufels war,
gleich, was die Leute denken mochten. Konnte es also sein,
dass er zugleich Teufel und Gott war? Konnte es sein, dass er
der Auserwählte war? Der neue Messias, auf dessen Rückkehr
die gesamte Christenheit wartete? Konnte es sein, dass die Toten zum Jüngsten Gericht zu ihm kamen und dass die Zeit der
Wiederkunft Christi zum Weltgericht gekommen war?

»Das Jüngste Gericht«, murmelte er. »Herr im Himmel . . .«

Völlig niedergeschlagen und mit ausdruckslosem Blick sank
Blaise auf das schmutzige Stroh hin, und alles, was er zu empfinden vermochte, war eine maßlose Müdigkeit, die auf einmal
derart bleiern war, dass es ihm schien, als vermöchten ihn seine

---

[2] Heilige Mutter Gottes.

Beine nicht länger zu tragen, und die so voll und ganz Besitz von ihm ergriff, dass er nur noch wünschte, dies alles hinter sich zu bringen, die anderen über sein Schicksal verfügen zu lassen und diese unsinnige Suche, die ihn vollkommen überforderte, aufzugeben.

So fanden die Ordensbrüder sie: das Kind schlafend und den Mönch gedankenverloren, geistig verwirrt, und einer so fügsam wie der andere, als sie ihnen zu essen und zu trinken vorsetzten und sie dann bis zur steinernen Umfriedung des Klostergeländes brachten, wo die Wachen von Graf Withur sie bereits erwarteten.

Dieser empfing sie nicht in dem geräumigen Saal, in dem für gewöhnlich seine Audienzen stattfanden, sondern in einer schmalen Kammer, in der sie vor allen indiskreten Lauschern geschützt waren.

Vermutlich war dies eine überflüssige Vorsichtsmaßnahme. Von den Klostermauern bis in die unmittelbare Nähe der privaten Wohnanlagen des Grafen von Battha begegneten sie keiner Menschenseele, sondern einzig dem Federvieh und den Hunden, die Tag und Nacht die von einer Schlammschicht überzogenen Gässchen des Weilers füllten. Es fiel ein leichter Nieselregen, der an ihren wollenen Kleidern hängen blieb und sich wie ein glänzender Umhang auf ihre Schultern legte; doch dieses unwirtliche Wetter konnte nicht der einzige Grund dafür sein, dass die Inselbewohner sich in ihren Häusern verkrochen hatten. Ein neues Gefühl hatte sich auf der Insel breit gemacht, das wenig mit der Raserei vom Vorabend gemein hatte und das Merlin nur allzu gut kannte.

Die Angst ...

Man konnte sie hinter den verschlossenen Türen und den zugezogenen Vorhängen spüren. Sie stand in den Gesichtern der Soldaten, die sie eskortierten, zu lesen, zeigte sich in der verkrampften Haltung ihrer Finger, die um den Schaft ihrer langen Lanzen gekrallt waren, an ihrem unsicheren Schritt. Merlin schien all das kaum zu registrieren, er marschierte mit gesenkten Lidern vor sich hin und warf gerade einmal im Vorbeigehen einen Blick zum Galgen hinüber, an dem Gorthyns sterbliche Überreste sich schon bläulich zu verfärben begannen. Was Blaise anbelangte, so hatte er eine Fülle von Gedanken im Kopf, von denen er vollkommen absorbiert war. Erst als der Graf sie ansprach, schien der Mönch schließlich aus seiner Versunkenheit aufzutauchen.

»Sagt mir, was ich mit euch machen soll!«

Blaise sah auf und schaute sich um, als erblickte er den Raum erst in diesem Moment. Klein und schlecht beleuchtet, mit keiner weiteren Lichtquelle als einer mit einem geölten Stück Tuch bespannten Fensteröffnung, diente er dem Grafen wohl als Ratszimmer, eine Annahme, die auch die dunklen Holzbänke, die zu allen vier Seiten an den Wänden standen, bestätigten. Dort hätten um die zehn Männer Platz nehmen können, doch der Einzige, der dort saß, war Cetomerinus, reglos und stumm, während Withur mit auf dem Rücken verschränkten Händen auf und ab ging, begleitet von dem harten Klacken seiner eisenbeschlagenen Stiefel auf den steinernen Bodenplatten.

»Meine Herren, macht mit mir, was immer ihr wollt«, sagte der Mönch. »Aber das Kind kann nicht von Menschen gerichtet werden. Keiner hat das Recht, in sein Schicksal einzugreifen, denn es wird von der Hand Gottes geleitet.«

»Das ist Blasphemie!«, schrie Cetomerinus von seiner Bank aus. »Wie kannst du es wagen zu behaupten, dass Gott seine Hand über dieses ... dieses Ungeheuer, diesen Hexer hält?«

»Mir sind die Augen geöffnet, mein Bruder, während du nichts zu sehen vermagst.«

»Und du? Hast du gesehen, was sich gestern Abend abgespielt hat?«

»Ich habe gesehen, dass Bischof Aurelianus ihn im Sterben um Vergebung ersucht hat. Ich habe ein von Panik erfülltes Kind gesehen, das versucht hat, sich aus dem eisernen Griff eines Toten zu befreien. Das ist es, was ich gesehen habe.«

»Aber ... sein Gesicht!«

Blaise äugte zum Grafen hinüber, der mit finsterer Miene den Kopf schüttelte – was Cetomerinus weiß Gott nicht entging.

»Meint Ihr etwa, ich sei verrückt?«, kreischte der Präpositus mit spitzer Stimme und fuhr von seiner Bank hoch.

Er zeigte mit dem Finger auf Merlin und dieser Finger zitterte.

»Ich schwöre es vor Gott und den Evangelien, er hat vor meinen Augen mehrmals das Gesicht gewechselt!«

»Ich war dabei«, murmelte Blaise. »Und ich habe nichts dergleichen gesehen.«

»Ich auch nicht«, brummelte Withur. »Alles, was ich weiß, ist, dass unser hoch geschätzter Aurelianus sich über seine Anwesenheit gefreut hat und ihm im Sterben die Hand gehalten hat.«

»Das war Hexerei!«, schrie Cetomerinus abermals.

»Mag sein ... Vorausgesetzt, man glaubt daran, dass so ein frommer Mann von einem kleinen Jungen, den ich mit einem einzigen Fausthieb zu Boden strecken könnte, verhext werden kann.«

Merlin sah zu ihm auf und sie maßen sich einen Moment lang mit Blicken.

»Und das glaube ich nicht.«

Das Kind und der Graf standen sich von Angesicht zu Angesicht gegenüber, in weniger als einem Schritt Abstand voneinander, umgeben von dem gelblichen Dämmerlicht, das von dem mit Tuch verkleideten Fenster herüberdrang. Withur war, wie immer, bewaffnet, und Merlin war an den Handgelenken gefesselt. Zweifellos hätte der Graf das Kind entzweihauen, es erschlagen oder ihm mit einem Dolchstoß die Kehle aufschlitzen können. Doch tat er dies nicht. Im Gegenteil, er erhob die Hand, zauderte eine Sekunde und legte sie dann dem Kind auf die Schulter. Auf diese einfache Geste hin schnürte sich ihm die Kehle zusammen, und die Tränen stiegen ihm in die Augen, so dass er sich schließlich abwenden musste, um vor den anderen die Rührung zu verbergen, die da plötzlich in ihm aufwallte und ihn zu überwältigen drohte.

Noch bevor er sich wieder hätte fassen können, war der Präpositus an seiner Seite und zeigte nicht mehr auf Merlin, sondern auf Bruder Blaise.

»Würdest du bitte noch einmal wiederholen, was du soeben gesagt hast?«

»Wie?«, fragte der Mönch und wich unwillkürlich zurück, aus der Fassung gebracht von Cetomerinus' unvermittelter Frage.

»Die Hand Gottes! Du hast gesagt, er würde von der Hand Gottes geleitet!«

»Ja, davon bin ich überzeugt.«

»Das ist keine Blasphemie, sondern Ketzerei! Du hältst dieses Kind für einen Gesandten Gottes, wo es doch gar nicht an Gott glaubt! Außerhalb von Gott lebt der Mensch in der Sünde und Gnade kann es nur in Ihm und mit Ihm geben! Du hast dich verraten. Was du verkündest, ist die Lehre des Ketzers Pelagius, und dafür gibt es nur eine Sanktion: den Kirchenbann!«

Die Worte des Präpositus, die dieser aus vollem Halse gebrüllt hatte, hallten lange im Zimmer wider. Blaise war erbleicht, da er sich in seinem tiefsten Innern entlarvt fühlte, war jedoch unfähig zu leugnen. Den Blick der drei anderen meidend, setzte er sich ein Stück abseits, mit gesenktem Haupt, geschlagen. Cetomerinus musterte ihn einen Augenblick mit triumphierender Miene. Er hatte bereits den Mund geöffnet,

112

um seine geißelnde Schmährede fortzusetzen, als der Graf ihm mit einem Wink Einhalt gebot.

»Ich kann euch weder freilassen noch einkerkern«, hob Withur mit unsicherer Stimme an. »Das alles hier übersteigt mein Verständnis ... Ihr werdet alle beide Pater Cetomerinus nach Carohaise[3] zum Hofe König Judhaels begleiten, wo sich zur Stunde die Bischöfe Samson, Felix und Victurius aufhalten. Und was Euch angeht, Pater Cetomerinus, so werde ich für Euch beten, dass sie Euch Aurelianus' Diözese übergeben.«

»Ich danke Euch«, murmelte Cetomerinus, der sichtlich darum rang, seine Beherrschung wiederzugewinnen und das krampfartige Zittern abzustellen, von dem er noch immer gebeutelt wurde.

»So möge es geschehen«, schloss Withur. »Bis dahin ... Bis dahin bitte ich euch, hier zu bleiben. Man wird euch Verpflegung bringen und euch für die Reise rüsten. Ihr werdet noch vor der Mittagsstunde aufbrechen.«

Der Graf ging gesenkten Hauptes hinaus und vermied es dabei, dem Kind in die Augen zu sehen. Cetomerinus folgte ihm, doch blieb er auf der Schwelle stehen und blickte ihnen ins Gesicht.

»Was Euch betrifft«, sagte er an Blaise gerichtet, »so vertraue ich auf das Urteilsvermögen der Kirchenväter. *Sed id me videre scio, atque etiam id scis... Iste puer non ad hunc mundum pertinet.*«[4]

»*Erras! Ille puer...*[5] Ich ... Verzeiht mir. Ich habe seit langem kein Latein mehr gesprochen ...«

Cetomerinus' Gesicht wurde für einen flüchtigen Augenblick von einem herablassenden Lächeln erhellt.

---

[3] Das heutige Carhaix.
[4] »Aber ich weiß, was ich gesehen habe, und du weißt es auch. Dieses Kind ist nicht von dieser Welt.«
[5] »Du irrst dich! Dieses Kind ...«

»Du wirst dich wieder damit beschäftigen müssen, Bruder Blaise. Die Bischofssynode kann schließlich nicht in der gemeinen Volkssprache abgehalten werden.«

»*Rationabilis es, Cetomerinus...*«, bemerkte Merlin.

Der Präpositus schrak unmerklich zusammen, als er das Kind vor sich gewahrte.

»*... Non ad mundum tuum pertineo.*« [6]

---

[6] »Du hast Recht, Cetomerinus... Ich bin nicht von deiner Welt.«

VII

Auf feindlichem Boden

Das Meer war keine zehn Meilen entfernt. Dafydd sah es hinter den dunklen Bergen im frühen Morgenlicht glitzern – so nah und doch so fern. Ein Vogel wäre mit wenigen Flügelschlägen dort gewesen, während seine Truppe tagelang hatte marschieren müssen, bevor sie sich hier auf die hohen Ausläufer des Eryri-Massivs heraufgekämpft hatte. Das »Gebirge des Adlers« war die höchste Region der Insel Britannien und einer ihrer verlassensten Landesteile, der natürlichen Festung irgendeines legendären Riesen ähnlich, der völlig unvermittelt einen Pfeilwurf weit von der Küste aus den Eingeweiden der Erde aufgetaucht war. Ja, einen Pfeilwurf weit von der Küste, aber Stunden über Stunden des Aufstiegs durch die Wälder und schroff aufragenden Felsen hindurch für jeden, der ins Innere des unberührten Reiches von Gwynedd vorstoßen wollte. Die ehemalige Römerstraße, die von Deva über Dinorben und Deganwy[1] bis zur Festung von Caernarfon angelegt worden war, war der einzige Zugangsweg, der zu der königlichen Zitadelle von Dynas Emrys führte. Eine spiralförmig gewundene Straße, die sich von Norden nach Süden an

---

[1] Deva ist ein weiterer (lateinischer) Name für Ceaster oder Chester, Dinorben entspricht dem heutigen Rhuddlan und Deganwy dem bekannten Badeort Llandudno.

115

der Küste entlangzog, bevor sie sich in die Höhe hinaufschlängelte und sie auf gefährliche Weise von ihren Stützpunkten abschnitt. In Dinorben hatten sie ihre letzte Nacht in Sicherheit, unter dem Schutze von Sir Elidir zugebracht. Der Mann war alt, zu alt vermutlich, um Krieg zu führen, aber er war ebenso gläubig wie ein altes Weib, und die Mönche hatten ihn mühelos davon überzeugen können, sich an der Seite des neuen Riotham zu engagieren. Seine Boote würden bei ihrer Rückkehr bereitliegen und er würde eine kleine Armee ausheben. Fünfzig oder vielleicht hundert Lanzenreiter und ebenso viele Bogenschützen ... Das war weit mehr, ja zehnmal mehr, als Dafydd bis dahin im gesamten Weißen Land zusammenbekommen hatte.

Zu dieser Stunde verdiente die Region ihren Namen durchaus. Die Berggipfel waren von einem zarten Dunstkranz umgeben und von Raureif bedeckt. Für einen am Himmel fliegenden Adler musste es ein herrlicher Anblick sein, aber Dafydd war nicht in der Stimmung, ihn zu genießen. In seinen blutroten Mantel gehüllt, sann der Baron über den von König Riderch festgesetzten Stichtag nach. Eine Woche ... Eine Woche bevor sie, ob es ihnen nun gefiel oder nicht, mit sämtlichen frisch angeheuerten Soldaten umkehren und sich wieder in Caer Glow einfinden mussten. Es hatte überhaupt keinen Sinn ... Nicht hier, nicht in diesen Schwindel erregenden Höhen, inmitten dieser endlos weiten Landschaft. Ebenso gut konnte er auf der Stelle kehrtmachen und zumindest seine Haut retten ... Er bräuchte noch zwei oder vielleicht drei Tage, um nach Dynas Emrys zu gelangen, wo er darauf hoffte, endlich Truppen zusammenzuscharen, die dieser Bezeichnung würdig waren; aber dann wäre die Frist auch schon abgelaufen. Und doch konnte er sich nicht recht vorstellen, sich dem königlichen Heer an der Spitze einer so unbedeutenden Verstärkungstruppe wie dieser hier anzuschließen. Bis zur Stunde

116

hatten sie auf ihrem Weg von Dorf zu Dorf nur um die vierzig halbseidene Gestalten eingesammelt, die gerade einmal zum Bogenschießen taugten und von denen allnächtlich wieder etliche desertierten . . .

Steif vor Kälte zog Dafydd seinen Mantel enger um sich zusammen, kehrte der aufgehenden Sonne den Rücken und entfernte sich von ihrem Lager, um die kleine Anhöhe, die vor ihnen aufragte, zu erklimmen. Dort angelangt, hatte er kaum die Zeit, sich zu setzen, um Atem zu schöpfen, als ihm das Blut aus den Wangen wich. Aus den schmalen Tälern erhoben sich in einigem Abstand voneinander hohe, schwarze Rauchsäulen senkrecht in den windstillen Himmel, die ebenso deutlich sichtbar waren wie Banner auf einem Schlachtfeld. Es konnte gar kein Zweifel daran bestehen, dass diese düsteren Rauchgebilde die Route markierten, die sie in den letzten Tagen genommen hatten. Eine feindliche Truppe marschierte auf ihren Spuren und brannte systematisch die Dörfer nieder, in denen sie gelagert hatten.

»Da ist noch eine«, knurrte jemand dicht hinter ihm.

»Das muss Llanberis sein«, bemerkte ein anderer. »Dort waren wir vor zwei Tagen.«

Dafydd fuhr jäh herum und musterte die Männer, die ihm gefolgt waren. Es waren beides Soldaten. Pikenträger aus Strathclyde, die zu seiner persönlichen Bewachung abgestellt waren.

»Geht das Feuer anfachen«, befahl er in schroffem Ton, »und weckt die anderen. Man möge etwas Warmes zu essen bereiten, bevor wir uns wieder auf den Weg machen.«

Die Wachen zogen sich grummelnd zurück, begleitet vom Klirren ihrer Kettenhemden, während Bruder Morien, der Prior des Klosters von Cambuslang und Anführer der Abordnung von Mönchen, die sich der Truppe angeschlossen hatte, zu ihm heraufgestiegen kam. Die beiden Männer kannten sich seit langem, ja, sie hatten sich schon weit vor der Zeit gekannt, als Morien in den Mönchsstand eingetreten war, und Dafydd war froh, ihn bei sich zu haben. Mit einem Überwurf aus Ziegenfell bekleidet, die Kapuze seiner Kutte über den Schädel gezogen, marschierte er auf einen knorrigen Stock gestützt, der es mit jeder Keule aufnehmen konnte und den er bei Bedarf auch ohne Zaudern einsetzen würde. Unter seiner erdfarbenen Kutte trug er Oberschenkelhosen und grobe Lederstiefel. Er war wahrlich kein höfischer Mönch, sondern einer jener *miles Christi*, jener Soldaten Gottes, die Abt Kentigern ausbildete und die zuweilen mehr Krieger als Mönche waren ...

Die beiden Freunde tauschten einen kurzen Gruß, dann wies Dafydd mit dem Kinn auf die Rauchsäulen.

»Sachsen?«, fragte Morien.

»Sicherlich nicht, nein. Sie hätten es niemals vermocht, so weit vorzudringen. Das sind Leute von hier, die das tun.«

»Ihre eigenen Dörfer abbrennen ... Wer könnte eine solche Gräueltat begehen? Und warum?«

»Das weißt du ebenso gut wie ich«, erwiderte Dafydd, drehte sich auf dem Absatz um und ließ den Mönch stehen, um wieder zu seinen Männern zurückzukehren.

Gwrgi. Das konnte nur er sein. Gwrgi und seine Reiterbande aus Gwynedd. Struppige, mit dem Kruzifix bewehrte Barbaren, die noch schlimmere Wüstlinge waren als die Pikten und im Namen Gottes zu allem fähig. Gwrgi, der von einem entsetzlichen Hass gegen alles beseelt war, was möglicherweise von Riderch oder aus Strathclyde herkam ... Diese Berge waren sein Revier. Er musste jeden Engpass, jede Baumgruppe kennen, und wenn er noch nicht zur Attacke geschritten war, dann nur, weil diese in Brand gesteckten Dörfer ihnen größere Probleme bereiteten als ein Frontalangriff. Ein ebenso grausamer wie wirkungsvoller Plan ... In ganz Gwynedd musste man jetzt glauben, dass Dafydds kleine Armee für diese Zerstörungen verantwortlich war. Und sie könnten niemals über diese Route zurückkehren. Wenn es überhaupt einen Rückweg gab ...

Trotz der Kälte schlug Riderchs Truppenführer seinen Wollmantel nach hinten über die Schultern herunter und nahm, nicht ohne ein Frösteln zu unterdrücken, eine aufrechte Haltung an. Es geziemte sich nicht, Schwäche zu zeigen, vor allem nicht in solch einem Augenblick. Als er bis auf einen Steinwurf an das Lager herangekommen war, gab er sich Mühe, eine unerschütterliche Miene aufzusetzen, und marschierte geradewegs auf ein Häufchen Glut zu, das noch immer rot glimmte und das seine Wachen soeben erneut schürten. Einer von ihnen hatte einen Kessel hineingestellt, aus dem bereits der Geruch angebrannter Grützsuppe aufstieg.

»Gib mir einen Napf voll«, sagte Dafydd zu einem jungen Strubbelkopf, der wirkte, als habe er bis eben gerade geschlafen und sei noch gar nicht ganz zu sich gekommen. Die Grießsuppe war angebacken und knirschte zwischen den Zähnen, aber zumindest war sie heiß. Dafydd aß und trank, während sich um ihn und um die anderen Feuer herum die Soldaten versammelten. Wie viele waren es? Vielleicht zweihundert. Rund zwanzig Reiter, ein Trupp Pikenträger, ebenso viele Bogenschützen. Der Rest taugte nicht viel. Männer aus den Bergen, die man aus ihren ärmlichen Hütten herausgezogen hatte und die sich bei der ersten Gelegenheit gegen sie wenden würden, falls es so weit käme, dass sie mit Gwrgis Bande zusammenstießen.

Mit einer unkontrollierten Geste warf der Baron seinen irdenen Napf fort, worauf dieser an einem Holzscheit zerschellte. Sein Blick begegnete flüchtig dem des Jungen, und er verzog für einen kurzen Moment entschuldigend das Gesicht, dann stand er auf.

119

»Hört mir zu!«, rief er, laut genug, so dass alle ihn verstehen konnten.

Während die Männer sich vor ihm versammelten, kletterte er auf einen moosbewachsenen Felsen. »Seht ihr diese Rauchsäulen dort unten? Das sind eure Dörfer, die man niederbrennt!«

Eine ganze Weile lang schrien alle wirr durcheinander und brüllten dabei alles Mögliche, und zugleich entstand ein Geschiebe und Gestoße, das die Wachen nur mit Mühe in Schach zu halten vermochten.

»Die Schweine, die euch dies anzutun wagen, müssen bestraft werden!«, schrie Dafydd so laut, dass er den Lärm übertönte. »Wir werden gemeinsam nach Dinas Emrys marschieren und König Peredur um Hilfe ersuchen!«

Seltsamerweise erntete er als Antwort Gelächter. Aus der Fassung gebracht, ließ Dafydd den Blick über die Anwesenden schweifen, und seine Augen begegneten denen Moriens von Cambuslang. Der Mönch hob die Hände, um zu signalisieren, dass er die Reaktion auch nicht begriff.

»Peredur ist tot, Herr!«, platzte einer in der Menge heraus. »Rhun hat den Thron seines Vaters wieder eingenommen!«

Dafydd konnte seine Betroffenheit vor der Truppe nicht verbergen, denn er war zu überrascht. Prinz Rhun, leiblicher Sohn des Großkönigs Maelgwn von Gwynedd, der noch, als jener ein Säugling war, an der Gelben Pest gestorben war, war mehr oder weniger von Gwrgi großgezogen worden und hatte seine erste Waffenprobe in den Reihen von dessen Bande aus Mördern abgelegt.

Die Sonne stand bereits hoch am Himmel, hoch genug jedenfalls, um zu blenden. Er wollte von dem Felsen hinabklettern, rutschte auf dem Moos aus, verlor das Gleichgewicht und bot ein erbärmliches Bild, als er der Länge nach ins bereifte Gras hinschlug. Das Gelächter war diesmal natürlich noch doppelt so laut wie vorher, ebenso wie die Spottrufe. Keiner hätte genau sagen können, wie die Dinge sich in den Minuten darauf verketteten. Es kam zu einem Handgemenge, zu Schlägen, und er hörte das Knirschen eines Schwertes, das aus der Scheide gezogen wurde. Als Dafydd wieder auf den Füßen war, war bereits Blut geflossen.

»Haltet ein!«, brüllte Morien. »Im Namen Christi, so haltet ein!«

Zwei, drei Leichen lagen bereits am Boden, von denen zumindest eine mit dem roten Mantel von Strathclyde bekleidet war. Es war jedoch zu spät, um aufzuhören. Diese Männer waren bereits Feinde. Besser, sie töteten sie auf der Stelle, als sie später auf ihrem Weg wiederzufinden. Dafydd zückte seine Klinge und hob die Augen zum Himmel. Wolken ballten sich vom Meer her zusammen. So nah und doch so fern. Ob jetzt oder später – sein Weg würde in diesen Bergen ein Ende nehmen, ruhmlos, mit nichtswürdigen Halunken als Gegnern.

»Verflucht seist du, Riderch, Sohn des Tudwal!«, brüllte er aus vollem Halse.

Dann stürzte er sich in die Menge. Der Erste, dem er einen Hieb versetzte, war der junge Strubbelkopf.

Gleich Aussätzigen hatten sie sich erst nach Einbruch der Dunkelheit auf den Weg gemacht. Selbst das Meer hatte sich zurückgezogen, als sie kamen, so dass die Wagen und die von Sergeant Erle angeführte Reitereskorte die Küste des Festlandes erreicht hatten, ohne das Fährschiff von Battha zu benutzen. Beim Schein ihrer Fackeln durchquerten sie Kastell Léon, dann die umliegenden Weiler und setzten trotz des Nieselregens, der ihre Fackeln zum Knistern brachte, ihren Weg durch Feld und Wald inmitten einer immer beklemmender werden-

121

den Finsternis bis zu vorgerückter Stunde fort. Und als sie sich endlich weit genug von allem entfernt hatten, als die vor den Wagen angeschirrten Rösser sich bei jedem Schritt sträubten, da sie alle nasenlang im Schlamm stecken zu bleiben oder mit ihrer Last von der Straße herunterzukippen drohten und die Männer allesamt abgestiegen waren, um ihre Pferde am Zügel zu führen, befahl Erle, dass man einen Halt einlegte, um zu nächtigen. Sie schlugen ihr Lager am Rande eines Wildbachs auf, einigermaßen geschützt von einem Erlenwäldchen, spannten eine geölte Plane zwischen den Karren auf, um sich gegen den Regen abzuschirmen, rollten sich in ihre Mäntel ein und streckten sich dicht aneinander gedrückt im feuchten Unterholz aus. Ein einziger Posten, der jeweils nach zwei Stunden abgelöst wurde, übernahm die Wache, und seine Hauptaufgabe war es, das Feuer in Gang zu halten. Auf dem Territorium des Grafen hatten sie abgesehen von den Wölfen und den anderen Tieren des Waldes nichts zu befürchten. Kein Wegelagerer hätte es gewagt, Withurs Soldaten zu überfallen, schon gar nicht, wo sie eine Gruppe Ordensbrüder eskortierten. Sicherlich musste man Acht geben, dass die Gefangenen nicht entkamen, aber handelte es sich eigentlich wirklich um Gefangene? Merlin und Blaise waren nicht gefesselt, und der Graf, der für gewöhnlich nicht sehr zuvorkommend war, hatte ihnen gegenüber bei ihrer Abreise unübersehbar eine gewisse Achtung zum Ausdruck gebracht. Zumindest schliefen sie an einem geschützten Ort, in ihrem mit einer Plane bedeckten zweirädrigen Sturzkarren, der mit dem Gepäck des Präpositus sowie mit Hafersäcken und sonstigem Proviant für die Reise beladen war. Was Cetomerinus selbst anbelangte, so hatte er sich seit ihrer Abreise aus Battha noch nicht blicken lassen, sondern sich hartnäckig in dem gepolsterten Fuhrwerk von Bischof Aurelianus verschanzt. Hinter vier schweren Rössern eingespannt, war dies ein wunderliches Gefährt: zehn Schritt lang und hoch genug, dass man darin stehen konnte – ähnlich einer auf Rädern montierten Truhe, mit Wänden aus eisenbeschlagenen Holzbohlen. Bestens dafür geschaffen, gefahrlos die finstersten Wälder zu durchqueren und die Nacht im Trockenen zu verbringen.

Ganz anders erging es dagegen Erle und seinen Männern. Am frühen Morgen wurde Blaise von lautem Stimmengewirr und Hustenanfällen geweckt, die von ihrem behelfsmäßigen Lager herüberdrangen. Er selbst richtete sich mühsam auf, gerädert und steif vor Kälte, und als er sah, dass Merlin nicht mehr da war, kletterte er aus dem Karren heraus und fand sich im dichten Nebel des Unterholzes wieder. Keiner beachtete ihn. Nicht einmal das Kind, das wie die anderen emsig damit beschäftigt war, tote Äste zu sammeln, um das Feuer zu unterhalten – ohne dass auch nur einer sich Sorgen machte, dass es zu weit fortlaufen könnte. Eine Weile lang blickte Blaise ihm nach, wobei er besser als jeder andere wusste, dass keiner dieser alten Haudegen es, sollte es auf die Idee kommen zu verschwinden, im Schutze der Bäume wiederfinden würde.

Und dann verschwand Merlin tatsächlich, vom eisigen Nebel verschluckt.

Blaise stand einen Moment lang da und reckte den Hals, ohne dass es ihm gelungen wäre, auch nur die kleinste Bewegung in dem Pflanzengewirr um sich herum auszumachen, dann wandte er den Blick ab und schmunzelte. Merlin war fort. Langsam trat er den Rückweg an und steuerte auf ein Lagerfeuer zu, immer noch lächelnd, aber mit einem dicken Kloß im Hals.

Merlin war verschwunden.

Bis er bei dem flackernden Feuer angelangt war, wurde der kleine Mönch zwei-, dreimal gestoßen, erntete jedoch keine weitere Entschuldigung als zornige Blicke oder ein Brummen.

Die Wachen waren es nicht mehr gewohnt, im Regen zu schlafen, und um ihre Laune stand es entsprechend. Glücklicherweise war an jenem Morgen schönes Wetter. Schön und kalt, mit einem blassviolett und rosa gefärbten Himmel, der nahtlos mit dem Raureif über dem Land verschmolz. Als er sich aufgewärmt hatte, verließ Blaise den Schutz des Erlenwäldchens, um bis zu einer Anhöhe zu laufen, auf der er versuchte, sich zu orientieren. Das Meer war nicht mehr zu sehen, aber das lag vermutlich nur am Nebel. So weit das Auge reichte, erstreckte sich ein von Bäumen übersätes Heideland, das nach Süden hin leicht anstieg, bis zum Rande des großen Waldes, dessen schwarze Wipfel in der Ferne aus den Nebelbänken herausragten. Eine Ödnis, in der sich irgendwo weit hinten die ehemalige Römerstraße verlor – oder das, was davon noch übrig war, nämlich kaum mehr als ein von Radspuren überzogener Erdwall. Er hatte seine Kutte hochgerafft und war soeben im Begriff, seine Blase an einem dicken Felsen zu entleeren, als eine Bewegung am Rande seines Gesichtsfeldes ihn dazu bewog, den Kopf zur Seite zu drehen. Er gewahrte gerade noch die Silhouette eines einsamen Reiters, der zwei Maulesel hinter sich herzog, bevor sie in einem kleinen Tal verschwand.

Sein erster Reflex war, loszustürmen und seine Verfolgung aufzunehmen, doch eine vertraute Stimme hielt ihn zurück.

»Noch nicht!«

Ruckartig drehte Blaise sich um und ihm fiel ein Stein vom Herzen.

»Merlin! Ich dachte, du seist geflüchtet!«

»Nicht ohne dich, Bruder Blaise«, erwiderte dieser und wich einen Schritt zurück, als der Mönch mit weit ausgebreiteten Armen auf ihn zukam. »Falls du die Absicht hast, mich zu umarmen«, fuhr er fort, »wäre es mir lieb, wenn du zuvor deine Hosen hochzögest!«

Der Mönch war einen Moment lang perplex, dann bemerkte

124

er seinen eigenen Aufzug, wie er, sämtliche Gewänder hochgerafft, seinem Gefährten gegenüberstand, und lachte schallend los.

»Hast du den Reiter gesehen?«, fragte er, während er seine Kleidung in Ordnung brachte.

Merlin nickte zögernd.

»Glaubst du, das war Bradwen?«

Das Kind hatte keine Zeit zu antworten. Am Saum des kleinen Wäldchens stand Erle und rief nach ihnen, allerdings ohne über Gebühr beunruhigt zu wirken, dass sie sich so weit entfernt hatten. Merlin begnügte sich mit einem undurchsichtigen Lächeln und machte kehrt, um sich zu dem kleinen Wäldchen zurückzubegeben. Als sich auch Blaise dort eingefunden hatte, setzte sich der Zug wieder in Bewegung.

Am Ende des Tages sahen sie ihn erneut, weniger als eine Meile von der Pfarrei von Enéour[2] entfernt, wie er in leichtem Trab aus dem Dorf hinausritt, zu den Kuppen der Monts d'Arrée hinüber. Der Mann drehte sich nicht ein einziges Mal zu ihnen herum, und doch war sich Blaise diesmal sicher, ihn erkannt zu haben. Und seinem Lächeln nach zu urteilen, hatte Merlin ihn ebenfalls identifiziert. Indessen hatte Erle, dem ihre Blicke nicht entgangen waren, seinerseits geschaut, was es zu sehen gäbe, und war zu dem gleichen Schluss gelangt.

»He, ihr beiden!«, schrie er den zwei Männern an der Spitze des Zuges zu. »Fangt mir diesen Reiter mitsamt seinen Mauleseln! Und bringt ihn mir lebend her!«

Die Gardisten sprangen in den Sattel und gaben ihren Rössern die Sporen. Sämtliche Blicke folgten ihnen, als sie davonritten, bis sie an dem Weiler vorbei waren und in der Dämmerung verschwanden. Da setzte Erle seinen Fuß in den

---

[2] Heute Plounéour-Menez.

Steigbügel und schwang sich auf sein Pferd, was ihm der Rest
der Eskorte umgehend nachtat. In leichtem Trab ritten sie auf
den Wagen zu, in dem Blaise und Merlin saßen.

»Das war er, stimmt's? Wie hieß er doch gleich?«

»Woher soll ich das wissen?«, erwiderte das Kind mit perfek-
tem Unschuldslächeln.

»Ich weiß, was ich sage«, knurrte der Sergeant. »Das ist der
Mann, der sein Lager auf Battha aufgeschlagen hatte, an dem
Tag, als ich dich festgenommen habe. Ich habe seine Maulesel
erkannt ... Weißt du noch immer nicht, wer er ist?«

Das Kind schüttelte schweigend den Kopf.

»Dann ist es dir ja gleich, welches Schicksal ihn erwartet.
Umso besser.«

Am Rande der in der Mitte des Saals befindlichen Feuerstelle,
die direkt aus dem Boden ausgehoben war, herrschte eine drü-
ckende Hitze. Über einer Schicht glimmender Holzscheite
brieten die Diener weniger als zwei Schritte von den rings-
herum verteilten Tischen mit Tafelnden entfernt einen Viertel-
ochsen am Spieß, von dem man halb Dal Riada hätte verkös-
tigen können, und das herabtriefende Fett fiel zischend in die
Glut. Wie der Großteil seiner Tischgenossen war Aedan lediglich mit einem weit aufgeschnürten Obergewand aus Serge
angetan, und die drückend schwüle, stickige Atmosphäre, die
im Raum herrschte, schien ihn nicht weiter zu stören. Für die
zum königlichen Bankett zugelassenen Frauen sah die Sache
leider ganz anders aus. Eine Frau kann nicht in Hemdsärmeln
erscheinen, noch kann sie ihre Kotta aufschnüren. Eine Frau
muss ihrem Mann und ihrem Stamm Ehre machen, nicht nur
durch ihre Schönheit, sondern auch durch die ihren prachtvol-
len Putz. Daher hatte Guendoloena eine weiße, an den Man-
schetten geschnürte Bluse anziehen müssen, darüber eine mit

Gold- und Silberfäden verzierte Kotta aus Brokat, einen purpurfarbenen, seitlich durchbrochenen Surcot mit roter Lederverschnürung und über dem Ganzen einen dunkelblauen Mantel, den sie dann doch zu vorgerückter Stunde abgelegt hatte. Ihr Haar war anmutig zu einem Knoten hochgesteckt und wurde von goldenen Spangen gehalten, so dass ihren Hals nur ein breites Collier umgab sowie ein hauchzarter, durchsichtiger Schleier, der an ihrer Haube befestigt war und auf ihrer schweißnassen Haut klebte. Andere waren schlimmer dran. Am Ende des Tisches saß eine dicke junge Frau mit rotem Haar, eine Prinzessin der Cenel Œngusa von der Insel Islay, in ein mit Hermelin verbrämtes Samtgewand gezwängt, und in Anbetracht ihres puterroten Gesichts konnte sich die Königin des Eindrucks nicht erwehren, dass sie vermutlich jeden Moment in Ohnmacht fallen würde. Ihr gegenüber, auf der anderen Seite der zischenden Glut, saß aufrecht wie eine Säule Bebinn, die junge Gemahlin Gartnaits, deren Brust eine aus Gold und kostbaren Juwelen gefertigte Pektorale zierte, die ebenso mächtig war wie ein Kürass.

Obschon die Gäste seit über einer Stunde bei Tisch saßen, hatten sie soeben erst zu speisen begonnen. Denn reihum hatte jeder der Stammesführer, gleich ob von Mull, Islay, Kintyre oder Arran, jeder der Bischöfe, von der Insel Tiree, aus Lismore oder Cella-Duini, einen Trinkspruch zu Ehren Aedans und seiner Gemahlin ausgebracht, und nichts auf der Welt schien endloser als ein skotisches Kompliment, das über und über gespickt war mit hochtrabenden Titeln und gedrechselten Floskeln, auf die traditionellerweise mit Geschenken und Gegenkomplimenten geantwortet werden musste.

Guendoloena konnte inzwischen genügend Gälisch, um ihre Reden zu verstehen, aber sie hörte nicht mehr zu, sondern konzentrierte ihre ganze Kraft darauf, eine gute Figur abzugeben oder zumindest nicht als Erste vornüber auf den Tisch zu sinken. Aedan, der neben ihr saß, stellte ihr fortwährend volle Bierhumpen hin, ohne zu merken, dass die junge Königin sich ihrer mit Hilfe ihres Dieners Cylidds ebenso kontinuierlich entledigte und nur noch Wasser zu sich nahm. Der König war natürlich betrunken, wie sie alle. Doch hier hörte ein Mann erst zu trinken auf, wenn er unter den Tisch rollte.

Plötzlich wehte ihnen ein angenehmer Hauch frischer Luft übers Gesicht. Ein Bote war eingetreten. Er blieb einige Sekunden lang auf der Schwelle stehen, bevor er den König ausmachte und rasch zu ihm vortrat, um ihm etwas ins Ohr zu raunen. Schlagartig verfinsterte sich Aedans Miene. Er wirkte jetzt ganz und gar nicht mehr betrunken, so als sei sein Rausch reine Fassade gewesen. Mit einem Wink entließ er den Boten und drehte sich mit besorgter Miene zu Guendoloena herum.

»Was ist los?«

»Schlechte Nachrichten, fürchte ich ...«

Das Gelächter und das Gebrüll waren verstummt. Aedan ließ seinen Blick über die Anwesenden schweifen, ergriff mit einer beschwichtigenden Geste die Hand seiner Frau und erhob sich von seinem Platz.

»Die Sachsen haben soeben im Süden einen triumphalen Sieg über die britannischen Armeen davongetragen!«, verkündete er mit lauter Stimme.

Guendoloena hatte das Gefühl, dass ihr das Blut aus den Wangen wich. Reglos, den Blick starr geradeaus gerichtet, vernahm sie die sorglosen Kommentare der Tafelgäste. *Es kümmert sie gar nicht. Für sie hat das nichts zu bedeuten ...* Aedan setzte sich wieder, während rundum die lebhaften Unterhaltungen wieder aufgenommen wurden, noch lauter als zuvor.

»Es sieht aus, als sei dein Bruder zu spät eingetroffen und habe sich nicht an der Schlacht beteiligt«, fuhr der König in leiserem Ton fort. »Ich werde versuchen, Genaueres in Erfahrung zu bringen.«

Guendoloena dankte ihm mit einem Lächeln, entzog ihm jedoch ihre Hand. Verstohlen wandte sie sich zu Cylidd um, der neben ihr der einzige Britannier unter den Anwesenden war. Ihre Blicke kreuzten sich, ohne dass sie irgendetwas zu ihm hätte sagen können.

»Nun, das ist eigentlich eine wenig überraschende Nachricht!«, rief jemand zu ihrer Rechten aus.

Als sie sich vorneigte, sah sie, dass es Gartnait war. Mit vergnügter Miene, Mund und Bart fettverschmiert, zeigte er mit dem Messer, das er zum Essen benutzte, auf sie.

»Verzeih mir, Mutter, aber die Britannier haben noch nie eine Schlacht gewonnen, seit ich geboren bin.«

»Glaubst du, das hat etwas zu bedeuten?«, ertönte eine Stimme am anderen Ende des Saales.

An einigen Stellen brach schallendes Gelächter los.

»Gartnait, das Verhängnis der Britannier!«, wagte sich ein anderer noch weiter heraus.

»Das glaube ich wohl, ja«, murmelte Guendoloena.

Aedan neben ihr zuckte zusammen, sagte aber kein Wort. Und Gartnait, der durch den Wein und das Gelächter der Gäste in Wallung geraten war, schenkte sich zu trinken ein und richtete sich dann unvermittelt auf, um die Arme wie ein Bärenführer auszubreiten. Es fehlte nicht viel und er wäre auf den Tisch gestiegen.

»Ich für meinen Teil, ich sage euch, dass die Lloegriens[3] sich noch nie bis zu uns vorgewagt haben und dass wir sie wohl eines Tages holen gehen müssen, um sie das feine skotische Eisen kosten zu lassen!«

---

[3] Die Einwohner des Königreichs Lloegr oder Logres, das den von den sächsischen Stämmen besetzten Gebieten Britanniens entspricht.

Die gesamte Tischgesellschaft quittierte seine Aufschneiderei mit einem Gebrüll, das die Wände zum Wackeln brachte.

»Ich sage, dass unsere Stunde gekommen ist! Unsere Brüder aus Hibernia fassen überall in Britannien Fuß und bauen sich dort Königreiche auf. Die Ui Liathain im Süden, die Deisi Muman in Dyfed und die Laigin in Gwynedd! Wozu noch länger warten?«

Guendoloena hatte nicht mit der Wimper gezuckt. Doch als Aedan Anstalten machte, sich zu erheben, um der Rede seines Sohnes ein Ende zu bereiten, war diesmal sie diejenige, die energisch *seine* Hand ergriff.

»Sattelt eure Pferde, Freunde!«, schrie Gartnait mit einer ausladenden Handbewegung und bespritzte sich dabei selbst mit dem Wein, den er sich eingeschenkt hatte. »Poliert die Klingen eurer Lanzen und drechselt ordentliche Schäfte! Morgen, oder zumindest bald schon, wird euch mein Vater bis ans Ende der Welt führen!«

Die skotischen Barone, die Truppenführer und Adligen aus den vier Stämmen der Dal Riada richteten sich wie ein Mann auf, schwenkten ihre Zinnbecher und stießen, zu ihrem Herrn, Aedan Mac Gabran, König von Islay, Kintyre, Arran und Mull, gewandt, drei Hurraschreie aus, bevor sie auf ihn tranken. Mit verschlossener Miene hob Letzterer seinen Becher und benetzte mit knapper Not die Lippen, ohne dass er sich von seinem Platz erhoben oder Gartnait auch nur die geringste Aufmerksamkeit gezollt hätte, wodurch er eine Missbilligung zum Ausdruck brachte, die keinem entging – vor allem nicht seinem ältesten Sohn. Gartnait, der aus dem Konzept geraten war, war bald der Einzige, der noch stand, während nach und nach allen am Tisch die der Königin zugefügte Beleidigung und die Ungehörigkeit des jubelnden Beifalls bewusst wurden. Inmitten des lastenden Schweigens, das nun herrschte, ergriff Guendoloena das Wort, mit aufrechtem Oberkörper und starrem Blick, in diesem Moment ebenso steif wie der König selbst.

»Ich trinke auf diese heeren Worte«, rief sie aus (und jeder konnte sehen, dass sie nicht getrunken hatte). »Es stimmt, dass die Britannier seit langem keine Siege mehr errungen haben. Die letzten waren die des Artus Ambrosius, des britannischen Bären. Daher trinke ich heute auf den edlen Namen Artus – den Namen meines Sohnes – und auf seine künftigen Siege!«

Diesmal leerte sie ihren Becher in einem Zug und stellte ihn unsanft ab, während Aedan sich erhob, das Gesicht noch immer zorngerötet, mit wutfunkelndem Blick.

»Auf die Siege Artus Mac Aedans!«, rief er mit Donnerstimme.

Dann trank er und die gesamte Gästeschaft tat es ihm folgsam nach. Einen Augenblick lang blieb er vor ihnen stehen, als suchte er nach Worten, die ihm aber nicht kamen, und als er nichts zu sagen fand, setzte er sich wieder, in der Meinung, die Beleidigung, die Guendoloena zugefügt worden war, sei abgewaschen. Doch ein einziger, flüchtiger Blick auf ihr verschlossenes, bleiches Antlitz genügte ihm, um zu begreifen, dass dem ganz und gar nicht so war.

»Ich habe Prinz Gartnait unterbrochen!«, stieß sie abrupt hervor, während ihr Gemahl sich zu ihr herüberneigte. »Man möge mir verzeihen, aber es gibt so viele Dinge, die ich noch nicht weiß über dieses schöne Land . . . Mein Sohn hat gewiss zahlreiche Schlachten geschlagen und so viele Feinde vernichtet, dass sein Name die sieben piktischen Reiche von Fortriu bis Cait erzittern lässt! Berichte uns von deinen Siegen, Gartnait. Verschaff uns den Genuss und erzähl uns von deinen Heldentaten!«

Aschfahl im Gesicht hielt sich der skotische Prinz nur noch wankend auf den Beinen und musste sich an eine der Säulen im Saal anlehnen.

131

»Nun, was ist?«, beharrte sie, immer noch ebenso aufrecht und ohne sich dazu herbeizulassen, sich überhaupt auch nur zu ihm hinzudrehen. »König Riderch von Strathclyde, mein Bruder, könnte sicherlich aus deiner Erfahrung lernen, und ich habe keinen Zweifel daran, dass er seine Taktiken im Kampf gegen die Heiden aus Germanien verbessern würde!«

»Riderch!«, zischte der Prinz voller Grimm. »Riderch der Großherzige wäre ohne uns tot und du mit ihm!«

Aedan erhob sich brüsk, ja, so brüsk sogar, dass er seinen wuchtigen Holzstuhl umwarf, ging auf Gartnait zu, packte ihn an den Haaren und schleuderte ihn zu Boden, vor die Füße der Königin.

»König Riderch von Strathclyde ist mein Verbündeter, mein Freund und der Bruder meiner Frau! Keinem, der sich unter meinem Dach aufhält, steht es zu, sich an dem Unglück zu ergötzen, das ihm widerfährt!«

Aedan hatte die Fäuste geballt, als trage er sich mit der Absicht, den Prinzen sogleich vor aller Augen niederzuschlagen. Eine Ewigkeit lang verharrten Vater und Sohn so, umgeben von einer derart drückenden Stille, dass man die Glut in der Feuerstelle knistern und den Wind draußen pfeifen hörte, und beide Männer kochten vor Zorn. Ein Wort, eine Geste Gartnaits hätte in jenem Augenblick genügt, und Aedan hätte das Nichtwiedergutzumachende begangen. Doch glücklicherweise blieb der Prinz auf dem Boden liegen, das Gesicht von seinem langen, schwarzen Haar verdeckt, und sein Vater kehrte sich schließlich von ihm ab.

»Die Königin hat Recht«, sagte er. »Es wird höchste Zeit, dass du deine militärischen Fähigkeiten unter Beweis stellst. In weniger als einer Woche wirst du eine Armee in piktisches Gebiet führen, und du wirst nicht eher einhalten, als bis du dir im Kampf eine ansehnliche Verwundung zugezogen hast, die es dir erlaubt, solche großspurigen Reden vor der Versammlung der Krieger zu schwingen! Und jetzt bitte deine Mutter um Verzeihung für deine Beleidigungen!« Gartnait, der sich inzwischen aufgesetzt hatte, sah empört zu ihm auf und öffnete den Mund, um sich zu erklären, doch Aedan gab ihm nicht die Gelegenheit dazu. Mit einem Fausthieb, der einen Ochsen hätte niederstrecken können, schleuderte er ihn erneut auf den Boden aus gestampftem Lehm.

»Entschuldige dich!«

Langsam und unter Schmerzen stand Gartnait auf, und auf seiner Schläfe, dort, wo die Ringe seines Vaters ihn getroffen hatten, war eine blutige Schnittwunde zu erkennen.

»Ich bitte Euch um Verzeihung, Mutter«, murmelte er.

Guendoloena antwortete nicht. Gelähmt bis ins Mark, sah sie das Blut über die Wange ihres Stiefsohns herunterrinnen, sah, wie er seine Augen niederschlug und am ganzen Leib bebte vor Wut. Als sie begriff, dass Aedan zumindest ein Zeichen von ihr erwartete, nickte sie mit dem Kopf, dann wandte sie sich ab. Ihr Blick begegnete dem von Bebinn und ihren Tischnachbarn. Stumm, verstockt und feindselig. *Sie hassen mich. Ich habe ihn erniedrigt, das werden sie mir niemals vergeben . . .*

An jenem Abend kam Aedan nicht zu ihr ins Bett, sondern schützte Verpflichtungen gegenüber seinen Gästen vor. Guendoloena entließ alsbald ihre Zofen, und als in der königlichen Festung schließlich Ruhe eingekehrt war, zog sie einen wollenen Mantel an und schlich aus dem Zimmer. Einige Türen weiter schlief Cylidd, ihr Diener. Ein Britannier aus Strathclyde, der einst von den Skoten im Zuge einer ihrer Piratenzüge gefangen genommen und zum Sklavendasein verdammt worden war. Mittlerweile war Cylidd ein freier Mann. So hatte Aedan es gewollt, als Zeichen der Ehrerbietung gegenüber seiner jungen Gemahlin. Cylidd war jedoch in den Diensten der Königin geblieben. Und nach so vielen Jahren der Knechtschaft durfte er vermutlich auch nichts anderes mehr erhoffen.

Ohne anzuklopfen, trat sie eilig in die kleine Kammer ein, die ihm als Schlafgemach diente. Der alte Mann, der auf seinem Bett saß, das aus nicht mehr als einem Strohlager bestand, hielt den Kopf in die Hände gestützt.

»Majestät«, rief er und war mit einem Satz auf den Beinen, als er sie erkannt hatte.

Im flackernden Schein seiner Öllampe konnte Guendoloena erkennen, dass er geweint hatte, und diese Feststellung verstörte sie zutiefst.

»Du musst hier weg«, hauchte sie leise. »Du bist meine einzige Hoffnung. Nimm ein Boot und mach, dass du unverzüglich fortkommst!«

Sie wandte sich ab und musste die Tränen unterdrücken, die ihr in die Augen stiegen, so dass sie einen Moment lang unfähig war weiterzusprechen.

»Was willst du, dass ich tue?«, fragte der alte Mann leise.

Wenn er weg ist, werde ich alleine sein. Und wenn sie mich umbringen wollen, wie vor mir Königin Domelach, so wird niemand erfahren, was mir wirklich zugestoßen ist...

»Willst du, dass ich König Riderch aufsuche?«

»Nein«, erwiderte sie heftig. »Nein, nicht Riderch. Wenn er Angst um mein Leben hätte, dann wäre er in der Lage... Nicht Riderch, nein.«

Guendoloena zog ihren Mantel ein wenig enger um sich zusammen. Ihr war plötzlich kalt.

»Ich möchte, dass du Emrys Myrddin, Prinz von Dyfed, Sohn von Königin Aldan Ambrosia, ausfindig machst.«

Cylidd runzelte die Brauen und verriet dadurch ein so offenkundiges Unverständnis, dass sie sich bemüßigt fühlte, sich näher zu erklären.

»Du kennst ihn, Cylidd. Oder du kennst zumindest seinen

Namen, wie jedermann auf der Insel Britannien. Er ist ein Barde... Man nennt ihn Merlin.«

»Merlin? Der Barde Merlin?«

»Sag ihm... Sag ihm, dass sich sein Sohn in Gefahr befindet.«

VIII

Das Tor zur Hölle

Es gab keine Herberge mehr bis Carohaise. Keine Herberge mehr und auch kein Dorf, gerade noch einige Holzfäller- oder Köhlersiedlungen in der Nähe des Waldes, und auch die wollten erst einmal gefunden sein. Die Erika- und Stechginstersträucher, die das Heideland überzogen, wuchsen irgendwann so dicht, dass es unmöglich war, sich von dem Fahrdamm zu entfernen, weshalb sich die Truppe zu einer langen Kolonne auseinander gezogen hatte; und der Damm selbst war so schmal, dass kaum ausreichend Platz für die Wagen oder zwei nebeneinander herlaufende Pferde war. Seit Meilen stieg der Weg sanft an und führte auf die Ausläufer der Berge im Landesinneren zu, deren dunkles, von einer undurchdringlichen Vegetation bedecktes Massiv am Horizont aus dem Nebel aufragte.

Sie zogen schweigend dahin, ihre Pferde am Zügel haltend, die Gesichter von Kälte und Anstrengung gerötet. Der Großteil von ihnen wusste nicht, wie lang sie noch würden marschieren müssen, und wurde nach und nach von einer so unübersehbaren Angst übermannt, dass Blaise und Merlin, ohne genau zu wissen, wovor die Soldaten sich fürchteten – Bradwen konnte es nicht sein, denn er stellte keine ernst zu nehmende Bedrohung für eine solche Truppe dar –, mit den

Augen die Umgebung absuchten, lauernd, als erwarteten sie jeden Moment, irgendeinen heulenden Dämon aus einem Busch hervorschießen zu sehen. Die Männer redeten kaum ein Wort miteinander, aber ihre Mienen sprachen für sich, während sie verstohlen zu dem gewaltigen Hochwald, der vor ihnen aufragte, hinaufspähten. *Der Wald*, sagte sich Merlin, *Es ist der Wald, der ihnen Angst einflößt*... Wohin man auch blickte, war er zu sehen, dunkler und weiter als das Meer, so hoch, dass er aus den Wolken herausragte, und die Straße, die zu ihm hinaufführte, schien sich so vollständig darin zu verlieren, dass man sich nicht vorstellen konnte, sie könne je wieder daraus hervorführen.

Unmittelbar vor den Monts d'Arrée nahm die Steigung zu. Bald waren Cetomerinus und seine Mönche gezwungen, aus ihrem Fuhrwerk auszusteigen und sich wie die anderen die Stiefel auf dem schlammigen Weg schmutzig zu machen, während die Wachen sich bisweilen gegen die Räder stemmen oder die Peitsche einsetzen mussten, damit das Gespann vorankam. Als sie am höchsten Punkt eines Passes angelangt waren, blieb der Anführer der Kolonne stehen und machte Erle ein Zeichen, worauf dieser sich in den Sattel schwang, um zu ihm vorzureiten. Die anderen waren zunächst stehen geblieben, um sich auszuruhen, doch als sie den Sergeant und seine Aufklärer erregt diskutieren sahen, schlossen viele von ihnen schleunigst auf. Merlin und Blaise folgten ihnen umgehend, ohne ein Wort zu sagen, aus Furcht, man könnte ihnen befehlen zurückzubleiben.

Am höchsten Punkt des Weges schien die Welt zu Ende zu sein.

Eine weiße Nebeldecke, dicht wie ein Schneefeld, lag über einem breiten Tal, das in der Ferne von der schwarzen Wand aus Bäumen begrenzt wurde. Jenseits der ersten paar Klafter war die Straße nicht mehr zu erkennen, sondern verschwand mit den Sträuchern und dem Gestrüpp in jener verschwommenen Wolke. Ein durchdringender Torfgeruch legte sich ihnen auf die Brust, und es ging nicht der mindeste Windhauch, der ihn hätte zerstreuen können.

»Bald wird es dunkel«, bemerkte eine der Wachen. »Wir werden es nicht mehr schaffen, heute das ganze Moor zu durchqueren, und falls ihr die Nacht im Yeun Elez zubringen wollt, dann ohne mich!«

Erle murmelte eine knappe Erwiderung, die sie nicht richtig verstanden und in der die Rede von Befehlen und lächerlichem Aberglauben war. Dennoch betrachtete der Sergeant, wie sie alle, das Nebelmeer zu ihren Füßen voll Abscheu und schaffte es sichtlich nicht, eine Entscheidung zu fällen.

»Was ist das, das Yeun Elez?«, fragte Blaise den nächststehenden Soldaten.

Dieser wandte sich zu ihm um, dann wies er mit dem Kinn auf die Senke.

»Das Tor zur Hölle«, murmelte er kaum vernehmlich. »Ein Torfmoor, das so feucht ist, dass man darin bis zu den Knien versinkt. Keine Chance, dort ein Feuer zu entfachen, und wenn du vom Weg abkommst, holen dich die Korrigans und ertränken dich im Schlamm . . . *Ich* setze dort keinen Fuß hinein. Wir brauchen doch nur bis morgen zu warten. Bei helllichtem Tage würde ich ja gar nicht behaupten wollen, das hier . . . «

Blaise äugte verstohlen zu Merlin hinüber, der bedächtig den Kopf wiegte und sich mit einem erwartungsvollen Lächeln, das die anderen glücklicherweise nicht bemerkten, nach allen Seiten hin umblickte.

»Es stimmt, was er sagt«, flüsterte er. »Das ist ein Tor . . . Hier, an dieser Stelle, beginnen die unberührten Lande.«

»Was geht hier vor?«, ertönte eine kräftige Stimme hinter ihnen. »Weshalb seid ihr stehen geblieben?«

Sie drehten sich alle wie ein Mann herum und traten beiseite, um Cetomerinus Platz zu machen, der bis auf die Höhe des Sergeants vorlief.

»Ist es dieser Nebel, der euch davon abhält weiterzugehen?«, rief der Präpositus, nachdem er einen kurzen Moment lang verschnauft und dabei das Tal unten betrachtet hatte. »Los, wir marschieren weiter... Zumindest geht es bergab, da werden wir schneller vorankommen.«

Die Antwort war ein allgemeines dumpfes Murren, ohne dass auch nur eine der Wachen es gewagt hätte, ihm direkt in die Augen zu sehen. Erle saß vom Pferd ab, übergab seine Zügel dem erstbesten Soldaten und zog den Präpositus ein Stück den Weg hinunter.

»Pater Cetomerinus«, sagte er, als sie weit genug weg waren, »das ist kein gewöhnlicher Nebel. Ich kenne diesen Ort. Das ist ein gefährliches, eisiges Torfmoor. Die Leute hier nennen es Yeun Elez, die große Kälte. Sie sagen...«

»Nun, was denn?«

»Pater, das ist ein von Gott aufgegebener Ort, glaubt mir, an dem Korrigans und hässliche Gnomen ihr Unwesen treiben!«

»Tatsächlich?«

Cetomerinus musterte den Sergeant mit spöttischer Miene, um sich dann, als er sah, dass dieser keineswegs spaßte, zu der über ihren Köpfen zusammengedrängten Truppe umzuwenden. Diese eisen- und kupfergepanzerten alten Haudegen dort oben schlugen die Augen nieder oder hielten ihm den Rücken zugekehrt. Der Einzige, mit dem er Blickkontakt aufzunehmen vermochte, war Merlin, und das Kind lächelte.

»Es gibt keinen Ort auf der Welt, nicht einen einzigen Ort, hört ihr mich, der von Gott aufgegeben wäre!«, brüllte Cetomerinus mit einer Stimme, die mit jedem Wort lauter wurde. »*Der Pfad der Gerechten ist zu beiden Seiten gesäumt mit Freve-*

leien der Selbstsüchtigen und der Tyrannei böser Männer. Gesegnet sei der, der im Namen der Barmherzigkeit die Schwachen durch das Tal der Finsternis, des Todes und der Tränen geleitet.[1] Wo der wandelt, der das Kreuz trägt, flüchten die Dämonen und bedecken stöhnend vor Entsetzen ihr Gesicht! Mögen die Feiglinge, die Götzendiener und Scheinchristen zurückbleiben und ihr Urteil erwarten. Die Soldaten Gottes mögen mir folgen, ohne weitere Furcht als die, das Missfallen des Allerhöchsten zu erregen!«

Dann musterte er Erle geringschätzig, lief geradewegs davon, bis der Nebel ihn verschluckte, und ließ den Sergeant sprachlos und beschämt zurück. Bevor dieser auch nur das Geringste hatte unternehmen können, kamen zwei von Cetomerinus' Mönchen Hals über Kopf den Pfad heruntergestürzt, rannten, ohne ihn eines Blickes zu würdigen, an ihm vorbei und verschwanden ihrerseits in den dichten Nebelschwaden. Erle verharrte einen Moment reglos, spuckte auf den Boden und stieg schwerfällig den Weg zu seinen Soldaten zurück hinauf. Wortlos nahm er die Zügel seines Rosses wieder an sich und schwang sich in den Sattel. Erst dann sah er auf seine Truppe hinab.

»Es geht weiter.«

Während die Wachen sich murrend zerstreuten, um zu ihren Pferden zurückzulaufen, oder bereits in leichtem Trab losritten, um die Mönche einzuholen, bemerkte er, dass Merlin neben ihm stand, und gewahrte sein Lächeln.

»Amüsier du dich nur, Kleiner. Noch vor Einbruch der Dunkelheit werden dich die Sumpfgnomen zu ihrem wilden Tanze zwingen, und dann werden wir schon sehen, ob dir das Lachen nicht vergeht.«

[1] Das vermeintliche Bibelzitat ist entlehnt aus dem Film ›Pulp Fiction‹ und ist in Wirklichkeit ein Konglomerat aus mehreren verschiedenen Bibelstellen. [Anm. d. Übs.]

»Du vergisst, dass ich ein Hexer bin … In der Nacht bin ich derjenige, der den Reigen der Kobolde anführt! Frag den Präpositus, wenn du mir nicht glaubst.«

»Reiz mich nicht, Kleiner!«

Der Sergeant gab seinem Ross die Sporen und trabte los. Merlin blickte ihm nach, bis auch er im Nebel verblasste, dann warf er einen Blick zu Blaise hinüber. Der Mönch saß auf einem dicken Stein und spielte zerstreut mit einem Heidekrautstengel mit blasslila Blüten.

»Glaubst du wirklich, dass das das Tor zur Hölle ist?«, fragte er, als ihm bewusst wurde, dass das Kind ihn beobachtete.

»Ich habe das Tor zur Hölle gesehen«, murmelte Merlin. »Es sieht anders aus. Nein, Bruder Blaise … Die einzigen Teufel, die hier leben, sind von dem gleichen Schlage wie ich. Hast du sie gehört? Korrigans, hässliche Gnome, Kobolde, Irrwische, Feen oder Elfen – es spielt keine große Rolle, wie man sie nennt, sie sind hier, glaub mir.«

Er hielt inne und eine ganze Weile lang starrten die beiden Gefährten einander mit ernster Miene an. *Hier ist die Stelle, an der unsere Wege sich trennen, mein Bruder. Weißt du das?*

»Los, komm«, sagte Blaise im Aufstehen, während das Fuhrwerk des Präpositus an ihnen vorbeiratterte. »Wir sollten nicht den Anschluss verlieren.«

Der Tag ging zur Neige, ohne dass sie das Blau des Himmels noch einmal zu Gesicht bekommen hätten. So unausweichlich, als sei ein Vorhang über ihnen zugezogen worden, verdunkelte sich der Nebel um sie herum. Beinahe unmerklich schwand das Tageslicht und sie tauchten immer tiefer in die Finsternis ein – und hatten doch keine andere Wahl, als ihren Weg fortzusetzen. Während sie, blind und verloren, weiter auf dem erhöhten Trampelpfad, der quer durchs Moor verlief, vorwärts marschierten, begannen in der Ferne flüchtig aufscheinende Lichter zu flimmern. Es waren nur von den Sümpfen ausgedünstete Irrwische, doch jedes Irrlicht erleuchtete für die Dauer einer Sekunde einen kleinen Flecken einer verkrüppelten Vegetation, und diese flüchtigen Bilder hätten, zumal in der eisigen Kälte des Torfmoores, selbst dem Tapfersten das Blut in den Adern stocken lassen. Kaum merklich begannen die Männer an der Spitze des Zuges, ihre eigenen Pferde und indirekt auch die der Nachhut daran zu hindern, aus Angst vor dem, was in ihrem Rücken auftauchen könnte, in eine schnellere Gangart zu verfallen, so dass sie nun eine kompakte Gruppe um die Wagen bildeten und es nur noch schwieriger wurde, weiter voranzukommen. Plötzlich gab eine Erdscholle unter dem Huf eines Pferdes nach, worauf dieses das Gleichgewicht verlor und hintenüber vom Weg stürzte. Das Tier stand sofort wieder auf und kletterte behände auf den schmalen Erdwall zurück. Sein Reiter dagegen war bis ins Moor hinabgerollt und hob an zu brüllen und wie ein Wahnsinniger um sich zu schlagen. Er lag einfach nur in einer größeren Schlammpfütze, in die er nicht weiter als bis zu den Oberschenkeln oder zur Taille hätte einsinken können, doch er war so verängstigt, dass es mehrerer Männer bedurfte, um ihn wieder herauszuziehen.

»Das reicht«, entschied Erle und saß von seinem Pferd ab. »Wir machen hier Halt. Zündet Fackeln an, damit man etwas sieht!«

»Womit denn bitte?«, murrte ein Soldat, der in der Dunkelheit nicht zu identifizieren war.

»Mit dem, was ihr findet. Den Planen des Wagens, den Brettern seiner Seitenwände, den Koffern, allem, was zu nichts nutze ist. Fragt die Mönche, sie müssen doch Kerzen in ihrer verfluchten Karre haben!«

»Das haben wir«, sagte Cetomerinus neben ihm.

»Verzeihung«, murmelte der Sergeant. »Ich hatte Euch nicht gesehen.«

»Wofür denn Verzeihung?«

Mit einem Wink bedeutete er den Laienbrüdern, die ihn begleiteten, das, was gebraucht wurde, suchen zu gehen. Und kurz darauf kam einer von ihnen mit einer brennenden Talgkerze und einem Arm voll Wachslichtern aus ihrem Fuhrwerk heraus.

»Können wir unseren Weg nicht fortsetzen?«, erkundigte sich Cetomerinus, während er zusah, wie die Wachen beinahe sämtliche Holzplanken aus dem Karren, in dem Blaise und Merlin reisten, herausrissen und mit fieberhaftem Eifer mitten auf dem Weg einen Feuerstapel daraus errichteten. »Mit etwas Licht könnte man den Weg ausreichend erleuchten. Wie viel haben wir noch vor uns, fünf, sechs Meilen?«

»Fünf, sechs oder zehn, was weiß ich . . . Doch auf der anderen Seite des Moores müssen wir den Huel Goat durchqueren, den Hohen Wald, und dort sieht man noch weniger – falls das überhaupt noch möglich ist. Es ist besser zu warten, bis es Tag wird.«

Beim flackernden Schein der Kerzen konnte er jetzt Cetomerinus' verschlossene Miene erahnen und erkannte, dass Letzterer im Begriff war, auf seinem Standpunkt zu beharren.

»Zum Henker noch mal, seht Ihr denn nicht, dass die Männer sich fürchten?«, rief er aus. »Die Irrlichter, die Nacht, die Kälte und all die beklemmenden Legenden, die sich um dieses Moor hier ranken! Ich weiß, Ihr glaubt nicht daran, aber sie tun es sehr wohl. Wenn wir weitermarschieren, wird es ein schlimmes Ende nehmen. Daher lagern wir hier. Das ist ein Befehl!«

Er ließ den empörten Präpositus stehen und zog sein Pferd am Zügel hinter sich her, um es neben den anderen an dessen Fuhrwerk festzubinden.

143

Das Feuer hatte trotz der Feuchtigkeit die Mitte des Holz-
haufens erfasst. Gleich Schiffbrüchigen auf einer Insel scharten
sich die Männer in dem Kreis aus Licht und Wärme zusammen
und warteten auf neue Befehle. Erle schlüpfte zwischen sie
und streckte die Hände nach den lodernden Flammen aus, um
sich aufzuwärmen. Der Nebel war so eisig, dass sie durchge-
froren waren bis ins Mark, ja selbst ums Herz wurde ihnen
klamm; gleich einem Leichentuch sank der weiße Dunst auf
sie nieder, drang durch die Kettenhemden, die ledernen Brün-
nen und die wollenen Gewänder ein und raubte diesen hartge-
sottenen Kriegern den letzten Mut.

»Wir müssen an das glauben, was Pater Cetomerinus gesagt
hat«, murmelte Erle, so dass nur sie allein es hören konnten.
»Wir stehen unter dem Schutze Gottes, es gibt nichts zu befürchten ... Und zudem haben die Gnomen schließlich Angst
vor dem Feuer, das ist allgemein bekannt. Haltet es in Gang,
und alles wird gut gehen ... Blaen!«

Auf der anderen Seite der Flammen sah ein Wachsoldat zu
ihm auf.

»Bereite uns etwas Warmes zu essen, an diesem Ort wird
man ja zur Eissäule!«

Sie aßen schweigend zu Abend, während um sie herum das
Moor von einem abscheulichen Säuseln und Plätschern wider-
hallte und immer noch jener beißende Geruch nach Torf und
Schimmel in der Luft hing, der kaum zu ertragen war. Dann
begann eine Feldflasche mit Honigwein zu kreisen, die Unterhaltungen kamen wieder in Gang und die Angst verflüchtigte
sich.

Doch plötzlich brachte ein klagendes, in der Tonhöhe
schwankendes Pfeifen ihre Gespräche abrupt zum Verstummen. Eine ganze Weile lang hielten sie den Atem an, ohne sich
sicher zu sein, was sie da soeben gehört hatten, bis die Melodie
erneut ertönte, diesmal von einer ganz anderen Stelle her. Man

144

hätte meinen können, es sei eine Flötenweise, getragen, misstönend und durchdringend zugleich, und, um ehrlich zu sein, so sonderbar, dass es sich nicht um den trillernden Gesang eines Nachtvogels handeln konnte. Abermals brach die Melodie unvermittelt bei einem hohen Ton ab, bevor auch nur einer der Männer sie hätte zuordnen können.

»Das ist die Flöte des Teufels!«, flüsterte einer der Soldaten.

»Es ist ein Vogel!«

»Ich weiß doch, was ich gehört habe! Das war kein Tier!«

»Das werden wir schon sehen.«

Erle ließ weitere Lagerfeuer an den beiden äußeren Enden des Zuges errichten und unterhalb des Weges alle zehn Schritt die Talglichter der Mönche aufstellen, ohne dass sie währenddessen zu irgendeinem Moment die Sequenz aus näselnden Tönen vernommen hätten. Es wurden Wachtposten bestimmt, aber letztlich passten alle mit auf, fuhren beim kleinsten Froschquaken in die Höhe und hielten angestrengt Ausschau, um mit ihren Augen die Finsternis abzusuchen. Cetomerinus und sein Gefolge hatten sich in ihrem eisenbeschlagenen Wagen verschanzt, und Blaise hatte Merlin in ihren Karren gezogen, oder besser in das, was davon noch übrig war, nachdem die Plane und der Großteil der Seitenplanken ins Feuer geworfen worden waren.

So flossen die Stunden dahin, während das bedrückende, dumpfe Rumoren im Torfmoor von Zeit zu Zeit von einem Hustenanfall oder dem Schnauben eines Pferdes durchbrochen wurde. Eingewickelt in seinen Mantel und eng an Merlin geschmiegt, war Blaise schließlich, wie viele von ihnen, eingeschlafen.

Merlin selbst tat kein Auge zu. Seit einigen Minuten gluckerte und plätscherte es im Moor nicht mehr wie zuvor. Das schnarrende Quaken der Kröten und Frösche war vorübergehend erstorben. Reglos, sämtliche Sinne lauernd gespannt,

145

spähte er durch die Reste der Seitenwand und gewahrte plötzlich direkt vor sich eine Bewegung in der Dunkelheit des Torfmoors. Erst da wurde ihm mit einem Mal bewusst, dass die unterhalb des Weges verteilten Talglichter ausgegangen oder womöglich von irgendjemandem gelöscht worden waren, ohne dass er es bemerkt hatte. Das nachtschlafende Lager wurde nur noch von dem flackernden rötlichen Schein der brennenden Holzhaufen erleuchtet, in denen soeben die letzten Flammen über der Glut erstarben. Langsam löste er sich von Blaise, der schwer auf ihm lag, und richtete sich in dem zweirädrigen Karren auf. Zunächst konnte er nichts erkennen. Dann, plötzlich, eine Silhouette, die die Böschung heraufgeklettert kam, der gedämpfte Lärm eines Scharmützels, ein schwacher Schrei und das Klirren einer Waffe auf einem Stein.

Mit einem Satz sprang das Kind aus dem Wagen und duckte sich mit pochendem Herzen in dessen Schatten. Keiner hatte reagiert. Nicht ein Warnruf. Nicht ein Laut. Eine ganze Weile lang suchte Merlin den diesigen Lichtkreis rund um ihr Lager ab, ohne auch nur das Geringste zu sehen oder zu hören – bis plötzlich eine in einen langen, dunklen Mantel gehüllte Gestalt mit Kapuze aus der Finsternis auftauchte. Er sah, wie sie sich der Wagenleiter näherte und sich ins Innere beugte. Das flüchtige Aufblitzen einer Klinge veranlasste das Kind, instinktiv zurückzuweichen, was der andere aus dem Augenwinkel gewahrte. Keine Sekunde später war er bei ihm und warf sich mit seinem ganzen Gewicht auf ihn, um ihn zu Boden zu drücken.

»Merlin! Ich bin es!«

Das Kind riss erstaunt die Augen auf und ließ ab, wie wild um sich zu schlagen. Und schon rollte die Erscheinung zur Seite und streifte mit einem Ruck ihre Kapuze nach hinten. Es war Bradwen, dessen Augen in seinem schlammgeschwärzten Gesicht funkelten. Der Krieger lächelte, legte den Finger auf die Lippen, zum Zeichen, dass er weiterhin still sein solle, und wies mit dem Kopf auf das Moor unter ihnen. Merlin nickte zustimmend, sie setzten sich in Bewegung und schlichen in geduckter Haltung um den Leichnam des ermordeten Wachtpostens herum. Das Kind und der Krieger waren beinahe im Schutz des Dickichts angelangt, als über ihnen auf der Straße eine barsche Stimme ertönte.

»He! Wach auf!«

Unverzüglich pressten sie sich flach auf den Boden, ohne sich zu rühren. Als sie hochsahen, erkannten sie Sergeant Erle, der sich über Bradwens Opfer beugte.

»Du bist mir ja eine feine Wache ... Heda, ich spreche mit dir.«

Dort oben hatte sich Erle neben den zusammengekrümmten Leichnam gehockt und drehte ihn auf den Rücken. Er sah die aufgeschlitzte Kehle, die glasigen Augen, die schwarzen Blutflecken auf seinem Kettenpanzer. Mit einem Satz war er auf den Füßen und packte genau in der Sekunde das Stichblatt seines Schwertes, als sich einige Ellen weiter unten, genau ihm gegenüber, der Krieger aufrichtete. Einen Moment lang schien die Zeit stillzustehen. Nur einen kurzen Augenblick – bis Bradwen sicher war, dass der andere ihn erkannt hatte. Dann löste sich sein Arm, um mit enormer Kraft nach vorne zu sausen, und sein Messer pfiff durch die Luft und schnitt brutal den Warnschrei des Sergeanten ab. Merlin sah, wie dieser in sich zusammensank, als würde er niederknien, dann taumelte er zur Seite und rollte von der Straße herunter. Bradwen hielt ihn mit dem Fuß auf, riss seine Klinge aus dem Brustkorb, der noch leise bebte, und holte aus, um erneut zuzustechen.

»Bradwen! Nicht!«

Der Krieger hielt in seiner Bewegung inne und schaute ihn überrascht an. Merlin war bereits zu ihnen gerobbt, stieß ihn mit dem Ellenbogen zur Seite und hob Erles von Blut und Erde verschmierten Kopf in die Höhe. Der Sergeant schlug die Augen auf und erkannte das Kind, das sich über ihn gebeugt hatte, im flackernden Schein der Flammen.

»Kein Ruhm«, murmelte er.

Über sich hörten sie Stimmen und Waffenrasseln.

»Komm!«, befahl Bradwen. »Lass ihn liegen!«

Und er rannte davon, geradewegs auf das Moor zu, und wurde alsbald von der Dunkelheit und dem Nebel verschluckt. Merlin nahm sich die Zeit, den Kopf des Sergeanten behutsam abzulegen, mied allerdings dessen ausdruckslosen Blick, in dem nicht einmal mehr ein Vorwurf zu lesen stand. Als er aufstand, um in Richtung Torfmoor loszustürmen, tauchten unvermittelt mehrere Silhouetten oben auf der Straße auf. Im ersten Moment nahm er sich nicht die Zeit, sie genauer zu betrachten. Erst später, als er sich den Augenblick ins Gedächtnis zurückrief, ging ihm dann auf, dass zwei dieser schemenhaften Gestalten Mönchskutten getragen hatten.

Zwanzig Mann. Nicht ein Pferd mehr. Keinerlei Pfeile mehr. Und nicht mehr die geringste Unterstützung von irgendeiner Seite zu erwarten, bevor sie die Küste erreichten. Dafydd und das, was von seinem bewaffneten Trupp noch übrig war, waren bei Nacht unterwegs und mussten sich über Tag verstecken, da dann auf sämtlichen Gebirgspfaden die Reiter von Gwrgi und König Rhun patrouillierten – Reiter auf gedrungenen kleinen Pferden, die in der Lage waren, stundenlang über die steilsten Hänge zu galoppieren. Seit zwei Tagen war der Weg der Britannier gepflastert von ihren Toten, die von einem Erdrutsch begraben oder von Pfeilen durchbohrt worden waren oder denen man in der Nacht die Gurgel durchtrennt hatte. Und nicht einmal, nicht ein einziges Mal, hatten sie von Angesicht zu Angesicht gegen den ungreifbaren und unsichtbaren Feind, der sie fortwährend attackierte, kämpfen können. Auf die Pferde hatten die Angreifer es als Erstes abgesehen gehabt, insbesondere auf die vor ihren Karren angeschirrten Zugrösser. Sie hatten ihren Proviant zurücklassen müssen, ihr Öl, ihr Gepäck und sämtliche Waffen, die sie nicht tragen konnten. Am Abend des ersten Tages hatten ihre Bogenschützen keine Pfeile mehr gehabt, da sie bei jedem Hinterhalt ganze Schwärme davon ins Leere gefeuert hatten, und hatten sich daraufhin auch ihrer Bogen entledigt. Am nächsten Morgen, als sie erwachten, hatten sie die bereits starren Leichen ihrer sämtlichen Wachen entdeckt, ohne dass ihre Angreifer die Gelegenheit genutzt hätten, ihnen selbst den Garaus zu machen. Wie eine Katze, die mit einer verletzten Maus spielt. Gwrgi zeigte keine Eile, er ließ sie laufen, solange es ihm beliebte, um den geeigneten Zeitpunkt für den tödlichen Hieb abzuwarten.

Als sie schließlich bei Einbruch der Dunkelheit in einen von schroffen Felswänden gesäumten Engpass hineingewandert waren, hatte eine Lawine aus Geröll und Baumstämmen rund zwanzig Männer zermalmt und das, was ihnen noch an Pferden geblieben war, getötet oder in sämtliche Himmelsrichtungen versprengt sowie den Löwenanteil ihrer Lebensmittelvorräte, die sie in der Panik hatten fallen lassen, unter sich begraben.

Das waren zwei schreckliche Tage gewesen. Zwei Tage und zwei Nächte, in denen sie nicht oder kaum geschlafen hatten und unaufhörlich marschiert waren, Meile um Meile, immer geradeaus, in Richtung Meer, in der Hoffnung, zurück nach Dinorben und zu Elidirs Truppen zu gelangen. Zwei Tage, in denen sie sich von Gerstengraupen ernährt hatten, für deren Einweichen sie Wasser aus den Wildbächen geschöpft hatten, zwei Tage, in denen sie kein Feuer entzündet hatten und weder ihre Verwundeten hatten pflegen noch ihre Toten hatten begraben können.

Am Nachmittag des dritten Tages, als sie Zuflucht in einer Grotte gefunden hatten, ging ein gewaltiger Wolkenbruch über den Bergen nieder. Der Regen fiel senkrecht, in dichten Tropfen und beschränkte ihr Sichtfeld auf wenige Klafter – was ihnen als Chance erschien. Sie ließen alles zurück, was sie in ihrem Fortkommen noch weiter hätte hindern können, und stürzten im strömenden Regen los. Keine Stunde später erreichten sie den Saum des Waldes. Vor ihnen lag eine weite Landschaft aus kahlen, runden Hügelkuppen, die von einem Fluss durchzogen war.

»Wir sind da«, murmelte Dafydd, dessen langes, schwarzes Haar ihm von dem nicht enden wollenden Regen am Gesicht klebte und wie ein feuergehärteter Eisenhelm glänzte. »Zwei Meilen von hier muss das Meer liegen, höchstens.«

Er ließ sich auf einen dicken Baumstumpf fallen und nahm sein Gehänge ab, auf dessen Rückseite sich sein langes Schwert befand. Um ihn herum taten es die Männer ihm nach, zu erschöpft von ihrem wahnwitzigen Sturmmarsch, um sich Gedanken darum zu machen, dass der Boden, auf den sie niedersanken, völlig durchweicht war.

»Aber... Was macht ihr denn da?«, protestierte Bruder Morien. »Wir können in ein oder zwei Stunden dort sein!«

»Das ist mehr als genug, um sich in Stücke hauen zu lassen, Pater«, brummte ein Lanzenreiter neben ihm. »Wenn wir da oben weitergehen, sind wir so deutlich zu sehen wie eine Fliege auf deinem Schädel!«

Dafydd nickte lächelnd, dann winkte er den Prior von Cambuslang zu sich heran.

»Er hat Recht, weißt du... Ohne Bogenschützen und mit den wenigen Lanzen, die uns noch geblieben sind, hätten wir bei einem Reiterangriff nicht die geringste Chance. Wir müssen warten, bis es dunkel wird. Das wird nicht mehr lange dauern.«

Morien war näher gekommen, doch er setzte sich nicht und wandte sich erneut zum Meer hin, das allerdings bei den Wassermassen, die sich da vom Himmel ergossen, nicht zu erkennen war. Sein geschorener Schädel, auf den der Regen niederprasselte, hob sich weiß und glatt gegen seine Mönchskutte und seinen Ziegenfellmantel ab. Eine Fliege hätte man darauf tatsächlich bestens erkennen können.

»Und wenn ich ginge?«

»Was sagst du da?«

»Ich bin ein Mönch, sie werden mir nichts zuleide tun. Mit ein bisschen Glück bin ich vor Einbruch der Dunkelheit in Dinorben und kann mit einer Eskorte zurückkehren, um euch zu holen.«

Nachdem er fertig gesprochen hatte, drehte er sich unvermittelt zu Dafydd herum, den alle schweigend ansahen, gespannt auf seine Entscheidung. Morien hatte es richtig erfasst. Gwrgis Reiter würden sie bis auf den letzten Mann massakrieren, ohne auch nur eine Sekunde zu zögern, aber sie waren zu sehr Christen, um einen Gottesmann kaltblütig zu ermorden. Und falls doch … Ob sie jetzt starben oder ein wenig später …

»Einverstanden. Aber lass deine Waffen hier und nimm die Proviantsäcke mit, wie ein Bruder Prediger, der von seiner Mission zurückkehrt. Und wenn du Elidir siehst, so sag ihm, er soll mit vielen Soldaten kommen. Wirklich vielen. Und sie sollen Fackeln tragen. Wir werden ihnen entgegenmarschieren, sobald wir sie sehen.«

Binnen weniger Minuten statteten die Soldaten den Prior wie vereinbart aus. Dafydd hängte ihm höchstpersönlich einen schweren Brotbeutel um den Hals, dann ging er mit ihm zusammen los, um ihn noch ein Stück zu begleiten.

»Da drinnen ist der gesamte Rest von dem Gold, das Riderch

mir anvertraut hat, um die Soldaten zu entlohnen«, sagte er leise, als sie weit genug weg waren. »Falls wir uns nicht wiedersehen sollten, schenk es irgendwelchen armen Leuten ... Dann ist es zumindest noch zu etwas gut.«

Morien nickte schweigend und drückte ihm die Hand, dann ging er im strömenden Regen davon. Nach wenigen Schritten sah man nur noch eine verschwommene Silhouette, die in dem öden Grau ringsum verschwand.

Der Mönch lief eine ganze Weile, ohne anzuhalten, und hoffte bei jedem Hügel erneut, vom Gipfel aus endlich das Meer zu erblicken. Seit er den Wald verlassen hatte, war auch noch der Wind hinzugekommen und peitschte ihm schonungslos die Regenschwaden ins Gesicht, so dass er sich bald schon die Kapuze seiner Kutte über den Schädel streifte und mit eingezogenem Kopf weiterlief – rein nach Gefühl, unter Zuhilfenahme seines knorrigen, langen Stockes. So kam es, dass er, halb blind und taub inmitten des prasselnden Regens, erst im letzten Moment die Reiter bemerkte, die auf ihn zugaloppierten. Aus einem Reflex heraus warf er seine Kapuze nach hinten und hob seinen Stock, um sich zu verteidigen; dann entsann er sich seiner Rolle und nahm eine weniger feindselige Haltung ein.

Sie waren nur zu dritt und ritten auf Tieren, die eher Ponys als Streitrössern glichen, mit langen, in den Himmel ragenden Lanzen, Mützen und Pelzjacken, die ihnen das Aussehen bewaffneter Bären verliehen.

»Der Himmel sei mit euch, Brüder!«, rief der Prior, als sie näher kamen.

Der Erste von ihnen bekreuzigte sich und trieb sein Ross ganz dicht vor ihn hin, so dass er ihn hätte berühren können.

»Der Himmel wirkt eher erzürnt, Hochwürden ... Wo kommt Ihr denn her?«

»Ich wüsste nicht, inwiefern dich das etwas anginge. Gib mir lieber etwas, was ich mir überhängen kann, oder nimm mich auf deinem Pferd mit, ich muss nach Dinorben.«

Der Mann wandte sich mit einem verständnisinnigen Lächeln zu seinen Begleitern um, dann begann er in seinen Satteltaschen zu wühlen, um schließlich ein zerknittertes Wolltuch herauszuziehen.

»Das ist alles, was ich für Euch tun kann, Hochwürden«, sagte er und reichte es ihm. »Wir müssen weiter. Was Dinorben betrifft ...«

Erneut äugte er zu den beiden anderen hinter.

»Nun, ich hoffe, Ihr müsst dort nicht jemand Bestimmten treffen ... Dort werden augenblicklich nicht mehr viele sein.«

Morien stammelte eine Antwort, die sie nicht hörten, da sie eine Kehrtwende vollführten, um in die Hügel zurückzureiten. Wieder alleine, zögerte der Mönch ein paar Sekunden, dann legte er sich das Tuch über und lief bis auf die Anhöhe hinauf. Man konnte nichts sehen. Nichts als die graue Regenwand, hinter der alles verschwamm, das Meer, der Himmel und die Erde. Er konnte nicht einmal mehr die drei Reiter erkennen, die wie alles andere von den dichten Regenschleiern verschluckt waren.

Er marschierte noch immer, als der Wind schließlich umschlug und die Wolken zum Meer hintrieb, wodurch endlich die Landschaft zum Vorschein kam. Es dunkelte bereits, aber das regennasse Land glitzerte wie ein Spiegel. Am Rande der Küste erspähte er in weniger als einer Meile Entfernung den Erdhügel und die Befestigungsanlagen von Dinorben. Er setzte seinen Weg fort, den Blick auf der Suche nach irgendeinem wenn auch noch so winzigen Lebenszeichen auf die Stadt geheftet, als ihn plötzlich das lang gezogene Schmettern eines Horns zusammenzucken ließ. Er lief jetzt durch ein Tal, das von mächtigen, mit Heide und Stechginster überwucherten Bergrücken eingeschlossen wurde. Er beschleunigte seinen

Schritt und folgte dem Pfad, bis er eine Schneise entdeckte, die in die höheren Lagen hinaufführte. Es war nur ein kleiner Hügel, doch er war außer Atem, als er den Gipfel erreichte, fieberte und klapperte mit den Zähnen und vermochte sich nur noch mithilfe seines Stockes auf den Beinen zu halten. Er gelangte dort gerade noch rechtzeitig an, um einen stattlichen Trupp Reiter hinabstürmen zu sehen, vielleicht zwanzig Mann oder mehr, denen er nachsah, bis sie in der aufkommenden Dunkelheit aus seinem Blickfeld entschwanden.

Erschöpft und schlotternd ließ Morien sich zu Boden fallen. Seine durchnässte Kutte klebte ihm auf der Haut und der mit Gold gefüllte Brotsack schnitt ihm tief in die Schulter ein. Eine ganze Weile lang blieb er so liegen, während er von Zeit zu Zeit das Huftrappeln einer galoppierenden Reitertruppe oder ein Hornsignal vernahm. Die Reiter, die in großen Sprüngen über die Hügel setzten, sammelten sich irgendwo in der Finsternis, und als er in der Ferne Flammenschein aufleuchten sah, begann der Mönch sich Hoffnungen zu machen, dass sie ihr Nachtlager aufschlugen, rund um ein schönes Feuer herum. Diese Hoffnung animierte ihn sogar dazu, wieder aufzustehen und seinen Weg in Richtung Dinorben fortzusetzen. Doch in dem Augenblick, als er sich anschickte, wieder ins Tal abzusteigen, zerteilte sich der Lichtschein in eine Myriade brennender Funken, die sich alsbald zu drei langen Kolonnen auseinander zogen.

Morien stand einen Moment verständnislos da, dann begriff er, dass diese Funken von den Reitern getragene Fackeln waren und dass jene auf den Wald zusteuerten. Starr vor Entsetzen beobachtete er, wie sie sich gleich Feuerschlangen voranbewegten. In der nächtlichen Stille drang das dumpfe Donnern der Hufe bis zu ihm herauf. Und mit einem Mal entdeckte er eine weitere Lichtquelle am Saum des Waldes.

»Oh Gott, nein!«

Dafydd und die Seinen hatten in dem Glauben, die erwartete Unterstützung kommen zu sehen, ein Feuer entzündet... Morien schoss so rasch den Abhang hinunter, dass er Gefahr lief, sich sämtliche Knochen zu brechen, brüllte sich die Seele aus dem Leib und rannte weiter und immer weiter, so schnell ihn seine Beine trugen, bis er vor Erschöpfung zu Boden stürzte, atemlos und tränenüberströmt. Er hörte die Schreie und das ohrenbetäubende Gebrüll eines Scharmützels, während diejenige der drei Kolonnen, die sich am dichtesten bei ihm befand, ihre perfekte Ordnung aufgab und nur noch ein heftig wogendes Lichtermeer formte. Die beiden anderen stießen alsbald dazu. Und keine fünf Minuten später war die nächtliche Stille wiederhergestellt.

IX

Die Besudelung der Sabrina

Eine fahle Wintersonne erhellte die gelbroten Kuppen der Malvern Hills, während sich die letzten morgendlichen Dunstschwaden auflösten. Die Nacht war kalt gewesen, zumal da Owen, Cadwallon und Sawel es untersagt hatten, Lagerfeuer zu errichten – zum einen, um keine Zeit zu verlieren, aber vor allem aus Furcht, den sächsischen Aufklärern ihre Lage zu verraten. Die Männer hatten nur wenige Stunden geschlafen, eng an ihre Pferde geschmiegt, und waren beim ersten Morgengrauen erwacht. Sie hatten sich unverzüglich wieder auf den Weg hinunter ins Tal der Sabrina gemacht, denn die fieberhafte Ungeduld ihrer Anführer griff unweigerlich auf sie über. Besonders Owen scharrte so ungeduldig mit den Füßen wie ein Füllen im Frühling und wäre vermutlich im Galopp bis Caer Loew gestürmt, wenn ihn nicht die strengen Order seines Vaters und König Riderchs zurückgehalten hätten. Die Sachsen hatten jedenfalls die Sabrina noch nicht erreicht. Die Truppe durchquerte den Fluss an der Stelle, wo er sich mit dem Avon vereinigte, und rückte dann stromabwärts zu dem breiten Mündungstrichter hin vor. Caer Glow lag nur noch wenige Meilen entfernt. Keine halbe Meile später kreuzten sie die ehemalige, nach Norden führende Römerstraße, die von einer solch dichten Menschenmenge ver-

156

stopft wurde, dass ihre Vorhut sich den Weg mit der flachen Schwertklinge freischlagen musste.

Owen, der an der Spitze des Hauptreiterheeres ritt, traf wenige Minuten darauf dort ein, als der von der Vorhut in Schach gehaltene Pöbel allmählich in Unruhe geriet. Der endlos lange Flüchtlingsstrom, der, so weit das Auge reichte, den Fahrweg überschwemmte, drängte in einem fort gegen die dünne Wand seiner Reiter an, gleich der steigenden Flut, die gegen einen Staudamm drückt. Die Flüchtenden waren mit all ihren Habseligkeiten beladen, trieben ganze Herden von Schafen, Kühen und Schweinen vor sich her, zerrten und schleppten alle Arten von Beförderungsmitteln mit sich, von einfachen Handkarren bis zu den geräumigen Sänften des Adels, und legten eine erbitterte Feindseligkeit an den Tag, die sich nicht nur in hasserfüllten Blicken, sondern auch in unverblümt geäußerten Beleidigungen manifestierte.

Owen hielt verbissen die Zügel seines Rosses umkrallt, und sein Gesicht rötete sich vor Scham und vor unterdrücktem Zorn, als er die Straße überquerte. Neben ihm ritten die Krieger aus Rheged und schwenkten die Standarte ihres Landes. Soldaten, die an seiner Seite in Lindisfarne gegen die Angeln unter König Ida gekämpft hatten und für die diese Flüchtlinge nichts weiter als Fremde waren, mehr Römer als Britannier – weshalb sie keine Sekunde gezögert hätten, sie bis zum letzten Mann in Stücke zu hauen, wenn er es befohlen hätte.

»Ich kenne dich, dich dort, ja!«, schrie plötzlich eine alte Frau, als der Prinz vorüberritt. »Du bist Owen der Rotschopf, die Geißel der östlichen Lande, einer der drei edlen Prinzen der Insel Britannien und Sohn des Urien Rheged! Wo warst du, als diese Sachsenschweine die Stadt in Brand gesteckt haben?«

Seine Männer gingen augenblicklich in Habachtstellung, doch Owen sprang von seinem Ross, schob die Reiter der Vorhut beiseite und lief mit einem beschwichtigenden Lächeln auf die Frau zu. Trotz seiner freundlichen Haltung hatte sich, bis er sie erreicht hatte, ein ganzer Menschenauflauf um die Alte gebildet, wie um sie zu beschützen. Darunter befanden sich auch Handwerker und Bürger aus der Stadt, allesamt glatt rasiert und mit kurzem Haar, wie es der römischen Mode entsprach; Frauen, Kinder und Greise, außerdem einige Soldaten, die zwar zum Großteil verletzt und von den Kämpfen gezeichnet waren, die aber nach wie vor ihre Waffen bei sich trugen.

»Gib mir zu trinken, Mütterchen ... Es ist schon heiß und ich komme beinahe um vor Durst.«

Die alte Frau musterte lange und prüfend das lächelnde Gesicht des jungen Prinzen, dann blickte sie zu seinen schräg zu Berge stehenden roten Haaren hinauf, die ihm das Aussehen eines erzürnten Igels verliehen.

»So erkennt man mich also«, murmelte er.

»Das ...«

Mit einem Kopfnicken befahl sie einem der Jungen, die neben ihr standen – vielleicht ihrem Sohn oder Enkelsohn –, der Bitte des Prinzen nachzukommen. Das Kind reichte ihm einen Schlauch, aus dem Owen sich das Wasser in die Kehle laufen ließ, ohne ihn an die Lippen zu setzen; dann wischte er sich mit dem Handrücken das Kinn ab.

»Von welcher Stadt sprichst du, Mütterchen? Von Caer Glow?«

Völlig verständnislos sah sie ihn an oder eher zutiefst argwöhnisch. In diesen Breiten hier, und noch stärker im Süden, hatte sich die römische Kultur weitgehend erhalten, zumindest was die Personen- und Ortsnamen betraf. Owen wusste sehr wohl um den Stolz dieser Städter, die ihn und seine Soldaten vermutlich für soeben erst zum Christentum bekehrte Barbaren hielten, weshalb sie in ihren Augen kaum mehr wert waren als die Sachsen. Doch Owen hatte mit den Mönchen

158

geübt und beherrschte ein paar Brocken Latein. Genug auf alle Fälle, um sich an den Namen ihrer Stadt zu erinnnern. »Kommst du aus Glevum?«, hakte er nach.

»Lieber würde ich krepieren«, höhnte sie und setzte bereits an, auf den Boden zu spucken, hielt sich dann aber gerade noch zurück. »Wir sind alle aus Corinium[1]. Wir haben uns geschlagen. Nicht so wie diese Feiglinge, die schon die Flucht ergreifen, bevor sie überhaupt den Schwanzzipfel eines Sachsen gesehen haben!«

Um sie herum erhob sich zum Zeichen der Zustimmung ein düsteres Murren und Knurren.

»Caer Glow ist also noch nicht gefallen.«

»Es sei denn, sie hätten selbst Feuer gelegt! Geh doch selbst nachsehen, es ist gleich da drüben, zwei Meilen von hier.«

Owen dankte ihr mit einem Lächeln, warf dem Jungen den Schlauch hin und schwang sich eilig wieder in den Sattel.

»Lauf nicht zu weit fort, Mütterchen, damit ich ihn dir bringen kann!«

»Wen denn?«

Der Prinz gab seinem Ross die Sporen, ritt neben sie hin und beugte sich mit verschwörerischem Blick zu ihr hinunter.

»Deinen Sachsenschwanzzipfel.«

Dann trieb er sein Pferd zum Galopp an, verabschiedet von dem schallenden Gelächter und den Vivats der Flüchtlinge. Sawel Ruadh wartete ein Stück weiter auf ihn und lenkte sein Pferd neben das seine, kaum dass der Prinz sein Tempo gedrosselt hatte. Er wies mit dem Kinn auf die Menge, die jetzt der britannischen Reiterschaft zujubelte.

»Man könnte meinen, du verstehst es, dich beliebt zu machen . . . Das ist eine Stärke.«

---

[1] Römischer Name von Cirencester (Caer Ceri für die Britannier); eine der größten Siedlungen der Römerzeit und Hauptstadt der Provinz Britannia Prima, von der Glevum (Gloucester), »die glänzende Stadt«, abhing.

159

»Das ist immer noch besser, als sich Beleidigungen einzuhandeln. Los, beeilen wir uns. Die Sachsen sind noch nicht in Caer Glow.«

Sawel nickte zustimmend und zog die Zügel seines Streitrosses an. Wenige Minuten später erteilten die Kriegshörner das Signal zum Galopp und die Erde erzitterte unter dem gewaltigen Dröhnen Hunderter Pferdehufe. Owen war bis zum höchsten Punkt eines Felsvorsprungs vorausgeritten, wie immer von seiner persönlichen Garde gefolgt. Dort lag die Stadt, etwas weniger als eine Meile entfernt, unversehrt, umringt von ihren steinernen Mauern und durch einen Graben geschützt, der breit genug war, um mehr als einen Angriff abzuwehren. Doch sie entleerte sich gleich einem aufgestochenen Fass und entließ den nicht abreißen wollenden Strom ihrer Bewohner. Die Alte hatte die Wahrheit gesagt. Noch bevor die Kämpfe überhaupt begonnen hatten, ergossen sich der Lebenssaft und die Seele der Stadt nach draußen und überließen sie, ausgeblutet und tot, den Geiern, die herbeigeflogen waren, um sich an ihrem Gerippe gütlich zu tun. Und doch sah man noch immer das gehärtete Eisen von Rüstungen und Lanzen auf den Wehrmauern blinken. Um die hundert Mann vielleicht und vermutlich keine Reiter.

Die Sonne stand jetzt hoch am Himmel, der wolkenlos und so klar war, dass sie meilenweit blicken konnten. Owen war auf Rauchsäulen gefasst gewesen, auf Staubwolken, die das Anrücken der sächsischen Armee verrieten – aber nichts von alledem. Vor ihnen erhob sich die sanfte Kontur der Kalksteinhügel, die Caer Glow vom Reiche König Conmails und dem Landesinneren trennten. Selbst wenn sie noch so angestrengt Ausschau hielten, konnten sie nicht die geringste feindliche Bewegung in dieser friedlich daliegenden Landschaft erkennen. Keine Spur von den Sachsen. Mit oder ohne seine Bewohner konnte Caer Glow gerettet werden, falls Riderchs Armee sie noch rechtzeitig einholte.

Das dumpfe Dröhnen der Reiterschaft kam näher und zog an ihnen vorüber, und es erfüllte Owen und seine Männer innerlich mit einem unbändigen Gefühl der Macht. Zu ihrer Rechten galoppierte Cadwallons Trupp in einem ungeordneten Haufen, gespickt mit Lanzen, an denen rote Fähnlein befestigt waren, und diese pfiffen bei ihrem schnellen Ritt im Wind. Dahinter folgte Sawels Abteilung, sauber zu viereckigen Haufen von rund zwanzig Reitern geordnet, nach dem Vorbild der römischen *turmae*. Und zu ihrer Linken standen die Reiter aus Rheged aufgereiht, die ihren Truppenführer erwarteten. Owen drehte sich in seinem Sattel zu den Männern seiner Eskorte um, lächelte und taxierte sie einen kurzen Moment. Es waren zehn, die seine Leibgarde stellten, ebenso jung wie er, ebenso tapfer und ebenso ungebärdig wie Kriegshunde. Sein Blick begegnete dem des Barden Dygineleoun, der sich ebenfalls unter ihnen befand und dem wie ihm selbst die Ehre zuteil geworden war, in einer Triade erwähnt zu werden. Einer der drei Barden der Insel Britannien, der einen glühend roten Spieß trug – so stand es geschrieben ... Er winkte ihn zu sich heran.

»Mein Bruder, du wirst deine Talente unter Beweis stellen können ... Nimm dir zwei Männer und versuch herauszufinden, wer in Caer Glow noch Kommandogewalt besitzt. Sag ihnen, dass wir da sind und dass die militärische Unterstützung kommt. Dann reite im Galopp bis zum Heer des Königs – wenn es sein muss, Tag und Nacht. Setze meinen Vater davon in Kenntnis, dass die Stadt nicht gefallen ist und dass wir den Sachsen, wenn wir schnell genug handeln, hier ein für alle Mal Einhalt gebieten können!«

Der Barde trieb sein Pferd bis zu Owen vor und reichte ihm die Hand. Zunächst sprach er mit leiser Stimme, dann deklamierte er, laut genug, dass alle es hören konnten, eine Ode von Taliesin, die einst für den Prinzen geschrieben worden war:

Hab Krieger gesehen, bleich und verstört,
Mit Kleidern, blutbefleckt.
Traten beherzt wieder und wieder ins Glied
In der Schlacht.
Lenkt der Herrscher von Rheged den Kampf,
Gibt es keinen, der flieht.

Owen wiegte lächelnd das Haupt, dann gab er seinem Pferd die Sporen, gefolgt von dem, was von seinem kleinen Trupp noch übrig war, und ritt zu der Reiterei von Rheged hinüber, die auf seine Befehle wartete.

Dygineleoun sah sie davonstieben und brachte sein Lied für diejenigen, die ihn noch hören konnten, aus voller Kehle singend zu Ende:

Sah die Schar edler Krieger um Urien,
Der den Feind angriff am Weißen Stein.
Die Rüstungen hieb er wütend entzwei,
Die im Getümmel die Krieger trugen.
Ach, möge auch fürderhin lodern
der Kampfesgeist in Uriens Brust.

Ohne sein Tempo zu drosseln, ritt Owen um die Truppe herum und trieb sie mit einer Armbewegung dazu an, den beiden anderen Zügen hinterherzugaloppieren. Doch es wurde ein kurzer Galopp, und als sie die Höhen der Cotswolds mit ihren steilen Abhängen in Angriff nahmen, mussten sie sogar absitzen, um ihren Rössern den Aufstieg zu erleichtern. Je dichter sie sich dem Kamm oben näherten, desto enger trieben die drei Truppenführer ihre Abteilungen, ohne dass sie sich abgestimmt hätten, zusammen. Die Krieger hatten sich zu Haufen von je rund hundert Reitern geordnet, in einigem Abstand eingerahmt von Flankierern, die Fahnen aus leuchtenden Stoffen trugen, um damit aus der Distanz jegliche Anwesenheit eines Feindes zu melden. Doch da waren keine Feinde ... bis sie die Ostflanke des Höhenzugs erreichten. In jenem Moment schwenkten an der Spitze vorn fünf oder sechs Aufklärer zugleich ihre Banner.

Owen schwang sich wieder in den Sattel und galoppierte mit verhängten Zügeln zu ihnen hin. Er sprang vom Pferd und rannte die letzten Klafter, dann kauerte er sich neben sie in den Schutz einer Felsformation, die, hell wie Sand, hoch über dem Tal lag.

Da war der Krieg, gleich einem auf einer Glutschicht schlummernden Drachen. Weniger als eine Meile vor ihnen wurde Caer Ceri unter düsteren Rauchschwaden verzehrt, die allem Anschein nach nicht nach oben zu entweichen vermochten, sondern durch seine verkohlten Gässchen krochen, seine eingestürzten Wehrmauern und weiter außen die umliegende Landschaft schwärzten. Noch dichter vor sich konnten sie vage die Zelte der Sachsen und das Wimmeln ihres Fußvolks erkennen, das über eine riesige Fläche um Hunderte von Feuern verstreut war.

Kleine Reiterschwärme durchstreiften das Tal, doch es war keinerlei Verteidigung organisiert, weder ein Graben noch eine Palisade, so als kämen Cuthwin und seine Verantwortlichen nicht einmal im Traum auf den Gedanken, dass man das Lager angreifen könnte.

Der junge Prinz von Rheged blickte zum Himmel empor. Die Sonne stand immer noch hoch. Es würde noch fünf oder vielleicht sechs Stunden hell bleiben ... Was reichte, um eine heftige Attacke durchzuführen, bevor die Nacht hereinbrach. Diese Schweine überraschen, so viele wie möglich von ihnen töten, dann fliehen, bevor sie sich formieren konnten, und von einer anderen Seite aus noch einmal wiederkommen, bis sie den Boden unter den Füßen verloren und in der abgebrannten

Stadt Zuflucht suchten. Worauf man sie auf alle Fälle dort festhalten könnte, bis Riderch eintraf.

Als er soeben aufmerksam die Anordnung der feindlichen Feuer studierte, lenkte ein Trappeln seine Aufmerksamkeit zum Tal der Sabrina hinunter. Er erkannte Sawels roten Haarschopf, noch bevor er seine Gesichtszüge ausmachen konnte, und als der Truppenführer schließlich vom Pferd absaß und sich duckte, um sich zu ihm auf die Höhe des kleinen Felskamms hinunterzubegeben, begann er erneut die Verteilung der Sachsen am Fuße der Cotswold Hills zu studieren.

Sawel sank neben ihm nieder, nahm mit einem dankbaren Kopfnicken den Trinkschlauch mit frischem Wasser entgegen, den ihm einer der Späher hinhielt, und als er wieder zu Atem gekommen war, richtete er sich hinter den hellen Felsen auf.

»Bei den Müttern«, murmelte er, »das sind weit mehr, als ich gedacht hätte!«

Die Sachsen hatten ihre Pferde auf einer von Seilen eingezingelten Koppel an der Flanke eines Hügels zusammengetrieben. Es musste ein gutes Tausend sein – die Reiterpatrouillen, die in der unmittelbaren Umgebung ihres Lagers auf- und abritten, noch gar nicht miteingerechnet. Letzteres wirkte auf den ersten Blick wirr und ungeordnet. Doch allein die Aufteilung der Sachsen um ihre Feldzeichen mit den Tierköpfen herum stellte sicher, dass man nur entweder die eine *oder* die andere dieser Fußeinheiten angreifen konnte, wodurch dem größeren Teil ihrer Truppen Zeit bliebe, sich neu zu ordnen und ihnen Trotz zu bieten. Sawel fluchte leise und setzte sich ein Stück weiter mit dem Rücken zum Feind gegen einen Felsen.

»Wir müssen später noch einmal nach Caer Glow zurückkommen«, entschied er. »Sie haben offenbar nicht die Absicht, heute anzugreifen.«

Owen sah ihn aus großen Augen an, dann stürmte er unvermittelt zu ihm hinüber.

»Aber so sieh sie dir doch an! Keinerlei Verteidigung, keinerlei Schlachtlinie! Sie haben keine Ahnung, dass wir hier sind. Wir können mit einer Attacke ihr Lager überrennen und ihre Pferde in alle Himmelsrichtungen auseinander treiben. Ohne Reiterschaft werden sie mehr als einen Tag brauchen, um Caer Glow zu erreichen.«

Sawel sah ihn mit finsterer Miene an, dann stieß er einen tiefen Seufzer aus.

»Ich weiß, wie dir zumute ist, Kleiner. Aber das sind keine Bauern da unten. Selbst wenn wir im gestreckten Galopp reiten, werden sie sich, bis wir bei ihnen angelangt sind, in Reih und Glied aufgestellt haben. Freilich, wir könnten einige töten. Doch noch bevor wir zu ihren Pferden vorgedrungen wären, hätten wir einen Wald aus Lanzen gegen uns und ihre sämtlichen Bogenschützen dazu ... Hast du die einmal gezählt?«

Owen, der seinen Zorn und seine Enttäuschung nur mühsam unterdrücken konnte, gab keine Antwort.

»Ich werde dir sagen, wie viele sie sind«, fuhr Sawel fort. »Um jedes Feldzeichen herum kannst du gut und gern hundert Männer veranschlagen. Schau doch selbst ... Ich habe um die fünfzig Flaggen gezählt – wenn das überhaupt reicht. Und vermutlich befinden sich noch einmal so viele auf den anderen drei Seiten der Stadt ... Ich schätze mal, zehntausend Mann, vielleicht weniger, vielleicht mehr. Und wir sind nicht einmal fünfhundert. Alles, was wir mit einem Angriff erreichen würden, wäre, uns abstechen zu lassen; und vor allem würden wir riskieren, den Löwenanteil unserer Reiterei zu verlieren. Daher machen wir uns wieder auf den Rückweg nach Caer Glow, beziehen Aufstellung in den Wäldern und warnen Riderch, in der Hoffnung, dass sie so spät wie möglich angreifen. Hast du mich verstanden?«

Der junge Prinz schwieg weiterhin, den Blick starr geradeaus gerichtet, heftig atmend und mit zornrotem Gesicht.

»Hast du mich verstanden?«, bohrte Sawel in schrofferem Ton nach.

Owen wandte sich mit gekränkter Miene zu ihm um. Doch genau in dem Moment, als er zu sprechen anhob, hallte ein ohrenbetäubendes Gebrüll aus dem Tal hinter ihnen herauf. Sie hatten gerade noch Zeit, sich umzudrehen, um zu sehen, wie Cadwallons Trupp im Galopp den Hügel heraufpreschte, den Kamm überquerte und mit gesenkten Lanzen zum Angriff stürmte. Owen sprang auf, ohne sich noch länger darum zu sorgen, seine Anwesenheit zu verraten. Cadwallon und seine Reiter rasten den Abhang geradewegs in Richtung Caer Ceri hinunter und brüllten dabei wie ein Haufen Wahnsinniger. Vor ihnen stoben die Sachsen völlig ungeordnet, gleich einem Schwarm Spatzen auseinander. Die Angriffswoge überrollte eines ihrer Lager, riss eins ihrer Feldzeichen mit sich fort und ließ eine von Leichen übersäte Schneise zurück; dann schwenkten sie in Richtung Pferdekoppel ab. Sie waren nur noch einen Pfeilwurf davon entfernt und einzig eine schmale Wand aus hastig aufgereihten Kriegern stand ihnen noch im Weg. Doch reichte dies, um sie in ihrem Schwung zu bremsen. Mit entsetzt aufgerissenen Augen sah Owen, wie sie kurz darauf von einer Flut bewaffneter Krieger eingeschlossen wurden und um die Kämpfenden eine Wolke aus Aschestaub hochwirbelte.

»Wir müssen hinunter, um ihnen beizustehen!«, schrie er, indem er sich zu Sawel umwandte, der einige Ellen weiter hingeduckt saß.

»Du weißt haargenau, dass wir das nicht tun. Sie sind bereits tot, so oder so!«

Unten gelang es einer Gruppe Überlebender, sich einen Weg aus dem Kampfgetümmel hinauszubahnen. Keiner von ihnen hatte seine Lanze gerettet. Sie ritten um die riesige Masse der Sachsen herum und galoppierten erneut auf die Pferdekoppel zu, aber eine Reihe von Bogenschützen hatte unterwegs Stellung bezogen und überschüttete sie mit Pfeilen. Mit zugeschnürter Kehle und tränenglänzenden Augen sah Owen zu, wie sie, verfolgt von einer Horde sächsischer Reiter, den Rückzug antraten, über die Hügel zurückstürmten und ohne weitere Haken zu schlagen entflohen.

Bei Einbruch der Dunkelheit, als die Flüchtenden gerade die Sabrina oberhalb des Dörfchens Digoll zu überqueren suchten, holte Edwin der Sachse sie ein, und das Wasser des Flusses verfärbte sich schmutzig rot von ihrem Blut.

Gewiegt vom trägen Schritt des Maulesels, auf dessen Rücken er es sich bequem gemacht hatte, war Merlin in tiefen Schlummer gesunken. Doch kurz nach Sonnenaufgang riss ihn ein plötzlicher Satz des Tieres jäh aus dem Schlaf. Einige Sekunden lang hing er noch im Grenzbereich zwischen seinen Albträumen und den Nebelschwaden über dem Torfmoor gefangen, ohne dass es ihm gelungen wäre, sich aus dem Taumel zu befreien. Er hatte sich instinktiv an der Mähne des Saumtieres festgekrallt und hielt sie so fest umklammert, dass dieses zu schreien begann und ihn auf diese Weise vollständig weckte.

Mit klopfendem Herzen sprang das Kind zu Boden und kauerte sich, immer noch mit wankenden Knien, nieder, bis es wieder zu sich gekommen war. Es war von dichtem Nebel umgeben, der in zähen Schwaden aus dem Sumpf hochquoll und, angestrahlt von einer fahlen, kühlen Sonne in bleichen Rosa- und Violetttönen schimmerte. Um ihn herum ragten einige von tauglitzernden Spinnennetzen überzogene Stechginstersträucher auf. Und als sich die Nebelschleier kurz lichteten, erspähte er für die Dauer einer Sekunde die hehren, dunklen Umrisse einer großen Eiche, die sich gleich einem Galgen gegen den dämmrigen Morgenhimmel abzeichneten. Es verging

wirklich nur eine Sekunde, bevor sich erneut eisiger Sprüh-
nebel bildete und ihn ebenso wie den Rest der Umgebung verschlang. Während er noch dort verharrte, wie vor den Kopf
geschlagen und einfältig dreinblickend, riss ihn das Schnauben
eines Pferdes, dem unmittelbar der Ruf einer vertrauten Stimme folgte, aus seiner Betäubung.

»He, Kamerad, ist alles in Ordnung? Bist du gestürzt?«

Merlin tauchte seine Hände in eine überfrorene Pfütze direkt in seiner Nähe, bespritzte sich das Gesicht und stand wieder auf, während Bradwen sein Ross auf ihn zutrieb.

»Ich bin eingeschlafen«, gestand er und rang sich ein Lächeln
ab. »Weißt du vielleicht, wo wir sind?«

»Ich habe nicht die geringste Ahnung!«, erwiderte Bradwen
und lachte hell auf, als begeistere ihn dieser Umstand. »Wir
sind die ganze Nacht über direkt nach Osten geritten, zumindest hoffe ich das.«

Merlin blickte ihn überrascht an, während Bradwen vom
Pferd sprang und aus seinen Satteltaschen einige Mundvorräte
zu Tage förderte.

»Die Maulesel haben uns geführt«, fügte er hinzu, als er die
Miene des Kindes gewahrte. »Bei mir zu Hause, da gibt es auch
Sümpfe. Die Tiere haben einen sichereren Tritt als wir in dieser
Art von Landschaft . . . Und dann glaube ich, dass ich ebenso
wie du eingeschlafen bin.«

Nun mussten sie beide herzlich lachen und machten es sich
auf einem flachen Felsen bequem, um sich ein Fladenbrot zu
teilen, während die Sonne nach und nach den üblen Moder-
dunst der Nacht vertrieb. Bald schon konnten sie vor sich die
schemenhaften Konturen einer düsteren, undurchdringlichen
Landschaft aus bewaldeten Höhenzügen erkennen, an denen
immer noch einige Nebelbänke festhingen. Bradwen aß schweigend, den Blick in der Ferne verloren. Vielleicht dachte er an
Erle, an den Blick, den sie gewechselt hatten, bevor er ihn ge-

tötet hatte. Vielleicht auch nicht ... Merlin selbst hatte sein
Stück Brot kaum angerührt, denn die Kehle war ihm von seinen widerstreitenden Gefühlen wie zugeschnürt, und er saß
ebenfalls schweigend da, während vor seinen Augen der Saum
des großen Waldes immer deutlicher aus dem Nebel auftauchte. Dort, unter diesem Meer aus Blättern und Zweigen,
lag das Geheimnis seiner Geburt verborgen; inmitten jener
Kobolde und Korrigans, die den Menschen auf der Insel Battha
solche Angst einflößten. Dort, in jenem Land ohne Grenzen,
ohne Straßen, ohne Dörfer, in jener grünen Wildnis, in die keiner vorzudringen wagte und die jetzt so nahe war. Der End-
punkt seiner langen und beschwerlichen Reise. Und doch:
Wenn Bradwen nicht eingeschritten wäre, so hätte er sich vermutlich bis nach Carohaise führen lassen, hätte das Risiko auf
sich genommen, dort wegen Hexerei verurteilt und eingeker-
kert zu werden, oder vielleicht wäre es sogar noch schlimmer
gekommen; doch es ist eben viel einfacher, etwas zu erdulden,
als etwas zu wagen, einfacher, einem vorhersehbaren Schicksal
ins Auge zu blicken, selbst wenn es verhängnisvoll ist, als sich
dem Unbekannten zu stellen ... Dieser Gedanke, der ihn da
beschlich, hatte etwas Bezwingendes, so als würde ihm seine
eigene Feigheit enthüllt, und er führte ihn innerlich zu Blaise
zurück, der allein in der Gewalt von Cetomerinus sowie Withurs Wachen zurückgeblieben war. Blaise, der ihm bis hierher,
bis ans Ende der Welt, gefolgt war und den er alleine hatte zurücklassen müssen, ohne ihm auch nur Adieu zu sagen ... Gewiss empfand Merlin Dankbarkeit gegenüber Bradwen, aber
zugleich hasste er ihn für das, was er getan hatte.

Unvermittelt erhob sich das Kind, schleuderte sein Stück
Brot weit von sich und sah sich suchend nach seinen Quer-
säcken um, so als habe es vor, sich wieder auf den Weg zu machen. Doch da waren weder sein Gepäck noch irgendwelche
Waffen, ja nicht einmal mehr sein Bogen. Man hatte ihm alles

geraubt. Nun ja, umso besser. Um neu geboren zu werden, muss man schließlich nackt und bloß sein.

»Ich habe dir noch gar nicht gedankt«, sagte Merlin, als er spürte, dass Bradwen ihn beobachtete, jedoch ohne dass er es vermocht hätte, seinem Gegenüber ins Gesicht zu sehen.

Der Krieger stieß einen amüsierten Seufzer aus, stand auf und trat zu ihm hin, um ihm eine Hand auf die Schulter zu legen.

»Hab keine Angst, du bist mir nichts schuldig ... Ich weiß nicht, was du hier suchst, aber ich weiß, dass ich in deinem Leben nichts zu suchen habe.«

Dann kehrte er ihm den Rücken zu und verstaute sein Messer sowie das restliche Brot in einer der Packtaschen, die am Sattel des Maulesels befestigt waren. Mit einer ruckartigen Kopfbewegung warf er sein schwarzes Haar nach hinten, bevor er sich in seiner typischen Art den Bart glatt strich.

»Ich glaube sogar, dass ich es bin, der in deiner Schuld steht«, erklärte er leise. »Du hast mich von einer schweren Last befreit.«

Diesmal fand Merlin den Mut, ihm fest in die Augen zu blicken und zu lächeln, teils weil er über die Worte des Kriegers erleichtert war, teils weil dessen unbeholfener Dank eine gewisse Befangenheit verriet und er das Eis zwischen ihnen zum Schmelzen bringen wollte.

»Dann sind wir ja quitt, Bradwen.«

»Hm, hm, wir sind quitt.«

Mit angewiderter Miene ließ Bradwen seinen Blick über die Sümpfe schweifen, die sie zu allen Seiten umgaben.

»Hier können wir allerdings noch nicht alle viere von uns strecken. Ich schlage vor, dass wir gemeinsam weiterreisen, bis wir irgendwo in diesem Wald eine Straße oder einen richtigen Fußweg finden.«

Merlin nickte zustimmend und sie machten sich auf den

Weg – das Kind auf dem einen Maulesel, der Krieger, der das andere, schwerer beladene Saumtier hinter sich herzog, auf seinem stämmigen Gaul. Bald schon wich das diesige Torfmoor einem Gestrüpp aus Stechginster- und Erikasträuchern, dann einer trockenen Heidelandschaft, über die es sanft bis zu einer Reihe schwarzer Felsen bergan ging, die gleich einer Wehrmauer den Zugang zum Huel Goat, dem Hohen Wald, versperrten. Sie ritten Seite an Seite und sogen bei jedem Atemzug genüsslich die frische Luft dieser Vorberge ein – was nach dem beklemmenden Modergeruch der Sümpfe die reinste Wohltat war.

Um zum Wald zu gelangen, mussten sie beträchtliche Umwege auf sich nehmen, zwischen felsigen Steilhängen, Wasserläufen und Gruppen von dornengespickten Stechginstersträuchern hindurch. Doch gleich einem glücklichen Omen spitzte in dem Moment, als sie unter das grüne Dach der Bäume eintauchten, ein Sonnenstrahl durch die Wolken hindurch. Sie hielten an einem Bach, um ihre Tiere trinken zu lassen, und machten es sich im Schutz einiger Farnpflanzen bequem, die im warmen, durch das Laubwerk der Bäume gefilterten Nachmittagslicht leuchteten. Bald senkte sich die ganze Müdigkeit der Nacht auf Merlins Schultern herab, und er entglitt gerade sanft in Morpheus' Arme, als Bradwens dunkle Stimme ihn aus dem Halbschlaf riss.

»Schön ist er, dieser Wald ... Hier kommst du also her?«

Das Kind unterdrückte ein Gähnen und zwang sich zu einem Lächeln.

»Und du, wo wirst du hingehen?«, fragte es zurück. »Du hattest etwas von einem Dorf erwähnt, nicht wahr?«

»Ja, Nuiliac, in Léon ... Vielleicht werde ich ja zu guter Letzt doch noch dorthin reisen. Man hat mir aber auch von einem Heerführer, Waroc, erzählt, der im Süden gegen die Franken kämpft. Wir werden sehen.«

Merlin nickte zerstreut mit dem Kopf. Unter dem Einfluss der Sonne schien der Wald wieder zum Leben zu erwachen. Die Sinfonie aus Farben und Klängen, die ihn hier im Unterholz umgab, war eine wahre Sinnenweide für ihn. Myriaden wundersamer Erscheinungen, ungreifbar, die beim kleinsten Windhauch im Geäst der Eichen ihre Gestalt wechselten. Der Gesang der Vögel, das sanfte Rascheln der Farnpflanzen und das Plätschern des Baches vereinten sich zu einer beruhigenden musikalischen Gesamtkomposition, und doch weckte nun irgendetwas eine Befürchtung in ihm, so als sei in diesem leisen Säuseln und Raunen eine Botschaft enthalten. Er spitzte eine Zeit lang die Ohren und versuchte vergebens auszumachen, was ihn derart zu alarmieren vermochte, doch als er Bradwens besorgten Blick auffing, gab er es auf.

»Was ist los?«

»Ach nichts«, erwiderte Merlin. »Ich dachte . . . Es ist nichts. Ich bin vermutlich nur nicht mehr an den Wald gewöhnt.«

»Ich weiß, was du meinst. Man hört Dinge, man sieht Dinge . . . Glaub mir, als ich allein in den Sümpfen war, war es noch schlimmer.«

»Das kann ich mir vorstellen, ja . . . und übrigens: Das war eine gute Idee mit der Flötenweise. Das hat wahrhaftig etwas bewirkt.«

Bradwen machte ein vollkommen verdutztes Gesicht.

»Welche Flöten . . . ?«

Mit einem Mal, mitten im Satz, verzerrte sich seine Miene, dann schlug er ohne ein Wort oder einen Laut der Klage mit der Nase ins Gras. Merlin betrachtete ihn ohne zu begreifen, während sein Lächeln erstarrte. Mit langsamen Schritten näherte er sich seinem Gefährten und unterdrückte einen Schreckensschrei. Fünf oder sechs winzige Pfeile hatten sich in Bradwens Arme, seinen Rücken, seinen Hals gebohrt, fein wie Nadeln, lang und schwarz, am Ende mit weißen Federn versehen und in keinster Weise irgendetwas ähnlich, was die bretonischen Bogenschützen hätten verwenden können. Einer der Pfeile, der Bradwen am Hals getroffen hatte, war beim Aufprall zerbrochen und schien nur einen halben Daumen weit in sein Fleisch eingedrungen zu sein. Andere waren herausgefallen, als er zu Boden gestürzt war, und hatten hauchfeine Kerben hinterlassen, aus denen ein klebriger, schwarzer Saft herausrann.

Das plötzliche Wiehern des Pferdes ließ Merlin herumfahren, und da sah er sie, drei oder vier langgliedrige, hochgewachsene Gestalten, die eingehüllt in Kapuzenmäntel von einem undefinierbaren, changierenden Farbton um ihre Reittiere versammelt standen. Während er zurückwich und bereits nach einer Waffe suchte, tauchten zwei weitere neben ihm auf, bleich, mit riesigen Augen, langem, schwarzem Haar und den gleichen Mänteln in der Farbe des Unterholzes. Vor Schreck machte Merlin einen Satz nach hinten, doch der näher Stehende der beiden streckte die Hand aus und berührte seinen Hals. Und schon wurde um ihn her alles schwarz.

X

Die sterbende Stadt

Der Tag ging allmählich zur Neige und der Nieselregen überzog die ebenmäßig gepflasterten Gassen mit einem glänzenden Schimmer. In der gespenstischen Stille der verlassenen Stadt hallten Owens Schritte schauerlich wider, als er alleine in Richtung Basilika hinauflief. Ihr mehrteiliges, rot geziegeltes Dach und ihre Größe, die alles übertraf, was er bis dahin gesehen hatte, hatten sofort sein Augenmerk erregt, als sie die Tore von Glevum durchschritten hatten. Und jetzt, da seine Männer auf den Wehrmauern an der Seite der mageren britannischen Besatzung, die noch vor Ort geblieben war, Stellung bezogen hatten, hatte er sich unauffällig davongestohlen und Sawel die Organisation der Verteidigung überlassen. Hier und da drang aus einem nach wie vor bewohnten Haus ein wenig Licht durch die Ritzen der geschlossenen Fensterläden nach draußen und warf einen spärlichen Lichtschein auf die entvölkerten Gässchen, deren geradliniger Verlauf im römischen Stil im Laufe der Jahre durch unzählige Baumaßnahmen verwischt worden war – besonders in der jüngeren Vergangenheit waren Verkaufsbuden und Lädchen, einfache strohgedeckte Hütten oder sogar eingezäunte Weiden für das Vieh entstanden, die zuweilen so weit in die Straße hineinreichten, dass man kaum noch ungehindert passieren konnte.

Seit er sich von der Ringmauer entfernt hatte, war Owen keiner Menschenseele begegnet. Einzig ein winselnder Hund war zu ihm hergelaufen, der ihm seither artig folgte und aus treuherzigen Augen zu ihm aufsah, sobald der Prinz einen Blick in seine Richtung warf. Mehr als einmal hatten schwer beladene, schemenhafte Gestalten die Flucht ergriffen, als er sich näherte. Plünderer, die eingeschlagene Türen und die zerbrochenen Überreste ihrer Gier zurückließen: Geschirr, Vasen und Waffen, die sie bei ihrem überstürzten Aufbruch hatten fallen lassen und die den Boden der aufgebrochenen Wohnhäuser übersäten. Mehr als einmal hatte Owen auch selbst einen Bogen geschlagen, um einer unerschrockeneren Bande, die bereit war, sich auf Handgreiflichkeiten einzulassen, aus dem Weg zu gehen. Es scherte ihn wenig, dass man Caer Glow plünderte. In einigen Stunden, oder spätestens in einigen Tagen, stünden die Sachsen vor seinen Toren, und wenn Riderchs Armee bis dahin nicht zu ihnen gestoßen war, so wären sie es, die die Stadt plündern würden, bevor sie sie in Brand steckten ... Dafür lohnte es sich nicht, sich zu schlagen, und erst recht nicht zu sterben.

Die Dunkelheit senkte sich auf die Stadt herab, und Owen hatte sich eine Fackel suchen müssen, um seinen Weg auszuleuchten – als er auf eine breitere Straße stieß, eine Art Hauptstraße, in der Mitte geteilt durch eine Gosse, durch die das Abwasser zur Unterstadt hinuntergeleitet wurde. Sie wurde gesäumt von hohen, mehrstöckigen, teilweise mit Säulenfluchten, Mosaiken oder Basreliefs geschmückten Wohnhäusern. Noch ein paar Schritte, und er erreichte das Forum, einen weiten, gepflasterten Platz, der von Marktbuden und neueren Gebäuden umgeben war, über denen die imposanten Mauern der Basilika und der Thermen aufragten. Die Thermen von Caer Baddon, dem antiken Aquae Sulis der Römer, waren zwar vielleicht noch berühmter für ihre warmen Quellen und ihren Luxus, doch Owen konnte sich nicht vorstellen, dass es irgendwo auf der Welt ein herrlicher angelegtes Bauwerk als dieses, hier in Caer Glow, geben könnte. Genau so hatte er sich die Tempel der Antike vorgestellt, mit ihren Säulenpaaren aus hellem Marmor, ihren Gärten, den von langen Seidenbahnen verhängten Alkoven. Die Feuer waren gelöscht, aber die Badebecken waren noch immer mit klarem Wasser gefüllt, durch das man die Mosaiken auf dem Grund erkennen konnte, die Fische, Sirenen oder noch weit schamlosere weibliche Gestalten darstellten. Und inmitten all dessen kein lebendes Wesen mehr, kein Licht, kein Laut mehr. Gerade einmal die schändlichen Spuren einer überstürzten Flucht überall auf dem Boden. In der Basilika selbst herrschte trostlose Leere. Die Mönche hatten ihre Kreuze mitgenommen, ihre Bilder und ihre Goldsachen und hatten lediglich eine Gruppe hölzerner Bankreihen und einen Marmoraltar in dem riesigen Kirchenschiff zurückgelassen. Sicherlich gab es we-der in Rheged noch in irgendeiner der Städte im Norden, die Owen bis dahin kennen gelernt hatte, etwas Vergleichbares; doch der Regen, die Gottverlassenheit und die Grabesstille nahmen diesen Wundern alle Schönheit. Die gewaltigen Gemäuer waren eindrucksvoll, aber so kalt wie ein Leichentuch. Es war die Kälte einer Stadt, die bereits tot war, einer längst vergangenen Epoche, eines seiner Seele beraubten Grabes, das einzig die Flammen wieder zum Leben erwecken könnten.

Plötzlich wurde der Prinz von Wut und Ekel gepackt und machte auf dem Absatz kehrt, um, immer noch gefolgt von dem Hund, mit weit ausgreifenden Schritten zu den Befestigungsanlagen zurückzueilen. Dort, inmitten der Tavernen- und Stallgerüche, gab es zumindest noch Leben.

Draußen war es jetzt vollkommen finster. Windböen fegten durch die Straßen, peitschten ihm den Regen um die Ohren, so dass sein Mantel bald völlig durchnässt war und seine Fackel

176

erlosch. Als er an einem offen stehenden Haus vorüberkam, in dem Öllampen leuchteten, gewahrte Owen eine aufgebrochene Truhe, die mit Kleidern und Pelzen gefüllt war. Er trat ein, löste die goldene Fibel, die seinen vom Regen beschwerten Mantel zusammenhielt, und beugte sich über die rundum verstreuten Stoffe. Als er soeben ein perfekt gegerbtes Bärenfell ausgewählt hatte, welches groß genug war, dass er sich vollständig darin einhüllen konnte, fing der Hund an zu knurren und die Lefzen hochzuziehen.

»Was ist denn, hm?«, fragte Owen mit einem amüsierten Lächeln. »Ist das *dein* Haus?«

Doch das Tier schaute ihn nicht an. Vor einer Holztreppe postiert, das Fell entlang der ganzen Wirbelsäule gesträubt, hob es an zu bellen. Unwirsche Stimmen antworteten ihm aus dem oberen Stockwerk, dann der Schrei einer Frau, der alsbald erstickt wurde.

Der Prinz hielt den Atem an. Langsam schloss er die Spange, mit der er die Enden des Bärenfells um seinen Hals befestigte, warf die Schöße des so entstandenen Mantels nach hinten und zog sein Schwert mit einem lang gezogenen, metallischen Knirschen aus der Scheide. Oben vernahm man ein dumpfes, verhaltenes Rumoren, das sich aber bei dem Gebell des Hundes nicht genau lokalisieren ließ.

»Still!«, fuhr Owen ihn an. Dann rief er zum oberen Stockwerk hinaufgewandt: »Ist da jemand?«

Es kam keine Antwort, aber er hörte, wie sich etwas regte, vernahm gedämpfte Worte, ein diffuses Trappeln. Als er bereits einige Stufen erklommen hatte, flog unvermittelt eine Türe auf und gab den Blick auf einen halb nackten Mann frei, der eine Waffe mit kurzer, spitz zulaufender Klinge in der Hand hielt, die mehr von einem Fleischermesser hatte als von einem Dolch.

»Heda, was willst du denn hier?«

177

Noch ehe Owen etwas erwidern konnte, kreischte die Frau erneut, und diesmal handelte es sich um einen eindeutigen Hilferuf.

»Ich will, dass du verschwindest«, sagte er, während er langsam die letzten Stufen hinaufstieg. »Du und die anderen auch! Raus mit euch!«

Als Owen auf dem Treppenabsatz oben angelangt war, wich der Mann zurück, angesichts der imposanten Statur des Prinzen, seines langen Schwertes und seines Panzerhemdes unschlüssig, wie er sich verhalten sollte, und wies schließlich mit dem Kinn zum Zimmer hinüber.

»Reg dich nicht auf«, knurrte er. »Es ist genug da für alle!«

Owen war nur noch wenige Ellen von ihm entfernt. Am oberen Ende der Treppe lag ein zusammengekrümmter Leichnam, der so vollständig in seine Gewänder eingerollt war, dass man nicht erkennen konnte, ob es sich um einen Mann oder eine Frau handelte.

»Pack deine Sachen und verschwinde!«

Da der andere noch weiter zurückwich, drang Owen auf die Höhe des Türrahmens vor und warf einen Blick ins Zimmer. Er hatte gerade noch Zeit, die helle, nackte Gestalt einer Frau auf einem Bett zu erspähen, bevor er reflexartig einen Satz nach hinten machte – genau in dem Moment, als ein eisengespickter Streitkolben auf seine Schulter niedersauste. Der Hieb glitt zwar an seinem Fellumhang ab, schleuderte ihn aber gegen das Treppengeländer und benahm ihm den Atem. Der andere hatte sich bereits mit seinem Fleischermesser auf ihn gestürzt. Er handhabe es ungeschickt, wie eine Lanze, nicht wie ein Schwert, und stieß aus Leibeskräften von oben herab zu, so dass sich Owen vor dem Hieb in Sicherheit brachte, indem er mit dem Oberkörper auswich. Von seinem eigenen Schwung mitgerissen, krachte sein Gegner nun seinerseits gegen das Geländer und verlor das Gleichgewicht. Als er sich umdrehte, spaltete ihm das Schwert des Prinzen Gesicht, Hals und Rumpf und schlitzte ihm dabei die Aorta auf, so dass sich ein Blutschwall über Owen und sein Opfer ergoss. Mit einem abscheulichen Gurgeln sank der Mann in sich zusammen, während Owen bereits ins Zimmer hineinstürmte. Dort befand sich nur noch ein weiterer Bursche, ein geckenhaft wirkender Junge von etwa fünfzehn Jahren mit einem langen, ausgemergelten Gesicht, der lediglich mit einem bis zu den Knien reichenden Hemdgewand bekleidet war. Er wich zurück, seinen Streitkolben mit beiden Händen vor sich umklammert, mit vollkommen verängstigter Miene und zitternd an allen Gliedern. Owen ließ sein Schwert sinken und wandte sich zu dem Bett hin. Die Frau hatte sich nichts übergezogen. Ebenso bleich wie ihre Laken starrte sie ihn aus schreckgeweiteten Augen an, während ihre Beine zu beiden Seiten des schmalen Lagers herunterhingen und den Blick auf ihre dunkle Scham freigaben. Owen wandte die Augen ab und errötete unwillkürlich. Auf der Erde bemerkte er eine zweite Leiche: die einer älteren Frau, der man den Schädel eingeschlagen hatte und die bereits in einer Lache schwarzen Blutes lag. Der junge Bursche hatte seinen eisenbeschlagenen Streitkolben zum Einsatz gebracht.

»Habt Erbarmen, Herr... Tötet mich nicht!«

Der junge Prinz musterte ihn eingehend, das Blut pochte ihm in den Schläfen und sein Herz krampfte sich zusammen. Seine Hand, die auf dem Stichblatt seines Schwertes ruhte, war feucht. Das Bärenfell war verrutscht und hing ihm schwer am Hals. Mit einem raschen Handgriff öffnete er die Spange, dann wischte er sich das Gesicht ab. Blut, vermischt mit seinem eigenen Schweiß.

»Herr, Erbarmen!«

Das Poltern des Streitkolbens, der zu Boden fiel, dann das laute Weinen des jungen Mannes, ein jämmerliches, von

Krämpfen geschütteltes Bündel, das drauf und dran war, vor Angst zu sterben, ohne dass der Prinz überhaupt die Hand hätte heben müssen.

»Los, hau schon ab«, brummte Owen.

Der andere rührte sich nicht, zu verängstigt, um sich aus seinem Winkel herauszuwagen und an ihm vorbeizugehen. Der Prinz schüttelte angewidert den Kopf, schob sein Schwert wieder in die Hülle und kehrte ihm den Rücken, um zu der Unglücklichen hinzugehen, die er mit seinem Mantel zudeckte. Abermals kreuzten sich ihre Blicke für einen kurzen Moment, bevor die Frau den Kopf senkte. Sie war nicht mehr ganz jung, aber ihr Gesicht war schön, trotz der Tränen und der blutunterlaufenen Stellen. Sie drückte den Mantel an ihren schweren Busen und setzte sich mit schmerzverzogenem Gesicht auf, um sich ans Kopfende des Bettes zu lehnen; und nachdem sie auf diese Weise ein Stück weit ihre Würde zurückgewonnen hatte, fand sie den Mut, ihm mit der Andeutung eines Lächelns in die Augen zu sehen, das Owen gerade erwidern wollte – als er sie erschrocken hochfahren sah. Er wirbelte herum, die Hand auf dem Stichblatt seines Schwertes, gerade noch rechtzeitig, um zu sehen, wie der junge Mann entfloh, in ein paar großen Sätzen die Treppe hinuntersprang und in den Regen hinaus verschwand, in die finstere Nacht.

»Ihr . . . Ihr habt ihn laufen lassen«, hauchte sie.

Das war keine Frage. Allenfalls eine Feststellung. Der Prinz setzte sich mit einem matten Lächeln ans andere Ende des Bettes.

»Er wird so oder so sterben, heute Nacht oder morgen.«

Und wir auch, verkniff er sich hinzuzufügen. *Wozu töten, was bereits tot ist?* Während er mit einer Hand den Pelzmantel festhielt, strich er der Frau mit der anderen das schweißklebende Haar von Stirn und Wangen. Langes, blondes Haar, das ursprünglich einmal zu einem dicken Zopf geflochten gewesen war – doch der hatte sich in der Hitze des Gefechts weitgehend aufgelöst. Die zerrissenen Fetzen ihrer Kleider lagen ringsum auf dem Fußboden zerstreut. Er bückte sich, um ein dünnes blaues Hemdkleid, das noch einigermaßen heil war, von der Erde aufzuheben, und reichte es ihr. Als sie sich bewegte, um es überzuziehen, glitt das Fell herab und enthüllte ihre wohl gerundeten Brüste, worauf Owen spürte, wie er erneut errötete.

»Diese Frau da«, fragte er, zu der Leiche mit dem zertrümmerten Schädel gewandt, »war das Eure Mutter?«

»Meine Mutter ist tot, aber sie ist schon vor langem gestorben ...«

Die Frau schaffte es, einen flüchtigen Blick zu der Leiche hinüberzuwerfen, und schon sank sie völlig niedergeschlagen zurück.

»Sie heißt Meleri. Sie war ... meine Dienerin. Sie und Eudaf haben versucht, die Männer daran zu hindern, aber diese ... diese Schweine haben sie ...«

»Es ist vorüber.«

Owen erhob sich linkisch und trat zu der blutüberströmten Leiche hin, um sie behutsam in die Arme zu nehmen.

»Ich werde sie auf die Straße hinaustragen, ein Stück weg von hier. Danach komme ich die anderen holen. Dann braucht Ihr Euch nicht zu beunruhigen.«

Owen war schweißgebadet, als er mit seinem makabren Transport fertig war, sein Rücken war schwer in Mitleidenschaft gezogen, seine Beine zitterten, und er war bis auf die Knochen nass von dem strömenden Regen, der die ganze Stadt unter Wasser setzte. Die Frau erwartete ihn unten, wo sie, nur spärlich bekleidet mit ihrem schlichten blauen Unterkleid, mit bloßen Füßen auf den Steinplatten des Eingangsbereichs stand und am ganzen Leib von Zuckungen geschüttelt wurde. Der Prinz schloss die Tür hinter sich und lehnte sich von innen dagegen, bis er wieder zu Atem gekommen war. Wenn eine Gruppe Plünderer auf der Straße draußen vorbeikäme und sie so sähe, dann gnade ihr Gott.

Ein langes Schweigen entstand, als sie da so im bernstein-farbenen Flimmerschein der Öllampen standen und der Regen gegen die hölzernen Fensterläden trommelte. Owen wagte es nicht, zu ihr aufzublicken, und konnte sich doch nicht ent-schließen zu gehen. Vermutlich hätte er etwas sagen sollen, aber er wusste nicht, was. Im Übrigen sprach das lang anhal-tende Schweigen bereits für sich. Kaum machte er Anstalten zu gehen, lief sie auf ihn zu und schmiegte sich in seine Arme.

»Lass mich nicht allein«, murmelte sie.

Das Blätterdach hoch über seinem Kopf schillerte in allen Facetten, von tiefstem Dunkelgrün bis zu leuchtendem Gelb, während rundum Windstille herrschte. Dann und wann blen-dete ihn ein glitzernder Sonnenstrahl, der sich durch eine Lücke zwischen den Blättern stahl. In anderen Momenten wurde das Laubwerk so dicht, so üppig, dass nur noch ein schwacher, phosphoreszierender Schimmer hindurchdrang und es fast gänzlich finster war. Dann begann sein Herz schneller zu schlagen, und die Angst wegzudämmern reichte beinahe, um ihn wieder hellwach zu machen. Doch schon tauchte ein heller Funke sein Gesichtsfeld wieder in ein glü-hendes Licht, hüllte ihn in einen warmen Schein und linderte seine Angst. Ab und an war er weit genug bei Bewusstsein, um das träge Schaukeln der Trage wahrzunehmen, auf die man ihn gebettet hatte, unter seinen Fingern das dichte Flechtwerk aus Farnpflanzen zu spüren, die ihn hielten, und das Tirilieren der Spatzen oder den durchdringenden Gesang von einem der Träger zu hören. Er wollte den Kopf herumdrehen, doch sein Körper gehorchte ihm nicht mehr. Jede Anstrengung wurde sinnlos, wo es doch genügte, sich gehen zu lassen. Sich der Glückseligkeit hinzugeben. Zu schlafen, endlich in Frieden . . .

Der Regen hatte aufgehört. Die ganze Nacht über war er in Böen gegen die Läden geklatscht und die ungewohnte Stille riss Owen aus dem Schlaf hoch. Er brauchte einige Sekunden, um zu sich zu kommen, und inspizierte das Zimmer, ohne zu begreifen, was er dort eigentlich tat – nackt neben einer Frau, von der er nicht einmal den Namen wusste, in diesem zu weichen Bett, unter linnenen Laken, die sie beide mehr schlecht als recht bedeckten. Dann entsann er sich und spürte, wie die Scham ihn übermannte, gleich einem Betrunkenen, der am frühen Morgen wieder ausgenüchtert ist. Dass sie sich ihm angeboten hatte, änderte nichts an der Tatsache, dass er sie missbraucht, ihre Angst, ihre Einsamkeit, ihre Sehnsucht nach einem Beschützer ausgenutzt und in diesem unbekannten Haus das bekommen hatte, was andere sich dort gewaltsam geholt hatten. Vorsichtig, mit angehaltenem Atem schlüpfte er aus dem Bett, sammelte seine auf dem Fußboden verstreuten Kleider, seine Waffen und sein Panzerhemd ein, wobei er sich Mühe gab, den Holzboden nicht zum Knarren zu bringen, und zog sich an. Sie wachte dennoch auf, als er soeben die Tür einen Spalt weit geöffnet hatte.

»Du gehst?«

»Ich muss zu meinen Männern zurück.«

»Wirst du wiederkommen?«

»Nein.«

Sie war schön, anmutig und wohlgerundet, die Haut unter ihrem langen, offenen Haar, das in Wellen bis zu ihrem Busen herabfloss, so weiß. Wie konnte es nur sein, dass er sie nicht einmal nach ihrem Namen gefragt hatte?

»Auch du musst diesen Ort verlassen«, sagte er. »Diese Stadt lässt sich unmöglich verteidigen. Früher oder später wird sie fallen.«

»Ich kann nicht.«

Owen setzte zu einer Antwort an, aber in dem Moment drang ein dumpfes Rumoren von der Unterstadt herauf, wie eine unbestimmte Bedrohung, und er wandte abrupt den Kopf zu den geschlossenen Fensterläden hin. Ein Lichtstrahl drang durch einen Spalt zwischen zwei Flügeln und brachte eine Wolke aus friedlich tanzenden Staubpartikeln zum Leuchten. Es war bereits helllichter Vormittag. Sie mussten ihn seit dem Vorabend suchen ... Mit den Stiefeln in der Hand öffnete er die Zimmertüre vollends und blieb auf der Schwelle stehen. Sie hatte sich nicht gerührt und schien auch nicht die geringste Absicht zu haben, es zu tun.

»Was hält dich hier fest?«

»Mein Ehemann«, erwiderte sie, ohne ihn auch nur eine Sekunde anzublicken. »Er hat das Kommando über eine Dekurie, bei dem Wachtposten am Westtor.«

Der Prinz hatte das Gefühl, als wiche ihm alles Blut aus den Wangen. Außerstande, noch ein weiteres Wort herauszubringen, zutiefst gedemütigt, innerlich vernichtet von der Schmach und dem Abscheu gegen sich selbst, verschwand er nach draußen, stürmte die Treppe hinunter und suchte das Weite. Kaum war er auf der Straße, verwandelte sich der undeutliche Lärm, den er im Zimmer vernommen hatte, in ein Getöse, das ihm nur allzu vertraut war. Geschrei, Geheul, dumpfe Schläge gegen die Ringmauer ... Der Kampf hatte bereits begonnen. Die Sachsen waren zum Angriff übergegangen.

Er schnürte im Rennen sein Panzerhemd fertig zu, schnallte sein Gehenk um und stürzte Hals über Kopf zu den Festungswällen. Glücklicherweise eilten noch andere in dieselbe Richtung: Soldaten, Bogenschützen oder auch Bürger, die mit allerlei Gegenständen bewaffnet waren, die ihnen gerade in die Hände gefallen waren, Owen folgte ihnen.

Auf dem Glacis am Fuße der Wehrmauern wimmelte es von aufgebrachten, wild durcheinander laufenden Menschen, die entweder vor den Kämpfen flohen oder aber sich ins Getümmel stürzten; einige machten sich auch mithilfe von Wassereimern oder Decken an verschiedenen Brandherden zu schaffen, und all das unter einem infernalischen Lärm, von dem einman schier taub wurde. Seine Pferde waren noch da, mehrere hundert, sie standen auf einer einfachen, von Seilen umspannten Koppel, und eine Hand voll Männer legte ihnen hastig Sattel und Zaumzeug an. Er lief einem seiner Reiter über den Weg, der leichenblass war und bei jedem Schritt wankte, die Finger um die Fiederung eines Pfeils gekrallt, der sich tief in sein Schlüsselbein gebohrt hatte.

»Wo ist Sawel?«, brüllte Owen, indem er den Verletzten gepackt hielt. »Wo sind die anderen?«

Der Mann sah ihn verstört an, so als er erkenne er ihn nicht, streckte aber seine unversehrte Hand zu der Barbakane hin aus, die sich schützend vor dem großen Tor erhob. Owen half ihm ungeduldig bis zu einem Brunnenrand, wo der Reiter sich niederließ, und zückte sein Schwert, während er bereits auf eine breite Steintreppe zurannte, die zu den Kurtinen hinaufführte. In dem Augenblick, als er seinen Fuß auf den Wehrgang setzte, brach ein Bogenschütze vor ihm zusammen, durchbohrt von einem Lanzenhieb. Er sah alles zugleich: eine Leiter, die an eine Zinne gelehnt stand, die kräftige Hand eines Sachsen, die die oberste Sprosse umklammerte, das Gewimmel des Handgemenges rings um sich herum und, auf der anderen Seite der Wehrmauern, die brüllende Meute der Angreifer unter einem Meer aus runden, in leuchtenden Farben bemalten Schilden. Sein Schwert mit beiden Händen schwenkend, rannte er bis zu der Mauerlücke und ließ seine Klinge mit einem wahren

Urschrei niedersausen, wodurch er zugleich den Arm und die Sprosse durchtrennte. Der Sachse brüllte ganz grässlich, geriet ins Taumeln und wurde kurz darauf von dem gähnenden Abgrund verschluckt. Noch voll im Schwung, beugte Owen sich über die Zinne, als eine Reihe von Bogenschützen, die hinter dem Kampfgetümmel unten Stellung bezogen hatten, eine Ladung Pfeile abfeuerte. Er machte gerade noch einen Satz nach hinten, bevor ein Schwarm Pfeile an der Ringmauer zerschellte. Im Schutz der Zinne schöpfte er Atem, während sich bereits ein weiterer Angreifer auf die Wehrmauern hochzog. Der Mann hielt seinen Schild vor sich, eine plumpe Tartsche[1] aus bemaltem Holz, die nicht einmal mit Leder überzogen war. Owen, der sein Schwert immer noch mit beiden Händen gepackt hielt, wartete ab, bis er sich eine Blöße gab, und verpasste ihm dann einen kräftigen Hieb, der ihm einen Teil des Gesichts wegriss und ihn kopfüber in den Burggraben beförderte. Als er auf der Erde eine Mistgabel entdeckte, schob er sein Schwert in die Hülle zurück und rammte die Forke einem derer, die die Leiter heraufkletterten, in den Leib. Keiner hätte alleine eine lange, vom Gewicht eines halben Dutzends bewaffneter Männer beschwerte Leiter frontal von der Mauer wegstoßen können. Owen versuchte daher, von der Seite dagegenzudrücken, um die Leiter zum Wegrutschen zu bringen. Er mühte sich eine ganze Weile lang verbissen ab und bekam vor Anstrengung einen hochroten Kopf, hatte jedoch keinen Erfolg, bis schließlich andere neben ihm die Mistgabel mit anpackten. Die Leiter schwankte zunächst nur wenige Daumen weit hin und her, doch dann gab sie schlagartig nach, prallte im Umfallen gegen eine benachbarte Leiter und stürzte zu Boden, in die wimmelnde Menge der Sachsen hinein, auf die Leiber der brüllenden Krieger.

[1] Ein kleinerer Schild, der nur den Oberkörper deckt. [Anm. d. Übs.]

»Greift zu den Mistgabeln!«, donnerte er.

Überflüssiger Befehl. Entlang der ganzen Mauer waren bereits die Leitern umgeworfen worden, mit Steinschlägen oder Axthieben entzweigehauen, und die wenigen Sachsen, denen es gelungen war, die Abwehr zu durchbrechen und auf der Kurtine Fuß zu fassen, kämpften verzweifelt um ihr Leben, denn sie waren von Dutzenden Soldaten umringt.

»Prinz Owen, Ihr müsst Euch schützen«, erklang eine Stimme neben ihm.

Es war einer seiner Reiter aus Rheged, ein kräftiger, rotgesichtiger Bursche mit geflochtenem Haar, dessen Gambeson aus eisenbeschlagenem Leder vom Arm bis zum Kragen mit Blut verspritzt war. Der Mann reichte dem Prinz einen Eisenhelm.

»Keiner wird wissen, wer ich bin, wenn ich meine Haare verstecke«, erklärte Owen mit einem Lächeln. »Treib lieber einen tauglichen Schild für mich auf!«

Wie ein Mann gingen sie in Deckung, als über ihnen eine Salve brennender Pfeile durch die Luft surrte.

»Wir haben sie zum Rückzug gezwungen, nicht wahr?«

Owen gab keine Antwort. Vorsichtig beugte er sich über die Zinne, riskierte einen kurzen Blick und kauerte sich darauf umgehend in den Schutz der Mauer.

»Das war nur ein Ablenkungsmanöver«, rief er aus. »Sie sind im Begriff, nach Süden vorzurücken ... Sieh zu, dass du noch Verstärkung auftreibst, und dann folge mir. Wir müssen hinüber.«

Ohne auf seinen Gefolgsmann zu warten, stürzte der Prinz auf den Wehrgang. Wo immer er vorüberkam, erkannten die Reiter von Rheged ihn an seinen schräg in die Höhe stehenden roten Haaren und schwenkten ihre Waffen oder zeigten ihre Verletzungen. Viele von ihnen hefteten sich an seine Fersen und bildeten bald schon eine ansehnliche Truppe hinter ihm.

Der römische Festungswall von Glevum war mit viereckigen Türmen versehen, die aus den Wehrmauern vorkragten und von schmalen Scharten durchbrochen waren. Durch eine von ihnen verfolgte Owen das Vorrücken der feindlichen Horden. Ihr eigentliches Angriffsziel war das Südtor. Ceawlin musste ausreichend Spione vor Ort haben, um in vollem Ausmaß über ihre schwache Position im Bilde zu sein, und wagte daher offensichtlich einen brutalen Sturmangriff, ohne eine einzige der Kriegsmaschinen einzusetzen, die für eine ordnungsgemäße Belagerung erforderlich waren. Es gab weder einen Belagerungsturm noch ein Katapult. Gerade einmal einige rasch zugehauene Baumstämme, die als Mauerbrecher dienten und nicht einmal durch ordentliche Sturmdächer geschützt waren. Ein lichterloh brennender Karren voll Heu und Pech war direkt vor das mächtige Tor hingeschoben worden und verbreitete einen dicken, schwarzen Qualm, der allen die Sicht benahm. Und die Holzstämme, deren dumpfen Aufprall er bis in die Oberstadt hinauf gehört hatte, wurden, beschirmt von einem Dach aus Schilden, in einem fort gegen die brennenden Torflügel gerammt. Dutzende toter Leiber lagen auf der Erde, von Pfeilen durchbohrt oder von oben von den Wehrmauern heruntergeschleuderten Steinen zerschmettert.

»Hier können wir nichts ausrichten«, verkündete Owen, der seinen Männern gegenüberstand. »Und dann ist das auch nicht unsere Art und Weise, uns zu schlagen.«

»Wir nehmen also die Pferde, Eure Hoheit?«, fragte einer von ihnen.

»Wir nehmen die Pferde und trampeln diese Schweine bis zum letzten Mann nieder! Los, kommt!«

Während die Reiter eine Kehrtwende vollführten und in Richtung Koppel losstürmten, hielt der Prinz den Mann, der soeben gesprochen hatte, zurück.

»Sieh zu, dass du Sawel Ruadh findest, den, der den Oberbefehl über Riderchs Reiterschaft hat. Richte ihm aus, er soll seine Männer zusammentrommeln und mit uns gemeinsam attackieren.«

»Eure Hoheit, ich weiß, wer Sawel ist. Er ist tot!«

Zum zweiten Mal an jenem Tag spürte der Prinz, wie die Scham ihn überwältigte. Sawel hatte sein Leben gelassen, während er, Owen, neben der Frau eines Waffenbruders gelegen hatte, der womöglich ebenfalls schon tot war oder zumindest dem Tode geweiht.

»Geh.«

Als er alleine war oder jedenfalls keiner seiner Soldaten mehr bei ihm war, hielt er sich nicht länger zurück: Er vergrub den Kopf in den Händen und begann stumm zu weinen. Was sollte es schon, wenn die Bogenschützen aus Glevum ihn für einen Hasenfuß hielten, der sich von der namenlosen Angst überwältigen ließ. Einzig den Leichtfertigen oder den Neulingen waren die Furcht, die weichen Knie und die Brechreizanfälle unbekannt, die jeden vernünftigen Menschen angesichts der unsäglichen Schrecken eines Handgemenges quälten. Die Wahrheit dagegen war in seinen Augen weit schlimmer: Seine Ehre zu verlieren, war eine unerträgliche Niederlage, die das Andenken eines Kriegers und seines Stammes auf immer beschmutzte, und einzig ein ehrenvoller Tod, an der Spitze seiner Reiter, könnte die Schande, die er auf sich geladen hatte, noch tilgen. Sterben, ja, um seinen Fehltritt nicht einräumen zu müssen. Noch vor dem Abend sterben, bei einem letzten Angriff, danach konnte seinethalben alles hinter ihnen einstürzen, konnte alles unter den sächsischen Fackeln niederbrennen. Owen holte tief Luft, und als er bemerkte, dass seine Hände rot waren vom Blut der Feinde, beschmierte er sich damit das Gesicht. In dieser Furcht erregenden Aufmachung begab er sich wieder zu seinen Soldaten, die sich inzwischen auf dem Platz vor der Wehrmauer versammelt hatten.

Als er auf sie zuging, sprang einer der Reiter vom Pferd und rannte ihm entgegen. Owen erkannte ihn erst im letzten Moment. Es war Dygineleoun, sein Barde, der bereits mit schreckverzerrter Miene die Hände nach ihm ausstreckte, um ihm beizuspringen.

»Mein lieber Prinz, du bist verletzt!«, rief er. »Du musst dich verarzten lassen, du kannst nicht . . .«

»Das ist nicht mein Blut«, herrschte Owen ihn an und stieß ihn – heftiger als beabsichtigt – beiseite.

Er brauchte einige Sekunden, um sich wieder zu sammeln, so sehr hatte das plötzliche Erscheinen seines Barden ihn überrumpelt. Dygineleoun hätte zu jener Stunde hoch zu Ross sitzen und unterwegs zu Riderchs Heer sein sollen, oder im günstigsten Fall mit verhängten Zügeln an der Spitze einer Sonderabteilung in Richtung Caer Glow zurückkehren. Für seine Anwesenheit hier konnte es nur eine Erklärung geben.

»Ist die Armee des Königs eingetroffen?«, erkundigte er sich, indem er seinen Freund bei den Schultern packte. »Sind sie zum Angriff bereit?«

»Verzeih mir«, murmelte der Barde. »Ich habe die anderen alleine losgeschickt. Ich hatte hier alle Hände voll zu tun. Die wenigen Truppen, die noch geblieben waren, waren drauf und dran, die Flucht zu ergreifen. Ich habe ihnen erklärt, dass du mit der Reiterschaft zugegen seist, dass sich Riderch im Eilmarsch nähere . . .«

»Das hast du gut gemacht.«

Owen klopfte ihm auf die Schulter und rang sich ein Lächeln ab, ebenso Dygineleoun zuliebe wie seinen auf dem Platz versammelten Männern. Eine große Zahl von Pferden war ohne Reiter, doch sie bildeten trotz allem eine gewaltige Truppe, lanzengespickt und bebend vor Ungeduld.

»Ich habe dich seit gestern Abend gesucht«, fuhr der Barde in zögerndem Ton fort.

Der Prinz erwiderte nichts. Sie liefen soeben gemeinsam die letzten Schritte zur britannischen Reiterschaft zurück, als der Krieger, der Owen auf den Wehrmauern angesprochen hatte, ihm eilig in den Weg trat: Er zog einen eleganten Fuchs an den Zügeln hinter sich her, in der anderen Hand hielt er einen Schild.

»Eure Hoheit, das ist alles, was ich gefunden habe«, erklärte er und reichte ihm den runden Schild, der zwar klein, aber kunstgerecht mit Eisen beschlagen war.

»Das ist gut.«

Owen sprang in den Sattel, schlüpfte mit dem linken Arm in die Armriemen seines Schildes und ergriff die Zügel, dann zog er sein Schwert mit der Rechten aus der Scheide. Er suchte nach Worten, denn er war sich bewusst, dass die vor ihm versammelte Truppe eine Ansprache erwartete; doch da sah er, wie Dygineleoun seinem Ross die Sporen gab und zu ihnen herumwirbelte. Er hatte den Kopf in den Nacken geworfen und brüllte aus vollem Hals, damit ihn auch alle hören konnten, als er einen Gesang anstimmte, den jeder von ihnen kannte und in den sie bald einhellig einfielen:

Das Schimmern des Morgenrots ersehnen die Krieger,
Ersehnen den Schlachtruf des Königs,
Ersehnen die Vielzahl kräftiger Rösser,
Den Angriff der Kämpen auf ihren Pferden.
Ersehnen unter den Schreien der Schlachtteilnehmer
Den Feldschrei von Nudd Haels Sohn, seinen Aufruf an die
große Provinz.
Wird ihm ein Lächeln von seinem Prinzen zuteil,
Erwächst dem Barden unendliches Glück.
Er hofft auf den Tod der Söhne von Lloegr,
Wo die Feinde des lieblichen Landes von Urien wohnen.[2]

---

[2] Nach einer Ode von Taliesin.

Owen lächelte nicht, sondern packte sein Schwert noch fester und ritt in leichtem Trab zu der Barbakane am Westtor, gefolgt von den geschlossenen Gliedern seiner Reiterschaft. Sie durchquerten das Vorwerk mit donnerndem Getrappel und trampelten dabei die Toten und die Verletzten, die unterhalb der Ringmauern aufgehäuft lagen, einfach nieder. Die Erde dröhnte unter den Hufen ihrer Pferde, als sie im Galopp losjagten, ohne einen Befehl, ohne einen Schlachtruf, geradewegs auf die ungeordnete Masse des sächsischen Heeres zu, und sie tauchten genau in dem Moment plötzlich an dessen Seite auf, als das große Tor unter den Stößen ihres Sturmbocks nachgab.

Owen und seine Gefolgsleute fuhren so ungestüm in das feindliche Feld hinein wie eine Sense in den Weizen, mit einem solchen Schwung, dass nichts sie hätte aufhalten können. Owen brüllte aus vollem Halse, gleich einem aus der Hölle emporgeschossenen Teufel, hieb wie ein Wahnsinniger, ohne zu schauen, auf Schädel, Rücken und Arme ein, unempfindlich gegen die Klingen, die ihm Arme und Beine zerschnitten, und trieb sein zu Tode verängstigtes Ross immer weiter voran, zwischen das sächsische Fußvolk, mitten in die Todesschreie, das Geheul und die Beleidigungen hinein. Fast hatte er ihre ungeordneten Reihen durchquert, da zerbarst sein Schwert bei einem gewaltigen Hieb an dem eisernen Schild eines sächsischen Reiters und ließ ihn unbewaffnet, gleichsam nackt zurück, und sein Arm war taub von dem heftigen Aufprall. Er wirbelte herum, um dem Handgemenge zu entfliehen, trieb seinen Fuchs zum Galopp quer über die Ebene an und legte sich flach auf den Sattel, um sich im Vorüberreiten einen in die Erde gerammten Spieß zu greifen. Doch als er sein Pferd wieder herumlenkte, durchzuckte ein brennender Schmerz seinen Schenkel. Ein baumlanger Kerl von einem Sachsen, in dessen irrem Blick sich blankes Entsetzen und Wut vermischten, hatte ihm einen Hieb mit seiner langen Streitaxt

versetzt. Die Klinge war abgeglitten und hatte dabei glücklicherweise nur ein handtellergroßes Stück Fleisch herausgeris-
sen, statt ihm das ganze Bein abzutrennen; anschließend hatte
sie jedoch Owens Sattel durchschnitten und sich in die Flanke
des Fuchses gegraben, der seinen Reiter bei seinem jähen Satz
zur Seite beinahe abgeworfen hätte. Das Pferd, das völlig von
Sinnen war vor Angst, bäumte sich so heftig auf, dass Owen
sich an seine Zügel krallen musste, während jede Bewegung
des Tieres ihm einen Schmerzensschrei entlockte. Er wartete
nur noch darauf, dass es völlig entkräftet zur Seite stürzen
würde, als eine energische Hand seine Zügel ergriff und Pferd
und Reiter ein Stück vom Schlachtfeld wegzog. Owen flim-
merte es vor den Augen, und er vermochte sich nur noch unter
größter Willensanstrengung im Sattel zu halten. An seinen
Beinen rann das Blut herab und vermischte sich mit dem seines Streitrosses, dessen schweißglänzende Flanken ebenfalls
rot verschmiert waren.

In diesem Zustand gelangten sie in den Schutz eines Wäldchens, auf eine kleine Anhöhe und wurden kurz darauf von
einer Hand voll Reiter eingeholt. Obwohl ihm von der damit
verbundenen Anstrengung speiübel wurde, entriss der Prinz
seinem Retter die Zügel seines Rosses und schaffte es, dieses
herumzulenken. Der Spieß in seiner Hand zitterte heftig und
unkontrolliert.

»Owen, es ist vorbei!«, rief Dygineleoun, indem er an seine
Seite ritt – sein rechter Arm war blutüberströmt und baumelte
schlaff herunter. »Sieh nur! Sie sind in die Festung eingedrungen. Wir können nichts mehr tun.«

»Doch, wir können noch sterben!«

Dem Prinz entging der Blick, den seine Soldaten tauschten.
Obschon er sich nur taumelnd im Sattel zu halten vermochte,
gab er seinem Fuchs die Sporen, doch Dygineleoun holte ihn
ein und versperrte ihm den Weg.

»Es ist nichts Ehrenvolles daran, hier zu sterben, Owen.«
»Los, lass mich vorbei.«

Der Barde blickte zur Seite und nickte auffordernd. In dem Moment, als Owen sich umdrehte, versetzte ihm ein Reiter einen kurzen Schlag mit der flachen Seite seines Schildes, und er sank bewusstlos auf den Hals seines Pferdes hin.

XI

Die Verhängung des Bannfluchs

Mit einem drückenden Gefühl des Unwohlseins schob Blaise seine Schale, die er kaum angerührt hatte, von sich, wischte sich den Mund mit dem Handrücken ab und spuckte aus. Die wenigen Löffel lauwarmer, klebriger Grütze, die man ihm aufgetischt hatte, lagen ihm schwer im Magen. Er saß alleine in dem geräumigen Refektorium der Abtei, an einem zwanzig Fuß langen Tisch, der noch von den Überresten der hastig heruntergeschlungenen Mahlzeit übersät war, die die Novizen vor dem Psalmengebet der Terz eingenommen hatten. *»Herr, errette meine Seele von den Lügenmäulern, von den falschen Zungen ...«*[1] Der Vers hätte in der vorliegenden Situation nicht treffender gewählt sein können. Er hatte unter der schweigenden Aufsicht des Bruder Kellermeisters im Gang warten müssen, bis die Mönche gleich einem Schwarm Spatzen herausgeschwirrt gekommen waren, sich dabei die Ellbogen in die Rippen gestoßen und ihn verstohlen beäugt und in einer Weise getuschelt und gekichert hatten, die absolut unmissverständlich gewesen war. Er war der Sünder, den die versammelten Bischöfe in Kürze verurteilen und mit dem Kirchenbann belegen würden. Und er hatte

---

[1] Psalm 120, Vers 2, zitiert nach der Luther-Übersetzung.

sich bereits jetzt schon des Vergehens der Lächerlichkeit schuldig gemacht, mit seiner ausgefransten Mönchskutte, seinem zersausten Bart und seinem vollständig geschorenen Schädel, auf dem jener Haarkranz fehlte, der für die so genannte Petrus-Tonsur, welche die Mönche in Gallien und Armorika trugen, charakteristisch war. Alles zusammen verlieh ihm das Aussehen eines verwahrlosten Streuners. Dies war gewiss nicht die Art und Weise, wie sich die Brüder in der Abtei hier kleideten.

Der Kellermeister hatte Blaise wortlos seinen Napf gereicht, bevor er den Schlüssel zweimal hinter sich herumgedreht hatte, gefolgt von seinen Gehilfen, dem Tafeldecker und dem Oberaufseher. Seither war keiner mehr erschienen und der Vormittag verlief reichlich trübselig. Die Regenböen peitschten gegen das Zinndach und die Sprossenfenster. Blaise stand auf, wischte die beschlagenen Scheiben frei und sah nach draußen. Bei diesem trostlosen Wetter wirkten die Straßen verlassen und genauso düster und leer, wie sie ihm am Morgen ihrer Ankunft in Carohaise erschienen waren.

Die Stadt besaß keine Befestigungsanlagen mehr, die dieses Namens würdig gewesen wären, sondern nur noch einen hölzernen Palisadenwall sowie einen Burggraben, dort, wo sich zu Zeiten von Aetius die Wehrmauern von Vorgium, dem alten Römerlager, erhoben hatten. Erbaut am Kreuzungspunkt der Römerstraßen, die von Gwened nach Sulim[2] und ins Bergwerksgebiet von Poher führten, hatte Carohaise ein wenig von

[2] Gwened ist der britannische Name für Vannes (römisch Darioritum) und Sulim der römische Name der heutigen Ortschaft Castennec.

[3] Das größte Königreich von Armorika, das den gesamten Nordteil der bretonischen Halbinsel umfasste. König Conomore, oder auch Commore, der von dem Frankenkönig Childebert gestützt wurde, ermordete den rechtmäßigen Herrscher Jonas. Der Sohn von Letzterem, Judhael, eroberte den Thron mit Hilfe des heiligen Samson wieder zurück. Conomore war möglicherweise ebenfalls Herrscher über das britannische Königreich Dumnonia.

seinem vergangenen Ruhm zurückgewonnen, als es während
der Herrschaftsepoche des Thronräubers Conomore zur
Hauptstadt des bretonischen Königreichs Domnonia[3] geworden war. Doch seit dem Sturz seines Hauses war die Stadt un-
aufhaltsam im Niedergang begriffen. Der Wald breitete sich
jeden Tag ein Stück weiter über das bebaute Land aus und
überwucherte nach und nach die Römerstraßen und die Mi-
nen, die ihr einst zur wirtschaftlichen Blüte verholfen hatten.
Gleich wohin man sah, erblickte man nur noch Bäume, was
König Judhael, dem rechtmäßigen Herrscher, den Beinamen
Rex Arboretanus, »König der Bäume«, eingetragen hatte. Aus
diesem Meer aus Blättern und Zweigen ragten die Hügelkuppen von Poher auf: triste, kahle Inseln, gepeitscht von Wind
und Regen, an die sich gleichsam schiffbrüchige Dörfer klam-
merten. Und von Carohaise selbst war nur noch die Plou Caer
übrig, die »befestigte Pfarrei«, sowie dicht um sie herum gedrängt die wenigen strohgedeckten Hütten, die noch bewohnt
waren.

Blaise fröstelte, seine Stimmung hatte sich bei diesem de-
solaten Anblick noch weiter verdüstert. Er wandte sich vom
Fenster ab und ging zum Kamin, in dem ein Feuer aus glimmenden Holzscheiten unter der Asche schwelte, setzte sich
auf einen Schemel und versank in der intensiven Betrachtung
der Glut. Er wollte beten, doch das Gebet erschien ihm sinn-
entleert. Die Worte kamen ihm über die Lippen, ohne dass
seine Seele wirklichen Anteil genommen hätte, wohingegen
sich immer noch hartnäckig Merlins Bild vor sein inneres Auge
schob sowie die Erinnerung an ihre lange Reise, seit sie Dun
Breatann damals verlassen hatten. Nichts von dem, was er an
seiner Seite erlebt hatte, war zu erklären, wenn man nicht an
seinen göttlichen – oder teuflischen – Wesenskern glaubte. Da
das Kind nicht getauft worden war, war schon der bloße Gedanke, es könnte die Gnade Gottes empfangen haben, Ketze-

rei. Blieb also nur noch der Teufel ... Aber das konnte sich Blaise beim besten Willen nicht vorstellen. Wer auch immer Merlins wirklicher Vater war, das Kind hatte nichts Diabolisches an sich – selbst wenn es einfacher war, sich geständig zu zeigen, und selbst wenn er alles verlieren sollte, weil er solch einem Unfug, der einfach nur dazu taugte, die Novizen in Angst und Schrecken zu versetzen, nicht zustimmte.

Genau in dieser Minute leitete Cetomerinus vermutlich seinen Prozess ein, indem er das Porträt eines irregeleiteten Mönchs von ihm entwarf, verblendet von den Ränken des Bösen, das Porträt eines Häretikers, der das Gedankengut des Pelagianismus verinnerlicht hatte und forthin unfähig war, den Weg Gottes zu erkennen.

Das Schlimmste in Blaise' Augen war, dass er womöglich Recht hatte.

Sie hatten den Wald verlassen. Zumindest dessen war Merlin sich sicher. Während der seltenen Momente, in denen er wach war, schaffte er es fortan, den Kopf weit genug zur Seite zu drehen, um ringsum eine Landschaft aus blasslila Heidekraut und spitz aufragenden Felsen zu gewahren, die derjenigen, die er mit Bradwen durchquert hatte, ähnlich war. Die Schleiftrage aus Zweigen und geflochtenen Farnwedeln, auf der er jetzt ausgestreckt lag, war hinter einem der Maulesel angespannt und glitt lautlos über das niedrige Gras eines schmalen Pfades, der sich zwischen den Büschen hindurchschlängelte. Er hörte das Schnauben des Tieres, das Knarren des Gespanns und dann und wann den heiseren Schrei einer Weihe, doch nichts, keinen Laut mehr, kein Murmeln mehr von seinen Entführern, als seien sie verschwunden, nachdem sie ihn auf die Schleiftrage umgebettet hatten, und als laufe der Maulesel alleine auf sein unbekanntes Ziel zu.

Es geschah, dass Merlin mitten in der Nacht aufwachte und über sich das Sternenzelt sah. Dann wurde ihm einen Augenblick lang bewusst, dass seit seiner Gefangennahme die Zeit verronnen und etliche Tage ins Land gegangen waren; doch sank er regelmäßig wieder in Schlaf, bevor es ihm gelang, so klar zu Bewusstsein zu kommen, dass er ihre genaue Anzahl hätte ermitteln können. Er behielt gerade einmal einige Bruchstücke jener Wachphasen im Gedächtnis. Sie hatten den Wald verlassen. Er hatte weder Hunger noch war ihm kalt. Der Maulesel schien niemals stehen zu bleiben. Das war alles. Und so blieb es. Bis irgendwann das Gewitter losbrach.

An jenem Tag riss ihn ein Donnern in unmittelbarer Nähe brutal aus seiner Lethargie. Der zu Tode erschrockene Maulesel war in Trab gefallen, und Merlin wurde in dem heftig rumpelnden Gespann hart durchgerüttelt, während von oben ein wahrer Wolkenbruch auf ihn niederging, der ihm eine Zeit lang die Sicht verschleierte. Trotz des Holperns und des Regenvorhangs konnte er nach einer Weile die Umrisse seiner Begleiter erahnen. Es waren drei, vier, oder vielleicht auch mehr, die da neben ihm herliefen, Gesicht und Körper unter langen, moosgrünen Mänteln verborgen. Merlin lag mit pochendem Herzen an seine Trage gekrallt und gab sich Mühe, sich absolut ruhig zu verhalten, damit sie nicht auf ihn aufmerksam wurden. Doch plötzlich hielten sie in ihrem ungestümen Lauf inne. Sie hatten abermals den Schutz der Bäume erreicht. Und genau in dem Moment, als das Kind sich dessen bewusst wurde, sah es sie über sich gebeugt, regentriefend, die Haut so bleich und glatt, dass man sie für Marmorstatuen hätte halten können, wenn sie nicht dieses lange, schwarze Haar und diese riesigen Augen gehabt hätten.

»*Restan, Lailoken*«, sprach einer von ihnen mit dunkler, ruhiger Stimme. »*Restan mid Sleagh maith* . . .«

»Ich verstehe nicht«, jammerte Merlin. »Ich verstehe nicht . . .«

Seine Tränen mischten sich zwischen die Regentropfen, denn der Kummer drückte ihm so schwer auf die Seele, dass er sie nicht länger zurückhalten konnte. Und doch brachte diese fremdartige Sprache so etwas wie eine verschwommene Erinnerung in ihm zum Klingen. Schon wieder dieses Wort: *Lailoken.* Und dann, plötzlich, fiel es ihm ein. Diese bleichen Wesen waren die gleichen, die ihm im Wald von Arderydd, nach der Schlacht damals zu Hilfe gekommen waren. Ihre Sprache war dieselbe, ebenso wie ihre Moirémäntel. Und auch die Worte, *Sleagh maith*, die »guten Leute«, wie sie in den alten Märchen hießen. Merlin streckte eine zitternde Hand nach dem, der gesprochen hatte, aus und berührte sein Gesicht.

»Ihr seid Elfen«, murmelte er.

»*Restan mid lyft leod* ...«

Der Elf nickte lächelnd und löste behutsam die Hand des Kindes von seiner Wange. Er bettete sie auf dessen Brust, zog ihm den schwarzen Moirémantel, mit dem sie es zugedeckt hatten, bis zum Kinn hoch, dann legte er ihm sachte die Finger auf den Hals und drückte auf eine Vene. Umgehend sank Merlin wieder in Schlaf.

Es war bereits später Vormittag, näher an der Sext als an der Terz[4]. Die Kapitelversammmlung hätte seit mindestens einer Stunde vorüber sein müssen, so dass jeder wieder seinen täglichen Pflichten hätte nachgehen können; doch trotz der Anwesenheit König Judhaels und der Bischöfe Felix, Victurius und Samson – oder vielleicht auch gerade wegen ihr – schien der Superior der Abtei von Carohaise ein diebisches Vergnügen daran zu haben, das Ende der Sitzung hinauszuzögern.

---

[4] Die sechste Tagesstunde (halb zwölf Uhr) beziehungsweise die dritte Tagesstunde (neun Uhr morgens).

Die gesamte Ordensgemeinschaft: Mönche, Kanoniker und Präbendare, drängte sich in den Kirchenbänken, von denen sich je drei entlang der Seitenwände aufgestellte Reihen gegenüberstanden, während es sich die hochrangigen Gäste unter den hohen Mattglasfenstern, die die Ostwand zierten, bequem gemacht hatten und die Stühle belegten, die für gewöhnlich dem Prior, dem Präpositus und den Dechanten vorbehalten waren. Ihnen gegenüber, am hinteren Ende des Kapitelsaals, befanden sich die Novizen, die Oblaten und Donaten, die dem Kapitel im Stehen beiwohnten. Einige arbeiteten seit den Laudes und konnten sich kaum noch auf den Beinen halten vor Müdigkeit. Die Mönche hatten ja wenigstens Sitzplätze und konnten im Schutze ihrer Kapuzen vor sich hin dämmern ... Die Lesung aus dem Evangelium und ihre Erläuterung sowie die im Anschluss daran erfolgte endlose Rechenschaftslegung der Stiftskämmerer hatten sich über das annehmbare Maß in die Länge gezogen, und als man endlich beim disziplinarischen Teil angelangt war, in dessen Verlauf die Fragen aufgegriffen werden konnten, die die Kirchenfürsten hier zusammengeführt hatten, mussten sie zunächst einmal die erbarmungswürdige Litanei der öffentlichen Sündenbekenntnisse über sich ergehen lassen. Mönche und Novizen, die mit gesenktem Haupt dasaßen und aus Angst vor der Furcht einflößenden Gegenwart der Bischöfe und des Königs erröteten, traten einer nach dem anderen vor, um ihre harmlosen Vergehen zu beichten, vor versammeltem Kapitel einen Verweis entgegenzunehmen und das Bußsakrament zu empfangen. War man während der Messe eingeschlafen, so musste man eine Kniebeuge machen. Hatte man seinen Teller im Refektorium fallen lassen, musste man mit einem einfachen Neigen des Kopfes »Genugtuung« leisten. Oder man war zu spät zur Messe oder zur Arbeit erschienen, hatte beim Chorsingen einen Fehler gemacht, hatte über nichtige Dinge gesprochen ... Es handelte sich zum Großteil um eine *poena levis*, eine geringe Strafe für leichte Vergehen, welche lediglich symbolische Bußübungen nach sich zog und die gesamte Zuhörerschaft, einschließlich der Beichtenden selbst, zu Tode langweilte. An jenem Tag gab es nur eine *poena gravis*, die einem ausgemergelten, trübsinnigen jungen Mönch auferlegt wurde, den der Novizenmeister der Sünde der *acedia* anklagte: der Trägheit, des Mangels an Begeisterung und Freude, einer schwer wiegenden Sünde in einer vom Lichte Gottes überstrahlten Gemeinschaft, da sie nur von einem Mangel an religiöser Inbrunst herrühren konnte. Trotz allem nichts, was die Aufmerksamkeit der Bischöfe geweckt hätte.

Cetomerinus hatte die ganze Zeit über schweigend dagesessen, mit geschlossenen Augen, die Hände flach auf die Knie gelegt, in einer andächtigen – oder auch steifen – Haltung, so dass diejenigen, die ihren Blick zu ihm hingleiten ließen, ihn alsbald wieder enttäuscht abwandten. Und er rührte sich auch dann nicht, als der Novizenmeister seine Schäfchen, die Konversen wie auch die Laienkleriker, an ihre Arbeiten zurückschickte. Als sich jedoch die Flügeltür des Kapitelsaals hinter ihnen schloss, die Synode der Mönche von der Welt abtrennte und endlich den Beginn der ernsten Angelegenheiten anzeigte, durchlief den Präpositus ein Schauder.

Bereits seit einer Woche versuchten die Bischöfe Felix von Nantes und Victurius von Rennes König Judhael, den Herrscher des armorikanischen Reiches Domnonia, von den Beschlüssen des Konzils in Paris zu unterrichten, das nicht lange zuvor auf die Initiative des Frankenkönigs Chilperich hin unter der wohlwollenden Aufsicht von Bischof Germanius stattgefunden hatte. Cetomerinus hatte ihnen schweigend zugehört, ohne ganz zu verstehen, was hier gespielt wurde. Es war nur allzu offensichtlich, dass Judhael die heuchlerischen Ermahnungen dieser lächerlich herausgeputzten Bischöfe mit ihren von protzigen Ringen geschmückten Fingern und ihrem Gebaren römischer Patrizier kaum ertragen konnte; aber es war ebenso deutlich, dass er trotz seiner Macht und der Rückendeckung des heiligen Bischofs Samson aus Dol gehalten war, ihre Moralpredigt bis zum Ende anzuhören. Die bretonischen Bistümer Alet, Landreger, Quimper, Dol, Vannes und Léon besaßen nämlich bei weitem nicht die Macht von denen in Rennes oder Nantes, da diese ihrerseits von den Diözesen Cenomanensis und Turonensis[5] abhingen, die die Obergewalt über die armorikanische Halbinsel hatten. Die beiden großen Grenzstädte stellten zudem die äußersten Militärbastionen der bretonischen Provinzen dar, in denen sich just zur Stunde die fränkischen Truppen sammelten, die auf die Anordnung von Chilperich und Königin Fredegunde aus ganz Neustrien herbeigekommen waren, nachdem die Kriegszüge von Waroc im Vannetais das labile Gleichgewicht der Region bedrohten. Für den König von Neustrien ging es auch darum, sich durch die Vermittlung seiner Bischöfe der Unterstützung oder zumindest der Neutralität Judhaels in dem Konflikt zu versichern, der sich zwischen Waroc und den fränkischen Truppen anbahnte.

In diesem Zusammenhang gewann die Ernennung von Paulus Aurelianus' Nachfolger an der Spitze des Bistums von Léon eine für den Präpositus unerwartete politische Bedeutung. Seit er hier der Synode beiwohnen durfte, wurde es in seinen Augen immer deutlicher, dass die gallischen Bischöfe sich weigern würden, einen Kandidaten, den Chilperich nicht ausdrücklich unterstützte, in einer einfachen Wahl durch Zuruf *a clero et populo* zu wählen, und dass seine britannischen Wurzeln sie zwangsläufig misstrauisch stimmen mussten. Alles schien ihren Widerstand zu wecken. Zum einen die Mager-

---

[5] Die Bistümer von Le Mans und Tours.

keit und Askese eines *miles Christi,* der in der Strenge der keltischen Klöster erzogen worden war, zum anderen der enorme Reichtum der Prälaten, die sich als Herrscher der mächtigen Städte gebärdeten. Der »Soldat Gottes« hatte keine andere Wahl, als Kompromisse mit ihnen zu schließen.

In zahllosen Tages- und Nachtschichten hatte Cetomerinus eine kunstvoll ausgearbeitete lateinische Ansprache verfasst und anschließend auswendig gelernt, bei der sich Schmeicheleien und Bibelzitate abwechselten und die dazu angetan war, das Ausmaß seiner Bildung ebenso wie seinen guten Willen gegenüber dem Episkopat unter Beweis zu stellen. Doch in Gegenwart von König Judhael spielten sich die Debatten in der einfachen Volkssprache ab, was den Präpositus nicht nur um seine schönsten stilistischen Effekte bringen, sondern vor allem seine Bemühungen um faule Kompromisse deutlich machen würde. Nun blieb aber Judhael, selbst wenn er keinerlei Einfluss auf die Ernennung der bretonischen Bischöfe hatte, immer noch König von Domnonia, Lehnsherr des Grafen Withur sowie Herr über das Kloster Battha und das Bistum Léon. Es war undenkbar, sich gegen ihn zu stellen, um die Gunst der fränkischen Bischofe zu gewinnen, aber ebenso wenig war es denkbar, leichtfertig auf deren Fürsprache zu verzichten.

Im Laufe der Stunden war Cetomerinus von begeisterter Erregung in absolute Niedergeschlagenheit verfallen, dann hatte er erneut Hoffnung geschöpft, als sich vor seinem inneren Auge der einzig mögliche Weg auftat: dass Gott ihm auf wunderbare Weise zu Hilfe kam, um seine Befähigung zu beweisen. Er zwang sich, sich wieder der Debatte zwischen den gallischen Bischöfen und König Judhael zuzuwenden, in die sich bereits zum wiederholten Male ein gereizter Ton einschlich; diesmal ging es um die Existenz der *conhospitae,* jener Frauen, die das Leben der bretonischen Priester teilten, mit ihnen von Dorf zu Dorf zogen und an ihrer Seite die Messe zelebrierten.

Auf einmal verlor der König die Beherrschung, schlug mit der flachen Hand auf die Armlehne seines Stuhles und erhob sich abrupt.

»Herrgott noch mal, was glaubt Ihr eigentlich, wo Ihr seid?«, rief er aus. »Wie viele Kirchen, wie viele Basiliken habt Ihr denn auf dem Weg hierher gesehen? Ihr, Felix, wisst es gut, nachdem Ihr in Nantes auf eigene Kosten eine Kathedrale erbauen lasst! Hier gibt es nichts. Tag für Tag treffen neue Emigranten aus Britannien ein, die man losschickt, den Wald zu roden und das Heideland urbar zu machen, verfallene Dörfer wieder aufzubauen und neue Siedlungen zu errichten. Und wenn es dort keine Kirche gibt, so müssen unsere Geistlichen sich eben wohl oder übel zu den Bewohnern dieser Orte hinbequemen, umso mehr, als viele von ihnen nicht einmal Christen sind. Ich brauche Priester, die den Gottesglauben im ganzen Reich verbreiten, und ich habe nicht genügend davon. Wenn diese frommen Frauen uns dabei unterstützen können, dann mögen sie es also tun!«

»Majestät, Frauen können doch nicht die Messe lesen«, schaltete Bischof Victurius sich vorsichtig ein. »Und ein Diener Gottes kann nicht ...«

»Was wollt Ihr uns erzählen?«, fuhr Judhael ihm energisch in die Rede. »Dass ein Geistlicher nicht mit einer Frau zusammenleben kann? Was würde Eure Gemahlin oder Eure Tochter Domnnola wohl dazu sagen? Und Ihr, Felix, der Ihr Euch auf Eurem Landsitz in Cariacum eine ganze Heerschar von unfreien Bedienten und Favoritinnen haltet, was habt Ihr dagegen einzuwenden? Und von Bischof Eunius von Vannes, diesem Trunkenbold, der seinen Rausch ausschläft, während die Messe in vollem Gange ist, wollen wir gar nicht erst reden!«

Der König holte tief Luft, um sich wieder zu beruhigen, sah Samsons missbilligend verzogenes Gesicht, und da er begriff, dass er zu weit gegangen war, fuhr er in gemäßigterem Tone fort: »Verzeiht, meine Herren, aber wir befinden uns hier auf bretonischem Boden und nicht in Neustrien. Unsere Bräuche sind zuweilen verschieden … Ich weiß, was ich den Königen in Paris schuldig bin, aber ich glaube nicht, dass es Chilperich zusteht, uns in religiösen Fragen zu belehren und uns zu sagen, was wir zu tun und zu lassen haben!«

Bischof Felix hob begütigend die Hand.

»Der König ist in religiösen Dingen ausgezeichnet bewandert«, murmelte er. »Er hat Messen und Hymnen komponiert. Es heißt sogar, er habe ein Traktat über die Dreifaltigkeit verfasst!«

»Habt Ihr es gelesen?«, schaltete Samson sich ein.

Die gallischen Prälaten wichen seinem spotttriefenden Blick aus.

»Das ist schade«, fuhr er fort. »König Chilperich entwickelt dort interessante Ideen. Er vertritt zum Beispiel die Ansicht, dass es der Herrlichkeit Gottes unwürdig sei, dass man sie in drei Personen aufspalte.«

Dies schien nun wirklich eine unerhörte Ketzerei, weshalb ein empörtes Raunen durch die Bankreihen der versammelten Konventualen lief; doch die sonore Stimme von Bischof Victurius bereitete dem ein Ende.

»Liebe Brüder, ich bitte euch, wir verlieren uns in Spitzfindigkeiten! Wie es unser hochverehrter Bischof Germanius deutlich formuliert hat, unterstehen die Diözesen in der Bretagne der römischen Herrschaftsgewalt und somit Bischof Gregor in Tours – einer Stadt, die von König Sigebert von Austrasien[6] abhängt und nicht von Chilperich. Wir wollen uns daher nicht in einen Streit verwickeln lassen, der uns nicht wirklich

---

[6] Der östliche Teil des Fränkischen Reiches, 511 bis 751 n . Chr. [Anm. d. Übs.]

etwas angeht, liebe Brüder, da es letztlich unserem Bruder Gregor zukommt, diese Frage zu entscheiden.«

Er richtete seinen Blick seelenruhig auf Judhael und wartete, dass Letzterer wieder Platz nahm, bevor er weitersprach.

»Und da wir die Frage hinlänglich erörtert haben, schlage ich vor, dass wir jetzt unserem Bruder Cetomerinus das Wort überlassen. Wir sind alle zutiefst bekümmert über den Verlust unseres lieben Bruders Paulus Aurelianus, der uns hier sieht und unser stummer Richter ist. Leonensis[7] muss selbstverständlich so schnell wie möglich einen Leiter finden, der seinem Vorgänger an Frömmigkeit ebenbürtig ist ... Auf jeden Fall steht es uns seit dem Konzil von Tours[8] nicht mehr zu, die Bischofsweihe einem Britannier oder einem Römer zu verleihen, ohne die Zustimmung des Metropoliten oder der bei der Synode versammelten Provinzialbischöfe einzuholen. Wir können daher der Nachfolgefrage heute nur ganz informell nachgehen.«

»Es möchte scheinen, als hätte unser Bruder Paulus Euch als Nachfolger ausersehen«, mischte Felix von Nantes sich ein und musterte den Präpositus mit einem Blick, in dem deutliches Misstrauen zu lesen stand. »Oder zumindest, als hätte er Euch dazu ausersehen, zu uns kommen, um uns von seinem Heimgang zu Gott zu unterrichten.«

»Eure Exzellenz, unser Bruder ist im Geruch der Heiligkeit gestorben, das kann Graf Withur ebenso wie ich selbst bezeugen«, erwiderte Cetomerinus. »Er hat Briefe hinterlassen, die er mir gütigerweise überantwortet hat, aber ich bitte Euch flehentlich, sie mit Nachsicht zu betrachten. Die Zeit bis zu seinem Tod war von einem langen Leiden geprägt, und aus seiner Freundschaft zu mir heraus hat er meine Fähigkeiten, die weit geringer sind, als er behauptet, zweifellos überbewertet. Was

---

[7] Diözese von Léon, Bistum von Kastell Paol.
[8] Das Konzil fand 567 n. Chr. statt.

mich anlangt, verehrte Herren Bischöfe, Majestät, so würde ich mich niemals erkühnen, mich um eine solche Investitur in ein Bischofsamt zu bewerben. Ich wünsche einfach nur, weiterhin meiner Tätigkeit in unserer teuren Provinz Léon, die seit einiger Zeit so vielen Gefahren ausgesetzt ist, nachzugehen.«

»Auf was spielt Ihr an?«, fragte der König.

Cetomerinus senkte das Haupt vor der Bischofsversammlung, ganz Demut und Zerknirschung, und schien nur widerstrebend zu gehorchen, so als hätte er bereits zu viel preisgegeben und träumte von nichts anderem, als wieder in die Geborgenheit seines Klosters zurückzukehren.

»Majestät, wie Ihr schon bemerkt habt, landen Tag für Tag neue Flüchtlinge von der Insel Britannien an unseren Gestaden . . .«

»Ihr seid einer davon«, brummte Samson. »Und ich auch!«

»Exzellenz, die Mönche, die sie begleiten, verfügen nicht immer über Eure Weisheit . . . noch über Eure unerschütterliche Glaubensstärke.«

»Sprich weiter!«

»Graf Withur hat mir die Aufgabe anvertraut, einen unserer Brüder, der vom rechten Wege abgekommen ist, zu Euch zu bringen, und ich bitte Euch inständig zuzuhören, auf dass er sich Eurem Urteil stellen möge.«

Felix und Victurius wechselten einen zufriedenen Blick, der dem Präpositus weiß Gott nicht entging.

»Was habt Ihr ihm vorzuwerfen?«, erkundigte sich der Bischof von Nantes.

»Meine Sachkenntnis ist zu gering, um es mit Sicherheit zu behaupten, aber das Interesse, das unser Bruder einem der Hexerei verfallenen Barden entgegengebracht hat, hat bei mir Zweifel geweckt, ob er an das heilige Sakrament der Taufe und die damit verbundene göttliche Gnade glaubt, ohne die es keine Erlösung geben kann.«

Judhael beugte sich vertraulich zum Bischof von Dol hinüber.

»Aber wovon redet er da?«

»Von Ketzerei, fürchte ich«, murmelte Samson.

»Man erlaube mir, die Heilige Schrift zu zitieren«, fuhr Cetomerinus fort und rief sich eine Passage aus dem vorbereiteten Text ins Gedächtnis: »*Sündigt aber dein Bruder an dir, so gehe hin und strafe ihn zwischen dir und ihm allein. Hört er dich, so hast du deinen Bruder gewonnen. Hört er dich nicht, so nimm noch einen oder zwei zu dir, auf dass alle Sache bestehe auf zweier oder dreier Zeugen Mund. Hört er die nicht, so sage es der Gemeinde . . .*«

»*. . . Hört er die Gemeinde nicht*«, beendete Bischof Victurius mit sichtlicher Befriedigung den Satz, »*so halt ihn als einen Heiden und Zöllner.*[9] Ich verstehe. Diese vom Wege abgekommenen Mönche . . . Sind das die Gefahren, von denen Ihr spracht, Bruder?«

Cetomerinus nickte bestätigend.

»Das habt Ihr gut gemacht . . . Die bretonische Kirche hat ihre Besonderheiten, gute und weniger gute, die sich stärker oder weniger stark vom römischen Brauchtum unterscheiden; doch liegt es uns sehr am Herzen, sie zu erörtern, ebenso wie unser Heiliger Vater, Papst Johannes, es bei den Christen im Morgenland getan hat. Die Ketzer hingegen müssen bekämpft und bestraft werden, das versteht sich von selbst.«

Der Bischof hob dennoch fragend die Brauen und blickte Beifall heischend zum König und zum Bischof von Dol hinüber, die ihm nicht zu widersprechen vermochten.

»Ist unser vom rechten Wege abgekommener Bruder zugegen?«

»Exzellenz, er wird von den Aufsehern bewacht und steht Euch zur Verfügung.«

[9] Matthäus, Kapitel 18, Vers 15–17, zitiert aus der Luther-Übersetzung.

»So holt ihn herein.«

Eine ganze Weile lang war der Kapitelsaal vom Raunen der Mönche erfüllt, die von der Unterbrechung profitierten und die Angelegenheit aufgeregt kommentierten. Dann öffnete sich quietschend die Türe am hinteren Ende des Saales, und es kehrte wieder Schweigen ein, während Blaise alleine zwischen den von den Kongregaten besetzten Bankreihen hindurch den Mittelgang heraufgelaufen kam und vor seine Richter hintrat.

»Mein Bruder«, rief Victurius aus und erhob sich von seinem Platz, »Ihr steht hier, weil Ihr ein einzigartiges Privileg genießt: Ihr habt Euch nicht vor einem weltlichen Richter, sondern vor Eurem eigenen Gewissen sowie vor der Kirchengerichtsbarkeit zu verantworten[10], um zur Todsünde der Ketzerei Stellung zu nehmen, die uns durch die *delatio* unseres hochgeschätzten Bruder Cetomerinus zu Ohren gekommen ist. Er möge das Wort ergreifen und Eure Verirrungen darlegen, auf dass wir über Euer Vergehen urteilen können.«

Blaise verharrte einen Augenblick sprachlos, wider Willen beeindruckt von diesem Bischof, der da mit seiner Mitra und seinem Kreuz so ungeheuer groß vor ihm stand, gleich einer von ihrem Sockel herabgestiegenen Statue. Und er war beinahe erleichtert, unter den Versammelten das Gesicht seines Anklägers zu erkennen, als Letzterer auf ihn zukam.

»Unser Bruder Blaise ist auf der Insel Battha an Land gegangen, in Begleitung eines Kindes, das er Merlin nennt und das auf der gesamten Insel Britannien für seinen Umgang mit dem Satan bekannt ist und daher den Beinamen ›Sohn des Teufels‹ trägt – ein Prädikat, gegen das es sich nicht verwehrt, sondern aus dem es sogar noch Stolz zu beziehen scheint. Weit entfernt von dem Bestreben, diese verdorbene Seele den Fängen des

---

[10] Die Kleriker unterlagen zu der Zeit allein der Zuständigkeit der Kirchengerichte.

Bösen zu entreißen, hat unser Bruder es gewagt, in Gegenwart von Graf Withur, der das Ganze bezeugen kann, zu behaupten, dass er diesen Hexer für einen Gesandten Gottes hält, einen neuen Messias, der gekommen ist, uns von unseren Sünden zu erlösen – obwohl doch dieser Merlin nicht einmal getauft ist, so dass er der Gnade Gottes überhaupt nicht würdig ist. Ich persönlich halte diese Verblendung für Ketzerei und glaube, dass sie von den entsetzlichen Lehren des Pelagius inspiriert ist, die unser Herr und Meister Augustinus so scharf bekämpft hat und die, ich bringe es kaum übers Herz, es offen zu sagen, auf der Insel Britannien auf so großen Widerhall gestoßen sind.«

»Ein Messias, wahrhaftig?«, murmelte Samson.

»Dieses Kind«, fragte Victurius, »hat es Wunder getan? Trägt es Stigmata? Kennt es die Heilige Schrift?«

»Exzellenz, es kennt sie!«, rief Blaise aus. »Und ohne dass es je Latein gelernt hätte, vermag es ganze Passagen daraus zu zitieren!«

»Wenn das stimmt, so ist das gewiss ein Wunder... Man sollte es herbringen.«

»Dieser Satan ist entkommen, Exzellenz!«, schaltete Cetomerinus sich ein wenig zu eilfertig ein. »Nachdem er eigenhändig zwei Krieger umgebracht hat, die weit stärker waren als er selbst, kampferprobt und solide bewaffnet, ist er geflohen und bis in das pestilenzialisch stinkende Moor gelangt, das man Yeun Elez nennt und das die Leute von hier mit Recht für eine der Pforten zur Hölle halten!«

Bei diesen Worten brach in den Reihen der Mönche, die bis dahin schweigend und aufmerksam gelauscht hatten, ein ohrenbetäubender Tumult los, in dem sich Entrüstungsrufe, lautstarke Verwünschungen und Entsetzensgeschrei vermischten, und der Abt konnte den Aufruhr erst durch die Drohung dämpfen, die versammelten Ordensbrüder an ihre täglichen

Arbeiten zurückzuschicken. Die Bischöfe selbst sprachen mit dem König ausführlich über die Enthüllungen des Präpositus, die wahrhaftig umso erschreckender waren, als der Angeklagte sie nicht zurückwies. Ja, noch schlimmer, er schien sie dadurch, dass er sich einer Reaktion enthielt, nur noch zu bestätigen.

»Lieber Bruder«, nahm Bischof Felix mit einer wohlwollenden Handbewegung in Cetomerinus' Richtung den Faden wieder auf. »Wir müssen dem Himmel danken, dass er dich diesem Gesandten des Teufels in den Weg gestellt hat.«

»Exzellenz, verzeiht mir, aber das ist völlig an den Haaren herbeigezogen!«, rief Blaise. »Den, den man Merlin nennt, Prinz Emrys Myrddin, Sohn des Ambrosius Aurelianus und der Königin Aldan von Dyfed, hat nichts von einem Teufel an sich. Ich weiß nicht, was sich im Yeun Elez zugetragen hat, aber ohne Beweis kann ihn keiner rechtmäßig anklagen, diese Wachen getötet zu haben. Er ist verschwunden, das ist eine Tatsache. Aber vielleicht ist er auch von ebenjenen getötet worden, die die ganze Zeit schon seinen Tod herbeigewünscht haben!«

Cetomerinus gab einen unartikulierten Laut der Empörung von sich, doch Blaise hob beschwichtigend die Hände.

»Ich habe keine bestimmte Person im Auge«, sagte er. »Ich will einfach nur sagen, dass der heilige Bischof Paulus, der selbst ebenfalls der aurelianischen Linie angehörte, Merlins seelische Lauterkeit erkannt und ihn auf dem Sterbebett um Vergebung für seine Sünden gebeten hat, was unser Bruder« – er wandte sich zu dem Präpositus um – »nicht wird abstreiten können. Graf Withur hat dieses Kind mit uns zusammen losgesandt, verehrte Herren, damit Ihr Euch ein Urteil über sein Wesen bilden könnt, und nicht, damit Ihr es im Vorhinein schon verurteilt. Leider wurde Merlin Eurem Urteil entzogen, und es fällt mir zu, ihn angesichts der Anschuldigungen unseres Bruders zu verteidigen ... Wenn man ihn so reden hört,

212

könnte man meinen, Merlin entspringe ganz und gar dem Bösen. Ist das richtig?«

»Bei meinem Glauben, dafür lege ich meine Hand ins Feuer!«, schrie Cetomerinus.

»Ich bin nur ein einfacher Mönch, der einer solch gelehrten Versammlung nicht würdig ist … Aber was soll man von einem Geistlichen halten, der die Ansicht vertritt, das das Böse seinen Ursprung im Bösen hat und nicht eine Pervertierung des Guten ist? Ist das Böse vielleicht eine eigene Größe außerhalb Gottes, so, wie es die Manichäer zu behaupten gewagt haben?«

Bischof Samson, den Blaise' Gegenangriff ebenso belustigte wie die Reaktion des gleichermaßen entrüsteten wie verunsicherten Präpositus, machte Anstalten zu applaudieren.

»Ich sehe, dass unser Bruder etwas von Theologie versteht«, brummte Felix, den die Wendung der Kontroverse ebenfalls amüsierte. »Und doch, wenn es richtig und wahr ist, dass das Böse seine Wurzeln im Guten hat, so kann es sich dabei nur um das höchste und unveränderliche Gute handeln. Diese Übel sind nicht von der Natur bedingt, sondern sie sind Verirrungen der Natur. Allerdings können wir sie nicht isoliert betrachten, woraus sich der Schluss ergibt, dass das Böse nichts anderes ist als die Abwesenheit des Guten, wie es bereits der heilige Ambrosius schrieb.«

»Folglich ist also, Exzellenz, das Fehlen des Guten die Wurzel des Bösen. Aber so möge dieser Mangel behoben werden. Kann sich nicht jeder Mensch zum Guten hin aufschwingen?«

»Ich sehe, worauf Ihr hinauswollt«, räumte Felix ein. »Aber bleibt ein wenig bei dem Ursprung dieses Mangels. Wo ihn finden, wie ihn erklären, wenn nicht in diesem oder jenem Wesen? Der böse Wille beispielsweise muss notwendigerweise der Wille eines Wesens sein. Der Engel, der Mensch und der Teufel sind Wesen … Von welchem Wesen sprechen wir, Bruder Blaise?«

»Exzellenz, ich weiß nicht . . . Was ich an Merlin beobachten konnte während all der Monate, die ich an seiner Seite gewandert bin, hat mir keinen Anlass geliefert, ihn mit dem Teufel in Verbindung zu bringen. Für mich ist er ein gutes Geschöpf, selbst wenn ich die Ursachen seiner erstaunlichen Kräfte nicht begreifen kann. Aber ich kann mir einfach nicht vorstellen, dass es auf dieser Erde Kräfte gibt, die außerhalb von Gott wirken.«

Der Bischof von Nantes erhob sich, schlug einen Bogen um Blaise, ohne ihn anzusehen, und lief langsam durch den Mittelgang zwischen den Bankreihen der Mönche nach hinten.

»Euer Merlin soll also ein Gesandter Gottes sein, weil er gut ist?«

»Ich . . . Ich weiß nicht . . .«

»Aber doch, seht einmal her! Ist nicht jeder Mensch von Natur aus als Ebenbild Gottes geschaffen, wie es ja auch schon in der Schöpfungsgeschichte geschrieben steht?«

»Ja, das lässt sich nicht leugnen.«

»Nun denn!«, rief Felix, der kehrtmachte und ungestüm auf den Angeklagten zulief. »Und könnte ein Geschöpf, das als Ebenbild Gottes geschaffen ist, etwa nicht von der Gnade berührt werden und einzig aufgrund seiner seelischen Stärke den Weg des Guten wählen? Ist das nicht das, was Ihr soeben selbst unterstellt habt? Denkt gut nach, Bruder . . . Denn dieser Merlin, den Ihr da verteidigt, ist nicht getauft, so dass er, wenn er nicht rein aufgrund seines eigenes Verdienstes von der Gnade berührt werden und auf diese Weise Gott unterstellt sein kann, seinen Ursprung zwangsläufig im Bösen haben muss, so, wie es auch unser Bruder Cetomerinus glaubt!«

»Doch«, murmelte Blaise. »Doch, ich glaube durchaus . . .«

»Was glaubt Ihr, Bruder?«

»Dass Merlin von der Gnade berührt worden ist.«

»Ich verstehe.«

Felix musterte ihn abschätzig und schüttelte mit betrübter Miene den Kopf, dann schenkte er Bischof Victurius ein verständnisinniges Lächeln und begab sich an seinen Platz zurück.

»Nun, wozu ist denn dann Gottes Sohn gekreuzigt worden?«, rief Letzterer aus.

Blaise starrte ihn verständnislos an, völlig verstört angesichts dieser unvermittelten Frage.

»Ja, zu welchem Behufe wäre er gestorben, da sein Tod – wenn ich Euch recht verstehe – nicht erforderlich war, um uns von der Adamssünde zu erlösen? Weil ein jedes Wesen auf dieser Erde, und sei es der niedrigste Heide oder sogar ein Hexer, die Gnade rein aus eigenem Verdienste erlangen kann, ganz ohne das Sakrament der Taufe erhalten zu haben?«

»Er ist verloren«, flüsterte Bischof Samson König Judhael ins Ohr.

»*Ne evacuetur crux Christi!*«[11], stieß Victurius mit bebender Stimme hervor. »Schon der Apostel Paulus hat uns in seinem Brief an die Korinther gewarnt vor denen, die die Erbsünde und das Kreuzopfer Christi leugnen. Die Adamssünde hat aus der gesamten Menschheit eine *massa damnata* gemacht, welche allein die göttliche Gnade aus der Sünde erretten kann! Und all denen, die da etwa glauben, dass es ein Gutes jenseits der Gnade geben kann, sage ich Folgendes: Glaubt Ihr, dass ein Kind, das mit ein oder zwei Jahren gestorben ist, das ewige Leben hat?«

Blaise, der mit verschlossener Miene dasaß, gab keine Antwort, selbst als der Bischof ihn am Arm packte, ihn schüttelte und seine Frage wiederholte.

---

[11] »Auf dass nicht das Kreuz Christi zunichte werde.« 1. Korinther, Kapitel 1, Vers 17, zitiert nach der Luther-Übersetzung.

»Wollt Ihr die Worte des Apostels leugnen, der deutlich betont: *Wisset ihr nicht, dass alle, die wir in Jesum Christum getauft sind, die sind in seinen Tod getauft?*[12], oder um es deutlicher zu sagen: Jeder Mensch, der getauft ist, ist in der Sünde gestorben, so, wie Jesus Christus in seinem Fleisch gestorben ist. Nun stellt sich aber die Frage, für welche Sünde ein Kind sterben könnte, ein unschuldiges Kind, das noch nicht einmal sprechen kann, wenn es nicht von Geburt an von der Erbsünde befallen ist? Wenn alle in Adam gestorben sind und alle in Christus weiterleben, so kann nicht der geringste Zweifel daran bestehen, dass Jesus der Erlöser ist und dass jene, die nicht durch ihn erlöst werden, durch sein Fleisch und Blut, nicht das ewige Leben erlangen können – wollt Ihr das leugnen?«

Der Bischof wartete eine Weile lang gespannt auf eine Antwort, aber Blaise hatte jeglichen Willen, sich zu verteidigen, fahren lassen und erwartete nur noch seinen Urteilsspruch.

»*Wir gebieten euch aber, liebe Brüder*«, schloss Victurius, indem er sich zu der Kongregation umwandte, »*in dem Namen unsers Herrn Jesu Christi, dass ihr euch entziehet von jedem Bruder, der da unordentlich wandelt und nicht nach der Satzung, die er von uns empfangen hat.*[13] An einen falschen Messias zu glauben ist eine Verblendung, die bedauerlich für einen Kleriker ist, die man jedoch zumindest verstehen kann, da die Werke des Teufels mächtig sind. Aber öffentlich die These zu vertreten, dass einem Heiden ohne die Vermittlung der Taufe die göttliche Gnade zuteil werden könne, heißt mit anderen Worten, den Opfertod Christi, unseres Herrn, zu leugnen, und das ruft unser Entsetzen hervor. Unser Bruder Cetomerinus hat richtig gesehen, und wir sind ihm für seine Hellsichtigkeit dankbar. Dieser Mann dort« – und er zeigte anklagend mit dem

---

[12] Römer, Kapitel 6, Vers 3, zitiert nach der Luther-Übersetzung.
[13] 2. Thessalonicher, Kapitel 3, Vers 6, zitiert nach der Luther-Übersetzung.

Finger auf Blaise – »hat sich seine Verbannung aus der Gemeinschaft der Gläubigen selbst zuzuschreiben, denn er verkündet wissentlich die ketzerische Lehre des Pelagius. Die einzig mögliche Strafe für dieses schändliche Verhalten ist die Exkommunizierung.«

Blaise ballte die Fäuste, um nicht einen Schwächeanfall zu erleiden und vor den Augen der Versammlung zusammenzubrechen. Doch er reagierte auch diesmal nicht weiter, als Bischof Victurius aus der Heiligen Schrift zitierte und ihn dabei an der Schulter berührte.

»*Mein Sohn, achte nicht gering die Züchtigung des Herrn und verzage nicht, wenn du von ihm gestraft wirst. Denn welchen der Herr lieb hat, den züchtigt er; und er stäupt einen jeglichen Sohn, den er aufnimmt. So ihr die Züchtigung erduldet, so erbietet sich euch Gott als Kindern; denn wo ist ein Sohn, den der Vater nicht züchtigt?*«[14]

Dann löste sich die Hand des Prälaten von seiner Schulter, und Blaise spürte, wie er von den Aufsehern an den Armen gepackt und aus dem Kapitelsaal hinausgeführt wurde.

---

[14] Hebräer, Kapitel 12, Vers 5–7, zitiert nach der Luther-Übersetzung.

XII

Die Bürde

Ein leichter Wind blies von Osten her, und die Luft war
so klar, der Himmel so wolkenlos, dass man meilenweit
sah. Riderch hatte allenfalls zwei, drei Stunden geschlafen. Er fühlte sich alt – er hatte lähmende Kreuzschmerzen,
ihn fröstelte heftig, und seine Augen brannten vor Müdigkeit,
weil er so angestrengt den Horizont abgesucht hatte, den die
aufsteigende Sonne in ein glühendes Purpur tauchte. Dort
hinten, mindestens dreißig Meilen entfernt, stand Caer Glow
in Flammen, und von denen, die um den Rhiotam herum waren, hatte jeder den gleichen absurden Eindruck, die Stadt
würde von der lodernden Morgenröte verzehrt. Sie sprachen
kein Wort, denn dies war nicht mehr der rechte Moment für
lange Reden, aber vermutlich empfanden sie alle die gleiche
Scham, die gleichen Gewissensbisse, und vermutlich machten
sie sich im Innern alle den gleichen Vorwurf. Zwei Tage zuvor
hatte Riderch befohlen, dass die Armee, statt in Richtung
Süden weiterzumarschieren, nach Westen umschwenkte, in
Richtung des einstigen Römerlagers Caerleon, wo sie aller
Voraussicht nach die von Dafydd in Gwynedd zusammenge-
scharten Verstärkungstruppen erwarten würden. Doch sie waren nicht da, und die Späher, die an der Küste, an der Mündung
der Sabrina postiert waren, hatten nach wie vor nicht die

218

kleinste Flottille vermeldet. Der König hatte zwar durchaus weise gehandelt, aber seine Umsicht galt nun auf einmal als Zaghaftigkeit, und schon bald würde sie ihm als Feigheit ausgelegt. Von einem Heerführer erwartete man keine Vorsicht. Man forderte Siege.

Einige Stunden zuvor waren die von Owen ausgesandten Boten schließlich zu nachtschlafender Zeit bei ihnen eingetroffen, nachdem sie zunächst vergebens auf der Straße von Ceaster in Richtung Norden geritten waren, um sie dort zu suchen, wo sie sie eigentlich hätten finden sollen. Und als sich dann das königliche Heer, das endlich über den Ernst der Lage im Bilde war, anschickte loszumarschieren, um Caer Glow zu Hilfe zu kommen, waren weitere Boten aufgetaucht, die ihnen mitteilten, dass die Stadt bereits gefallen sei.

Von Owen, Sawel und ihrer Kavallerie wusste man nichts. Riderch hatte einige Reitertrupps losgeschickt, die nach ihnen fahnden sollten, und seitdem wachte er, hoch oben auf einen Felsvorsprung vor den Stadtmauern von Caerleon hingekauert, und wartete angespannt sowie schwankend vor Müdigkeit und Fieber auf ihre Rückkehr. Noch nie hatte er sich so alleine gefühlt.

Nie zuvor hatte der Torques des Ambrosius so bleiern an Riderchs Hals gehangen, schwer wie ein Joch von der erdrückenden Last enttäuschter Hoffnungen und seines gescheiterten Feldzuges. Er hätte sich nicht von seinen beiden Truppenführern und engsten Vertrauten Dafydd und Sawel trennen dürfen, mit denen er von Kindesbeinen an befreundet war. Ohne sie hatte er das Gefühl, jeglicher Unterstützung beraubt zu sein, umgeben von Verdächtigungen und Feindseligkeit und beständig Uriens Blick ausgesetzt, auf dessen Meinung der Großteil der anderen bei jeder seiner Entscheidungen wartete – als wäre nicht er, Riderch, der Großkönig und einzig rechtmäßige Führer der britannischen Truppen und allein befugt zu befehlen! Die Nachricht vom Fall der drei Städte war natürlich entsetzlich, aber konnte man ihn wahrhaftig dafür verantwortlich machen? Sie waren Tage und Wochen marschiert, um ihnen zu Hilfe zu eilen, und wenn diese Gimpel nicht so lange gebraucht hätten, um sie zu warnen, wäre das Ganze durchaus noch zu retten gewesen! Und im Übrigen war der Krieg ja deswegen noch längst nicht verloren. Die Sachsen Ceawlin und Cuthwin mussten durch die Angriffe geschwächt sein, selbst wenn sie siegreich gewesen waren. Die Städte, die sie niedergebrannt hatten, boten keinerlei Schutz mehr, und ihre beutebeladenen Truppen mussten über mehrere Meilen, von Caer Baddon bis Caer Glow, versprengt sein und eine Unmenge von Gefangenen und Verwundeten im Schlepptau haben, so dass sie einer beherzten Attacke hilflos ausgeliefert wären. Wenn Dafydd doch nur käme, und wäre es an der Spitze von hundert Mann, dann würden die Männer schon wieder Hoffnung schöpfen. Bald schon würde irgendeine seiner Patrouillen die Reiterei aufspüren, und gleich am nächsten Morgen könnten sie, mit Gottes Hilfe, die drei Städte, die gleichsam den Märtyrertod gestorben waren, rächen!

»Majestät, man meldet ein Segel am Horizont.«

Riderch, der völlig in Gedanken versunken war, fuhr erschrocken hoch. Neben ihm stand, mit hochrotem Gesicht und völlig außer Atem, ein Reisiger.

»Ein einzelnes Segel?«

Der Bote nickte schweigend mit dem Kopf.

»Meine Güte, was schert mich das! Wir erwarten eine Flotte, verstehst du mich? Eine ganze Flotte! Zehn, zwanzig römische Boote, die Soldaten und Pferde an Bord haben! Man behellige mich gefälligst nicht mehr mit solchen . . .«

Riderch ließ den Satz unvollendet in der Luft hängen. Seine wutverzerrten Züge entspannten sich mit einmal, und während er mit dem Finger auf eine Staubwolke in der Ferne zeigte,

220

wandte er sich zu der kleinen Gruppe von Würdenträgern um, die ihn begleitete.

»Da sind sie!«, rief er. »Schaut nur! Das ist unsere Kavallerie! Man reite ihnen entgegen, auf dass Sawel, Owen und Cadwallon sich so rasch wie möglich zu uns herbegeben. Lasst Urien von Rheged und die anderen benachrichtigen. Wir werden direkt an dieser Stelle Rat halten. Ich will, dass die Armee noch vor der Mittagsstunde ausgerückt ist!«

Inzwischen stand die Sonne hoch am Himmel. Sie saßen im Kreis, um zu essen und zu trinken, und bekamen bald schon Gesellschaft von allem, was die Armee an Reichsherrschern und Truppenführern zählte, während sie vorübergehend wieder ein wenig Hoffnung und Zuversicht schöpften. Dies war jedoch nicht von langer Dauer. Als ein Trupp Reiter mit einer Bahre zu ihnen heraufgeritten kam, auf der Prinz Owen lag, und sie erkannten, dass dieser kurz davor war, das Bewusstsein zu verlieren, erstarb ihr Lächeln, und ein bleiernes Schweigen senkte sich über den Felsvorsprung nieder, auf dem sie versammelt saßen.

Der alte Urien traf genau in derselben Sekunde ein. Mit bleicher, kummerverzerrter Miene stürzte er zu seinem Sohn, ergriff dessen Hand und sprach in gedämpftem Ton auf ihn ein. Als er zu ihnen zurückkehrte, musste er sich auf den Arm eines seiner Soldaten stützen, um nicht vor Verzweiflung zusammenzubrechen.

»Er lebt, hat aber viel Blut verloren«, murmelte er.

»Und die anderen?«, fragte Riderch schroff. »Wo steckt Sawel? Wo ist die Kavallerie?«

Urien sah mit hasserfülltem Blick zu ihm auf.

»Begreifst du nicht?«, knurrte er. »Sawel ist tot! Ebenso wie Cadwallon! Und all die anderen!«

Mit einem jähen Ruck riss er sich von den Wachen los, die ihn gestützt hielten.

»Diese Männer hier sind alles, was von der Reiterei noch übrig ist! Da siehst du, wohin uns dein Zaudern gebracht hat!«

Riderch wurde bleicher als Kalkgestein angesichts der Schmähung und wich einen Schritt zurück.

»Du wagst es, mich der Feigheit zu bezichtigen?«

»Feigheit, jawohl! Du bist ein elender Hasenfuß! Gestern hat die Stadt noch wacker standgehalten. Unsere Reiter haben auf uns gewartet, Riderch! Sie haben auf uns gewartet, doch wir haben sie im Stich gelassen und sind einfach in die andere Richtung davongeritten, und du bist schuld!«

»*Ich* bin schuld?«

Riderch blickte die anderen, die im Hintergrund zu einer düsteren Masse aufgebaut standen, fragend an, wie um sie als Zeugen anzurufen.

»Habe ich etwa Owen die Order erteilt, die Sachsen zu attackieren? Das Alter macht sich allmählich ganz hübsch bemerkbar bei dir, Urien! Sie hatten ganz im Gegenteil die Anweisung, einen Zusammenstoß um jeden Preis zu vermeiden und auf uns zu warten! Dein Sohn ist schuld, dass wir jetzt unsere Kavallerie eingebüßt haben und nicht imstande sind, Ceawlin zu verfolgen und ihm den Garaus zu machen! Ich für meinen Teil bin der Ansicht, dass Prinz Owen sich für seinen mangelnden Gehorsam wird verantworten müssen!«

Einen Moment lang schien die Zeit stillzustehen und es hätte alles geschehen können. Die beiden Könige standen sich von Angesicht zu Angesicht gegenüber, bebend vor Wut, und schienen bereit, jeden Moment aufeinander loszugehen, mit Fäusten oder mit dem Schwert. Der alte Urien von Rheged gab als Erster nach, von der Scham ebenso wie vom Kummer besiegt, und senkte das Haupt vor dem Rhiotam, der der Träger von Artus' goldenem Torques war.

»Wenn es stimmt, was du sagst, sind die Armeen von Rheged deines Kommandos nicht mehr würdig«, brummte er, ohne zu ihm aufzusehen. »Aber wenn du dich täuschst, wenn es sich herausstellen sollte, dass Owen, Cadwallon und dein eigener Baron, Sawel, keinen Fehler begangen haben, dann bist du es, der nicht mehr würdig ist, uns zu befehligen.«

In ebendem Augenblick kam der Bote, der kurz zuvor das Herannahen eines Segelschiffes verkündet hatte, erneut auf den Felsvorsprung gestürmt. Hinter ihm folgte eine bewaffnete Abordnung, als Eskorte für einen Mann, der aufgrund seiner schmutzverschmierten Kleider und seines Aussehens auf den ersten Blick wie ein Ziegenhirte wirkte. Allerdings trug er unter seinem Ziegenfellüberwurf eine Mönchskutte und eine Halskette mit einem Kreuz. Der Reisige, der die beiden Könige nicht zu unterbrechen wagte, wartete darauf, dass der Rhiotam zu ihm herübersehen möge. Kaum dass Riderchs Blick auf ihm zu ruhen kam, tat er jedoch einen Schritt nach vorne.

»Majestät, dieser Mann bringt Nachrichten von Sir Dafydd.«

»Na endlich!«, rief Riderch aus, während er die Gestalt mit dem Ziegenfellmantel anstarrte. »Dich kenne ich ... Du bist der Anführer der Mönchsdelegation, die Dafydd begleitet hat.«

»Majestät, ich bin Bruder Morien, Prior des Klosters von Cambuslang an den Ufern des Clyde.«

»Ja, genau! Ich entsinne mich deiner ... Und? Wo sind Dafydds Truppen?«

Der Mönch antwortete nicht sofort, und als sie seine Miene gewahrten, begriffen sämtliche Anwesenden, dass er schlechte Nachrichten überbrachte. Allerdings waren diese noch schlechter, als sie befürchtet hatten, und als Morien seine Erzählung von der langen Irrreise durch die Berge des Weißen Landes beendet hatte – von den Hinterhalten, die ihnen die Truppen des neuen Königs, Rhun, gelegt hatten, vom Tode Dafydds und der Seinen, von der Plünderung der Stadt Dinorben und den von Gwrgis Bande in Brand gesteckten Schiffen Sir Elidirs –,

223

machte sich entgeistertes Schweigen in den Reihen der Reichs-
herrscher breit. Riderch war bleich wie der Tod und vermochte seinen Blick nicht von dem Prior zu lösen, so als
könnte Letzterer doch noch irgendetwas wie auch immer Geartetes hinzufügen, was die Grauenhaftigkeit seines Berichts
milderte. Aber der Mönch begnügte sich damit, ihm den Pro-
viantbeutel mit Gold vor die Füße zu werfen, den ihm Dafydd
anvertraut hatte. Von den bitteren Prüfungen, die er durchlit-
ten hatte, gebrochen, sank er auf die Knie, beugte den Nacken
und fing unter den betroffenen Blicken der Umstehenden an
zu weinen. Die Schluchzer dieses robusten, hart gesottenen
Mannes hätten selbst die Wackersten entmutigt, so deutlich
schienen sie das Ende jeglicher Hoffnung und das vollständige
Scheitern ihres Feldzuges anzuzeigen.

Riderch schloss die Augen. Erst Sawel und jetzt auch noch
Dafydd ... Niedergeschmettert von Kummer und Müdigkeit,
musste er einen schweren inneren Kampf ausfechten, um
nicht seinerseits weinend zusammenzubrechen. Was blieb
ihm noch, jetzt da seine beiden Truppenführer ihn verlassen
hatten? Königin Languoreth, seine Gemahlin, hatte sich mit
ihrem Neugeborenen in seine Festung in Cadzow zurückgezogen. Seine Schwester Guendoloena weilte noch weiter entfernt an den trostlosen Gestaden von Dal Riada. Selbst Bischof
Kentigern fehlte ihm. Um ihn herum waren nur noch Knappen oder vorübergehend Verbündete, die allenfalls aufgrund
der Umstände auf seiner Seite waren. Niemand, mit dem er
die Bürde dieses goldenen Halsreifs hätte teilen können, die so
unendlich schwer zu tragen war!

Da er sich bewusst war, dass die Blicke sämtlicher auf diesem Felsvorsprung versammelten Krieger und Stammesführer
auf ihn gerichtet waren, gab Riderch sich alle Mühe, sich wieder zu fassen und seine Verzweiflung nicht die Oberhand über
seine Vernunft gewinnen zu lassen.

Noch war nicht alles verloren, ganz im Gegenteil! Selbst wenn sie den wertvollsten Teil ihrer Kavallerie eingebüßt hatte und jeglicher Verstärkung beraubt war, war die britannische Armee nach wie vor schlagkräftig und vermochte gewiss noch in Richtung Westen gegen die sächsischen Truppen zu marschieren; doch der junge König wusste, dass nach einer derartigen Serie von Niederlagen bereits die ungute Saat des Zweifels innerhalb seiner Truppen gesät war. Die britannischen Stämme hatten sich ihm nur angeschlossen, weil die Aussicht auf eine ruhmreiche Invasion bestanden hatte, doch sie hatten natürlich kein Interesse an einem langen und riskanten Feldzug, bei dem sie Gefahr liefen, alles zu verlieren. Man verzeiht einem Heerführer vieles, einschließlich Niederlage und Tod, aber nicht ein derart offenkundiges Missgeschick.

Als er das britannische Heer so weit nach Süden hinuntergeführt hatte, hatte er mit einer Unterstützung des Königreichs Gwynedd gerechnet, selbst wenn diese rein symbolisch gewesen wäre. Obwohl er Dafydd gegenüber nie offen darüber gesprochen hatte, hatte er zwar die Möglichkeit auch nicht ausgeschlossen, dass ihm die Unterstützung verweigert werden könnte; doch nun, da der junge König Rhun, ein unter Gwrgis Fuchtel stehender Hampelmann, der ihn persönlich hasste, ihm so offen seine Feindschaft bewiesen hatte, tat sich ein Abgrund vor seinen Füßen auf. Die Armee war zu weit nach Süden vorgerückt. Sein eigenes Reich in Strathclyde war seinen Feinden fortan auf Gedeih und Verderb ausgeliefert ... Es war nicht alles verloren, aber hier konnte der Krieg nicht weitergehen. Sie mussten schleunigst nach Hause zurück.

Da er die Last ihrer schweigenden Verurteilung auf sich spürte, fasste sich der König und nahm seinen ganzen Willen zusammen, um vor sie hinzutreten.

»Wir sind verraten worden!«, verkündete er mit lauter Stimme. »Ihr habt es ebenso vernommen wie ich: Während wir den Feinden entgegenmarschierten, ist König Rhun uns in den Rücken gefallen. Seinetwegen können wir Ceawlin nicht verfolgen und ihn bestrafen, denn das hieße riskieren, dass diese Schweine aus Gwynedd unsere Kolonnen angreifen oder, noch schlimmer, sich mit den Sachsen gegen uns verbünden! Ich persönlich meine, dass wir nach Norden zurückmüssen, um den Tod von Dafydd und Elidir zu rächen! Auf dass die Schurken aus Gwynedd diesen Treubruch mit ihrem Blut bezahlen!«

In den Reihen der Könige und Truppenführer antworteten ihm einige mit lauten Beifallsrufen. Zum Großteil Barone aus Kumbrien oder Powys, die vermutlich ebenfalls das Gefühl hatten, zu weit von ihren eigenen Gebieten entfernt zu sein. Andere schwiegen oder schlugen die Augen nieder, um seinem Blick auszuweichen. Was Urien betraf, so musterte er den Rhiotam mit kaum verhohlener Verachtung und löste sich aus der Gruppe der Umstehenden, um zu ihm vorzutreten.

»Wie ich schon sagte, Riderch, ein Heer muss würdig sein, befehligt zu werden, und ein Heerführer muss sich seinerseits dieser Befehlsgewalt würdig erweisen. Die Angeln aus Mercia und Bernicia bedrohen unsere Grenzen. Dort haben wir bis jetzt unsere Schlachten geschlagen. Und dort werden wir auch fortan unsere Schlachten schlagen.«

Und ohne eine Antwort abzuwarten, ging er an dem jungen König vorbei und stieß diesen noch mit dem Ellenbogen in die Seite, bevor er das Felsplateau verließ, und alsbald tat es ihm die Mehrzahl von ihnen nach.

Mit einem Schreckensschrei fuhr Blaise aus dem Schlaf hoch, während der Donner, der ihn aus dem Schlummer gerissen hatte, immer noch nachhallte. Mit klopfendem Herzen saß er auf seinem Lager in der Ecke der ihm zugewiesenen Zelle und

versuchte wieder zu sich zu kommen. Der winzige Raum war
weder schlechter noch besser als die Zellen der restlichen
Mönche in Carohaise, wenn man einmal davon absah, dass jegliches Mobiliar bis auf ein Bett daraus entfernt worden war
und die Türe, die kein Schloss besaß, von zwei Reisigen bewacht wurde. Es war so dunkel, dass Blaise zunächst glaubte,
er sei mitten in der Nacht erwacht, doch dann trieb ihn ein
neuerlicher Blitz, der von einem ohrenbetäubenden Donner-
krachen gefolgt wurde, zu dem vergitterten Kellerfenster hin,
durch das von oben ein spärlicher Lichtschein in seine finstere
Kammer drang. Mit einem Klimmzug vermochte er sich einige
Sekunden lang hochzuziehen – lange genug, um einen regen-
gepeitschten, gepflasterten Hof zu erkennen und dahinter die
verschwommenen Umrisse der Klostergebäude. Ein gewittri-
ger Tag, trostlos und kalt und weit und breit keine Menschenseele.

Blaise ließ sich auf sein Lager zurücksinken und inspizierte
mit angewiderter Miene den Raum. Auf dem strohbedeckten
Boden aus gestampftem Lehm hatte man einen Krug Wasser
bereitgestellt, außerdem einen Napf voll Gemüse, auf das er
sich alsbald stürzte, das er allerdings weder vom Aussehen
noch vom Geschmack her identifizieren konnte. Er schlang es
gierig hinunter, ohne dass es ihm gelungen wäre, seinen Hunger wirklich zu stillen, dann kauerte er sich wieder in einem
Winkel zusammen, zog die Knie an den Bauch und vergrub
sein Gesicht darin. In ebendem Augenblick quietschte die Tür.
Blaise sah auf und gewahrte einen der Reisigen, der einen kurzen, gleichgültigen Blick in seine Richtung warf – als die Tür
sich bereits wieder schloss. Dann vernahm er einige Grunzer,
das Klacken eisenbeschlagener Stiefel, die sich durch den
Gang entfernten, und danach herrschte erneut Stille, bis auf
das Prasseln des strömenden Regens draußen. Mit gewohnter
Geste strich sich Blaise über das Haupt. Er hatte seit langem

keine Gelegenheit mehr gehabt, sich den Schädel zu scheren, und das nachwachsende Haar kitzelte in seiner Handfläche und war dichter denn je. Vermutlich hatte er länger geschlafen, als er dachte. Was sollte er sonst auch tun, nun, da ihm nichts anderes mehr blieb, als sein Schicksal zu erdulden? Die seit Tagen angestaute Müdigkeit, die Anspannung während seines Exkommunizierungsprozesses, die Isolation, die Verzweiflung, all das hatte ihn schließlich in die Knie gezwungen. War das hier das Ende des Weges? Diese kahle Zelle, dieser triste Halbdämmer, diese feuchte Kälte? Wäre das fortan sein Leben, fern vom Lichte Gottes und der tröstenden Gegenwart anderer Menschen?

Blaise streckte die Beine auf seinem Lager aus und sah sich so, wie er auf die anderen wirken musste: schmutzig, jeglichen Glanzes beraubt und erschöpft. Seine ehemals schwarze Kutte war an tausend Stellen zerrissen, war stockig und gespickt von Pflanzenresten. Der gewandte und wohlgenährte Beichtvater der Königin Aldan hatte sich in ein Gespenst seiner selbst verwandelt, das in den Augen Gottes verloren war, weil es Merlin auf seinem Weg bis ans Ziel seiner gottlosen Träume gefolgt war. Als Gebanntem, Exkommuniziertem war es ihm von nun an untersagt, die Sakramente zu spenden oder sie auch nur selbst zu empfangen. Stürbe er, so könnte er nicht kirchlich beerdigt werden, und falls er es künftig wagen sollte, seinen Fuß über die Schwelle einer Kirche zu setzen, um der Messe beizuwohnen, dann müsste der Priester den Gottesdienst abbrechen.

Das Glockenläuten, das man im Anschluss an seine Verurteilung veranlasst hatte, hallte noch unheilvoll in seinen Ohren wider, weit stärker als die Verwünschungen, mit denen er überschüttet worden war. Zwölf fackeltragende Priester hatten einer nach dem anderen ihre Fackeln vor ihm auf den Boden geschleudert und waren mit den Füßen darauf herumgetrampelt, dann hatte man das Kreuz auf den Boden gelegt, sämtliche Gefäße und allen Schmuck vom Altar entfernt, bevor man ihn schmählich aus den heiligen Mauern vertrieben hatte. Man hatte ihm selbst das hölzerne Kreuz abgenommen, das er um den Hals getragen hatte, ebenso wie seinen Rosenkranz. Seitdem war er nur noch ein Nichts.

Was spielte es schon für eine Rolle, was sie mit ihm vorhatten, jetzt, da sein Leben seinen Sinn verloren hatte. Das Wesen, dessentwegen er alles darangegeben hatte, dieser falsche Messias, an den er mit allen Fasern seines Herzens geglaubt hatte, war entflohen und hatte ihn im Stich gelassen. Von daher... Ja, was spielte es schon für eine Rolle, was sie vorhatten.

Bei Einbruch der Dämmerung öffnete sich die Türe erneut mit dem gleichen Quietschen. In der Annahme, dass man ihm etwas zu essen brächte, hob Blaise nicht einmal den Kopf, doch da rüttelte ihn eine kräftige Hand an der Schulter, und er sah sich Bischof Samson gegenüber. Der Prälat war mit einer schlichten braunen Mönchskutte mit Kapuze und einer hellen Cappa bekleidet, und auf seiner Brust prangte deutlich sichtbar ein Holzkreuz, das jenem ähnelte, das man ihm weggenommen hatte. Er war ein älterer Mann mit einem hageren, tief zerfurchten Gesicht und stechend blauen Augen, dessen Schläfen von einem grauen Haarkranz gerahmt wurden. Er schenkte dem Gefangenen ein flüchtiges Lächeln, dann kehrte er ihm den Rücken zu, um zu der gegenüberliegenden Wand hinüberzugehen und einem in eine braune Kutte gewandeten Mönch zuzunicken, der auf dieses Zeichen hin eintrat, die Zellentür hinter sich schloss und sich mit verschränkten Armen dagegenlehnte.

»Das ist Bruder Méen«, erklärte der Bischof mit seiner dunklen, sanften Stimme. »Er stammt wie wir von der Insel Britannien.«

Blaise erhob sich und wich bis an die entgegengesetzte Wand seiner räumlich beengten Kammer zurück.

»Seid Ihr gekommen, um mir meine Strafe zu verkünden?«

»In gewisser Weise, ja«, erwiderte Samson mit einem Lächeln. »Weißt du, dass du an die vierzig Stunden ohne Unterbrechung geschlafen hast? Verzeih mir, wenn ich dich geweckt habe, aber ich muss vor Einbruch der Dunkelheit fort, und ich wollte dich vorher noch sprechen.«

Er schien einen kurzen Moment auf eine Antwort von Blaise zu warten, aber der zeigte keinerlei Reaktion.

»Ich habe erwirkt, dass deine Exkommunikation dazu eingesetzt wird, dich zu kurieren, und nicht dazu, dich zugrunde zu richten«, nahm er den Faden wieder auf. »So dass der Bann, mit dem du belegt bist, aufgehoben werden kann, falls du dich besserst. Begreifst du, was ich da sage?«

Blaise sah zu ihm auf und nickte.

»Ich habe mein Wort darauf gegeben, dass du dich an einen einsamen Ort zurückziehen und fernab der Menschheit und der Welt Buße tun wirst, bis du die Absolution erhalten und in den Schoß der Kirche zurückkehren kannst. Das ist der Grund, weshalb unser Bruder Méen mich hierher begleitet hat. Auf meine Empfehlung hin hat die Bischofssynode eingewilligt, Méen zu einem Treffen mit Graf Waroc zu entsenden, auf dass er mit ihm eine Waffenruhe aushandeln und dem Krieg, der das Vannetais verwüstet, ein Ende bereiten möge. Da im Übrigen Sieur Cadvan nachdrücklich die Einrichtung einer kirchlichen Niederlassung auf seinem Landgut von Guadel[1] fordert, soll ihn eine kleine Gruppe von Ordensbrüdern dorthin begleiten und ein Kloster in der gottverlassenen Ödnis des Waldes gründen. Du wirst mit ihnen aufbrechen und wirst deinem Seelenheil zuliebe Méens Befehle in jedem Punkt be-

---

[1] Das heutige Gaël.

folgen. Ihm wird es obliegen, die Ernsthaftigkeit deiner Buße zu beurteilen. Akzeptierst du den Vorschlag, ihm zu folgen?«

»Ja, Eure Exzellenz«, murmelte Blaise. »Aus ganzem Herzen, ja.«

»Wirst du ihm Gehorsam leisten, in Beständigkeit, Demut, Armut, Barmherzigkeit und Keuschheit, wie es die Ordensregel verlangt?«

»Ja, Eure Exzellenz, ich schwöre es vor Gott.«

»Du kannst keinen Eid mehr ablegen«, mischte Méen sich ein.

Blaise wandte sich ungestüm zu ihm um, fasste sich aber sogleich wieder, und während er nach den rechten Worten suchte, löste sich Samsons Schüler von der Tür, an der er noch immer gelehnt hatte.

»Reich mir die Hand«, sagte er, indem er einen Schritt auf den künftigen Einsiedler zutat. »Das soll mir genügen.«

Als er die dargebotene Hand ergriff, fühlte sich Blaise in tiefster Seele ergriffen, so dass er um ein Haar in Tränen ausgebrochen wäre.

»Mein Meister musste sich persönlich einsetzen, um die große Exkommunikation zu verhindern«, bemerkte Méen leise. »Enttäusche ihn nicht.«

»Mein Leben liegt in Euren Händen«, brachte Blaise stotternd hervor.

»Dein Leben liegt in Gottes Händen«, berichtigte der Bischof. »Und dein Seelenheil hängt jetzt nur noch von dir selbst ab. Eine letzte Sache ... Dieser Messias, von dem du gesprochen hast, der, den Cetomerinus für einen Hexer hält und den er des Mordes an diesem Sergeanten bezichtigt ...«

»Merlin, Eure Exzellenz.«

»Merlin, ja ... Was hat dich zu dem Glauben bewogen, dass er ein Gesandter Gottes sei?«

Blaise wurde noch bleicher.

»Eure Exzellenz, ich war verblendet, ich . . .«

»Du bist bereits verurteilt«, unterbrach Samson ihn. »Ich bin nicht bestrebt, dich noch weiter zu verwirren. Ich möchte es einfach wissen.«

Der fromme Mann blickte ihn so beharrlich und so ernst aus seinen blauen Augen an, dass Blaise beschloss, ihm Vertrauen zu schenken.

»Eure Exzellenz, diesem Kind haften Kräfte an, wie sie nur von Gott ausgehen können. Bei uns heißt es, er sei der Sohn des Teufels, aber ich glaube kein Wort davon. Ich bin ihm bis hierher gefolgt, weil er die Seinen in dem großen Wald ausfindig machen wollte, an einem Ort, den er Brocéliande nennt. Ich weiß nicht genau, was das für ein Volk ist, dem er anzugehören behauptet, ich weiß nicht einmal, ob es sich dabei um Menschen, Dämonen oder Geschöpfe Gottes handelt; aber hier scheint alle Welt an ihre Existenz zu glauben. Ich habe kampferprobte Recken gesehen, die erzitterten bei der Vorstellung, einen Sumpf zu durchqueren, in dem ihrer Aussage nach Kreaturen, die sie als Kobolde bezeichneten, ihr Unwesen trieben.«

»Kobolde, ja«, murmelte Samson. »Die Geister der Wälder, die Elfen . . . Es ist wahr, dass in dieser Gegend hier alle Welt daran glaubt. Ich selbst habe in diesen Breiten hier Dinge gesehen, von denen in der Heiligen Schrift nicht die Rede ist . . . Du meinst also, dass dieser Merlin noch am Leben ist, nicht?«

Blaise nickte, ohne den Blick von ihm abzuwenden.

»Ich kann mir nicht vorstellen, dass ihm der Wald ernsthaft gefährlich werden könnte.«

»Und du hältst es für denkbar, dass diese Wesen Geschöpfe Gottes sind?«

»Eure Exzellenz, ist nicht der Teufel selbst ein Geschöpf Gottes? Ich weiß nicht, ob sie beten wie wir, ja, ob sie uns überhaupt ähnlich sehen, aber wenn diese Wesen existieren, warum sollte ihnen dann nicht die göttliche Gnade zuteil geworden sein, ebenso wie uns?«

Plötzlich begriff Blaise, dass er zu weit gegangen war, und wich einem spontanen Impuls folgend ängstlich zurück.

»Vergebt mir«, hauchte er und fiel vor dem Bischof auf die Knie.

»Steh wieder auf«, sagte Samson. »Ich wünsche dir, dass du dort, wo du hingehst, die Antworten findest, die du suchst!«

Langsam steuerte er auf die Zellentüre zu, die Méen ihm beflissen aufhielt. Auf der Schwelle wandte er sich zu Blaise um und segnete ihn mit dem Kreuzzeichen.

»Ich werde dafür beten, dass du sie findest, mein Sohn.«

XIII

Gwydion

Das ohrenbetäubende Tosen des Regens holte Merlin, der lange geschlafen hatte, langsam aus seinen Träumen. Er öffnete die Augen und fand sich umgeben von einem rötlichen Dämmerschein und die Luft war geschwängert von einem betörenden Geruch nach Minze und frisch geschnittenem Gras. Als er den Oberkörper aufrichtete, bemerkte er, dass er nackt war, auf ein Lager aus Moospolstern gebettet, an dessen Fußende sich, ordentlich zusammengelegt, seine Kleider und Stiefel befanden. Dann erkannte er um sich her die Umrisse eines Raumes, der die Form einer Glocke besaß und dessen Wände vollständig mit einem Flechtwerk aus Weidenruten überzogen waren, während der Boden aus einem dicken Teppich aus Farnwedeln zu bestehen schien. In der Mitte stiegen über einem winzigen Becken, in dem von dicken, weißen Steinen eingefasste Holzkohlen glühten, duftende Rauchschwaden auf. Ein paar Holzstufen führten zu einer Luke, verdeckt von einem ledernen Vorhang, der sich leise im Wind hin und her bewegte. Daneben gab es keine weitere Tür- oder Fensteröffnung.

Merlin stand auf – vermutlich zu abrupt. Denn diese einfache Bewegung führte dazu, dass Myriaden weißer Pünktchen vor seinen Augen zu tanzen begannen und sich alles um ihn her drehte, so dass ihm regelrecht übel wurde. Er brauchte eine Weile, um den Schwindel, der ihn fast zu Boden geworfen hätte, loszuwerden, bevor er – immer noch mit zauderndem Schritt – die wenigen Stufen bis zum Auslass erklomm. Dieser war so niedrig, dass er nicht im Stehen hindurchgehen konnte, sondern sich auf die oberste Stufe knien musste, um den Vorhang beiseite zu schieben und einen Blick nach draußen zu werfen. Zunächst sah er nichts als ein Gewirr aus dürren Blättern, Ästen, wilden Gräsern und rotgelben Farnwedeln, die direkt vor seinem Schlupfloch eine Art Gang bildeten, knapp zwei Ellen hoch und kaum breiter. Dahinter erahnte man unter dem strömenden Regen die gräuliche Kulisse eines Eichen- und Buchenwaldes.

Als ihm bewusst wurde, dass er sich noch gar nicht angezogen hatte, zögerte Merlin einen Moment, doch die Neugier war stärker, und so kroch er gleich einem Wurm splitterfasernackt bis zur Schwelle dieser seltsamen Höhle vor. Dort lag er auf dem vom Regen durchweichten Boden und inspizierte aufmerksam die Umgebung. Das Unterholz war dicht zugewuchert von einem Wust aus Gestrüpp, Brennnesseln und Dornenranken, zwischen denen sich die Ehrfurcht gebietenden Baumriesen eines alten Hochwaldes erhoben. Und inmitten all dieses Grüns: nichts. Nicht der kleinste Hinweis auf die Gegenwart eines lebenden Wesens. Die Elfen waren nicht da.

Merlin fühlte sich so schwach und traurig inmitten dieser trostlosen Ödnis, dass er nicht einmal mehr die Kraft fand, in sein unterirdisches Schlupfloch zurückzukehren. Er blieb eine ganze Weile lang völlig niedergeschmettert liegen; dann, nachdem er mit den Augen angestrengt das Unterholz abgesucht hatte, schien es ihm, als gewahrte er einige Schneisen in der Vegetation, die derjenigen glichen, aus der er seinen Kopf herausstreckte. Bei dem sintflutartigen Regen verschwamm alles, die Sträucher, die moosbedeckten Felsen und die von Efeu überwucherten Baumstämme, zu einem einzigen verwaschenen Grau. Doch je länger er diese Breschen in der Vegetation fixierte, desto stärker hatte er den Eindruck, tief schwebende Rauchfäden zu erkennen, die fast aus allen von ihnen herausdrangen. Vielleicht befanden sich dort ja weitere unterirdische Bauten.

Obwohl er klamm war von Kälte und Regen, blieb Merlin weiter auf seinem Platz liegen, reglos, mit angehaltenem Atem; denn er wagte sich weder weiter vor, noch war er fähig, seinen Beobachtungsposten zu verlassen, um wieder in sein Refugium zurückzukehren – und wäre es nur für die Dauer des Ankleidens gewesen; denn er hoffte, dort, wo sich möglicherweise eine Art unterirdisches Dorf im Schutze des Dickichts befand, irgendjemanden zu erspähen. Er hielt weiter angestrengt Ausschau, auf der Lauer nach irgendeinem winzigen Lebenszeichen – doch vergebens.

Vielleicht waren diese Schneisen, die er zu sehen gemeint hatte, lediglich der Zugang zu Dachs- oder Fuchsbauten und die dünnen Rauchfäden eine bloße Sinnestäuschung . . . Aber wenn er wahrhaftig alleine war, warum hatten ihn dann die Elfen hierher gebracht, statt ihn einfach am Rande des Waldes seinem Schicksal zu überlassen? Tief bekümmert verlor Merlin sich in der Betrachtung der Baumwipfel, die sich ächzend im Winde wiegten, majestätisch und düster wie auf den Strand brandende Wogen – als ihn plötzlich eine flüchtige Erscheinung aus seiner Versunkenheit riss. Für die Dauer einer Sekunde hatte eine stärkere Böe das Laubwerk in die Höhe geblasen und den Blick freigegeben auf ein durchscheinendes Flechtwerk aus zwischen den Bäumen gespannten Kletterpflanzen sowie – das hätte er beschwören können – auf eine weibliche Gestalt, die auf dieser hauchzarten Brücke saß. Zehn Fuß hoch über dem Boden, nackt und schimmernd wie ein Silberblatt, sah sie ihn an, den Kopf zur Seite geneigt. Mit klopfendem Herzen suchte Merlin das Blättergrün ab, ohne sie noch einmal zu erspähen – weder sie noch irgendetwas wie auch immer Geartetes anderes. Der Wind hatte nachgelassen und bewegte die Baumkronen nur noch ganz leise. Kurz darauf zogen die dicken, schwarzen Wolken ab; und das trotz der Windstille in einer enormen Geschwindigkeit, und als sich die Sonne wieder zeigte, begann der tropfnasse Wald unter ihren Strahlen zu leuchten. Wenig später erschallten plötzlich laute Kinderstimmen aus dem Dickicht und es waren heitere Rufe und Gelächter zu vernehmen. Merlin wagte weder tiefer zu atmen noch die kleinste Bewegung zu machen. Und plötzlich, als seien sie blitzartig aus der Erde emporgeschossen oder von den Baumstämmen herabgestürzt, tauchten Dutzende und Aberdutzende von gleißenden Silhouetten zwischen den Bäumen auf.

Das Kind kauerte sich instinktiv ganz klein zusammen, bevor es sich traute, einen erneuten Blick zu riskieren. Diesmal träumte es nicht. Diesmal war es hellwach und konnte sie endlich in Ruhe betrachten.

Die Elfen.

Endlich, die Elfen!

Sie waren zu Dutzenden um ihn herum. Männer, Frauen und Kinder. Einige waren mit langen, braun-grün schillernden Moirégewändern bekleidet, ähnlich demjenigen, das ihre Artgenossen ihm im Wald von Arderydd damals überlassen hatten; andere waren nackt und ihre schwarzen Haare trieften vom Regen. Ihre Haut war so bleich, dass sie schon bläulich wirkte, ihre Körper vollkommen unbehaart – wenn man einmal von der langen Mähne absah, die einige von ihnen zu Zöpfen geflochten hatten. Sie waren schlank, ohne mager zu sein, zweifellos schön und dennoch erschreckend, selbst in den Augen Merlins, der ihnen so ähnlich sah. Ihre Gesten, ihr Gang, ihre Blicke wirkten eher animalisch als menschlich. Fortwährend streiften sie einander oder berührten sich mit den Fingerspitzen, wie um sich gegenseitig mit ihrem Abdruck zu versehen. Manche schwirrten in dichten Gruppen durchs Gehölz, in einem regen Hin und Her, das scheinbar jeder Logik entbehrte. Andere hielten sich abseits, absolut reglos ins Gestrüpp oder in die Brennnesseln gekauert. Insgesamt war eine sonderbare Mischung aus Machtgewissheit und Furcht zu spüren, wie bei jenem Hirschrudel, das Merlin hoch oben, in den Hügeln von Kumbrien mit Guendoleu und dem alten Ceido getrieben hatte, damals, vor Urzeiten ...

Mit einem Mal stießen die Kinder spitze Schreie aus, während sie auf den Himmel zeigten, und sie liefen zusammen, um mit sichtlicher Wonne ein Schauspiel zu betrachten, das Merlin verborgen war. Da befreite er sich aus der klebrigen Schlammschicht, die ihn umgab, und wagte sich aus dem engen Gang heraus. Es war nur ein Regenbogen, aber ihre Gesichter strahlten, als hätten sie noch nie etwas Schöneres bestaunt. Ihre Freude war so unbändig, dass er noch ein Stück weiter vortrat, um das Ganze besser betrachten zu können. Was er allerdings daraufhin erblickte, waren ein Paar Schnürstiefel, von Moiréstoff umhüllte Beine, ein langer Mantel und, scharf gegen den strahlend blauen Himmel abgehoben, ein von einem weißen Haarkranz gerahmtes Gesicht, das sich über ihn beugte.

»Ich habe mich schon gefragt, ob du wohl je wieder dort herauskommst«, ließ sich eine bedächtige, ernste Stimme vernehmen.

Das zu Tode erschrockene Kind sprang mit einem Schrei nach hinten, trat Hals über Kopf den Rückzug an und raste die Stufen seiner unterirdischen Behausung hinunter. Das war natürlich dumm, aber es war einfach einem unkontrollierbaren

238

Impuls gefolgt, und erst, als es sich mit pochendem Herzen und glühendem Leib in seinem Bett aus Moos verkrochen hatte, wurde ihm die Lächerlichkeit seiner instinkthaften Flucht bewusst. Und während es darauf wartete, dass sein Atem sich beruhigte, wurde ihm klar, dass das Wesen mit dem weißen Haar es in seiner eigenen Sprache angesprochen hatte. Zum ersten Mal wandte sich ein Elf an ihn, ohne diese fremde, unverständliche Sprache zu benutzen, derer sie sich bei jeder ihrer Begegnungen bedient hatten. Merlin zog sich rasch an und bemühte sich, sein Refugium so würdig wie möglich zu verlassen.

Der Elf hatte sich nicht vom Fleck gerührt. Er saß mit verschränkten Armen auf einem Baumstumpf, hatte eine rauchende Pfeife aus gebranntem Ton im Mundwinkel und beobachtete den jungen Barden wortlos, während dieser sich aus seinem Schutzbau herauswand. Als es sich aufrichtete, um dem Elf gegenüberzutreten, stellte das Kind mit Bestürzung fest, dass die anderen Elfen sich ebenso plötzlich und still, wie sie auf der Bildfläche erschienen waren, wieder davongestohlen hatten.

»Hab keine Angst.«

»Ich habe keine Angst«, erwiderte Merlin weniger selbstsicher, als er es sich gewünscht hätte.

Als es das Antlitz seines Gesprächspartners erblickte, lief dem Kind ein Schauder über den Rücken. Es war, als würde es sich in einem Spiegel sehen, der den Betrachter älter macht. Das gleiche lange und glatte weiße Haar, das gleiche Moirégewand. Die gleichen spöttisch blickenden Augen, die gleichen, beinahe femininen Gesichtszüge, die gleiche Blässe. Das Einzige, was den Alten von ihm selbst unterschied, waren die zahllosen Fältchen in seinem Gesicht.

Das ohnehin schon gezwungene Lächeln, das Merlin zur Schau getragen hatte, hatte sich in ein armseliges, verkrampf-

239

tes Grinsen verwandelt, und sein verstörter Blick strafte dieses aufgesetzte Grinsen endgültig Lügen. Seine Kehle war wie zugeschnürt, so dass er keinen Ton herausbrachte, während seine anfängliche Verblüffung nach und nach höchster Erregung wich. War denn eine derartige Ähnlichkeit durch etwas anderes als durch die Bande des Blutes zu erklären? War das derjenige, den er so verzweifelt gesucht hatte? War das sein Vater?

Der alte Elf beugte sich zu dem Kind hinunter, ergriff seine Hände und zog es zu sich heran.

»Ich bin nicht Morvryn«, erklärte er, als habe er Merlins Gedanken erraten. »Dein Vater ist schon seit vielen Monden tot. Ich heiße Gwydion und bin der Waldesälteste, Hüter dieses Teils der Wälder, den man *Cill Dara* nennt, die Einsiedelei der Eichen, im Lande von Éliande.«

»Mein Vater ist tot?«, wiederholte Merlin und musste schwer schlucken.

»Er hat den Wald verlassen«, murmelte Gwydion.

Ein Anflug von Traurigkeit huschte über sein Gesicht und überschattete seine Miene, aber er fing sich alsbald wieder und drückte voller Wärme die Hände des Kindes, das seine Geste mit einem zerknirschten Lächeln erwiderte.

»So ist also alles, was ich unternommen habe, umsonst gewesen«, seufzte es. »Ich werde nicht einmal erfahren, wie er aussah.«

»Schau mich an . . . Sein Haar war schwarz, und er war nicht so zerfurcht wie eine alte Borke, aber er sah mir ähnlich, ebenso sehr wie dir. Morvryn war dein Vater. Und er war mein Sohn.«

Merlin zitterte am ganzen Leib. Vermutlich wäre er zusammengebrochen, wenn Gwydion ihn nicht bei den Händen gehalten hätte. Behutsam zog der Alte das Kind ganz dicht an seine Brust und barg seine Schluchzer unter dem Stoff seines Mantels.

»*Leofian mid beorn lyft leod, Lailoken*«, wisperte er in sein Ohr. »Du kehrst endlich wieder unter die Deinen zurück!«

Mit der Zeit war die einstmals monumentale Römerstraße, die Rennes mit Carohaise verband, völlig verfallen. Aufgrund der mangelnden Instandhaltung war der Fahrdamm stellenweise eingebrochen, und wild wuchernde Gräser hatten die Pflastersteine gelockert, sofern diese nicht ohnehin die Bewohner der umliegenden Dörfer mitgenommen hatten, um Mäuerchen zur Begrenzung ihrer Viehweiden zu bauen. Das Poltern der riesigen, eisenbeschlagenen Holzräder an den beiden Ochsenkarren, aus denen Méens Konvoi bestand, war so laut, und man wurde darin so heftig durchgerüttelt, dass die Mönche zu Fuß hinter den Gespannen und ihrer kümmerlichen bewaffneten Eskorte herliefen. Méen und Blaise marschierten Seite an Seite, abseits der anderen, und unterhielten sich im Gwenter Dialekt, den die Bretonen hier auf dem Festland kaum verstanden. Ihr wechselseitiges Misstrauen war im Laufe der Stunden dahingeschmolzen, zuallernächst einmal, weil sie alle beide peinlich darauf bedacht waren, heikle Themen zu vermeiden, und dann, weil Méen und Blaise entdeckt hatten, dass sie ihre Kindheit nur wenige Meilen voneinander entfernt, an den südlichen Gestaden von Wales zugebracht hatten.

Bei einem derart langsamen Tempo würde die Reise mindestens zehn Tage dauern. Zuerst mussten sie bis nach Guadel, wo sie Sieur Cadvan antreffen würden, und von dort dann weiter nach Plebs Arthmael[2], das sich angeblich in der Gewalt von Graf Waroc und seinen Reitern befand. Das bedeutete zehn Tage lang quer durch den Wald, diese zerlöcherte Straße

---

[2] Heute Ploërmel.

entlang, in deren Umgebung nur noch einige von Armut und Hunger gezeichnete Weiler übrig waren. Seit ihrer Abreise aus Carohaise am Abend zuvor hatten sie zwar bereits über fünfzehn Meilen zurückgelegt, doch sie hatten noch ein Mehrfaches dieser Strecke vor sich, während der Wald um sie herum immer dichter wurde.

Als sie einen Wasserlauf im Osten von Locduiac[3] durchquerten und die beiden Männer am gegenüberliegenden Ufer warteten, dass die eisenbeschlagenen Karren die Furt passierten, senkte sich rund um sie Stille nieder. Das Ganze währte nur einige Minuten, während derer kein Vogelzwitschern und kein Blätterrauschen mehr im Wald zu vernehmen war. Die Soldaten und die jüngeren Mönche, die sich verbissen darum bemühten, die Ochsen anzutreiben, die Räder mit Gewalt durch die Furt zu zerren oder die Fuhrwerke von hinten anzuschieben, machten viel zu viel Lärm, als dass sie dieses plötzliche Verstummen der Natur bemerkt hätten; doch die beiden Waliser tauschten einen höchst beunruhigten Blick, um dann, als die Wälder wieder zum Leben erwachten, erleichtert aufzuseufzen.

»Was glaubst du, was das war?«, raunte Méen, indem er mit den Augen die Wand aus Bäumen absuchte. »Ein Wolf?«

»Ich weiß nicht«, erwiderte Blaise. »Ich habe dieses Erlebnis schon einmal gehabt, im Yeun Elez ... Aber womöglich war es einfach ein Wolf.«

Später, als der Konvoi sich wieder holpernd in Bewegung gesetzt und die Mönche sich ein Stück von den anderen entfernt hatten, lösten sich zwei schemenhafte Gestalten aus dem Blätterdickicht, mit dem sie in ihren Moirémänteln gleichsam verschmolzen gewesen waren. Die Elfen warfen beide zugleich ihre Kapuzen nach hinten, die ihre langen

---

[3] Heute Loudéac.

242

schwarzen Haare verdeckten, dann hängten sie sich ihre Bogen über. Wortlos holte der eine von ihnen ein winziges Stückchen Holz aus seinem Quersack und ritzte mit der Spitze seines Dolchs einige Ogham-Runen hinein – eine Folge gerader oder geneigter Kerben, von denen jeweils bis zu vier zu einer Einheit zusammengefasst waren. Der andere verschwand derweil im Dickicht und kam kurz darauf mit einem rot-weiß gefiederten Turmfalken mit schwarzen Sprenkeln, den er behutsam an seine Brust gedrückt hielt, wieder hervor. Die Elfen befestigten die Botschaft sorgfältig am Fuße des Vogels, dann ließen sie ihn frei. Einige Sekunden verfolgten sie seinen geschwinden Flug, dann tauchten sie wieder unter das Blätterdach ein.

Der Vollmond stand hoch am Himmel. Nicht der leiseste Windhauch wehte, und doch vibrierte der Wald vom Rascheln des welken Laubes und dem Knacken der Zweige, als würde sich eine ganze Truppe durchs Unterholz bewegen. Merlin hatte sich auf die Schwelle seines Baus gesetzt und lauerte darauf, dass sich im silbrigen nächtlichen Dämmerschein irgendetwas bewegte. Seine Katzenaugen hatten ihm seit jeher erlaubt, das Dunkel zu durchdringen, aber es war nichts zu sehen. Allenfalls gewahrte er dann und wann ein leises Beben zwischen den Bäumen, einen vorbeihuschenden Schatten, das Schaukeln eines Zweiges. Die Elfen waren da, um ihn herum, unsichtbar und doch präsent. In der Annahme, dass sie sich vielleicht vor ihm fürchteten, hatte sich das Kind entschlossen, sich zu zeigen, ohne sich zu bewegen – bis es einer von ihnen wagte, sich ihm zu nähern, oder bis Gwydion zurückkehrte.

Merlin konnte sich weder daran entsinnen, dass sein Großvater weggegangen war, noch daran, wie ihre Unterhaltung geendet hatte. Abermals war er in seiner unterirdischen Hütte erwacht, wo er auf seinem Lager aus Moos gelegen hatte. Irgendjemand hatte neben dem schwach glimmenden Feuer ein mit frischem Wasser gefülltes Trinkgefäß aus Leder, eine Hand voll Äpfel sowie eine irdene Schale hinterlassen. Letztere war mit einem undefinierbaren Grützbrei gefüllt, von dem er zunächst nur widerstrebend kostete, bevor er ihn schließlich mit gesundem Appetit herunterschlang, und das Gericht erwies sich als derart sättigend, dass er nur die Hälfte davon bewältigte. Es bestand kein Zweifel daran, dass Gwydion selbst der Jemand gewesen war, der ihn versorgt hatte, sein Großvater...

Nun saß Merlin in dem von leisen Geräuschen erfüllten Dunkel und ließ die wenigen Sätze, die sie gewechselt hatten und die so unerwartet, so enttäuschend gewesen waren, wieder und wieder Revue passieren. Da hatte er einen so langen Weg zurückgelegt, nur um am Ende hier, in diesem Wald, anzulangen, der so über und über von Dornenranken und Farnkraut zugewuchert war, dass kaum ein Durchkommen war, inmitten dieses Volkes von ätherischen Wesen; einen so langen Weg, um zu erfahren, dass sein Vater tot war, und lediglich einen Großvater anzutreffen, der alsbald wieder verschwunden war! Merlin war sein ganzes Leben lang alleine gewesen, von den anderen Kindern, dann von den Menschen überhaupt verstoßen, von seiner Mutter persönlich beiseite geschafft. Und nun mieden ihn auch noch die Elfen wie einen Fremdling, der vielleicht der Aufmerksamkeit würdig war, nicht aber ihrer Freundschaft. Für sie hatte er die einzigen Wesen verlassen oder verloren, an denen er wirklich hing. Blaise, den er unterwegs zurückgelassen hatte, ohne sich auch nur zu verabschieden. Guendoleu, der in seinen Armen gestorben war und ihm mit seinem Torques die Insignie des obersten Heerführers anvertraut hatte, die Merlin jedoch nicht zu bewahren verstanden hatte. Guendoloena schließlich – und jenen Sohn, der weit entfernt von ihm das Licht der Welt erblickt hatte und den er vermutlich niemals zu Gesicht bekommen würde. Und was war mit Bradwen, der am Waldesrand von den Elfen getötet worden war? Hatte er sie wirklich alle für das hier geopfert, für diesen von Gestrüpp zugewucherten Hochwald, diese niederschmetternde Einsamkeit?

»Du kehrst endlich wieder unter die Deinen zurück««, murmelte er leise in sich hinein. »Und – wo sind sie, die Meinen?«

In einem plötzlichen Anfall von Empörung sprang Merlin mit einem Satz auf die Füße und hob aus vollem Halse zu brüllen an: »Zeigt euch! Bei den Müttern, zeigt euch oder verschwindet aus meinem Leben!«

Das Unterholz schien auf einmal wie versteinert. Kein Laut mehr in der Nacht, nicht mehr das kleinste Knacken. In der Ferne hörte er den schaurigen Ruf eines Ziegenmelkers, dann ein Flügelrascheln.

»In dir gärt noch immer der Zorn«, ließ sich Gwydion neben ihm in ernstem Ton vernehmen. »Die Angst und der Kummer über den Tod . . . Das ist der Grund, weshalb sie es nicht wagen, sich dir zu nähern.«

»Du bist zurückgekommen!«

»Ich bin keinen Moment von deiner Seite gewichen, mein Blättchen . . . Du hast mich nur nicht gesehen, das ist alles.«

Der alte Elf wies mit dem Kinn zum Wald hinüber.

»Und sie siehst du ebenfalls nicht. Sie sind da, und doch . . . Es ist, weil du immer noch mit deinen Menschenaugen schaust.«

Gwydion lächelte amüsiert.

»Wobei ein Mensch überhaupt nichts gesehen hätte . . . Du musst noch viele Dinge lernen und viele Dinge vergessen, doch du bist wirklich einer der Unseren . . . Weißt du, wie sie dich nennen?«

Merlin setzte schon zu einem Kopfschütteln an, dann entsann er sich jenes immer wiederkehrenden Wortes, das die Elfen so häufig in den Mund genommen hatten, wenn sie sich an ihn wandten. Jenes Wort, das sein Großvater selbst erst einige Stunden zuvor gebraucht hatte.

»*Lailoken*«, murmelte er.

»*Lailoken*, ja. Es heißt so viel wie ... so etwas wie Freund, naher Freund oder Verwandter ... Das ist das Wort, das die Clans untereinander gebrauchen.«

»So gibt es also mehrere Clans?«

Gwydion streckte die Hand aus, um Merlin zu bedeuten, dass er sich neben ihn setzen solle, und dank dieser schlichten Geste – der ersten, seit er zu ihm gesprochen hatte – wurde dem Kind bewusst, dass das, was es zunächst für die Silhouette des alten Elfen gehalten hatte, nur ein abgebrochener Baumstamm war. Trotz des Mondenscheins verschmolz sein Großvater in seinem Moirémantel so sehr mit den Büschen, dass das Kind ihn nicht gesehen hatte, obwohl er doch keine drei Schritt entfernt saß ... Auf seiner bloßen Faust hockte reglos ein kleiner Turmfalke, dessen weiß-roter, von dunklen Flecken gesprenkelter Flaum gleich einer gespenstischen Aureole schimmerte. Gwydion, der damit beschäftigt war, ein Holztäfelchen an seinem Fuß zu befestigen, vollendete sein Werk, dann nahm er das Kind, das sich neben ihn setzte, bei der Schulter.

»Es gibt eine Menge Clans, ja«, antwortete er mit seiner tiefen Stimme. »Diejenigen, welche die Menschen als Elfen bezeichnen, nennen sich *Dain*, oder auch *Lyft leod*, ›das Volk der Lüfte‹. Die im Norden, auf der Insel Britannien, heißen *Sleagh maith*, ›die guten Leute‹ ... Die aus den Sümpfen, die die Leute von hier für Kobolde oder Teufel halten, tragen den Beinamen *Genip firas*, aber nenn sie lieber nicht so, wenn du ihnen eines Tages begegnest!«

»*Genip firas* ... Weshalb, Großvater? Ist das eine Beleidigung?«

»Nein, nein«, erwiderte Gwydion lachend. »Nur ein reiner Spitzname ... Er bedeutet ... sagen wir mal: ›Diejenigen, welche im Dunkel leben‹. Aber sie selbst nennen sich ›musikalisches Volk‹. Und das alles, weil sie sich im Schilf Flöten zurechtschneiden! Wenn sie darauf spielen, möchte man meinen, es würde eine Eule erwürgt – das ist jedenfalls mein Empfinden!«

»Ich habe sie gehört!«, rief Merlin aufgeregt (und sein plötzlicher Ausbruch schlug den Falken in die Flucht, der in der Finsternis verschwand). »Das war im Moor, jawohl, in der Nacht, als ...«

Das Kind hielt inne, lächelte und zuckte die Achseln.

»Das ist eine lange Geschichte«, murmelte es.

»Umso besser. Ich liebe lange Geschichten, und ich hatte schon Angst, du würdest mir die deine vielleicht nicht erzählen.«

So erzählte Merlin also, die ganze Nacht über, bis die Sonne am Horizont aufglühte. Als er beim Yeun Elez, dem riesigen Torfmoor, angelangt war und bei der Flötenweise, die sie so beunruhigt hatte, schüttelte Gwydion traurig den Kopf.

»Das ist niemals ein gutes Zeichen, wenn Menschen diese Flöte hören. Deine Gefährten verfaulen vermutlich zur Stunde am Grunde des Moores. Dieser Mönch, Blaise, das war dein Freund, nicht wahr?«

»Ja ...«

»Früher, als ich noch ein zartes junges Pflänzchen war, so wie du, glaubten die Menschen an die Bäume, die Steine, die Quellen ... Nicht so wie wir, weil sie nicht mit ihnen zu sprechen verstanden, weil sie die Zeichen des Waldes nicht zu lesen wussten und immer schon die Tiere getötet haben, statt sie zu begreifen; doch zumindest spürten sie die ungebrochene Kraft des Lebens. Seit es Mönche gibt, glauben sie nur noch an ihren einen und einzigen Gott, der sie wie Sklaven behandelt, sie aber davon überzeugt, sie müssten ihrerseits die Natur beherrschen. Und so fällen sie Tag für Tag Bäume und es nimmt kein Ende!«

»So war er nicht«, sagte Merlin. »Es gibt auch gute Menschen, weißt du.«

»Ja, sicher.«

»Und auch gute Mönche!«

Gwydion sah ihn lächelnd an, dann erhob er sich und streckte und dehnte sich mit einem tiefen Seufzer. Die Nacht war rasch vergangen. Die aufsteigende Sonne verlieh dem Dunst der frühen Morgenstunden bereits einen rosigen Schimmer und verlockte die ersten Vögel zum Singen.

»Komm mit«, sagte er leise.

»Wohin gehen wir, Großvater?«

»Ins Herz des Waldes, mein Blättchen. Dorthin, wo wir leben.«

»Aber ich dachte . . .«

Gwydion war bereits lautlos in Richtung der aufgehenden Sonne davongelaufen, und Merlin musste rennen, um ihn einzuholen.

»Alle Geschöpfe sind gut und schlecht zugleich«, nahm der alte Elf den Faden wieder auf, als das Kind neben ihm war. »Ein Wolf kann gut zu seinen Jungen sein und grausam gegenüber den restlichen Waldbewohnern. Gewisse Menschen sind nur zu sich selber gut, andere wiederum opfern sich für die Ihren auf, was sie aber noch lange nicht zu unseren Freunden macht.«

»Haben sie Bradwen deswegen getötet?«

Gwydion blieb stehen und starrte Merlin mit einer Mischung aus Unverständnis und Erstaunen an, die diesen zunächst irritierte, bevor er sich wieder fing.

248

»Ihm habe ich zu verdanken, dass ich hier bin«, fuhr Merlin trotzig fort. »Er hat einiges riskiert, um mich zu retten. Alles, was er wollte, war, den Wald zu durchqueren, um zu den Seinen zu gelangen, und sie haben ihn getötet.«

Der Elf nickte schweigend, dann hob er die Brauen und zog bedauernd die Mundwinkel nach unten.

»Sämtliche Geschöpfe, Merlin, sind gut und schlecht zugleich. Das gilt auch für das Volk der Lüfte. Die Menschen tun recht daran, uns zu fürchten. Das Land Éliandes ist inzwischen verbotenes Terrain für sie. Weh denen, die dies ignorieren!«

Er setzte sich wieder in Bewegung, leichtfüßig und unbeschwert, doch Merlin stolperte hastig hinter ihm her, um mit ihm mitzuhalten.

»Meine Mutter ist gekommen, um in diesen Wäldern Zuflucht zu suchen«, beharrte er. »Ihr habt sie nicht getötet.«

»Das stimmt«, räumte Gwydion ein und schmunzelte abermals. »Sonst wärst du nicht hier, nicht wahr?«

Dann musste er lachen, legte den Arm um das Kind und setzte darauf seinen Weg zwischen den Bäumen hindurch weiter fort.

»Das war eine andere Zeit«, murmelte er. »Seither hat sich vieles geändert. Sie ist diejenige, die mir die Sprache der Menschen beigebracht hat, weißt du das eigentlich?«

»Wirst du mir die der Elfen beibringen?«

»Du beherrschst sie bereits, mein Blättchen. Wenn das nicht der Fall wäre, würdest du sie nicht einmal hören. Du hast sie vergessen, aber sie schlummert in dir... Mach dir darüber keine Sorgen, wenn wir im Herzen des Waldes angelangt sind, wirst du diese Dinge begreifen.«

»Erzähl mir von ihnen«, bat Merlin.

»Von den Elfen?«

»Nein ... von meiner Mutter, von der Zeit, als sie hier war. Von Morvryn ...«

Der Waldesälteste stieß einen schweren Seufzer aus. Das war eine lange und traurige Geschichte, die die Elfen sich zu vergessen bemühten. Die Geschichte unruhiger Zeiten voller Gewalt und Wirren. Doch das Kind hatte ein Recht, sie zu erfahren.

So sprach der alte Elf:»Auf der anderen Seite des Meeres lebten die Menschen im Zustand des Krieges und töteten einander zuhauf. Jeden Tag überquerten Dutzende von ihnen das große Wasser, um hier Zuflucht zu suchen, und jede Nacht taten Dutzende der Unseren das Gleiche, da sie ebenfalls die Kämpfe flohen, die in den Wäldern und auf den Anhöhen wüteten. Am Anfang blieben die Menschen an den Küsten, im Heideland oder in den alten Städten, die die römischen Legionen erbaut hatten. Einige von ihnen wurden von den Elfen gepflegt, und wenn es auch auf beiden Seiten zuweilen Tragödien, Verletzte oder Tote gab, so kam es doch auch zu freundschaftlichen Begegnungen. Einen von ihnen habe ich kennen gelernt, einen kleinen Mann namens Gwyon. Die Elfen lauschten seinen Geschichten ganze Tage lang und brachten ihm unsere Lieder bei. Wir nannten ihn *Taliesin,* ›die strahlende Stirn‹...

Dann gab es eine Niederlage oder irgendeine Metzelei, die schlimmer war als die vorhergehenden, und eine ganze Heerschar von Britanniern landete an unseren Gestaden, mit einer Gruppe Mönchen im Schlepptau und dem Krieg im Nacken. Es kam zu bewaffneten Auseinandersetzungen und Verbrechen, Dörfer wurden in Brand gesteckt, Frauen und Kinder in die Flüsse geworfen, Landesherrn wurde in ihrem Bett die Kehle aufgeschlitzt – wo man hinblickte, regierte der Hass, über Monate weg. Unter diesen Britanniern befand sich ein Heerführer, den sie Arthur Uther Pendragon nannten, den ›Bären‹ mit dem ›Drachenhaupt‹ – weshalb ein Furcht einflößender Drache seine Fahne zierte –, sowie seine junge Frau Aldan.

250

Es schien, als flöhen sie vor einem König namens Vortigern. Sie fanden Zuflucht beim Herrscher von Cornouaille, dem Bretonen Budic Mur. Die Königin blieb dort, in der Stadt Kemper, und ihr Mann brach wieder auf, um jenseits der Fluten Krieg zu führen. Dann starb Budic, und ein ehemaliger Bischof, Macliau, bemächtigte sich seiner Gebiete. Die Königin flüchtete, verfolgt von Macliaus Truppen. So kam es, dass sie in den Wald hineinlief, und die Soldaten ihr hinterher. Das waren entsetzliche Zeiten. Die Unseren erlitten große Verluste und wurden allerorten von ihren Territorien vertrieben, auf denen sich die Britannier niederließen; sie wurden von Pfeilen durchbohrt, in ihren eigenen Wäldern verbrannt. Mussten selbst zu den Waffen greifen und erbarmungslos alle, die ins Land von Éliande eindrangen, ermorden. Zum Glück brachten sich die Feinde oftmals gegenseitig um . . . Dein Vater, Morvryn, stellte mit den Seinen allen nach, die sich unter die Bäume hineingewagt hatten, doch vermochte er sich nicht dazu durchzuringen, Aldan zu töten. Ich führte damals gerade selbst einen Krieg, gegen die Franken, gegen die Bretonen, gegen die Mönche, und als ich zurück war, erzählte man mir, Morvryn habe die Seinen verlassen und sich mit Aldan eine ganze Weile lang versteckt, doch ich wusste nicht, an welchem Ort. Die Elfen erspähten sie ab und an, und sie nannten sie Gwenwyfar, ›das weiße Gespenst‹ . . . Dann kam dieser Arthur, um sie zu holen, und sie ging fort. Später erfuhren wir, dass sie dich zur Welt gebracht hatte. Morvryn . . . Nun, Morvryn wollte dich suchen, und er verließ den Schutz der Bäume. Wir haben ihn nie wieder gesehen.«

Die Sonne, die bereits hoch am Himmel stand, trocknete die taubenetzten Büsche. Das Unterholz verströmte einen Geruch nach Humus und frischem Gras, der sie den ganzen gewundenen, von einer üppigen Vegetation überwucherten Pfad entlang begleitete – ein Pfad, der sich buchstäblich unter den

251

Schritten des alten Elfen aufzutun schien. Merlin, der schwer schnaufte und dem der Schweiß übers Gesicht lief, hatte Mühe zu folgen. Den Blick starr auf den Boden geheftet, um nicht alle nasenlang über irgendeine Wurzel oder einen Stein zu stolpern, lief er an das Moirégewand seines Großvaters gekrallt, als würde er in dessen Kielwasser mitgezogen. Als sie schließlich den Gipfel eines kleinen, von wilden Apfelbäumen bestandenen Hügels erreichten, hielten sie an, damit das Kind sich ausruhen und sich mit ein paar Früchten stärken konnte – doch kaum saßen sie, sprang Merlin unvermittelt wieder auf.

»Da drüben!«, rief er, den Finger nach den glatten, geraden Stämmen eines Buchenhains ausgestreckt. »Hast du gesehen?«

»Was meinst du?«

»Dort, zwischen den Bäumen!«

Merlin hatte die Stelle nur für die Dauer einer Sekunde aus den Augen gelassen, um seinem Großvater seine Entdeckung mitzuteilen. Doch als er den Kopf erneut zu den gleichmäßig angeordneten Buchen umwandte, die so gerade und hoch waren wie die Säulen eines Tempels, war nichts mehr zu sehen.

»Und?«, fragte Gwydion.

»Da war... Da war jemand. Ein Mädchen, glaube ich. Ich habe sie schon einmal gesehen. Sie war... Nun, also sie trug keine Kleider... Glaube ich.«

Der alte Elf fing kopfschüttelnd zu lachen an. Er suchte aus den Äpfeln, die sie gepflückt hatten, zwei heraus, rieb sie an seinem Ärmel ab und warf seinem Enkel einen davon zu.

»Weißt du, mir sind eigentlich noch selten bekleidete Tiere begegnet.«

»Das war kein Tier, Großvater! Das war eine Elfe!«

»Aber das meinte ich doch!«

Gwydion erhob sich, tätschelte seinem Enkel liebevoll den Rücken und setzte sich mit einem aufmunternden Kopfnicken zu ihm hin wieder in Bewegung.

252

»Nimm's nicht so schwer, du wirst sie wieder zu Gesicht bekommen... Dies neugierige kleine Ding folgt uns von Anfang an. Und es hätte mich auch erstaunt, wenn sie das nicht getan hätte.«

»Kennst du sie etwa?«

»Aber ja... Das ist Gwendydd! Was so viel heißt wie ›strahlender Tag‹. Und sie ist deine Schwester.«

XIV

Der Kreis der Bandrui

Seit dem Morgen hatte es unaufhörlich geregnet. Dicke, schwere Tropfen, die senkrecht herunterfielen – und nicht der leiseste Windhauch, der die durchweichten Segel der Fischerboote mit Luft hätte füllen können. Cylidd hatte sich rudernd vom Ufer entfernen müssen und diese einfache Anstrengung hatte ihn bereits erschöpft. Schlotternd und nass bis auf die Knochen vom strömenden Regen, hatte er rasch sein Netz am Boot festgemacht, bevor er es ausgeworfen und sich unter die geölte Plane geflüchtet hatte, die über die ganze Breite seines Gefährts als eine Art Überdach aufgespannt war. Und dort hatte er angefangen zu trinken, wie jeden Tag, zunächst, um seinen Körper aufzuwärmen, dann, um seine Seele zu wärmen. Sein Dorf an der Mündung des Clyde lag gegenüber den düsteren Hügeln am Nordufer, die von den Skoten besetzt waren. Dort, weniger als fünf Meilen Luftlinie von der Königszitadelle in Dunadd entfernt, war er zehn oder vielleicht auch fünfzehn Jahre zuvor gefangen genommen und zum Sklavendasein verurteilt worden. Und dorthin war er zurückgekehrt, in dem Glauben, sein altes Leben wiederzufinden.

Doch in zehn, fünfzehn Jahren ändern sich die Dinge. Seine Frau hatte ihn für tot gehalten und erneut geheiratet. Sein

Sohn war mittlerweile ein erwachsener Mann, auch er verheiratet und von einer ganzen Schar lärmender Bälger umringt, deren Namen der alte Fischer nicht behalten hatte. Er hatte ihm aufgrund der Blutsbande, die sie verknüpften, Asyl gewährt, obschon er diesen Vater, der damals, als er selbst noch im zarten Kindesalter war, auf See verschollen war, kaum wiedererkannte – diesen gebrechlichen Greis, der nicht einmal in der Lage war, sein Boot alleine auf die Kiesel am Ufer zu ziehen. Ein Fremder. Eine Last. Ja, dazu war er geworden ...

Cylidd hatte das Haus seines Sohnes rasch wieder verlassen – er war nur so lange geblieben, bis er sich mit dem Gold, das die Königin ihm zugesteckt hatte, vom Zimmermann im Dorfe ein eigenes Dach über dem Kopf hatte bauen lassen.

Er wusste, dass hinter seinem Rücken allerlei geredet wurde – was das Geld betraf ebenso wie diverses andere. In dem kleinen Marktflecken hatte keiner seine Geschichte geglaubt. Nicht einmal Leri, seine eigene Ehefrau, die jetzt am Arm dieses Edern Mor Feusag umherspazierte, der so stolz war auf seinen wallenden braunen Bart, auf seinen fetten Wanst und sein zweimastiges Holzboot. Ja, sie hatte ihn kaum eines Blickes gewürdigt, als er in der lang gestreckten Hütte, die als Versammlungssaal diente, vor der gesamten Dorfgemeinschaft von seiner Gefangennahme, von all den Jahren der Knechtschaft in Dunadd, der Ankunft König Riderchs und der Hochzeit von dessen Schwester, Prinzessin Guendoloena, erzählt hatte. Leri war älter geworden, natürlich. Ihre Haut war im Laufe der Jahre von Wind und Wetter gegerbt worden und hatte Falten bekommen, ihr Haar war ergraut; aber er fand sie schön, ähnlich wie in seinen Erinnerungen. *Sie* hingegen hatte ihn kaum eines Blickes gewürdigt.

Eine Last. Ein Fremder.

Als er das Ganze später noch einmal überdacht hatte, hatte sich Cylidd an den Edern von früher erinnert, als dieser nichts weiter war als ein tollpatschiger junger Bursche, der in der Schmiede seines Vaters mithalf. Ob er bereits damals ein Auge auf seine Frau geworfen hatte? Hatte sie ihn bereits damals betrogen, wenn er aufs Meer hinausfuhr? Edern war zu einem einflussreichen, begüterten Mann geworden – soweit das in diesem armseligen Fischernest überhaupt möglich war –; jedenfalls zu einem Mann, der genügend besaß, um eine Familie zu ernähren und sich den Rückhalt der Dorfältesten zu sichern. Keiner von ihnen hatte auf seiner Seite gestanden, als er am Ende seiner Erzählung verlangt hatte, man möge ihm seine Frau, sein Haus und seine wenigen Besitztümer zurückgeben. Sie hatten ihm unwillig diesen alten Kahn und ein Netz bewilligt, auf dass er nicht vor ihren Augen den Hungertod stürbe. Von dem Gold der Königin wusste zum damaligen Zeitpunkt noch keiner – und sein Hausbau hatte es ja dann auch gänzlich aufgezehrt.

Cylidd war bis ins nächste Dorf gelaufen, wo die Mönche von Bischof Kentigern eine steinerne Kirche erbaut hatten, in der Hoffnung, dass man ihm dort Gerechtigkeit widerfahren lassen würde. Doch seiner Ehe mit Leri fehlte der kirchliche Segen, da die Mönche seinerzeit noch gar nicht bis in diese Region vorgedrungen gewesen waren, und sie existierte daher in deren Augen gar nicht; umso weniger, als die Verbindung zwischen seiner Ehefrau und Edern durch den Segen eines Priesters besiegelt worden war. Womöglich hätte er bis nach Dun Breatann reisen, dort um eine Audienz beim König ersuchen und zusehen sollen, dass dieser ihn erkannte. Riderch hätte nur ein Wort sagen müssen, damit wieder alles an ihn zurückfiel: seine Frau, seine Habe, sein Leben … Doch Königin Guendoloena hatte ihn schließlich nicht in seine alte Heimat geschickt. Und selbst wenn er sein Versprechen nicht gehalten hatte, selbst wenn er seit Wochen an diesem Stück Küste festhing, von dem er sich einfach nicht trennen konnte, statt den Anweisungen seiner Herrin zu gehorchen, so verbot ihm doch das, was ihm an Ehrgefühl geblieben war, sie noch schlimmer zu verraten, indem er den König, ihren Bruder, aufsuchte. Oder vielleicht war es auch einfach nur die Angst, seine Verfehlung zugeben zu müssen.

Plötzlich fuhr ein Windstoß unter die geölte Plane wenige Daumen über seinem Kopf und das Knattern riss ihn aus seiner unzuträglichen Lähmung. Einige Kabbelwellen begannen sein kleines Boot hin und her zu werfen. Cylidd merkte, wie es knarrend abtrieb. Ungelenk wand er sich unter seinem Schutzdach heraus und sah zum Himmel hinauf, der von wattigen Schäfchenwolken überzogen war. Eine Brise kam auf. Er musste das Netz einholen und die Segel setzen. Mühsam schleppte er sich bis zur Bordkante, tauchte eine Hand ins Wasser und bespritzte sich das Gesicht, dann richtete er mit einem geschmerzten Grunzen seinen alten, vom Rheumatismus steifen Rücken auf. Einen Fuß gegen die Bootswand gestemmt, hievte er sein Netz an Bord. Er hatte einen guten Fang gemacht. Rund zehn silbrig schimmernde Fische zappelten zwischen den Maschen auf dem Boden seines kleinen Kutters.

Von dieser neuerlichen Anstrengung sogleich wieder ermattet, setzte sich der alte Fischer auf die Ruderbank und betrachtete das am Mastknopf befestigte Band. Der Wind blies vom Land her zum Kanal hin in Richtung offenes Meer. Mit der Stiefelspitze lüpfte er den Deckel der Bordkiste. Darin waren Wasser, genug für ein oder zwei Tage, eine Decke und eine Wollmütze.

Er konnte also genauso gut fort. Das Dorf verlassen, diesmal ein für alle Mal. In Richtung Dyfed segeln, versuchen, Prinz Emrys Myrddin wiederzufinden. Zumindest seine Ehre retten und das Versprechen, das er der Königin gegeben hatte, einlösen, nachdem alles Übrige ohnehin verloren war.

So kam es, dass Cylidd sich endlich auf die Suche nach dem Kind begab. Zu spät.

Merlin hatte jegliches Zeitgefühl verloren. Die Tage zogen so rasch vorüber im Wald, dass er sie gar nicht mehr genau zu zählen vermochte. Sein Großvater und er marschierten bei Tag ebenso wie bei Nacht, sie schliefen bei Tag ebenso wie bei Nacht, unterhielten sich stundenlang oder sprachen kein Wort; sie füllten ihre Trinkflaschen an den Bächen auf, und wenn sie hungrig waren, gingen sie auf die Jagd. Das Kind glaubte den Wald zu kennen, doch der alte Elf schien seine ganze Ehre daranzusetzen, es alles, was es unter dem schützenden Dach der Bäume an Essbarem gab, entdecken und kosten zu lassen. Sie ernährten sich von jungen Farnwedeln, die nach Spargel schmeckten, von Bocksbart oder Klee, von Haselnüssen und Brombeeren, von Hasen- und Igelfleisch: Gwydion lehrte ihn, wie man die Igel über der Glut garte, nachdem man sie mit einem Lehmmantel umgeben hatte (wenn der Lehm hart war, genügte es, ihn zu zerbrechen, um die Tiere von Haut und Stacheln zu befreien). Er zeigte ihm, wie man den Morgentau einsammelt, wie man genießbare Pilze und Beeren erkennt, wie man mit einem Fetzen Stoff, trockenem Gras und einigen Streifen Birkenrinde ein Feuer entfacht und wie man sich beim Schlafen vor Wölfen und Vipern schützt.

Sie kamen durch weitere Elfensiedlungen, schlummerten zuweilen in hoch oben in den Bäumen gelegenen Häusern aus Zweigen, zuweilen in unter den Sträuchern geschaffenen Hütten oder in glockenförmigen unterirdischen Bauten. Keines dieser Dörfer ähnelte den von den Menschen errichteten kleinen Marktflecken, vor allem, weil sie sich auf den ersten Blick in nichts von der Vegetation rundum unterschieden. Undurchdringliches Gestrüpp, eine von hohen Farnpflanzen überwucherte Talmulde, ein Gewirr aus Ästen unter dem Laubwerk – das waren ihre Städte. Man pflegte zunächst niemanden dort zu sehen, bis die Elfen sich auf Gwydions Rufen hin zeigten. Dann tauchten sie von überall her auf, lautlos wie Hindinnen, berührten sie lachend, strichen dem Kind zärtlich über das lange, weiße Haar, als hätten sie noch nie etwas Schöneres gesehen, und zogen Großvater und Enkelsohn zu ihren sonderbaren Behausungen mit.

Fasziniert lauschte Merlin ihrer melodischen Sprache, wenn sie sich unterhielten, spielte mit den Kleinen, die pudelnackt waren und häufig wegen nichts und wieder nichts in schallendes Gelächter ausbrachen; die jungen Elfen mit ihren langen, ranken Beinen, die ihn in einem fort schamlos und neckisch streiften, verschlang Merlin förmlich mit den Augen. Und dann und wann schlüpfte sogar eine von ihnen unter seine Decke und umfing ihn mit ihren schlanken Gliedmaßen. Am Morgen, wenn sie sich wieder auf den Weg machten, waren sie mit schöner Regelmäßigkeit verschwunden, doch ihre Umarmungen und ihr betörender Duft nach frischem Gras gingen dem Kind nicht mehr aus dem Sinn.

Sie sahen Gwendydd noch mehrmals wieder. Es reichte jedoch leider, dass Gwydion sie rief, und schon huschte sie davon – und Merlins Versuche, sie herbeizulocken, schlugen erst recht fehl.

Die meiste Zeit über waren die beiden jedoch alleine auf einem Weg, den der alte Elf zielsicher quer durch Wald und Heide bahnte. Merlin folgte ihm, ohne Fragen zu stellen. Wenn es nach ihm gegangen wäre, so hätte diese Wanderschaft gern endlos andauern können. Im Walde schien es keinerlei Gefahren zu geben, keine schwarzen Gedanken, keine Dämonen und auch keine Verstorbenen, die ihn verfolgten und ihm das Leben schwer machten. Hier war er nicht mehr Prinz Emrys Myrddin, war nicht länger der Barde Merlin und erst recht kein Totenbeschwörer. Er war ein Kind, das hinter seinem Großvater herlief und über alles ins Staunen geriet. Seine Trittsicherheit hatte mit jeder Meile zugenommen, und er konnte jetzt seine Gedanken frei schweifen lassen oder sich in

Ruhe am Anblick dieses wilden, urwüchsigen Waldes ergötzen, ohne Gefahr zu laufen, bei jedem Schritt ins Straucheln zu geraten. Es kam vor, dass er an Blaise, an Guendoloena oder ihr gemeinsames Kind zurückdenken musste. Diese Gedanken erfüllten ihn mit unendlicher Trauer – nicht so sehr weil er sie vermisste, sondern weil sie in jener trostlosen grauen Welt zurückgeblieben waren, weit weg vom Frieden des Waldes, und weil er dieses einfache Glück nicht mit ihnen teilen konnte.

Und dann, auf einmal, an einem Nieselregentag, an dem der Himmel wolkenverhangen und trübe war, blieb Gwydion stehen.

»Hier ist es«, erklärte er. »Jetzt musst du alleine weitergehen.«

Das Kind blickte sich um. Sie waren aus dem Wald herausgekommen und liefen über einen sanften Abhang zu einem von hohen Gräsern überwucherten Tal hinunter, durch das ein schmaler Bach hindurchfloss. In der Mitte ragte ein kleiner Hain auf. Sonst nichts.

Merlin lag schon eine sarkastische Bemerkung auf der Zunge, doch ein einfacher Blick seines Großvaters genügte, um das spöttische Lächeln auf seinen Lippen zum Ersterben zu bringen.

»Wirst du auf mich warten?«

»Nein. Aber mach dir keine Sorgen: Wenn du dort hinauskommst, wirst du wissen, wo du mich findest. Geh jetzt, sie warten auf dich.«

»Sie? Wer denn ›sie‹?«

»Die Schwesternschaft des Síd. Die sieben Bandrui, Hüterinnen des Heiligen Hains.«

»Ich verstehe nicht, Großvater!«

»Ich weiß.«

Der alte Elf nickte bedächtig, wich einen Schritt zurück,

schaute ihn dabei aber weiter aus ernsten Augen an, dann drehte er sich um und ging ohne ein weiteres Wort davon.

Merlin sah ihm nach, bis er im Nieselregen verschwand. Er fühlte sich schlagartig ernüchtert und seine Ängste und seine Einsamkeit holten ihn erbarmungslos wieder ein. Er wagte sich nicht weiter vor und unterzog erst einmal jeden Zoll des von Gestrüpp überwucherten Waldsaumes einer eingehenden Musterung. Durch den feinen Sprühregen hindurch konnte er kaum etwas erkennen, doch er wusste, dass dort niemand war, weder Elfen noch Tiere. Nur das Schweigen der Bäume.

Weiter hinten, gen Osten, konnte man hinter dem Regenschleier das Wogen der Wipfel erkennen. Der Wald erstreckte sich unendlich weit, gleich, in welche Richtung man blickte. Hier lag das wahre Ende seiner langen und beschwerlichen Reise. Das »Herz des Waldes«, wie Gwydion es genannt hatte, war diese gewaltige Lichtung, die ringsum von einem Meer aus Bäumen umgeben war.

Nachdem es den ganzen Horizont abgesucht hatte, senkte das Kind den Blick und sah auf den Hain unter sich hinab. Was mochte er wohl Heiliges an sich haben? Es handelte sich doch nur um eine Gruppe Bäume – selbst wenn bei genauerem Hinsehen jeder der Bäume, aus denen er bestand, anders wirkte. Also näherte er sich langsam. Hatte Gwydion nicht von sieben Hüterinnen gesprochen? Auf alle Fälle standen dort sieben verschiedene Bäume im Kreis: eine Erle, eine Eiche, ein Stechpalmenstrauch, eine Weide, ein Apfelbaum voller Früchte, ein Haselstrauch und eine aufrechte, weiße Birke, die alle anderen überragte. In der Mitte sprudelte ein Quell aus dem Grund und formte ein schmales Rinnsal, das das Tal hinunterfloss.

Von dem Moment an, da sein Blick darauf zu ruhen kam, verspürte Merlin heftigen Durst und das unwiderstehliche Verlangen, aus diesem Bachlauf zu trinken. Nein, mehr noch als ein reines Verlangen, ein existenzielles Bedürfnis, das stärker war als seine Furcht. Dieser Durst war es, der ihn dazu bewog, auf den Hain zuzugehen. Bis er dort ankam, bis er seine Hand auf die raue Borke der Eiche legte, sah er niemanden, was ihn zugleich ängstigte und beruhigte.

Doch kaum berührte er den Baumstamm, waren sie da.

Sieben alte Frauen, Feen oder Hexen, in lange, schwarze Gewänder gehüllt, mit wallendem grauem Haar. Die Hüterin der Eiche war so plötzlich neben ihm aufgetaucht, dass Merlin überrascht zur Seite gesprungen und, ohne sich dessen überhaupt bewusst zu sein, in die Mitte des Kreises vorgedrungen war. Dort fiel kein Regen. Es war nicht kalt. Ein sanfter Lichtschein erleuchtete einen Reigen tanzender Pollen, die alsbald auf seiner Haut und seinen von Schauern durchweichten Kleidern haften blieben. Die sieben alten Frauen kamen näher, ebenso verschiedenartig wie die sieben Bäume, aus denen sie hervorgestiegen waren, in ihrer Stummheit und ihren langsamen Bewegungen allerdings Furcht einflößend. Behutsam streiften sie ihm sämtliche Kleider vom Leib, dann nahm ihn eine von ihnen, die bleich, dünn und hoch gewachsen war, bei der Hand und zog ihn zu der Birke hinüber, um ihn mit dem Rücken dagegenzustellen. Aus dem Ärmel ihres schwarzen Gewandes holte sie ein kleines Tonschälchen, das mit einer dunklen, zähflüssigen Farbe gefüllt war, und benetzte ihren Finger damit, bevor sie eine lange Linie auf die linke Körperhälfte des Kindes zeichnete: von der Kinnlade, über den Hals und die Schulter hinab bis zum Ende des Unterarms und weiter zum Daumennagel. Dann tauchte sie ihren Finger erneut in das Tonschälchen und malte auf der Höhe des Handgelenks einen einfachen Querstrich rechts neben die Linie. Ein Ogham-Zeichen. Die Rune für *Beth*, die Birke, den Baum der Liebe und des Wiedererwachens zu neuem Leben, deren Hüterin sie war.

»*Hlystan Beth, aetheling*«, raunte sie ihm ins Ohr. »*Nethan mid healda treow.*«

Merlins Herz pochte so wild, dass er am ganzen Leibe bebte, und er sah sie aus weit aufgerissenen Augen an. Er hatte jeden der Sätze, den sie soeben gesagt hatte, verstanden. Jedes einzelne Wort: »Horch auf die Birke, edler Prinz. Tritt zwischen die Hüterinnen der Bäume vor.«

Sie hielt den Kopf gesenkt, und ein gerührtes Lächeln spielte um ihre Lippen, während sie ihn aus ihren grauen Augen musterte; doch als Merlin den Mund auftat, um etwas zu ihr zu sagen, fühlte er, wie er erneut am Arm gepackt wurde. Eine weitere Bandrui, ebenso groß, aber mit dunkler Haut, zog ihn zu ihrem Baum hinüber, einer Erle mit bräunlicher Rinde, die mit kleinen, runden Blättern und roten Knospen übersät war. Behutsam drückte sie ihn gegen den Stamm, zog aus dem Ärmel ihres Gewandes ein mit der gleichen Substanz gefülltes Tonschälchen hervor und malte dem Kind drei waagerechte Streifen auf den Arm, auch wieder rechts von der senkrechten Linie, aber dieses Mal direkt unterhalb der Ellenbeuge. Die Ogham-Rune für *Fearn*, die Erle, Symbol der Stärke und Widerstandskraft, weil ihre Blätter bis zum Abfallen grün blieben.

»*Hlystan Fearn, anmod bearn*«, sagte sie. »*Restan leas instylle for recyd Ban Drui.*«

»Horch auf die Erle, liebes Kind ... Ruh dich ohne Furcht zwischen den Druidinnen des Refugiums aus.«

Ebenso machten es die Feen oder Hexen der Stechpalme, der Weide, der Haselstrauches und der Eiche, indem sie eine nach der anderen ihr Zeichen auftrugen, zunächst auf seinen linken, dann auf seinen rechten Arm.

»*Hlystan Tinne, eorl bearn ... Brucan oferceald waeter.*« Merlin hatte keine Angst mehr. Und er zitterte nicht länger.

»*Hlystan Saille, haele ... Wrathu wyrtruma blod.*« Die Beschwörungsformeln, die sie ihm ins Ohr raunten, ihre zärtlichen Blicke, die Liebkosung ihrer faltigen Hände – all das gemahnte an einen Tanz, langsam und ohne Musik, aber faszinierend, ja beinahe hypnotisch.

»*Hlystan Coll, hyrde . . . Byrnan blaed.*« Merlin hatte stärkeren Durst denn je. Die Rinde der Bäume erschien ihm glühend heiß, das Gras unter seinen Füßen verschaffte ihm keinerlei Kühlung.

»*Hlystan Duir, modig nith . . . Tohiht treow wyrthmynde.*« Sein ganzer Körper verlangte nach nichts anderem mehr, als danach, sich in den Bach zu stürzen und sich an jenem eisigen Wasser zu laben, das beinahe zum Greifen nahe war. Er schwankte, hilflos, ja beinahe trunken von dem Reigen der Bandrui um sich herum, von ihrem dunklen Gemurmel und dem seidigen Rascheln ihrer schwarzen Gewänder – als sie sich mit einem Mal entfernten. Merlin stand einen Augenblick wie vor den Kopf gestoßen, nach Luft ringend, und sah alles wie durch einen Schleier. Und als er wieder zu sich kam, entdeckte er die Letzte von ihnen am Fuße ihres Baumes.

Ein Apfelbaum.

Der Apfelbaum, natürlich, der Baum der Erkenntnis, der Offenbarung, der Baum der Anderwelt, der nach den Lehren der Druiden die drei Daseinssphären vereinte. Es hieß, seine Wurzeln, die tief in den Boden eindrangen, seien Teil der unteren Sphäre, der Welt der Toten und der Vergangenheit. Sein Stamm, der für jedermann sichtbar war, gehörte zu Abred, dem niederen Bereich des rastlosen Umherirrens und der Gegenwart. Sein Laubwerk und seine Zweige erhoben sich zu Gwynfydd, der höheren Sphäre, dem Reich der Götter und Ideen.

Dort, auf der anderen Seite des Haines, hatte sich die Bandrui des Apfelbaumes nicht vom Fleck gerührt; sie blickte ihn unverwandt an und der Ausdruck in ihren Augen brachte das

Kind aus der Fassung. Sie schien Angst zu haben, nicht um ihrer selbst-, sondern um seinetwillen ... Merlin entzog sich diesem Blick für ein paar Sekunden und schaute sich suchend nach den Übrigen um, doch sie waren verschwunden. Die Runen hingegen waren immer noch da, bedeckten seine Arme, und bewiesen, dass er nicht geträumt hatte. Nur die Bandrui des Apfelbaums war also noch zurückgeblieben in dem Hain und wartete ruhig, dass er zu ihr, auf die andere Seite des Baches, herüberkäme. Er tat einen Schritt und stöhnte sofort vor Schmerz. Sein Körper war bleiern, ja wie versteinert und zugleich heiß wie Feuer. Die *Duili fedha*, die Symbole der Hölzer, die auf seine Arme gezeichnet waren, fingen entsetzlich zu brennen an, als presse man glühende Eisen auf seine Haut, und die Worte der Hexen begannen in seinem Kopf widerzuhallen, lauter und immer lauter.

»Horch auf die Stechpalme, wackeres Kind ... Labe dich an dem eisigen Wasser.« Das Wasser war dort, ganz nah, klar und kühl. Merlin machte noch einen Schritt, doch das Gras war schneidend scharf und spitz geworden, einem Teppich aus Dolchen gleich. Ein einziger Schritt und er hatte blutige Füße. Keuchend hob er den Kopf und sah durch seine Tränen hindurch den Quell, keine zwei Ellen entfernt. Er sprudelte zwischen dicken, bemoosten Steinen hervor, durch die sich eine Wurzel von jedem der sieben Bäume ihren Weg gesucht hatte. Die Wurzeln trafen sich schließlich und schlangen sich so eng ineinander, dass sie nur noch eine einzige bildeten, die in einen kupfernen, unter dem Strahl des Borns stehenden Kessel eintauchte. Das Wasser quoll über seinen Rand, um sich in einer Art natürlichem Bassin auszubreiten und von dort in Richtung Tal hinabzufließen. Aus diesem Quell trinken ... Seinem Leiden Linderung verschaffen!

»Horch auf die Weide, mein Held ... Erdulde das Bluten der Wurzeln.« Die Stimmen der Feen waren zu einem ohrenbetäu-

benden, unerträglichen Gebrüll angeschwollen. Merlin setzte sich erneut in Bewegung, aber schon fühlte sich sein ganzer Körper an, als würden Dornen hineingestoßen. Der Schmerz war so heftig, dass er heulend auf die Knie sank.

»Horch auf den Nussbaum, guter Hirte... Entfache den Lebensfunken in deiner Brust.« Merlin erhob sich mit letzter Kraft, und obschon es ihn unsagbare Mühe kostete, ging er weiter. Da fingen die Runen auf seinen Armen zu lodern an. Er sah nichts mehr, ja vermochte nicht einmal mehr zu schreien, so fürchterlich war der Schmerz. Eine einzige Sache zählte: sich in das Wasserbecken zu stürzen und die Flammen zu löschen, die ihn zu verzehren drohten.

»Horch auf die Eiche, tapferer Sterblicher... Hab Vertrauen in die Ehre, die dir die Bäume erweisen.« Die Stimme der Eiche drang bis zu seinem gemarterten Geist vor. Seine Haut und sein Haar verbrannten knisternd und verbreiteten einen grässlichen Gestank; das Blut kochte ihm in den Adern und versengte seinen Körper von innen und selbst sein Hals und seine Lungen hatten Feuer gefangen. Dennoch richtete er sich erneut auf, schloss die Augen und ging weiter voran. Vertrauen haben... Die Prüfung meistern... Einen Schritt, und noch einen, ohne auf das Wasser zu schauen. Einen Schritt, und wieder einen, auf den Apfelbaum zu. Noch einen Schritt... Und noch einen...

Eine Hand fasste ihn sanft.

Merlin öffnete die Augen, das Gesicht noch verzerrt von den Qualen, die er soeben gelitten hatte. Die Bandrui lächelte ihn an, sie war klein und rundlich wie ein Apfel. Das Kind zuckte jäh zusammen und musterte sich verstohlen. Sein Arm, den sie noch immer festhielt, wies keinerlei Brandspuren auf, ebenso wenig wie sein Körper oder seine Haare. Seine Füße, seine Beine – alles unversehrt. Kein Tropfen Blut, keine Wunde.

Merlin vermochte das Zittern nicht zu bezähmen, aber der

Schmerz war verflogen und hinterließ keine weiteren Spuren als die abscheuliche Erinnerung. Er drehte sich zu dem zurückgelegten Wegstück um. Er war kaum einen Steinwurf weit gegangen.

»*Hlystan Quert, earm hraw firas.*«

Merlin wich erschrocken zurück. Er starrte die letzte Hüterin des Síd ängstlich an, doch ihr nachsichtiger Blick bestätigte ihm, was er durchaus zu verstehen gemeint hatte. »Armseliger lebender Leichnam«, so hatte sie ihn genannt. Was er am Ende gar tot?

»*Brucan oferceald waeter*«, murmelte sie. »*Byrnan blaed. Wrathu wyrtruma blod.*«

Wasser trinken, endlich, den Lebensfunken in sich entfachen, sich am Blut der Wurzeln laben ... Wie die anderen tauchte sie ihren Finger in die mit Farbe gefüllte Schale, doch zeichnete sie das Ogham-Zeichen für Quert, den Apfelbaum, auf seine Stirne. Fünf Balken, linker Hand von einer Linie, die sie von seinen Haarwurzeln bis zum Kinn hinunterzog. Dann führte sie ihn zur Quelle hin, mit einem Lächeln, das so sanft und dabei, wenn er ehrlich war, so erschreckend war nach dem Grauen, das er soeben durchgemacht hatte; sie zwang ihn, sich zu setzen, und schöpfte direkt aus dem Kessel.

Das Wasser in ihren alten, zum Kelch geformten Händen glitzerte in der Sonne. Merlin neigte sich darüber, sah sein eigenes Antlitz gespiegelt, umkränzt von seinem Haar, das funkelte wie ein Silberhelm, die Stirn mit der Rune des Quert versehen. Und was war mit ihr – würde sie ebenfalls Feuer fangen, ihn erneut hilflos den grauenvollen Martern ausliefern? Zitternd trank er, um es zu Ende zu bringen, gleich einer antiken Königin, die den Schierlingsbecher leert, gleich einem Verzweifelten, der sich von einer Klippe hinunterstürzt. Er trank und sprang mit herausforderndem Blick nach hinten. Die Fee begnügte sich mit einem Nicken.

»*Hlystan Quert*«, sagte sie, während sie sich erhob. »*Weorthan Dru Wid. Weorthan wita* ... Mögen die Bäume dich weise machen. Werde zu Dem-der-alles-weiß.«[1]

Dann entfernte sie sich von ihm und kehrte zu ihrem Baum zurück. Merlin zauderte, wollte aufstehen und ihr folgen, aber er vermochte es nicht. Auf alles war er gefasst gewesen, auf Leiden, Erleuchtung, den Tod, aber nicht darauf: Er hatte getrunken und nichts geschah.

Am Boden zerstört blieb das Kind an der Quelle sitzen und weinte lautlos vor Scham, vor Erschöpfung, vor Verzweiflung. Eine Träne rann ihm über die Wange, perlte über sein Kinn und tropfte hinab ins Becken. Genau in dem Augenblick, als sie das Wasser berührte, verschwand der Hain. Merlin war im Wasser. Floss mit dahin. War selbst das Wasser, Tropfen unter Tropfen, Strom im Strom, stürzte das Bachbett hinunter, liebkoste Steine und Algen, sprudelnd, eisig, klar, unendlich ... Weiter unten glitt Merlin über einen Gründling und wurde zum Fisch, der in der Tiefe des Baches schwamm und mit seinen Barteln den Boden auf der Suche nach Insektenlarven oder Mollusken durchpflügte. Der Bach gewann an Kraft, schoss über den steinigen Grund und zog ihn stromabwärts. Mit einem Mal packte ihn ein Fischotter mit seiner krallenbewehrten, mit Schwimmhäuten versehenen Pranke. Merlin wurde zum Fischotter und verschlang den Gründling, dann wurde er zum Gras, an dem das Tier sich rieb, zum Nest, zum Ei und zum Sperling, zum Falken, der in den Lüften jagt, zur Wolke, die hoch über den Gefilden der Sterblichen treibt, zum Regen, der auf die Bäume fällt, zu ihrem Saft, zur Rinde, zur Wurzel. Er blieb ein Baum, tage-, wochen- oder auch monatelang, bis es Herbst wurde und er sich in ein herabwirbelndes,

---

[1] Wörtliche Übersetzung des Ausdrucks *Dru Wid*, der dem Wort »Druide« zugrunde liegt, wäre die »äußerst Weisen«.

welkes Laubblatt verwandelte, in den bemoosten Stein, auf den er niedersank, in die gefrorene Erde, den schmelzenden Schnee, den Grashalm, der sich einen Weg ans Licht bahnt. Ein Hirschkalb, das in selbigem Jahr geboren war, fraß diesen Grashalm, und Merlin erfuhr, was es heißt, angstvoll am Saume des Waldes umherzuirren. Er war die Sommerfliege, die das Vieh nervös machte, die Spinne, die ihr Netz wob, um die Insekten zu fangen, dann die Schwalbe, die einen weiteren Winter floh.

So floss über Jahre hinweg Merlins Leben dahin.

XV

Allein unter Wölfen

Es war ein Wintermorgen, der weder rauer noch milder war als die übrigen. Der Schnee hatte den Wald, die Felder, die Hütten der Mönche und das Dach der Kirche, einer einfachen, Johannes dem Täufer geweihten Klosterkapelle, mit einer weißen Decke überzogen. Sie waren zur dritten Hore, der Prim, herausgekommen, um das Morgenrot zu bewundern, und hatten sich auf dem Steinmäuerchen, das ihren bescheidenen Gemüsegarten umgab, niedergelassen, wo sie warme, frisch gemolkene Milch aus ihren Schälchen schlürften. Da saßen sie alle vier: zwei Novizen, ein Mönch in schwarzer Kutte und ein Abt, eingemummt in dicke, weite Überröcke aus Schaffell, die Kapuze ihrer Gewänder über die Tonsur gezogen, und sie genossen diesen Moment des Friedens vor einem neuen Arbeitstag, der darin bestehen würde, die Tiere im Stall zu versorgen, trockenes Holz zu sammeln, das Eis auf dem Fluss aufzuhacken, die Kranken im Dorf besuchen zu gehen und die Psalmen zu lesen – zur Prim, zur Terz, zur Sext, zur Non, zur Vesper und zum Komplet ... Ein Tag wie jeder andere, der in Einsamkeit und mit Beten verging.

Über dem dunklen Band aus Bäumen stieg die Sonne an einem malvenfarbenen Himmel herauf. Der Schnee glitzerte unter den ersten Strahlen, während die Schatten des Waldes nach und nach wichen. Vor ihnen lagen die Ländereien von Trefoss, dem ärmsten und entlegensten Flecken Erde, der Gott je geweiht worden war ... Eine Hand voll Gebäude im tiefsten Innern des Waldes, dazwischen eine Straße, die zu dem Dörfchen Guadel und dem befestigten Erdhügel von Sieur Cadvan führte. Ein einfaches, von einer Mauer umgebenes Kloster, das Méen Jahre zuvor eigenhändig mit der Hilfe von Bruder Blaise sowie einigen anderen erbaut hatte, die die Einsamkeit und die Gefahren des Waldes schließlich in die Flucht getrieben hatten – sofern sie nicht bereits auf ihrem kleinen Friedhof ruhten. Dahinter erstreckten sich ein paar Morgen gerodetes Land, auf denen sie seit Jahren versuchten, Weizen oder Hafer anzubauen. Vergebens ... Jeden Sommer zur Erntezeit tauchten Hirsche und Wildschweine in großer Zahl aus dem Walde auf, trampelten die Hecken nieder und machten sich gierig über die Ähren her ... Sommer für Sommer das Gleiche. Und den Rest des Jahres sahen sie nicht ein einziges Tier.

Das war einer der Gründe dafür, dass der Großteil der Ordensbrüder den Ort verlassen hatte. Einer jener Gründe, über die nicht gesprochen wurde, die aber jeder in der Tiefe seines Herzens nachfühlen konnte. Aus irgendeinem unerfindlichen Motiv tolerierten die Bewohner des Waldes zwar ihre Anwesenheit, vernichteten jedoch konsequent ihre Ernten, ebenso, wie sie ihre Bienenstöcke oder die Mühle zerstört hatten, die sie am Ufer hatten errichten wollen.

»Seht nur, Pater Méen!«, rief plötzlich einer der Novizen aus. »Da kommt ein Reiter zu uns herüber!«

Überglücklich begann der Novize ihm Zeichen zu machen, und der Jüngere tat es ihm alsbald nach, während die beiden älteren Mönche, die aufgrund ihres nachlassenden Sehvermögens alles leicht verschleiert sahen, die Augen zusammenkniffen, in dem Versuch, etwas zu erkennen.

»Siehst du ihn?«, fragte Méen leise.

»Ja, dort ist er ... Man könnte meinen, ein Soldat. Er führt ein zweites Pferd mit sich. Sei es, weil er einen weiten Weg hinter sich hat, sei es, weil er gekommen ist, um einen von uns zu holen.«

Der Abt packte seinen Gefährten am Arm.

»Blaise, mein Freund, vielleicht solltest du besser ins Haus hineingehen!«

»Nach der langen Zeit bezweifle ich, dass er meinetwegen kommt«, erwiderte der Mönch und sah ihn lächelnd an. »Im Übrigen hat er uns bereits gesehen, es ist zu spät.«

Mit einem Wink grüßte Blaise den Reiter, unmittelbar bevor dieser in leichtem Trab in das umfriedete Klosteranwesen einritt.

»Nanu, so früh schon unterwegs, wo doch die Sonne kaum aufgegangen ist?«, rief Méen, während der Fremde vom Pferd absaß und den Novizen, die über diese Abwechslung entzückt waren, seine Tiere anvertraute.

»Euer Gnaden, mich schickt Sieur Cadvan persönlich.«

Der Mann verbeugte sich vor dem Abt, dann schob er mit einem raschen Handgriff die ledergefütterte Kettenhaube, die seinen Kopf bedeckte, in den Nacken.

»Dich kenne ich«, sagte Méen. »Du bist der Sohn von Elouan, dem Müller!«

»Herbot, Euer Gnaden.«

»Herbot, ja, das war der Name ... Ich wusste gar nicht, dass du zum Heer gegangen bist.«

Der junge Soldat lächelte, dann zuckte er die Achseln.

»Ich hatte keine große Wahl, Euer Gnaden.«

»Ja ... Der Krieg, wie immer. Gott möge mir verzeihen, dass ich es nicht vermocht habe, Waroc zur Vernunft zu bringen. Seit über zehn Jahren wütet er hier im Lande!«

»Euer Gnaden, dieses Mal sind es die Franken, die uns angreifen. Es heißt, Königin Fredegunde habe zwei Armeen gegen uns entsandt, angeführt von den Herzögen Ebrachaire und Beppolen. Man muss sich doch verteidigen!«

»Natürlich. Und, was gibt's? Bist du gekommen, um uns ebenfalls anzuwerben?«

»Heilige Jungfrau Maria, da sei Gott vor!«, rief der Soldat aus und musste herzlich lachen. »Ich bin gekommen, um Bruder Blaise zu holen.«

Das Lächeln auf dem Gesicht der beiden Ordensbrüder erlosch und sie wechselten einen kurzen, besorgten Blick. Ihr Gegenüber bemerkte es, runzelte die Brauen und fuhr dann fort: »Ein alter Mann ist gestern bei uns im Dorf eingetroffen. So, wie es aussieht, ist er in einem ziemlich elenden Zustand. Er hat nach Bruder Blaise verlangt . . . dem Beichtvater von Königin Ida oder irgendwas in der Art . . .«

»Aldan«, brummelte Blaise finster.

»Kann auch sein. Jedenfalls dürfen wir keine Zeit mehr verlieren. Und nehmt die Sakramente mit, Pater, ich glaube, der arme Teufel hat nicht mehr lang zu leben.«

»Warte auf mich, ich bin gleich wieder da.«

Mit weit ausgreifenden Schritten eilte Blaise in seine Zelle zurück, eine Steinhütte mit einem Strohdach, tauschte seine Sandalen gegen Stiefel ein und stopfte ein Kruzifix, eine Bibel und eine Stola in einen Quersack. Falls dies eine Falle war und dieser Herbot auf eine wie auch immer geartete Denunziation hin von irgendeinem Bischof geschickt worden war, so würde er blindlings in sein Verderben rennen. Nach zehn, ja vielleicht sogar elf oder zwölf Jahren, die er auf diesem entlegenen Flecken Erde mitten im Walde zugebracht hatte, war seine Exkommunizierung nur noch eine ferne, beinahe vergessene Erinnerung. Seit ihrer Ankunft an diesem Ort, der nach wie vor nicht mehr als eine Lichtung inmitten der Wälder war, hatte Méen ihn wie einen Bruder behandelt, in jeder Bedeutung des Wortes. Und als die restlichen Mönche einer nach dem anderen fortgegangen und sie beide eines Tages alleine übrig gewesen waren, drauf und dran, ihrerseits zu verschwinden, hatte Méen die Sanktion aufgehoben – wozu ihn sein Herr und Meister Samson im Übrigen ermächtigt hatte. Und doch blieb Blaise in den Augen der Kirche, wenn nicht gar in den Augen Gottes, ein Gebannter, solange er nicht ganz offiziell durch einen geweihten Bischof rehabilitiert worden war. Die Sakramente zu spenden, war ihm nach wie vor untersagt, ebenso wie die Messe zu lesen oder einen heiligen Ort auch nur zu betreten. Verstieß er gegen dieses Verbot, so konnte er sich weit mehr als eine neuerliche Exkommunizierung einhandeln.

Aber was spielte das schon für eine Rolle ... Wenn der Reisende wahrhaftig Königin Aldan erwähnt hatte, so könnte ihn nichts auf der Welt daran hindern, sich an sein Lager zu begeben, was auch immer die Konsequenzen sein mochten. Jener Name versetzte ihn so weit zurück, in eine Epoche, da er noch jung war und ihm eine im wahrsten Sinne des Wortes goldene Zukunft im Schoße der Kirche vorgezeichnet schien. Das war, bevor Aldan das Schicksal ihres Sohnes Merlins in seine Hände gelegt hatte und seine Existenz ins Wanken geraten war ...

Blaise lief ebenso schnell, wie er ins Haus verschwunden war, wieder hinaus, winkte den Novizen zum Abschied zu und kniete nieder, um Méens Segen zu empfangen; dann zog er sich mehr schlecht als recht aufs Pferd. Blaise war noch nie ein guter Reiter gewesen und das Alter ebenso wie die Jahre fernab der Welt hatten die Sache nicht gerade besser gemacht. Er schaffte es trotz allem, sich im Sattel zu halten – obwohl sie im leichten Trab ritten und er ordentlich durchgerüttelt wurde; und so waren sie in weniger als einer Stunde am Fuße der befestigten Motte von Sieur Cadvan angelangt. Mit rotgescheuerten Schenkeln und völlig kreuzlahm hastete der Mönch hinter Herbot bis zum Empfangssaal, wo man dem Reisenden neben dem Kamin ein Lager bereitet hatte.

Blaise legte seinen Mantel ab und setzte sich zu ihm. Es handelte sich um einen hageren, verbrauchten alten Mann mit wächsernem Teint, eingefallenen Augen und aufgesprungenen, bläulichen Lippen. Die Kälte draußen hatte ihm wohl seine letzten Reserven geraubt. Er schlief mit offenem Mund und ähnelte bereits dem Leichnam, der er bald sein würde. Behutsam schüttelte der Mönch ihn an der Schulter, um ihn zu wecken.

»Du hast danach verlangt, mich zu sehen, mein Sohn. Ich bin Bruder Blaise. Ehemaliger Beichtvater von Königin Aldan Ambrosia.«

Der Greis schlug die Augen auf. Und es kam dem Mönch vor, als lächelte er.

»Bist du derjenige, der Merlin begleitet hat?«, murmelte der Mann mit so schwacher Stimme, dass Blaise ihn bitten musste, den Satz zu wiederholen, da er dachte, er hätte sich womöglich verhört. Während er sich über ihn neigte, spürte er, wie sich eine zitternde Hand an ihm festkrallte.

»Mein Name ist Cylidd«, hauchte der Sterbende. »Ich stand in den Diensten . . . von Königin Guendoloena . . . Wo steckt . . . Merlin?«

»Das weiß ich nicht.«

Mit entsetzter Miene starrte Cylidd ihn an, dann schloss er die Augen und ließ sich nach hinten fallen. Tränen liefen ihm über das pergamentene Anlitz und schimmerten im Schein des Feuers, das im Kamin vor sich hin glimmte.

»Ich war mit ihm zusammen unterwegs«, sagte Blaise, erschüttert von der stummen Verzweiflung des alten Mannes. »Ich glaube . . . Ich glaube, er lebt immer noch im Wald.«

»Dann muss man ihn wiederfinden!«

Cylidd hatte geschrien, laut genug, dass einer der Diener, der in dem großen Saal seiner Arbeit nachging, ihnen einen fragenden Blick zuwarf.

»Sag mir lieber, weshalb du ihn suchst«, flüsterte Blaise. »Ist es Königin Guendoloena, die dich schickt?«

Der Greis nickte. Seine Hände zitterten wie Espenlaub und sein Blick wurde starr. Blaise tauchte rasch ein Stück Tuch in eine Schale mit kühlem Waser, die am Fuße des Krankenlagers bereitstand, und legte es ihm als Kompresse auf die Stirn – was seine Lebensgeister wieder zu wecken schien.

»Schwebt die Königin in Gefahr?«

Erneutes Kopfnicken.

»Und ... Sohn ...«

»Ihr Sohn? Ist ihr Sohn in Gefahr?«

Cylidd vermochte als Zeichen der Bestätigung nur noch die Lider zuzudrücken. Obwohl Blaise seinen Mantel ausgezogen hatte, schwitzte er heftig neben dem Feuer. Ratlos, was tun, schaute er sich nach allen Seiten um. Herbot war verschwunden. Die Diener ebenfalls. Es war keiner mehr außer ihnen beiden im Bankettsaal. Da zog er seinen Quersack zu sich heran, holte seine Stola heraus, die er küsste, bevor sie sich über den Kopf streifte, und anschließend das Kruzifix, das er dem Sterbenden vor die Lippen hielt.

»Glaubst du an Gott, mein Sohn?«

Cylidds ganze Antwort bestand darin, dass er das Kreuz mit der Hand von sich stieß und Blaise mit einem flehenden Blick fixierte, der diesem schier das Herz brechen wollte.

»Die Königin hat dich geschickt, Merlin zu holen, damit er ihr und ihrem Sohn zu Hilfe eilt ... Ihrer beider Sohn, so ist es doch, nicht?«

Der Kopf des Alten glitt allmählich zur Seite, aber Blaise hielt ihn fest und schüttelte den Sterbenden.

»Hör mir zu! Denk an ihn. Denk an Merlin. Ruf ihn an. Denk an die Königin, denk an ihren Sohn! Du stirbst nicht vergebens, alter Mann. Er wird dich hören. Das schwöre ich dir, im Namen des Himmels. Denk an ihn! Denk an Merlin! Denk ...«

Blaise hielt inne. Es bedurfte keiner Worte mehr.

Das Gesicht schweißüberströmt und von einer grässlichen, verkrampften Grimasse verzerrt, erhob er sich und trat langsam von dem leblosen Körper Cylidds zurück. So hatte Merlin also die Wahrheit gesprochen, als er die Geburt dieses Kindes erahnt hatte, genau am Tage ihrer Ankunft auf der Insel Battha.

Hinter ihm im Saal hallten Schritte wider. Es war der Verweser Sieur Cadvans, der kam, um sich nach dem Stand der Dinge zu erkundigen.

»Ist es vorbei?«, fragte er mit einem flüchtigen Blick auf das Bett.

»Ja«, gab der Mönch leise zurück. »Er ist als guter Christ gestorben. Lasst ihn auf geweihtem Boden begraben. Sein Name war Cylidd.«

»Ihr bleibt nicht, Pater Blaise?«

Der Mönch schüttelte mit einem kurzen Dankeslächeln den Kopf. Er hob seinen Mantel und seinen Quersack auf, dann verließ er das Gebäude und war heilfroh, wieder an der frischen, kühlen Luft zu sein.

Merlin . . . Mit der Zeit war es ihm gelungen, nicht mehr täglich an ihn zu denken, ihn nicht mehr hinter jedem Baum zu sehen, nicht länger sein Lachen im Wind zu hören. Er dachte an Cylidd, der dem Kind von so weit her gefolgt war, um den Befehl einer Königin zu erfüllen. Wie er selbst. Ganz genau wie er selbst . . . Flog seine Seele in diesem Moment zu Merlin? Hatte er bereits alles, was er wusste, an ihn weitergegeben? Das war wahrlich eine wenig christliche Idee gewesen, die ihn da überkommen hatte – eher eines Hexers als eines Gottesmannes würdig. Wie hatte er bloß etwas Derartiges tun können? Anstatt dem Sterbenden beizustehen und ihm die letzten Sakramente zu spenden, hatte er ihn dazu gedrängt, Merlin anzurufen – als könnte das Kind ihn hören! Als könnte es die Seele dieses Unglücklichen an sich ziehen und sie in sich auf-

277

saugen! Die Bischöfe hatten Recht. Er war nicht länger würdig, das Priestergewand zu tragen, war nicht länger des Kreuzes Christi würdig.

Als Blaise aufblickte, gewahrte er das Pferd, das ihn hergebracht hatte und das noch immer am Portalvorbau angebunden war. Ohne noch länger zu überlegen, eilte er zu ihm hin, band seine Zügel los und kletterte auf den Sattel. Dann ritt er in Richtung Wald davon.

Eine Schneedecke überzog das Land von Éliande. Bäume, Gräser und Büsche waren unter einer Kruste aus Reif und Eis erstarrt. Der Wald lag schweigend im Winterschlaf, darüber eine fahle Sonne, die das Unterholz mit Lichtsprenkeln übersäte. Es herrschte eine geradezu sibirische Kälte, die so streng war, dass die Wolfsmeuten selbst am helllichten Tage herauskamen, auf der Suche nach – zu seltener – Beute; ja, es war so klirrend kalt, dass die Bäche gefroren waren und die kahlen Bäume unter schauerlichem Ächzen zerbarsten.

Hingekauert an den Fuß einer Buche, deren Zweige schwer in Mitleidenschaft gezogen waren und deren Rinde von Efeu überwuchert war, hielt Gwendydd, die in ihrem Moirémantel kaum davon zu unterscheiden war, den Atem an, den Blick unverwandt auf ein Rudel Damwild gerichtet, das am Waldesrand äste. Ein großer Zehnender, hoch wie ein Pferd, dessen Schädel ein Geweih mit spitz zulaufenden, dolchartigen Sprossen krönte, stand reglos und majestätisch auf der Mitte der Lichtung, um Wache zu halten. Zwei weitere, weniger prachtvolle Tiere hatten zu beiden Seiten des Rudels Stellung bezogen, ebenfalls bereit, bei einem Angriff dazwischenzufahren. Neben Gwendydd jaulte leise ein Wolf und leckte sich die Lefzen, doch die kleine Elfe hielt ihm fest die Schnauze zu und drückte sich noch ein wenig tiefer in den bläulichen

Schatten der verschneiten Büsche. Zum Glück hatten die Hirsche nichts gehört.

Es galt zu warten. Früher oder später würde ein unvorsichtiges Kalb oder eine von der Gier getriebene Hindin sich auf der Suche nach Eicheln oder einem Strauch, an dem noch Früchte hingen, zwischen die Bäume hineinwagen. Und dann würden die Wölfe angreifen. Denn in dem Dickicht aus Zweigen und niedrigen Sträuchern könnten die ausgewachsenen männlichen Tiere ihr Geweih nicht einsetzen. Ja, höchstwahrscheinlich würden sie nicht einmal den Versuch unternehmen, die Opfer zu verteidigen. Sie mussten warten, auch wenn nagender Hunger sie quälte. Still abwarten, bis die verschneiten Büsche sie deckten.

Bei Einbruch der Dunkelheit wagte sich schließlich ein junger Spießer zwischen die Bäume hinein. Kaum einige Schritt weit. Doch das genügte, dass die Wölfe ihn umzingelten und urplötzlich losschossen, drei, vier auf einmal, und ihm in die Kehle und die Läufe bissen. Gwendydd rannte zu ihm hin, um ihm mit einem Spieß den Gnadenstoß zu versetzen und auf diese Weise seinem panischen Röhren ein Ende zu bereiten, nachdem die wilden Bestien bereits begonnen hatten, ihn bei lebendigem Leibe zu verschlingen.

Dann lief sie davon, um diesem abscheulichen Mahl zu entrinnen, und floh immer geradeaus, quer durch die Wälder. Seit sie die Wölfe zu ihrem Futterplatz führte, hatte sie sich nie daran gewöhnen können. Das Blut, der Gestank der Eingeweide, die obszöne Besessenheit der Tiere, die ihre Fänge in das noch zuckende Fleisch hieben ...

Gwendydd rannte und rannte, bis ihre Beine sie nicht länger trugen und sie weinend zusammenbrach, kurz davor, sich vor Erschöpfung zu übergeben. Dann schlief sie ein, am Fuße einer Eiche zusammengerollt, gleichgültig gegen die nächtliche Eiseskälte.

Als sie erwachte, fielen feine, wirbelnde Schneeflocken vom Himmel, die die Geräusche des Waldes dämpften. Alles war weiß, grau oder schwarz – reglos, tot und trist. An jenem Morgen hatte sie keine Lust mehr, noch weiter alleine zu sein.

Im Gegensatz zu den anderen Elfen lebte Gwendydd nicht in einem Clan. Seit dem Tode ihrer Mutter, oder eigentlich eher seit ihr Vater Morvryn mit Gwenwyfar auf und davon war, hatte sie keinen Clan mehr, sondern nur noch ihren Großvater Gwydion ... und nun dieses fremde Wesen, diesen Merlin, der vorgab, ihr Bruder zu sein.

Langsam, ja beinahe widerwillig schlug sie den Weg zum Síd ein, dem Hain der sieben Bäume. Sie gelangte in der Abenddämmerung dort an, als der Wind die Schneewolken vertrieben hatte und ein glühender Feuerball über dem Horizont den Wald erwärmte. Gwydion war da, wie immer. Zahllose Monde waren verstrichen, seit er das Kind mit dem weißen Haar hierher geführt hatte. Eine Ewigkeit, selbst für eine Elfe, ohne dass Merlin auch nur die leiseste Lebensregung gezeigt hätte. Im Laufe der Zeit hatten Efeu und Moos ihn teilweise überwuchert, so dass er eher an einen Baumstumpf oder einen zum Quell gehörigen Felsen gemahnte als an ein lebendiges Wesen. Gwydion schien darüber weder überrascht noch beunruhigt. Diejenigen, die aus dem Kessel tranken, verharrten zuweilen über Jahre in dieser Stellung, in ferne Sphären entrückt, in denen sie außerhalb ihres Körpers, der währenddessen nicht alterte, umherschweiften. Es hieß, die aufrechten Steine, die überall im Wald verstreut standen, seien die vergessenen Körper jener, die nie wieder von dieser Reise zurückgekehrt seien. Die kleine Elfe hatte sich immer gefragt, ob das stimmen mochte ...

Kaum betrat sie den Hain, spürte Gwendydd, dass irgendetwas anders war. Gwydion, der neben Merlin kniete, drehte sich mit einem strahlenden Lächeln zu ihr herum, das Gesicht tränenüberströmt. Sie trat noch ein Stück weiter vor und in ihrer Kehle formte sich ein dicker Kloß.

Merlin hatte die Augen geöffnet.

Der Wald war erfüllt von einem bedrohlichen Rascheln und Raunen. Obwohl der Mond schien und Blaise seine vor Müdigkeit brennenden Augen weit aufgesperrt hielt, konnte er beim besten Willen nicht mehr als einen hellen Schneeschimmer zwischen den gewaltigen schwarzen Umrissen der Bäume und Büsche erkennen. Gleich ob eine Baumrinde krachte, ein Busch sich zitternd bewegte oder sein Pferd schnaubte, sprang er auf, mit klopfendem Herzen und schwenkte einen dicken Ast, der ihm als Keule diente. Danach brauchte er jedes Mal etliche Minuten, um sich wieder zu beruhigen, während er sich zurück in den Schutz seines Baumstammes flüchtete, sich mit dem Rücken dagegen lehnte und versuchte, wenn schon keinen Schlaf, so doch zumindest Erholung zu finden. Bis zum nächsten Krachen.

Die Nacht war noch nicht einmal halb vergangen, als ihn bereits jeglicher Mut verlassen hatte. Blaise war es nicht gelungen, ein Feuer in Gang zu bringen, da das Holz so feucht war, und so saß er ohne Licht und Wärme da, zur Blindheit verurteilt und völlig steif gefroren, und hielt alle nasenlang den Atem an, um lauernd auf die tausend Geräusche des Waldes zu horchen, die er nicht zu identifizieren vermochte. Diese eisigen Abendstunden hatten seinen Anflug von Begeisterung noch im Keim erstickt. Wie hatte er sich so unbesonnen in die Wälder hineinwagen können, ohne sich auch nur die Zeit zu nehmen, sich auszurüsten, und wäre es bloß mit Proviant gewesen? Und wie hatte er glauben können, er würde das Kind in diesen endlosen, feindseligen Weiten finden, die aus nichts als Dornenranken und Brennnesseln bestanden, aus undurchdringlichem

Gestrüpp und abgelegenen Tälern, und die von Wölfen, Wildschweinen und jenem von Gott vergessenen Volk unsicher gemacht wurden, dem Merlin anzugehören glaubte?

In all diesen Jahren hatte weder er selbst noch Méen je auch nur die kleinste dieser Teufelsgestalten gesehen. Doch vergingen keine paar Monate, ohne dass das Land angesichts einer weiteren Geschichte über von Pfeilen durchbohrte Soldaten oder Holzfäller erzitterte, nicht ein Sommer, in dem nicht ihre Ernten vernichtet wurden, so als würden die Elfen im Wald ihre Anwesenheit nur bis zu einer gewissen Grenze tolerieren. Einer Grenze, die er nun wohl aus purem Wahnsinn überschritten hatte, und er setzte dabei wahrscheinlich sein Leben aufs Spiel.

Morgen – falls Gott sich seiner erbarmen und ihn am Leben lassen würde –, morgen würde er umdrehen, nach Trefoss zu Pater Méen zurückkehren, dort, wo er hingehörte, ohne einen anderen Wunsch, als dort seine Tage zu beschließen, seine Sünden abzubüßen und Merlin aus seinen Gedanken zu verbannen. Das Kind konnte am Leben sein oder tot, der Wald würde das Geheimnis hüten, und das war gut so. Cylidds Worte hatten das Feuer, das er erloschen geglaubt hatte, erneut in seiner Brust entfacht, hatten einen unfrommen, eines Christen unwürdigen Traum wieder wachgerufen. Wer war er denn, er armseliger Mönch, dass er das Wort des Herrn infrage stellte, dass er es wagte, eher seiner eigenen Intuition zu folgen, als auf Ihn zu vertrauen, selbst hinsichtlich des Unbegreiflichen, ja, *vor allem* hinsichtlich des Unbegreiflichen? »*Selig sind, die nicht sehen und doch glauben*«[1], hatte Jesus dem ungläubigen Thomas gesagt. Wie der Apostel hatte er sich von Vernünftelei und Stolz verblenden lassen. Obgleich er so viele Jahre mit Gebeten und Bußübungen zugebracht hatte, hatte

---

[1] Johannes, Kapitel 20, Vers 29, zitiert aus der Luther-Übersetzung.

es genügt, dass einer Merlins Namen aussprach, und schon war er losgestürzt, ihn zu suchen. Und wozu? Welchem absurden Traum zuliebe? Der Weg des Kindes führte nicht zur Erleuchtung, sondern zum Zweifel, zu Zynismus und Zerstörung.

Mit einem Mal wieherte sein Pferd gellend auf und begann so heftig auszukeilen, dass es seine um einen Zweig gewickelten Zügel losriss. Und schon entfloh das Tier im Galopp in die Finsternis. Blaise hatte gerade noch die Zeit, aufzustehen und nach seinem Knüppel zu tasten. Als er ihn glücklich in der Hand hatte, hielt er den Atem an und merkte im selben Moment, wie ihm das Blut in den Adern gefror. Gegen den Schnee zeichneten sich die scharfen Umrisse niedriger, dunkler Silhouetten ab, die langsam auf ihn zukamen. Wölfe, die ihn von allen Seiten umzingelten.

Der Mönch wich zurück, bis er mit dem Rücken gegen den Baumstamm stieß, dann ließ er seinen Stock brüllend in die Dunkelheit hineinsausen, traf allerdings ins Leere und hätte um ein Haar das Gleichgewicht verloren. Ganz dicht vor ihm ließ ein Wolf ein heiseres Knurren hören. Er hieb erneut zu und traf diesmal das Tier, das mit einem schrillen Jaulen das Weite suchte. Blaise hatte bereits das Gefühl, kaum noch Luft zu bekommen, seine Lunge brannte, und seine Arme waren wie aus Blei. Die anderen Wölfe blieben zwar auf Distanz, waren jedoch nah genug, dass der Mönch im schwachen Licht des Mondes ihre geduckten Rücken und ihre über schimmernde Reißzähne hochgezogenen Lefzen erkennen konnte. Er ging um den Baumstamm herum und entfernte sich Schritt um Schritt, ohne dass sie sich geregt hätten, und sah dabei auch nicht den Anführer des Rudels hinter sich, der darauf wartete, ihm den tödlichen Biss zu versetzen. Schweißperlen rannen ihm über die Stirn und brannten ihm in den Augen. In seinen Schläfen pochte das Blut. Seine Arme zuckten krampfartig.

Weniger als drei Ellen hinter ihm lauerte der große Wolf, bereit zum Sprung.

Da zerriss mit einmal ein schriller Schrei die nächtliche Stille und ließ den Mann und das Tier beide gleichermaßen erstarren. Blaise fuhr mit einem Satz herum, erblickte die Bestie und trat Hals über Kopf den Rückzug an. Im selben Moment tauchten zweibeinige Gestalten zwischen den Bäumen auf, liefen zwischen den Wölfen hindurch, ohne sie auch nur eines Blickes zu würdigen, und kamen auf ihn zu. Blaise erspähte eine von ihnen, als sie an ihm vorüberlief, um sich neben das männliche Rudeloberhaupt zu hocken. Sie sah aus wie ein Mensch, doch handelte es sich nicht um einen Mann. Nicht größer als ein Kind, bewegte sie sich lautlos fort und hinterließ hinter sich eine Duftspur nach frisch geschnittenem Gras. Aber es war auch kein Kind noch eine Frau. Ihre Stimme erhob sich in der Dunkelheit, ruhig und deutlich.

»*Gewitan maegenheard wuth. Hlystan Gwendydd. Laetan nith leofian* . . .«

Der Wolf knurrte zornig, so als antworte er auf diese merkwürdige Sprache, dann trabte er davon und verschwand in der Nacht, gefolgt vom Rest der Meute.

»Das ist wahrhaft leichtsinnig, sich ohne Waffe in den Wald zu wagen!«

Blaise ließ vor Schreck seine behelfsmäßige Keule fallen. Diese Stimme, dieser mokante Ton . . . Eine hoch aufgeschossene, schemenhafte Silhouette, die von einem leuchtenden Kranz weißer Haare gekrönt wurde, löste sich aus der Gruppe und kam auf ihn zu.

»Merlin . . . Bist du das?«

»Jawohl, ich bin es, mein Bruder.«

Merlin trat noch weiter vor, nah genug, dass der Mönch trotz der Dunkelheit seine Züge erahnen konnte. Er selbst hatte den Mönch längst gesehen und der Anblick seines Gefährten hatte ihn zutiefst erschüttert. Doch obwohl seine Kehle wie zugeschnürt war, zwang er sich, sich nichts anmerken zu lassen. Gwydion hatte ihm wohl erzählt, dass er lange Zeit im Herzen des Hains verharrt hatte, er hatte selbst das Moos und den Efeu gesehen, die seinen Körper im Laufe der Jahre überwuchert hatten, doch die Elfen haben kein Zeitgefühl. »Lange Zeit«, das konnten Wochen oder Monate sein. Doch als er Blaise sah, wusste er, dass es Jahre gewesen sein mussten. Der Mönch war abgemagert, seine Haut war faltig, sein Bart von grauen Haaren durchsetzt. Blaise war jetzt ein alter Mann, beinahe ein Greis... Die beiden Gefährten hielten einander lange im Arm, was die Elfen, die bis dahin aufs Höchste beunruhigt gewesen waren, zu beschwichtigen schien. Merlin spürte, wie Blaise in seinen Armen zitterte.

»*Genip se bregean, maga!*«, stieß das Kind aus, während es sich von ihm entfernte. »*Byrnan fyr tham.*«

»Was hast du da gesagt?«

»Ich habe sie darum ersucht, dass sie Feuer machen, damit du dich aufwärmen kannst.«

»So sprichst du also ihre Sprache!«

Wenige Minuten später blitzten zwei Schritt weiter Funken auf, und schon schlugen die Flammen über einem Haufen Reisig hoch und erleuchteten Blaise' Antlitz, an dem deutlich abzulesen war, wie aufgewühlt und ergriffen er war.

»Ich habe etliche Sprachen gesprochen«, murmelte Merlin, während er ihn zur Feuerstelle hinzog. »Einschließlich der der Verstorbenen, entsinnst du dich noch?«

»So ist Cylidd also angekommen bei...«

»Ja, Cylidd. Ein schreckliches Leben, wahrlich... Nun los, komm dich aufwärmen.«

Merlin hatte den Arm um Blaise geschlungen, schob ihn zu dem hell flackernden Feuer und nötigte ihn, sich zu setzen; dann reichte er ihm eine Art flaches Fladenbrot, in das der

Mönch mit gesundem Appetit hineinbiss. Eine ganze Weile lang saßen sie so, Seite an Seite, ohne ein Wort zu sagen, denn sie brauchten beide Zeit, um sich wieder zu sammeln. Und während sie einer wie der andere ihren Gedanken nachhingen und sich all das ins Gedächtnis riefen, was sie miteinander verbunden, aber auch all das, was sie voneinander getrennt hatte, kamen die Elfen herbei, um es sich für die Nacht bequem zu machen. Dabei hielten sie Abstand zum Feuer, dessen sie nicht im Geringsten bedurften – weder um in der nächtlichen Dunkelheit etwas zu erkennen noch um sich aufzuwärmen –, das sie allerdings sichtlich faszinierte. Die kleine Elfe, die kurz zuvor mit dem Wolf geredet hatte, setzte sich neben Merlin und betrachtete den Mönch mit einem herausfordernden, beinahe spöttischen Blick, der dem seines Gefährten so ähnlich war, dass Blaise lachend den Kopf schüttelte.

»Das ist ja nicht zu fassen!«

»Was denn?«

»Na, alles! Dich hier zu sehen, wie du aus heiterem Himmel aus der Finsternis auftauchst ... gerade in dem Moment, als ich kurz davor stehe, mich bei lebendigem Leib verschlingen zu lassen; diese Elfen, die sich so einfach zeigen, wo sie doch nie auch nur einer gesehen hat; ihre Ähnlichkeit mit dir! Entweder ist das ein Traum oder aber ich bin tot!«

»Das wärest du sicher, wenn sie nicht den Wölfen gefolgt wäre«, bemerkte Merlin mit einem Lächeln zu der Elfe hin, die sich eng an ihn schmiegte. »Sie heißt Gwendydd. Wir hatten denselben Vater, sie und ich.«

»So hat es sich also bewahrheitet? Alles, was du vermutet hast, hat gestimmt?«

Blaise stieß einen amüsierten Seufzer aus und wechselte seinen Platz, um sich auf die andere Seite des Feuers zu setzen und die beiden von vorne zu betrachten. Ihre Ähnlichkeit sprang einem zwar nicht in die Augen, aber Gwendydd erinnerte ihn an den Merlin aus der Zeit ihres Kennenlernens, an das verstoßene, aggressive Kind, das dieser einst gewesen war. Doch das war so lange her!

»Wäre ich anmaßend, so würde ich sagen, Gott halte mich zum Narren«, erklärte Blaise, während er sich bequem an einem Felsen zurechtsetzte. »Man könnte meinen, es genügte, dass ich beschließe, an etwas zu glauben, damit Er mir das Gegenteil beweist. Weißt du, heute Morgen war ich sicher, dich wiederzufinden. Ich war fest davon überzeugt. Und es ist keine Stunde her, dass ich ebenso sicher war, dass dies unmöglich sei, dass ich darauf verzichten müsse, dich wiederzusehen, und dass ich mich nur noch Gott und dem Abbüßen meiner Sünden widmen sollte. Ich hatte Angst ... Herr im Himmel, ich hatte wirklich Angst. Ich habe Ihn angefleht, mich bis zum Ende der Nacht am Leben zu lassen, doch er hat mir die Wölfe auf den Leib gehetzt.«

»Du bist noch immer am Leben«, murmelte Merlin.

»Ja ... Aber verdanke ich das nun Ihm oder dir? Glaubst du, dass Er es ist, der dich gesandt hat?«

»Das weiß ich nicht ... Ich vermute, das ist genau das, was man Glauben nennt, nicht? Und wenn dein Gott jemanden gesandt hat, so war das auf alle Fälle nicht ich, sondern Gwendydd.«

»Na gut, ich nehme an, ich schulde ihr mein Leben ... Sag ihr, dass ich ihr dafür danke.«

Das Kind nickte und kam der Aufforderung mit einer emphatischen Geste zu dem Mönch hin nach.

»*Halig nith bettacan ar, maga.*«

Die anderen begannen zu lachen, aber die kleine Elfe dankte ihm ihrerseits mit einem Kopfnicken, bevor sie Merlin einige Worte ins Ohr flüsterte, die ihm ein Schmunzeln entlockten. In diesem Moment sah ihn Blaise wieder so, wie er ihn kennen gelernt hatte, so, wie er in seiner Erinnerung geblieben war.

»Schau dich an . . . Du hast dich nicht verändert. Wie lange ist das her, zehn Jahre?«

Zum ersten Mal wirkte Merlin offenkundig betroffen.

»So lange?«, brachte er mit bestürzter Miene hervor – wobei der Mönch seine Bestürzung allerdings gar nicht bemerkte.

»Wahrscheinlich noch länger«, erwiderte Blaise und unterdrückte ein Gähnen. »Vielleicht zwölf oder dreizehn. Ich habe irgendwann aufgehört zu zählen . . . Was hast du all die Jahre gemacht? Wo warst du?«

Das Kind mit dem weißen Haar antwortete nicht, gedankenverloren, im Geiste weit fort, und seine Miene war so verstört, dass Gwendydd es mit der Angst zu tun bekam und ihren Bruder unsanft schüttelte. Merlin beschwichtigte sie mit einem Kopfnicken, dann machte er einen armseligen Versuch, seinem Gefährten ein Lächeln zu schenken.

»Entsinnst du dich an den ›Gesang der Bäume‹?«

Habe gelebt in unzählgen Formen,
Bevor ich gültge Gestalt mir errang.
War im Wasser, im Wellenschaum.
War Hufeisen im Feuer
Und Baum im Dickicht.
War eine gesprenkelte Viper auf dem Hügel.
War kammbewehrte Schlange im See . . .[2]

Merlin hielt inne und wiegte lächelnd das Haupt.

»Ich weiß jetzt, was Taliesin damit ausdrücken wollte, als er dies schrieb. Ich habe dasselbe erlebt, diese Metamorphosen. Doch ich hätte niemals gedacht, dass darüber so viel Zeit vergangen ist . . . Vielleicht hast du mich errettet, mein Freund, indem du mir Cylidds Seele geschickt hast.«

---

[2] Auszug aus dem ›Cad Goddeu‹, dem ›Kampf der Bäume‹, von Taliesin.

Blaise nickte träge, doch es war unübersehbar, dass er nicht ein Wort von dem verstand, was Merlin da soeben gesagt hatte. Im flackernden Schein der Flammen wirkte das Gesicht des Ordensbruders, der schon halb eingeschlafen war, zerfurcht von Falten, gezeichnet von all jenen Jahren, von denen Merlin nichts wusste. Was war aus ihm geworden, nachdem er ihn im Yeun Elez seinem Schicksal überlassen hatte? Was hatte er durchgemacht, dass er derart ausgezehrt aussah? Auch Guendoloena musste sich verändert haben. In Cylidds Erinnerung war sie eine Königin gewesen, die Gemahlin eines skotischen Königs, den der alte Mann hasste. Wie weit dies alles von Brocéliande entfernt war!

»Ich hätte mir niemals träumen lassen, dass ich eines Tages von hier fortmuss«, murmelte er traurig. »Glaubst du, sie befinden sich wirklich in Gefahr?«

»Na, du stellst Fragen!«, brummte Blaise und verzog schicksalsergeben den Mund. »Nach so vielen Jahren ... Vielleicht sind sie alle beide tot, sie und dein Sohn. Oder vielleicht ist die Gefahr inzwischen ausgeräumt. Doch es gibt nur ein Mittel, das herauszufinden.«

Merlin hob den Blick zum Himmel und betrachtete die funkelnden Sterne. Das Feuer verglomm allmählich und verbreitete nur noch einen schwachen rötlichen Schein. Gwendydd war bereits an seiner Schulter eingeschlafen und Blaise dämmerte ebenfalls gerade weg. Da schloss Merlin die Augen und weinte stumm.

XVI

Die Rückkehr nach Dun Breatann

Den ganzen Tag lang hatte Riderch auf diesen Moment gewartet. Endlich alleine sein, auf dem Gipfel des höheren Hügels, der sich schützend über seiner Festung erhob, die Abenddämmerung über der breit auslaufenden Mündung des Clyde betrachten können, nach der Hitze des Tages den Seewind genießen, nicht mehr reden müssen, keine Befehle mehr erteilen, sich nicht länger seiner Stellung würdig erweisen müssen ... Hier, auf die hölzerne Brustwehr des oberen Bollwerks gestützt, konnte er schweigen, seine Gedanken frei schweifen lassen, den Flug der Möwen über dem Fluss verfolgen und alles vergessen, was für gewöhnlich seine Aufmerksamkeit gefangen nahm. Hier erreichte ihn der Lärm aus der von Truppen besetzten Unterstadt nicht mehr, ebenso wenig wie das zermürbende Geschnatter seiner Ratgeber und Höflinge. Mit der Zeit waren ihm ihre unablässigen Schmeicheleien und Gesuche unerträglich geworden. Er war reich, gewiss, vermutlich reicher als irgendein anderer britannischer König, wenn man Mynyddog, Herrscher der Manau Goddodin, einmal ausnahm; doch dieser Reichtum hatte dazu geführt, dass er fortwährend von einem unersättlichen Hofstaat umschwirrt wurde, in dem Klatsch und Ränke für beständige Unruhe sorgten und in dem er schwerlich ein uneigennütziges

Wesen hätte finden können, das nicht irgendetwas von ihm gewollt hätte. Er befehligte die mächtigste Armee – abgesehen von der Armee Urien von Rhegeds vielleicht –, aber er hatte noch keine Schlacht gewonnen, die dieses Namens würdig gewesen wäre, zumindest nicht gegen die Sachsen. Seit seine Truppen die Festung von Caernarfon geplündert[1], Sieur Gwrgi getötet und König Rhun gezwungen hatten, sich zu unterwerfen, reichte Riderchs Befehlsgewalt von den Bergen des Nordens bis zu den Küstenstrichen von Dyfed. Kein anderer vermochte so viele Lanzenreihen für eine Schlacht aufzubieten, so viele Streitrösser, so viele Kriegsschiffe, keiner so viel Fußvolk oder Bogenschützen. Unter seiner Protektion hatte Bischof Kentigern in sämtlichen Winkeln des Königreichs Klöster errichtet: in Cambuslang, in Glesgu, in Whithorn, ja selbst an den piktischen Grenzen, in Luss und Knock. Hunderte von Mönchen zogen kreuz und quer durchs Land, um den Gehorsam gegenüber Gott sowie die heilige Pflicht des Krieges gegen die Heiden, Angeln und Sachsen zu predigen. Doch all das stand auf tönernen Füßen, das wusste Riderch nur allzu gut.

Artus' Torques, der immer noch schwer an seinem Hals hing, genügte nicht mehr, um die britannischen Herrscher unter einem Banner zu vereinen. Der Krieg währte schon zu lange, ohne dass etwas Nennenswertes dabei herausgekommen wäre. Weder Gold noch Ruhm. Die Städte und Dörfer an der Grenze waren so schwer in Mitleidenschaft gezogen, dass sie ums Überleben kämpften, die ländlichen Gegenden waren verlassen, die Gebiete im Norden unwiederbringlich entvölkert. Die Menschen waren fortgegangen, sie hatten all ihre Habe mitgenommen, und es gab keine einzige Truppe mehr, die es vermocht hätte, in diesen Regionen zu leben oder genügend Gewinn aus ihren Plünderungsaktionen zu ziehen,

[1] Im Jahre 584 n. Chr.

um den Kampf fortzusetzen. Von nun an müsste Riderch zahlen, um sich ihrer Unterstützung zu versichern, auf die eine oder die andere Weise. Gold oder Ländereien. Oder im günstigsten aller Fälle, indem er ihnen das Kommando über eine Truppe übertrug. Der König fühlte sich ausgelaugt von den endlosen Verhandlungen, derer es bisweilen bedurfte, um allein den Anführer eines einfachen Trupps, der weniger als hundert Reiter unter sich hatte, zu überzeugen ... Solche Augenblicke der absoluten Einsamkeit wie jetzt gerade mochte er daher nicht mehr missen.

Die Sonne versank langsam hinter dem Horizont und es begann zu dunkeln. Der Clyde schillerte unter den letzten feuerroten Strahlen des verglimmenden Tages, glatt und ruhig wie ein Strom aus Gold. Das war es, was er oben auf dem kleinen Fort zu suchen gekommen war. Dieses ewig gleiche, friedliche Schauspiel, diese unerhörte Kraft des Flusses, der dort unten zum offenen Meer hinfloss. Ja, seine Armeen sollten sein wie der Clyde, sie sollten sich quer über die Insel Britannien ergießen und unterwegs alles mit sich reißen ... Plötzlich gewahrte Riderch in der Ferne ein kleines, viereckiges Segel, ein Fischerboot oder Korakel, das fröhlich dahinglitt, geradewegs auf die Sperre aus Kriegsschiffen zu, die über die gesamte Breite der Mündung errichtet worden war. Ein bisschen spät, um vom Fischfang heimzukehren ... Doch diese leichtfertigen Gesellen würden vermutlich mit einer Nacht unter freiem Himmel, an den Ufern des Flusses davonkommen; es sei denn, die Kapitäne seiner Flotte entschlössen sich dazu, sich ein wenig mit ihnen zu amüsieren ... Riderch sah, wie das kleine Boot an eines seiner Kriegsschiffe heranfuhr, lächelte und schloss die Augen. Der Wind trug die frische Seeluft und den Geruch nach Tang in Böen zu ihm herüber, wodurch zum Glück der aus den unteren Vierteln aufsteigende Gestank nach verbranntem Fett vertrieben wurde. Über das ganze Ufer verstreut, von der Unterstadt bis etliche Meilen das Mündungsgebiet hinunter, entzündete die Truppe ihre Feuer, und die Essensdünste, die sich mit dem Gestank der Stallungen und Latrinen vermischten, verpesteten die Atmosphäre. Wie lange würde er noch warten müssen? Jetzt, da die Bedingungen endlich alle erfüllt waren, jetzt, da sämtliche britannischen Armeen sich rüsteten, um gemeinsam die Angeln in Bernicia, Mercia und Deira zu überfallen, bedeutete jeder verlorene Tag eine zusätzliche Zerreißprobe für seine Nerven.

Eine einzige Sache zählte: das Eintreffen eines Boten von Aedan, das ihm anzeigte, dass die Skoten ebenfalls zum Angriff bereit waren. Dann könnte der Krieg endlich beginnen. Der wahre Krieg, nicht mehr diese läppischen Invasionen, die binnen weniger Tage wieder vorüber waren, weil der Feind die Flucht ergriff. Nein, ein gnadenloser Krieg, der selbst auf Lindisfarne und Bamburgh übergriff, bis von den Königreichen der Angeln nichts mehr übrig war, bis der Kopf von Æthelfrith, dem Sohn Idas, auf einer Lanze an der Ausfallpforte seiner Festung aufgespießt und Bernicia vom Joch der Angeln befreit war, ebenso wie Deira und Mercia. Erst dann würden sie die Sachsen unter König Ceawlin angreifen können – oder auch sich gütlich mit ihnen einigen. Jedenfalls sollte die gesamte Nordhälfte der Insel wieder britannisch werden, und Artus' Name sollte angesichts seiner eigenen Siege verblassen!

Riderch stützte die Stirn auf den Wall aus Schanzpfählen und griff unter der Schließe seines Mantels nach dem goldenen Torques. Es hatte einiger Zeit bedurft, um nach ihrem gescheiterten Feldzug im Süden damals die kritischen Stimmen zum Schweigen zu bringen. Sie waren zu weit von ihrem Hauptstützpunkt entfernt gewesen, schlecht vorbereitet, zu langsam ... Sie hatten keine einzige von Ceawlins Eroberungen verhindern können und hatten zugleich ihre eigenen Gebiete in Gefahr gebracht. Die Rückeroberung der Insel konnte sich nur vom Norden her vollziehen und nur, wenn sie im Gegenzug ein stabiles Bündnis mit dem Skotenkönig Aedan eingingen, das hatte er unermüdlich gepredigt. Weshalb hatte man seinerzeit nicht auf ihn gehört, statt so viele Jahre zu vergeuden?

Jetzt waren endlich alle Bedingungen gegeben. Drei Jahre zuvor war der Skote gegen die Pikten aus Fortriu ins Feld gezogen und hatte deren König Brude getötet. Er war ebenfalls zu einem neuerlichen Angriff gegen das, was von ihrem Reich noch übrig war, bereit, während König Mynyddog die Pikten im Süden von Lothian aus attackieren würde. In einigen Wochen würden die Ernten eingebracht, so dass selbst bei einem mehrmonatigen Feldzug die Nahrungsversorgung der Truppen gesichert wäre. Riderch könnte also diesen wimmelnden Haufen grölenden Kriegsvolks, das seine Stadt überschwemmte, nach Südosten hinuntertreiben, sich mit den Truppen von Urien und seinem Verbündeten Morcant zusammenschließen, könnte parallel dazu mit der Flotte der an den Clyde-Ufern versammelten Schiffe den Fluss hinauffahren – schneller und weiter, als jede Kavallerie es vermocht hätte – und die Angeln zum Kampf nötigen.

Ein paar Wochen noch . . .

Seufzend löste Riderch sich von dem Palisadenwall und strich sich den Bart und die vom Wind zersausten, grau melierten Haare glatt. Unten in der Königsburg hatten die Dienerinnen und Sklaven wohl inzwischen das Festessen angerichtet und die verschiedenen Fleischsorten gegart. Er würde trinken und lachen müssen, das Bier in Strömen fließen lassen und zu Ehren seiner Gäste sogar Wein kredenzen. Nach einem letzten Blick auf den Fluss schickte er sich widerstrebend an hinunterzugehen. Seltsamerweise hatte das kleine Boot mit dem viereckigen Segel die Sperre durchbrochen und näherte sich dem Ufer. Vielleicht handelte es sich am Ende gar nicht um Fischer? Und wenn es jene Geheimboten aus Dal Riada waren, die er so ungeduldig erwartete?

Eilig stürmte er die Stufen, die zum Gipfel der Anhöhe führten, hinunter, bis zu der kleinen Senke, in deren Schutz der Bankettsaal und die Herrschaftsgebäude lagen. Dort stand Amig und schirmte den Zugang zu der kleinen Feste mit einigen zuverlässigen Wachen ab. Seit dem Tode von Sawel und Dafydd war er einer der ganz wenigen Truppenführer, zu denen Riderch noch volles Vertrauen hatte.

»Nimm dir ein paar Männer und lauf zum Hafen hinunter!«, brüllte Riderch, sobald er ihn sah. »Da kommt ein Boot. Bring all seine Passagiere zu mir.«

»Bin schon unterwegs.«

»Mit allen Ehrenbezeigungen, falls es Skoten sind!«

Es schien unmöglich, irgendwo anzulegen, so dicht war der Uferstreifen von Schiffen aller Größenordnungen übersät – von zweimastigen *longae naves* aus der Römerzeit bis zu riesigen Ruderbooten, die geräumig genug waren, um ein Dutzend Pferde und doppelt so viele Soldaten an Bord aufzunehmen. Blaise hatte ihr Segel eingeholt und ließ, nachdem er sich wieder an die Pinne gesetzt hatte, ihr Korakel mit dem verbleibenden Schwung dahingleiten, wobei es immer noch vom Wind mit angeschoben wurde, der seinen breiten Rumpf aus Leder und Holz leicht zur Seite abtrieb.

Als sie am Morgen an der Insel Arran vorübergesegelt waren und sich der breiten Trichtermündung genähert hatten, hatten sie noch genau vereinbart, wie sie sich bei der Anfahrt auf die Gestade Strathclydes verhalten würden – und seither hatte Merlin kein Wort mehr gesprochen. Das war allerdings nichts Außergewöhnliches. Die beiden Gefährten waren seit Wochen auf dem Schiff unterwegs, ohne mehr als ein paar banale

Sätze zu wechseln; meist, wenn sie irgendwo anlegten, um ihre Vorräte aufzustocken. Alles, was sie einander zu erzählen hatten, war gesagt worden, während sie quer durch den Wald gewandert waren, um an die Küste zu gelangen. Von dem Augenblick an, da sie aus dem Schutz der Bäume herausgetreten waren und Gwendydd und ihre Eskorte aus Elfen zurückgelassen hatten, hatte sich das Kind wieder in melancholisches Schweigen gehüllt und ging nur aus sich heraus, wenn es von einem seiner plötzlichen, reichlich erschreckenden Wutanfälle gepackt wurde, deren Ursache es dem Mönch jedoch nicht ein einziges Mal auch nur andeutungsweise erklärte.

Als Blaise nun an diesem Abend zu den beiden gewaltigen Zwillingskuppen des Petra Coithe, dem »Felsen des Clyde«, emporblickte, die sich schwarz und riesenhaft im Dämmerlicht des zur Neige gehenden Tages vor ihnen erhoben, hätte er ebenfalls nicht eine Silbe über die Lippen gebracht. Mit klammen Händen und zusammengeschnürter Kehle lenkte er von Zeit zu Zeit das Boot mit einem Ruderschlag in Richtung Ufer zurück, allerdings ohne dass er versucht hätte, ihr Anlanden inmitten dieser Unmengen bewaffneter Männer, die den Hafen und die Unterstadt verstopften, zu beschleunigen.

»Da«, erklärte Merlin im vorderen Teil des Korakels und zeigte auf eine Lücke zwischen zwei Schiffen.

»Bist du dir deiner Sache sicher?«

Das Kind mit dem weißen Haar drehte sich langsam zu Blaise herum und nickte schweigend, mit einer Miene, deren Ernst diesen bestürzte. Als hätten die Jahre ihn plötzlich eingeholt, schien Merlin seit ihrer Abreise gealtert zu sein. Seine Züge waren härter und markanter geworden. Blaise konnte sich nicht entsinnen, je noch einmal jenes spöttische Lächeln an ihm gesehen zu haben, das er früher nahezu beständig zur Schau getragen hatte, diese scheinbare Unbekümmertheit, die er bei allen Dingen an den Tag gelegt hatte. Das Kind mit den magischen Kräften war schwermütig geworden, und zwar in einem solchen Maße, dass der Mönch sich schließlich fragte, ob Merlin es nicht darauf anlegte, dem Ganzen ein Ende zu setzen, indem es sich in dieser Weise dem Zugriff seines Feindes auslieferte. Er gehorchte jedoch und lenkte das Boot zu einem Pfahl, an dem sie es vertäuen konnten.

Sie hatten kaum ihr spärliches Gepäck an Land geworfen und den Fuß auf die Anlegestelle gesetzt, da waren sie bereits von einem Trupp Wachen in gefütterten Lederwämsern und blutroten Mänteln umringt. Ihr Anführer, Amig, musterte Merlin mit unschlüssiger Miene und zog es dann vor, sich an den Mönch zu wenden.

»Seid Ihr die Gesandten von König Aedan?«, fragte er.

»Nein«, erwiderte Blaise, »wir...«

»Wir möchten zu König Riderch«, schaltete Merlin sich ein. »Sag ihm, Prinz Emrys Myrddin, Sohn der Aldan Ambrosia, Herrscherin über die Sieben Gebiete, muss ihn sprechen.«

»Das wirst du ihm selbst sagen«, gab Amig zurück. »Ich habe die Anweisung, Euch zum König zu bringen, gleich, wer Ihr seid.«

Merlin spürte den Blick seines Gefährten auf sich ruhen und äugte zu ihm hinüber. Blaise, dessen Gesicht krebsrot war und glänzte, rollte besorgt die Augen und dachte offenbar fieberhaft darüber nach, wie sie sich aus der Affäre ziehen könnten.

»Ich bin derjenige, den dein König zu sehen wünscht«, erklärte das Kind an Amig gewandt. »Der Mönch interessiert ihn nicht.«

»Nun, wenn er ihn nicht interessiert, wird er ihn gewiss wieder laufen lassen. Gehen wir. Er wartet auf uns.«

Der junge Magier nickte zum Zeichen des Einverständnisses und setzte sich in Bewegung, wobei er mit einer derartigen Selbstsicherheit geradewegs auf die kleine Festung zusteuerte, dass die Dorfbewohner und die Reisigen überall vor ihm zur

Seite wichen, da sie meinten, einen Königssohn mit seiner Eskorte zu sehen – was er ja war –, und nicht einen Gefangenen mit seinen Wächtern – was er ebenfalls war.

In der Unterstadt stank es wie in einem Schweinestall und genau so sah es auch aus. Trotz der stickigen Hitze, die tagsüber herrschte, waren die Gassen schlammig. Bedeckt von einer widerwärtigen Schmierschicht, übersät von Unrat und Pferdeäpfeln, auf der sich Unmengen von Soldaten drängelten, die einen Ekel erregenden Gestank nach Fett, Schweiß und Urin ausdünsteten – und wo man auch hinkam, herrschte ein lautes Durcheinander aus Gesang, Streitereien und Gelächter. Dun Breatann gemahnte kaum mehr an die stolze Stadt seiner Erinnerungen, an damals, als hier die Versammlung der Könige stattgefunden hatte. Man hätte es eher für ein Feldlager am Vorabend einer Schlacht halten können, eine von ihren eigenen Truppen geplünderte Stadt, in der abgesehen von den Dirnen nicht eine Frau zu sehen war, nicht ein Kind, nicht ein Tier außer den mitgeführten Ochsen und Streitrössern.

Merlin blickte zu der ersten, aus losen Steinen aufgeschichteten Ringmauer hinauf, zu der Stelle, an der er damals Guendoloena erspäht hatte, bevor sie zu ihm heruntergerannt war und sie alle beide geflüchtet waren. Er sah dort nichts als rot bemäntelte Wachen, das Blinken ihrer Lanzen und Helme, nichts als Fackeln und Banner. Einen Augenblick lang schien er zu zögern, doch Amig schob ihn weiter, auf die Poterne zu, durch die es auf einer schmalen, von dicken Mauern geschützten Steintreppe zu den königlichen Wohnanlagen hinaufging. Kaum hatten sie diese erklommen, kam dem jungen Magier die Szenerie wieder vertraut vor. Die schwarze, steil aufragende Basaltwand an dem höheren der beiden Hügel, das niedrige Gebäude, in dem damals das Ratstreffen stattgefunden hatte, der sanfte, von kurzem Gras bewachsene Abhang der zweiten Kuppe. Der König hielt ihnen den Rücken zugekehrt, da er gerade einer älteren Frau zuhörte, deren kleinstes Schmuckstück ein ganzes Dorf für ein Jahr ernährt hätte. Amig bedeutete ihnen mit einem Wink, stehen zu bleiben, wo sie waren, trat zum König hin und raunte ihm ein paar Worte ins Ohr. Sofort drehte Riderch sich um und lief, ohne sich weiter um seine Gesprächspartnerin zu scheren, auf Merlin zu, den er mit einem verwunderten Lächeln auf den Lippen anstarrte.

»Emrys Myrddin«, murmelte er und kam dabei ganz dicht an ihn heran. »Ich glaube nicht, dass ich dich mit diesem weißen Haar erkannt hätte . . . Aber es stimmt. Du bist der Barde, der damals beim Festmahl vor Taliesin gesungen hat . . . Jetzt erinnere ich mich an dich. Du bist mit meiner Schwester Guendoloena geflohen . . .«

»Ihretwegen bin ich hier.«

»Ach, wirklich? In diesem Fall kommst du zu spät . . . Guendoloena ist verheiratet, hast du das etwa nicht gewusst? Sie ist mit dem König der Skoten, Aedan, vermählt, von dem sie drei Söhne hat.«

Merlin zuckte spontan zurück, was Riderch allerdings falsch auslegte.

»Jaja, ich sehe schon, du wusstest es nicht . . . Der kleinste, Eocho Bude, ist noch ein Säugling, aber der größte muss dreizehn oder vierzehn sein. Aedan hat ihn uns zu Ehren auf den Namen Artus getauft. Was sagst du dazu?«

»Auch seinetwegen bin ich hier. Artus' wegen . . . Deine Schwester hat mich zu Hilfe gerufen. Sie fürchtete um ihr Leben und um das des Kindes. Ich brauche deinen Beistand, König Riderch.«

Letzterer stand einen Augenblick völlig sprachlos da, dann wich er zurück und blickte sich um. Sofort senkten alle die Köpfe, doch es waren entschieden zu viele Leute auf diesem Vorplatz, die sie hören konnten. Er dachte einen Moment lang nach. Unten, im Bankettsaal, wurde gerade letzte Hand bei den

Vorbereitungen fürs Festmahl angelegt. Man würde es sich nicht entgehen lassen, das Auftauchen dieses seltsamen Geschöpfes mit dem weißen Haar und dieses von Reisigen flankierten Mönchs zu kommentieren. Mit einem Kopfnicken zu dem zweiten Hügel hin verständigte er sich mit Amig. Dort befand sich eine Hand voll Gebäude, die die Wache und die Wohnräume des Hofstaates beherbergten, und es würde sich wohl ein Ort finden lassen, an dem genügend Ruhe zum Reden wäre.

Wenige Minuten später waren sie abgeschottet von der Außenwelt in einer gemauerten Hütte aus lose aufgeschichteten Steinen, in der sich der Wachraum befand und deren einzige Öffnung eine niedrige Türe war, vor der Amig Stellung bezogen hatte.

Riderch löste die goldene Fibel, die seinen Mantel zusammenhielt, und setzte sich an den Tisch. Die Wachsoldaten hatten dort einen Krug Bier zurückgelassen, einige irdene Humpen und Zinnbecher, ein Brot von der Größe eines Schildes sowie die Reste eines Schinkens. Er bediente sich, schnupperte an dem Bier und setzte seinen Becher wieder ab.

»Was hat sie genau gesagt?«, knurrte er, während er zuerst Merlin und dann den Mönch ansah.

»Deine Schwester bangt um ihr Leben«, wiederholte Merlin.

»Aber wieso denn? Was könnte sich geändert haben, dass sie . . . Es sei denn . . .«

Der König erhob sich unvermittelt und stieß dabei den Schemel um, auf dem er gesessen hatte.

». . . Es sei denn, Aedan selbst hätte sich geändert! Jetzt, da die Pikten besiegt sind, spielt er vielleicht mit dem Gedanken, sich gegen uns zu wenden. Ja, in dem Fall befände sich Guendoloena allerdings in Gefahr!«

Er kam um den Tisch herum und stürmte auf Merlin zu.

»Ist es das? Ist es das, was sie dir sagen hat lassen?«

Der junge Magier stand einen Moment regungslos da, ohne

zu antworten. Im Schein der Talglichter, die den Raum erhellten, schimmerte matt der goldene Halsreif des Riothams unter dem grauen Bart des Königs auf. Die Insignie des obersten Heerführers. Der Torques des Ambrosius, für den er einige Jahre zuvor noch sein Leben gegeben hätte und der Guendoleu das seine gekostet hatte. Riderch bemerkte seinen Blick, fasste sich instinktiv an den Hals und wich zurück, so als würde Merlin ihm sogleich den Reif entreißen. Er fing sich zwar sofort wieder, aber dieser ängstliche Reflex erfüllte ihn mit Zorn, gegen sich selbst und gegen das Kind.

»Majestät, ich bitte um Verzeihung, aber das ist es nicht«, mischte Blaise sich ein.

Der König schielte ein letztes Mal zu Merlin hinüber und musste sich schwer zusammennehmen, um seine Gereiztheit zu verbergen.

»Wer bist *du* eigentlich?«

»Majestät, ich bin Pater Blaise. Ich war der Beichtvater von Königin Aldan. Bevor sie starb, hat sie mich gebeten, den Prinzen in meine Obhut zu nehmen.«

»Schön und gut, und?«

»Majestät, Bischof Kentigern hatte mich ebenfalls mit einer Mission betraut.«

Sein eigener Bischof! Riderch sah den Ordensgeistlichen auf einmal mit neuen Augen. Er lehnte sich gegen die Tischkante und trank einen kräftigen Schluck Bier, das so lauwarm und säuerlich war, dass er den Humpen mit einer angewiderten Grimasse wieder abstellte.

»Ich musste ihn über das Tun und Treiben des Kindes auf dem Laufenden halten, eine Aufgabe, die ich all die Jahre, so gut ich konnte, erfüllt habe«, fuhr Blaise fort. »Und wenn ich mir den Hinweis erlauben darf, Majestät: Ich war derjenige, der damals Bischof Dawi den Torques übergeben hat, auf dass er in Eure Hände gelange.«

»Ist das wahr?«

Der Riotham strich zärtlich mit der Fingerspitze über den massiven goldenen Halsreif, der so schwer an seinem Hals hing, ohne Merlin dabei aus den Augen zu lassen, den er mit einem amüsierten Schmunzeln beobachtete. Das Kind mit dem weißen Haar war leichenblass, es wirkte völlig vernichtet und starrte ausdruckslos vor sich hin.

»Wenn dem so ist, was habt Ihr dann noch mit ihm zu schaffen?«, fragte er, indem er sich erhob und wieder auf Blaise zutrat.

»Majestät, er hat mir vertraut . . . Ich habe ihn davon überzeugt, lieber hierher zu kommen, als die Königin in Dunadd aufzusuchen. Gott allein weiß um das Unheil, das er hätte anrichten können, falls sie sich wiedergesehen hätten.«

»Da hätte er wohl nicht viel Erfolg gehabt«, bemerkte Riderch mit einem verächtlichen Lachen. »Die Königin hält sich nicht mehr in Dunadd auf, sondern in Dundurn[2], bei König Aedan und seinem Sohn Gartnait, der mittlerweile König der Pikten von Fortrenn ist. Wie Ihr seht, hätte er in Dunadd nicht viel erreicht – außer sich henken zu lassen vielleicht!«

»Majestät, das ist möglicherweise das, worauf er aus war.«

»Was wollt Ihr damit sagen?«

»Es so weit zu treiben, dass er von Aedan gehenkt wird, und die Königin in Misskredit zu bringen!«

In diesem Moment stürzte sich Merlin unvermittelt auf seinen Gefährten, packte ihn an der Gurgel und überschüttete ihn mit Beleidigungen. Vermutlich hätte er ihn erdrosselt, wenn Riderch und Amig nicht eingeschritten wären. Ein Hagel von Fausthieben prasselte auf das Kind nieder, bevor es

---

[2] Hauptstadt von Fortriu oder auch Fortrenn, der größten der sieben piktischen Provinzen.

halb bewusstlos zu Boden sank. Blaise wankte, sein Gesicht war blau angelaufen und schmerzverzerrt. Amig musste ihm helfen, sich zu setzen, und goss ihm etwas zu trinken ein, auf dass er wieder zu sich käme.

»Zieh dein Schwert«, stieß Riderch zu Letzterem gewandt hervor und wies dabei mit dem Kinn auf das am Boden liegende Kind. »Wenn er sich noch einmal bewegt, schneid ihm die Kehle durch, gleich ob er ein Prinz ist oder nicht!«

Dann nahm er neben dem Mönch Platz, schenkte ihm zu trinken nach und stieß mit ihm an.

»Vergebt uns, Pater ... Wir hätten uns vor ihm in Acht nehmen sollen.«

Blaise dankte ihm mit einem Kopfnicken und registrierte voller Genugtuung den veränderten Tonfall.

»Könnt Ihr sprechen?«

»Es wird schon gehen.«

»Dann fahrt fort. Wie hätte er meine Schwester denn in Misskredit bringen wollen?«

»Ich denke, es hätte ihm genügt, sich zu zeigen«, brachte der Mönch mühsam hervor. »Die Ähnlichkeit muss bemerkenswert sein.«

»Welche Ähnlichkeit? Zum Henker, wovon redet Ihr da?«

»Von Prinz Artus, Majestät. Er ist nicht der Sohn von Aedan!«

Riderch starrte ihn aus großen Augen an.

»Ihr wollt sagen ...«

Blaise begnügte sich mit einem Nicken, dann senkte er den Blick. Riderch saß eine ganze Weile lang sprachlos da, dann schlug er die Hände vors Gesicht, zutiefst bestürzt über das, was er soeben vernommen hatte. Aedan brauchte eine derartige Sache nur zu erfahren, und die jahrelangen Bemühungen, ein stabiles Bündnis zwischen Strathclyde und dem Königreich Dal Riada aufzubauen, wären mit einem Schlag zunichte gemacht. Einen solchen Affront würde der Skote niemals hinnehmen.

»Allmächtiger Gott«, murmelte er und wandte sich zu dem Kind um, das noch immer am Boden lag. »Aber warum hätte Merlin das tun sollen? Aedan hätte Kleinholz aus ihm gemacht!«

»Majestät, ich glaube, sein Hass auf Euch überwiegt den Wert, den er seinem eigenen Leben beimisst ... Er schreibt Euch die Verantwortung für den Tod König Guendoleus in der Schlacht von Arderydd zu. Das entbehrt natürlich jeder logischen Grundlage, aber ich konnte ihn all die Jahre nicht von dieser Überzeugung abbringen.«

»Das ist es also!«

Riderch erhob sich langsam, versetzte Merlin einen Tritt gegen die Beine und legte dem Mönch die Hand auf die Schulter.

»Pater Blaise, ich werde den Bischof darüber in Kenntnis setzen, was Ihr alles zum höchsten Ruhme Gottes vollbracht habt ... Und werde dafür sorgen, dass man Euch eine Abtei zuteilt.«

Blaise hob zu einer Antwort an, aber eine schwache, leiderfüllte Stimme kam ihm zuvor.

»Nun hast du, was du wolltest, du verdammter Mönch!«

Merlin richtete sich stöhnend auf, das Gesicht grün und blau geschlagen.

»Du bist nichts weiter als ein Verräter. Hast keinen Funken Ehrgefühl im Leib.«

»Was hast du denn geglaubt?«, fauchte Blaise in einem plötzlichen Wutanfall. »Was habe ich nicht all die Jahre über dir zuliebe auf mich genommen! Und was habe ich dabei gewonnen, hm? Hunger, Kälte, Elend und dass ich von allen verstoßen werde! Sieh dich doch an, Emrys Myrddin. Du bist ein Irrtum Gottes! Du hast dich während all dieser Jahre meiner bedient, ohne zu begreifen, dass ich für meine Person nur Ihm

304

gedient habe! Ich wünsche dir einen langen und langsamen Tod, Sohn des Teufels, auf dass du Zeit genug haben mögest, die Armeen Gottes triumphieren zu sehen!«

Merlin, dessen Gesicht jetzt von blankem Hass verzerrt war, fuhr in die Höhe und versuchte aufzustehen. Doch noch in derselben Sekunde schwebte Amigs Schwertklinge über seiner Gurgel.

»He, ihr Wachen!«, brüllte Riderch. »Bringt ihn hinaus. Ab in den Kerker mit ihm, unter starkem Geleitschutz, und dass sich ihm keiner nähert! Ihr haftet mir mit Eurem Leben für ihn.«

Blaise, dessen Gesicht puterrot war, bebte noch immer vor Zorn und schnaufte dabei wie ein Walross – was dem König ein Schmunzeln entlockte.

»Kommt mit, Pater . . . Wir werden anständig speisen und etwas Besseres trinken als diese abscheuliche Eselspisse. Gleich morgen werde ich Kentigern schreiben lassen.«

»Majestät, ich danke Euch, aber wir dürfen keine Zeit verlieren. Königin Guendoloena muss gewarnt werden. Sollten andere als er bis zu König Aedan vordringen . . .«

»Es . . . Es gibt noch andere?«, stammelte der König.

»Ich weiß nicht. Er hatte seit vielen Jahren die Gelegenheit zu plaudern . . . Und Ihr habt viele Feinde.«

»Herr im Himmel!«

»Lasst *mich* gehen, Majestät. Ich könnte mit einer Eskorte zur Königin reisen und ihr eine Nachricht von Euch überbringen.«

Riderch musterte den kleinen Mönch nachdenklich. Es war nur eine Frage von Tagen, oder schlimmstenfalls Wochen, bis der Krieg ausbräche. Was spielte es schon für eine Rolle, was danach geschähe. Das Einzige, was gegenwärtig zählte, war, dass nichts das Bündnis zwischen Skoten und Britanniern zerstörte.

»Könnt Ihr schreiben?«

»Jawohl, Majestät.«

»Fein. Ich werde Euch einen Brief diktieren, den Ihr Königin Guendoloena persönlich überreichen sollt... Amig wird Euch begleiten. Er genießt mein uneingeschränktes Vertrauen.«

Mit einem breiten Lächeln zog er Blaise an der Schulter mit sich mit und dahinter seinen Gefolgsmann.

»Los, kommt, alle beide... Habt Ihr schon einmal Wein getrunken, Pater?«

»Nichts als Messwein, fürchte ich.«

»Nun, dann besteht die Gefahr, dass Amig Euch heute Abend auf Euer Zimmer tragen muss!«

XVII

Die Prophezeiung des Columcille

Die fröhliche Trunkenheit war einer allgemeinen Lethargie gewichen. Die Skoten saßen seit mittags beim Festgelage und inzwischen war bereits tiefste Nacht. Manche lagen unter die Tische hingesunken und schliefen ihren Bierrausch aus, andere saßen in kleinen Grüppchen zusammen und faselten im Suff irgendwelchen Unsinn, doch der Großteil der Gäste hatte sich zurückgezogen, solange er noch selbst laufen konnte. An der königlichen Tafel hing ein Piktenfürst, der erst kürzlich zum christlichen Glauben übergetreten war, schnarchend auf seinem Stuhl, das Gesicht von blauen Tätowierungen übersät, den Mund so weit offen wie ein Scheunentor; zu seiner Linken lehnte ein Truppenführer der Cenel Œngusa, der von weit her, von der Insel Islay, angereist war und kaum noch den Kopf gerade halten konnte, auch wenn er sich bemühte, aufrecht sitzen zu bleiben. Einige Monate oder Jahre zuvor hätten sich die beiden Männer eher gegenseitig den Bauch aufgeschlitzt, als sich am selben Tisch den Wanst voll zu schlagen.

Aedan beobachtete sie aus dem Augenwinkel, während sein Sohn Gartnait zum unzähligsten Mal seinen Schlachtplan wiederkäute... Aber wie sah dieser Plan eigentlich aus? Was die Anzahl der Krieger betraf, neigte sich die Waagschale zu ihren Gunsten, jetzt, da die Feinde von gestern zu einer einzigen Nation zusammengewachsen waren. Genau wie diese beiden alten Haudegen, die völlig betrunken vom Honigwein waren, hatten die Skoten und Pikten insgesamt damit aufgehört, sich gegenseitig umzubringen. Jeden Tag drangen die Mönche von der Insel Iona, den Anweisungen des heiligen Columcille gehorchend, ein Stückchen weiter in die unermesslichen Weiten des Piktenreichs vor, um das Wort Gottes zu verbreiten – quer über die Berge und an den Seen vorbei, bis in die unberührten Heidegebiete des Hochlands hinein, ja bis zu den Inseln ganz in der Ferne. Vier Jahre nach der Schlacht von Circenn hatten alle Pikten, die an jenem Tag nicht an der Seite des alten Brude Mac Maelchon in den Tod gegangen waren, den Treueid gegenüber dem neuen Herrscher, Gartnait, geleistet. Nach den rechtlichen Gepflogenheiten der Pikten zählte nämlich nur die matrilineare Abstammung bei der Erbfolgeregelung, gleich, ob es sich um eine königliche, um eine adelige oder nichtadelige Familie handelte. Nun hatte aber Gartnait, der Sohn des Skoten Aedans, Herrscher der Cenel nGabrain und König von Dal Riada in Albion[1], Domelach zur Mutter, die leibliche Schwester des verstorbenen Piktenkönigs, und dies genügte in den Augen der Pikten, um seine Herrschaft zu legitimieren. Der alte Brude hatte zwar eigentlich seinerseits gedacht, er könnte von diesen Rechtsbräuchen profitieren und den Thron von Dal Riada an sich bringen, indem er Aedan dazu nötigte, seine – inzwischen verstorbene – Schwester Domelach zu heiraten; doch der Skote hatte seine Söhne im christlichen Glauben erzogen, demgemäß die Frauen keinerlei Rechte besaßen, und die Machenschaften des Pikten hatten sich gegen ihn selbst gekehrt.

Binnen vier Jahren hatte sich die Mehrzahl der sieben Pro-

---

[1] Alter Name für Schottland.

vinzen des Piktenreichs – Fortrenn, Fotlaig, Circenn, Ce und Fidach – unterworfen, da Gartnait nach ihren Gesetzen ein Prinz von Geblüt war. Einzig die Gebiete im Norden, die Grafschaft Cait und die Orkaden, hatten dem neuen König gegenüber noch keinen Treueid geleistet; aber welche Gefahr konnten diese halb nackten Barbaren schon darstellen? Früher oder später wären auch sie an der Reihe ... Gegenwärtig mussten sie erst noch einmal im Süden kämpfen. Die Provinz Fib, an der Grenze zu Lothian, dem Reich König Mynyddogs, hatte sich gegen ihre Herrscher erhoben. Zwei Klöster waren verwüstet worden, in Dunblane und Aberfoyle, und die dort lebenden Mönche waren mit unerhörter Bestialität massakriert worden. Dort lebten die Miathi, ein wilder Clan, weit weg von jedem Königreich, ein Konglomerat aus piktischen und britannischen Stämmen, die einst von den Römern bis hinter den Antoniuswall zurückgetrieben worden waren, die nördlichste Linie, zu der diese auf der Insel Britannien vorgerückt waren.

Nein, es gab keinen Plan. Diese feigen Hunde würden jede geordnete Feldschlacht fliehen und lediglich aus dem Hinterhalt angreifen. Folglich hetzte man sie am besten auch wie Hunde – oder wie Wölfe –, brannte ihre Dörfer nieder, ermordete ihre Frauen und Kinder und verscheuchte sie bis zum letzten Mann. Schlug ihren Aufstand dank der eigenen zahlenmäßigen Überlegenheit nieder. Begegnete ihren Gemetzeln mit so grauenvollen Bestrafungen, dass den Überlebenden der Schreck für immer in den Knochen sitzen würde ... Aedan blickte von seinem Becher auf, legte Gartnait die Hand auf den Arm, um ihn zum Schweigen zu bringen, und lächelte ihn müde an.

»Ist ja gut«, brummelte er. »Morgen werden wir den Marschbefehl erteilen ... Ich möchte drei oder vier Reiterkolonnen haben, um ein möglichst großes Gebiet abzudecken, und ich werde mit der Fußtruppe folgen. Du wirst das Kommando über den Hauptzug mit deinen Pikten haben. Was deine Brüder betrifft . . .«

Der König hielt inne und ließ seinen Blick über die Tische mit Tafelnden schweifen, um Ausschau nach seinen Söhnen zu halten. Die jüngeren, Artus und Conaing, waren schon nach den ersten Schlucken Honigwein völlig benebelt gewesen und bald darauf, von der Müdigkeit übermannt, eingeschlafen. Tuthal war nirgendwo zu sehen. Vielleicht hatte er Glück bei einem jener Edelfräulein gehabt, die sich nicht endlos zierten. Die beiden ältesten, Eochaid Find und Domangart, richteten sich dagegen gespannt auf, kaum dass sie den Blick ihres Vaters auf sich ruhen spürten, doch die düstere Miene Aedans ließ ihr erwartungsvolles Lächeln rasch ersterben.

»... Betrau sie mit einem Kommando«, sagte er, indem er sich abwandte. »Du kannst schalten und walten, wie du es für richtig erachtest.«

Schwerfällig erhob er sich, und alsbald taten es ihm all diejenigen unter den Anwesenden nach, die dazu noch in der Lage waren; dann verließ er den Saal, ohne sich noch einmal umzudrehen, mit zusammengeschnürter Kehle und geröteten Augen. Die eisige Nachtluft tat ihm wohl. Vermutlich hatte er zu viel getrunken und gegessen, wie immer... Das Bier und der Honigwein hatten das Blut in seinen Schläfen zum Pochen gebracht und ihm jegliche Kraft entzogen, so dass nicht viel gefehlt hätte und er wäre vor seinen Söhnen und den Truppenführern in Tränen ausgebrochen wie ein junges Mädchen. Und all das wegen dieser verfluchten Prophezeiung...

Drei Jahre war das bereits her.

Drei Jahre waren seit der Krönung Gartnaits zum König von Fortrenn in der dortigen Hauptstadt Dundurn vergangen. Der Heilige von der Insel Iona, Columcille, hatte trotz seines biblischen Alters die Reise auf sich genommen, um Aedans ältestem Sohn seinen Segen zu erteilen, ganz, wie er es bei Aedan selbst etliche Jahre zuvor in Dunadd getan hatte. Ihn einzuladen war umgekehrt das Mindeste, was sie der Kirche schuldig waren, so sehr grenzte ihr Sieg an ein Wunder. Einige tausend Skoten hatten das mächtigste Königreich der Insel Britannien besiegt. Und als sei das noch nicht genug, war Aedan die Ehre oder womöglich auch einfach das Glück zuteil geworden, den alten Brude eigenhändig zu töten und auf diese Weise den Tod seines eigenen Vaters zu rächen . . . Wie könnte man das anders als ein Zeichen Gottes und als Triumph Columcilles verstehen? Dank ihm und seiner Mönche traten die Pikten scharenweise zum christlichen Glauben über und ergaben sich zuverlässiger, als wenn ganze Armeen ihr unendliches Hoheitsgebiet unterworfen hätten. Und diese Scharen von Kriegern leisteten ihm zur Stunde Gehorsam und waren noch Furcht erregender, seit sie im Namen Gottes und unter dem Oberbefehl der Skoten in den Kampf zogen, als zu Zeiten, da sie einfach nur eine johlende, entfesselte Masse waren.

An jenem Tag vor drei Jahren hatte Aedan den alten Abt in sein Gemach zurückbegleitet. Sie hatten einen Großteil des Tages geplaudert, hatten Erinnerungen an alte Zeiten wieder aufleben lassen und die Aufgaben für die Zukunft festgelegt, bis der König schließlich auf die Frage nach seinem Thronerben zu sprechen gekommen war.

»Welcher meiner Söhne wird denn mein Nachfolger werden, nun, da Gartnait *Rex Pictorum* geworden ist, Euer Gnaden? Artus, Eochaid Find oder Domangart?«

Zunächst hatte es den Anschein gehabt, als hätte der alte Mann nicht gehört. Er war damals schon fast blind und mindestens ebenso taub gewesen. Eine ganze Weile lang hatte er schweigend dagesessen, völlig in sich zusammengesunken. Dann, als Aedan zu der Überzeugung gelangt war, er sei eingeschlafen, und sich angeschickt hatte, ihn alleine zu lassen, war Kolumban plötzlich aufgestanden – er, der sich nur unter größten Schwierigkeiten fortbewegte –, und war wie verwandelt gewesen von einer Vision, die ihn von innen heraus zu erleuchten schien.

»Deine Söhne werden bei den Schlachten, die sie für dich führen, ihr Leben lassen«, hatte er gesagt. »Artus und Eochaid Find werden unter den Speeren der Miathi fallen und an jenem Tag werden dreihundertunddrei Männer mit ihnen in den Tod gehen. Domangart wird auf dem Boden der Angeln getötet werden. Der, der regieren wird, ist soeben geboren, und sein Name ist Eocho Bude. So will es der Herr.«

Drei Jahre war das nun her.

Aedan hatte Columcilles Prophezeiung beinahe vergessen gehabt, bis die Miathi sich gegen ihre Herrscher erhoben hatten und Gartnait ihn zu Hilfe gerufen hatte. Artus war damals noch ein Kind gewesen. Heute war er dreizehn Jahre alt und bald würde er vierzehn. Er war feingliedriger als seine Brüder, aber zugleich größer und lebhafter und mit außergewöhnlicher Energie gesegnet. Man hätte seine Freude erleben sollen, als die Armee aus Dunadd ausgerückt war und er seinen Platz an seiner Seite eingenommen hatte, in voller Kriegsmontur, mit dem Schwert an der Seite. Ja, man musste ihn nur einmal sehen, wie er mit der Vorhut mitgaloppierte, wie er stolz an dem Wagen, in dem seine Mutter und seine jüngeren Brüder Conaing und Eocho Bude gefahren wurden, vorüberritt ... Wie sollte er die beiden, ihn und Eochaid Find, von den Gefechten fern halten, ohne ihnen eine Erniedrigung zuzufügen, die schlimmer war als der Tod? Sie waren Prinzen, und ihre Rolle war es, an der Spitze der väterlichen Truppen in die Schlacht zu ziehen. Auch dort zu sterben, wenn es sein musste. Doch diese vorhergesagten Tode erfüllten ihn mit Grauen. Seine eigenen Söhne auf diese Weise auf die Opferbank zu schicken, überstieg die Kräfte des Königs;

sie von den Kämpfen fern zu halten, wäre andererseits ein Zeichen unausdenkbarer Schwäche... Mochte Gartnait an seiner Stelle entscheiden und mochten Gott und das Schicksal das ihre beitragen.

Der König warf einen finsteren Blick auf das leuchtende Meer aus Lagerfeuern, die die Dunkelheit rund um die Festung stirnten; dann machte er sich langsam, gebückt wie ein Greis, auf den Weg zu den Gebäuden hinüber, die Gartnait für die königliche Hausgemeinschaft reserviert hatte. Guendoloena schlief vermutlich schon seit langem, ohne zu ahnen, dass soeben das Schicksal ihrer Söhne besiegelt worden war... In seinem Rücken vernahm er ein metallisches Rasseln und begriff, dass sich eine Eskorte aus Reisigen dicht hinter ihm in Bewegung setzte; er bellte sie wütend an, dass sie für den Rest des Abends entlassen seien. Darauf konnte er nun wirklich verzichten, dass ihn einer so sah, stöhnend wie ein altes Weib, wo doch so viele Männer bald schon den Tod finden würden, jedenfalls sofern Kolumban es richtig vorhergesehen hatte. Dreihundertunddrei... Allmächtiger, wenn so viele Krieger ihr Leben lassen mussten, um eine einfache Revolte niederzuwerfen, wie viele würden dann in einer wirklichen Schlacht gegen die Angeln umkommen? Und, Herr im Himmel, musste es tatsächlich sein, dass seine Söhne darunter waren?

Obschon er mit hoch erhobenem Haupt und aufrechtem Oberkörper ritt und mit hoffärtiger Miene das rote Banner von Strathclyde in die Höhe hielt, hatte Amig sein Pferd dazu angetrieben, vom Trab in gestreckten Galopp zu fallen, was Blaise als Zeichen der Verunsicherung empfand, als Haltungsverlust jedenfalls gegenüber dem Haufen bewaffneter Soldaten, die bei den ersten Tageslichtstrahlen sichtbar wurden. Sie hatten ein paar Stunden in der Abtei von Aberfoyle geschlafen, um sich gleich nach den Laudes, dem ersten Morgengebet[2], wieder in den Sattel zu schwingen. Nachdem sie die Furt durch den Forth durchquert hatten, hatte ihnen auf der anderen Seite eine Abordnung skotischer Reiter den Weg versperrt, sie aber schließlich weiterziehen lassen. Ein Stück darauf hatten sie die Feuer der übrigen Feldlager gesichtet; doch hier, in der unmittelbaren Umgebung von Dundurn, handelte es sich nicht mehr um versprengte Truppenteile. Entlang des gesamten Hohlwegs, dem sie nun folgten, lagerten Hunderte, ja Tausende ermatteter Männer, die mit Lanzen und Streitäxten bewaffnet waren, an den Böschungen; einige saßen im Dunst der frühen Morgenstunden dicht um hell lodernde Feuer zusammengedrängt, andere schliefen noch, eingerollt in ihre Mäntel. Es waren struppige, mit Tätowierungen übersäte Pikten darunter, die rotgelbe Lederkilts trugen, dick vermummte Skoten in langen Mänteln und Kettenhemden, Bogenschützen und Spießträger, eisenbewehrte Reiter und ein ganzes Fußvolk aus Knappen, Schmieden, Köchen und Mönchen inmitten von einer Flut aus Zelten und verschiedensten Unterständen, über der Hunderte von Standarten und Bannern wehten. Eine Unmenge Menschen, die bereit waren, gen Süden zu marschieren, gleich einem Fluss, der über die Ufer tritt, und in ihrem Schweigen und ihrer Gleichgültigkeit, die sie gegenüber ihrem eigenen kümmerlichen Häufchen an den Tag legten, nur umso erschreckender.

Als sie den äußersten Festungsgürtel von Dundurn erreichten, hatte die aufsteigende Sonne den Nebel vertrieben und erwärmte allmählich die Gipfel der reifbedeckten Hügel. Hoch über ihren Köpfen kreiste ein Sperber, der sich mit weit ausgebreiteten Schwingen von den warmen Luftströmungen tragen ließ. Blaise bemerkte ihn, als er vor dem Wachtposten

---

[2] Um drei Uhr morgens.

vom Pferd absaß, und blickte ihm eine kleine Weile nach, während Amig verhandelte. Als sie Dun Breatann verlassen hatten, war ein Sperber vom höchsten Punkt der Festung aufgeflogen, mit einem heiseren Schrei, der seine Aufmerksamkeit erregt hatte. Und jedes Mal, wenn er zum Himmel hinaufgeschaut hatte, war er da gewesen und hatte über ihrer kleinen Abordnung geschwebt. Das konnte kein Zufall sein . . .

»Hochwürden!«

Blaise beeilte sich, Amig einzuholen, der als Einziger befugt war, ihn zu den königlichen Wohnanlagen zu begleiten, allerdings unter der Bedingung, dass er keine Waffen bei sich trug. Als sie an der Ausfallpforte der letzten Wehrmauer erschienen, forderte ein baumlanger Kerl mit rotem Haar, dass man sie durchsuchte, bevor er ihnen voranging, um sie, sicher flankiert von einem Trupp Spießträger, zum Audienzsaal zu geleiten – wo sie dann erst einmal warten mussten.

Über Stunden hinweg kitzelten Küchendüfte die Nase des Mönchs, der so ausgehungert war, dass er bereits ziehende Schmerzen in der Magengegend hatte. Da es außer den beiden mit Fellen bespannten, auf einem kleinen Podest stehenden Thronsesseln keine weiteren Stühle gab, hatten Amig und er es sich auf dem Boden bequem gemacht, mit dem Rücken gegen die Wand gelehnt, und waren schließlich eingenickt, völlig erschlagen von ihrem langen Ritt. In dieser Stellung fand Aedans Herold die beiden und weckte sie unsanft, keine fünf Sekunden, bevor das skotische Herrscherpaar den Raum betrat.

»Mach rasch, guter Mönch!«, stieß Aedan hervor. »Wie du schon sehen konntest, habe ich einen Krieg zu führen!«

»Majestät, ich überbringe Euch Grüße von Riderch, dem Herrscher von Strathclyde und von . . .«

»Schon gut, ich kenne Riderch! Was will er?«

Blaise geriet einen Augenblick lang aus der Fassung, verneigte sich aber erneut, dieses Mal vor der Königin.

»Euer Bruder lässt Euch grüßen, Majestät, und hat mir eine Mitteilung für Euch anvertraut.«

»Und, ist das alles?«

»Majestät, verzeiht«, schaltete Amig sich ein. »Mein Herr Riderch lässt Euch ausrichten, dass seine Armeen gefechtsbereit sind, und fragt nach, ob Ihr ebenfalls so weit seid.«

»Nun, du kannst ihm ja berichten, was du gesehen hast«, gab Aedan mit einem dumpfen Hohnlachen zurück. »Sag ihm, er soll sich beeilen, wenn er noch Länder zum Erobern vorfinden will ... Die Armee wird morgen bei Tagesanbruch losmarschieren.«

Der Skote wandte sich der Königin zu und für den Bruchteil einer Sekunde kreuzten sich ihre Blicke. Blaise war darüber zutiefst verwirrt. Das war nicht der Blick eines unterwürfigen Eheweibes, das vor seinem älteren Gemahl erzittert, und auch nicht der eines ungehobelten Rohlings, der seine Frau wie eine Konkubine behandelt. Guendoloena war ebenso blass, wie Aedan rotgesichtig war, ihre Züge waren deutlich vom Schlafmangel gezeichnet, und sie hatte dunkle Ringe unter den Augen. Sie hielt sich zwar gerade mit ihrem blauen Wollkleid und ihrem zu schweren Zöpfen geflochtenen Haar, das auf einen üppigen Brustschmuck aus Gold und Edelsteinen herunterfiel, aber sie schien wirklich größte Mühe zu haben, die Fassung zu wahren. War es die unmittelbar bevorstehende Abreise, die ihr so sehr zu Herzen ging, oder gab es da noch etwas anderes?

»Eure Majestät Aedan, hochverehrte Königin, das ist noch nicht alles«, sagte Blaise, nachdem er sich vernehmlich geräuspert hatte, um ihre Aufmerksamkeit wieder auf sich zu lenken. »König Riderch war so gütig, mir einen Brief zu diktieren, den Ihr später selbst lesen mögt, aber auch, mich mit einem Gesuch für seinen Bruder in Jesus Christus zu beauftragen.«

Amig blickte ihn erstaunt an, doch Blaise tat, als bemerke er es gar nicht.

316

»Der Krieg droht lange zu werden«, fuhr er, mit dem Gesicht zu dem Skoten gewandt, fort. »Lang genug, um Eure Majestät mehrere Monate lang von der Königin fern zu halten, vielleicht.«

Abermals diese von Melancholie durchwirkten Blicke zwischen den beiden.

»Die Königin könnte auf Dun Breatann Zuflucht finden, abseits der Kämpfe und in der Nähe der Ihren. Auf diese Weise müssten Eure Majestät sich nicht um ihre Sicherheit sorgen.«

Aedan sah den kleinen Mönch verdutzt an, da er bei seinem Vorschlag zunächst einmal gehörig in Verlegenheit geriet und sichtlich hin- und hergerissen war zwischen Erleichterung und Ärger. Es war etwas Kränkendes darin enthalten, eine Spur Misstrauen hinsichtlich der Stabilität seines Königreichs oder der Treue seiner Männer. Und doch spiegelten Blaise' Worte seine eigenen Sorgen wider. Der Aufstand der Miathi zeigte, auf welch schwacher Basis Gartnaits Thron noch stand. Nach dem Ausrücken der Armee wäre Dundurn leichte Beute für eine Schar piktischer Rebellen und die Königin eine erstklassige Geisel. Die Königin und seine jüngeren Söhne ... Falls Columcilles Prophezeiung sich als wahr erweisen sollte – war dies dann nicht das sicherste Mittel, um Eocho Bude, seinen Thronfolger, zu schützen?

Er drehte sich zu Guendoloena herum, die ihn eine ganze Weile lang unverwandt anstarrte, bevor sie durch einen einfachen Lidschlag ihre Zustimmung erklärte, worauf der König seinerseits mit einem stummen Kopfnicken antwortete, bevor er seinen Blick auf Amig richtete.

»Wie viele Soldaten hast du bei dir?«

»Zehn Berittene, Majestät.«

»Das reicht nicht. Wenn ich dir meine Gemahlin und meine Söhne anvertrauen soll, brauchst du mindestens fünfzig, und dazu noch Bogenschützen! Nun gut ... Ich werde dir meine Entscheidung mitteilen lassen.«

Dann stand er auf, ergriff die Hand seiner Frau, um ihr von dem Podest herabzuhelfen, und machte dem Herold ein Zeichen, worauf dieser eilfertig die Tür öffnete.

»Verehrte Königin!«, rief Blaise. »Was ist mit dem Brief?«

»Später. Warte auf mich.«

Sobald der Herold die Tür hinter ihnen geschlossen hatte und sie sich alleine im Vorzimmer des Audienzsaals wiederfanden, schlang der König die Arme um Guendoloena.

»Entspricht das auch deinen eigenen Wünschen?«, fragte er sanft, indem er den Duft ihres langen schwarzen Haares einsog.

»Du weißt sehr gut, was ich mir wünsche.«

»Ich kann nicht. Das wäre zu gefährlich ... In einem Krieg ist niemand wirklich in Sicherheit, nicht einmal fern der Kampfhandlungen.«

Die Königin antwortete nicht, schmiegte sich aber noch ein wenig enger an ihn.

»Mach dich bereit, damit du morgen aufbrechen kannst«, versuchte Aedan, das Thema zu beschließen. »Das Gepäck kann später nachkommen.«

Er küsste ihr Haar und machte Anstalten, sich von ihr zu lösen, doch Guendoloena hielt ihn zurück.

»Du hast von unseren Söhnen gesprochen«, sagte sie und blickte ihm in die Augen. »Wird Artus denn mit *mir* mitkommen?«

Aedan schüttelte den Kopf.

»Gartnait hat sich entschieden, ihn mit dem Kommando über eine Truppe zu betrauen«, gestand er leise. »Das ist eine Ehre für ihn ... Dagegen kann ich nichts machen.«

Dann riss er sich aus ihrer Umklammerung los und ging hinaus. Guendoloena fand weder ein Wort noch eine Geste, um ihn daran zu hindern, doch ihre Anspannung verstärkte sich, als sie ihn davoneilen sah, und sie legte die Hände auf ihrem Almosenbeutel übereinander, um deren Zittern zu bezähmen. Gartnait hatte ihr und Artus gegenüber immer nur abgrundtiefen Hass zur Schau getragen. Es war ganz gewiss keine Ehre, die er ihrem Sohn da angedeihen ließ ...

Zutiefst beklommen und mit tränenglänzenden Augen kehrte sie in den Audienzsaal zurück und herrschte den kleinen Mönch an: »Nun, was ist mit dem Brief?«

Blaise zog ein versiegeltes Kuvert aus dem Ärmel und trat rasch zu ihr vor.

»Teure Königin, es geht um einen Freund, den Ihr einst zu Hilfe gerufen habt«, flüsterte er, als er neben ihr stand.

Und als sie aus ihren geröteten Augen zu ihm aufsah: »Ich war der Beichtvater von Königin Aldan. Ich bin Prinz Myrddin über all die Jahre hinweg gefolgt und ich liebe ihn wie meinen eigenen Sohn. Er ist in Dun Breatann, Majestät. Und ich weiß, dass er nie aufgehört hat, an Euch zu denken.«

Dann verneigte er sich ehrerbietig und ging, gefolgt von Amig, hinaus.

Hoch über Dundurn kreiste noch immer der Sperber.

XVIII

Die drei Tode

Die geöffnete Kerkertür gab den Blick auf ein blendend helles Viereck aus Licht frei, in dem Guendoloenas Silhouette erschien. Sie blieb zunächst einige Minuten auf der Schwelle stehen, bis sich ihre Augen an die Dunkelheit gewöhnt hatten, und Merlin beobachtete sie schweigend, ohne sich zu zeigen.

Sie hatte Angst.

Die Königin stand reglos im Türrahmen und drehte sich nach Blaise um, der ihr irgendetwas ins Ohr wisperte, was der junge Magier nicht verstand, was sie jedoch schließlich dazu bewog, die wenigen Stufen zu dem unterirdischen Verlies, in das Riderch ihn hatte werfen lassen, hinunterzusteigen. Merlin erhob sich und schritt langsam auf sie zu, bis sie seine Anwesenheit bemerkte und überrascht zusammenzuckte – wodurch er sich noch tiefer gekränkt fühlte.

Guendoloena war älter geworden. Sie war jetzt eine erwachsene Frau und nicht mehr das junge, unbekümmerte Mädchen, das er einst in den Armen gehalten hatte. Eine erwachsene Frau und eine Königin, schöner als in seiner Erinnerung, aber von einer kalten Schönheit, auf immer unerreichbar. Eine Königin und Mutter, die ihn längst schon vergessen und ihre Ängste überwunden hatte, aus Liebe zu ihren Kindern. Sie sah ihn aus ihren schönen klaren Augen an, und ihr Blick glitt über sein weißes Haar, seine Moirégewänder, sein bleiches, schmales Kindergesicht. Der Anblick dieses Gesichts wühlte sie im Innersten auf. Es war das Gesicht ihres Sohnes. Das Gesicht von Artus, der in Dundurn zurückgeblieben war...

Sie war bereits im Begriff, auf ihn zuzugehen, zauderte, dann drehte sie den Kopf halb nach der Kerkertüre herum. Dort stand Blaise, mit einer Fackel in der Hand, die er auf ein Zeichen der Königin in einem Wandhalter befestigte. Im Hinausgehen suchte der Mönch Blickkontakt mit Merlin. Das Kind dankte ihm mit einem Lächeln, das Blaise die Tränen in die Augen trieb.

»So bist du also endlich gekommen«, hauchte sie, kaum dass er die Tür geschlossen hatte. »Nach all den Jahren!«

Sie hatte erneut einen Schritt in seine Richtung gemacht, aber die Kluft, die sie trennte, blieb unüberbrückbar. Trotz seines weißen Haars wirkte Merlin kaum älter als Artus und ähnelte ihm eher wie ein größerer Bruder, nicht wie ein Vater. Doch die Ähnlichkeit war so stark, dass sich die ganze Liebe, die sie für ihren Sohn empfand, auf Merlin übertrug, und als sie die abgrundtiefe Verzweiflung in seinen Augen sah, brach ihr schier das Herz.

»Ich weiß, dass es zu spät ist«, sagte er. »Vergib mir...«

Guendoloena schüttelte den Kopf und trat noch näher heran.

»Ich bin diejenige, die dich auf Knien um Verzeihung bitten muss, Emrys. Bruder Blaise hat mir von eurer langen Reise erzählt, von allem, was ihr durchgemacht habt. Etliche Dinge konnte ich fast nicht glauben, bis ich dich jetzt selbst vor mir habe... Ich hätte Cylidd nicht nach dir ausschicken sollen.«

»Du warst in Gefahr.«

»Ich bin es aber nicht mehr, Emrys. Ich glaubte, von Feinden umgeben zu sein, aber dem war nicht so. Aedan . . . Aedan hat mir weit mehr geschenkt, als ich hoffte.«

»Söhne.«

»Ja, weitere Söhne. Und seine Liebe . . . Er hat für Artus gesorgt, als sei er sein eigenes Kind, selbst wenn er keinen Anlass zu der Annahme hatte, dass dieser von ihm stammte. Vermutlich hätte er ihn sogar gleich nach seiner Geburt umbringen können. Aber er hat ihn geliebt, Merlin, genauso wie unsere anderen Söhne.«

Sie stand nahe genug, um die Hand zu Merlins Gesicht zu heben und sie auf seine tränennasse Wange zu legen.

»Das ist mehr, als ich je getan habe«, bemerkte dieser leise und schloss die Augen.

»Du hast ihm das Leben geschenkt . . . Das ist mehr, als er je getan haben wird.«

Merlin nickte und sah sie lächelnd an. Ihre Gesichter waren dicht beieinander, wie in den längst vergangenen Tagen ihrer Liebe. Ihre Hand ruhte noch immer auf seiner Wange.

Das Kind reckte den Hals und küsste ihre Lippen.

»Leb wohl, geliebte Königin. Ich muss gehen.«

Sie runzelte die Brauen, trat aber zur Seite, ohne den Versuch zu machen, ihn aufzuhalten oder ihn zu verstehen. Er schritt seelenruhig bis zu den Stufen, stieg sie hinauf und klopfte an die Tür seines Kerkers. Blaise öffnete auf der Stelle, und seine abgespannten Züge verrieten, wie sehr ihn das alles mitnahm.

Sie umarmten sich wortlos und standen einen Moment lang eng aneinander gedrückt, dann schob Merlin den kleinen Mönch sachte von sich und brachte sogar ein Lächeln zustande.

»Ich brauche dich noch, lieber Bruder . . .«

Blaise vermochte nichts zu erwidern, nickte aber zum Zeichen seines Einverständnisses mit dem Kopf. Merlin kniff die Augen zusammen, als er den Himmel betrachtete, geblendet vom hellen Tageslicht. Dann holte er tief Luft und stürzte nach draußen.

Zwei bewaffnete Wächter saßen unmittelbar vor den Kerkern. Der Erste schaffte es gerade einmal, sich zu erheben, bevor das Kind mit voller Wucht gegen ihn prallte und ihn ins Gras schleuderte. Der andere hätte ihn beinahe zu fassen bekommen, aber da klammerte Blaise sich brüllend an seinen Mantel: »Haltet ihn! Er entkommt!«

Bis die Wache den kleinen Mönch abgeschüttelt hatte, war Merlin bereits geflohen und lief, so schnell ihn seine Beine trugen, über die Kurtine – nicht zu den Wehrmauern und zum Meer hinunter, sondern in entgegengesetzter Richtung, zu den königlichen Wohnanlagen hinauf. Die Alarmschreie waren weit hinter ihm, und keiner von denen, denen er auf seinem Weg begegnete, hatte die Zeit oder den Mut, ihn aufzuhalten. Nicht einmal die Gardisten, die vor Riderchs Türe postiert waren und vor dem Kind zur Seite wichen, als sei er der Leibhaftige persönlich. Merlins Atem ging noch erstaunlich ruhig, als er die Tür wieder hinter sich zudrückte.

Riderch saß über eine Karte gebeugt an seinem Tisch. Er drehte sich zunächst ruckartig herum, als die Tür ins Schloss fiel, und sprang dann erschrocken auf, als er Merlin gewahrte. Der König trug keine Waffen bei sich. Sein Schwert und sein langer Dolch lagen friedlich auf einer Truhe, ebenso wie sein Kettenpanzer und Artus' Torques.

»Bist du gekommen, um mich zu töten?«, brachte er stammelnd hervor und blickte Merlin ins Gesicht.

»Gar nicht einmal, nein.«

Das Kind trat ohne Eile zu der Truhe hin, den Blick dabei unverwandt auf Riderch geheftet, und packte mit beiden Händen den schweren goldenen Halsreif, den es fest an sich drückte.

»Ich bin nur deshalb gekommen.«

Ohne den König aus den Augen zu lassen, zog sich Merlin bis zur Türe zurück.

»Und wie gedenkst du, hier heil wieder herauszukommen?«, zischte Riderch. »Noch vor Tagesende werde ich deinen Kopf auf einer Lanzenspitze haben!«

»Noch vor Tagesende werde ich sterben. Ich werde drei Tode sterben: gepfählt, gehenkt und ertränkt. Aber *du* wirst meinen Kopf nicht haben.«

»Was redest du da für wirres Zeug!«

Merlin öffnete die Tür, den Torques noch immer an seine Brust gepresst. Er lief die menschenleeren Gänge entlang, verließ die königlichen Wohngebäude und steuerte auf den höheren der beiden Hügel zu, den er ohne Eile erklomm, bis zu dem kleinen Fort, das seinen Gipfel krönte. Dort zog er sich auf die Palisadenbrüstung hinauf, die über der breiten Mündung des Clyde aufragte, mehr als zehn Ruten hoch über dem Meer. Der Wind war stärker geworden. Ein Stück weiter unten beschrieben die Möwen ihre Kreise und stießen ihre kreischenden Schreie aus. Der Fluss schimmerte unter einer fahlen Sonne und war gesprenkelt mit weißen Segeln. Ein gutes Wetter zum Fischen, und wie es aussah, waren auch tatsächlich sämtliche Korakel ausgefahren.

»In Gottes Namen, komm da runter!«

Das Kind drehte sich langsam um und sah ihnen ins Gesicht. Riderch hatte seine Männer alarmiert, und sie schwärmten entlang der Palisadenwand aus, um sich ihm von beiden Seiten zu nähern. Merlin streckte wortlos den Arm aus und hielt den Torques über die Klippe hinaus. Mit einem Wink gebot der König seinen vorrückenden Wachen Einhalt.

»Tu das nicht!«, schrie er. »Leg den Torques nieder und du sollst mit dem Leben davonkommen. Das schwöre ich vor allen, die hier stehen!«

»Weshalb sollte ich mit dem Leben davonkommen wollen?«

Merlin begann zu lachen, dann sah er zum Himmel hinauf und wandte sich wieder dem Abgrund zu.

»Tu das nicht!«, brüllte Riderch erneut, während er einer seiner Wachen einen Spieß aus den Händen riss.

Doch Merlin hörte ihn gar nicht mehr. Gedankenverloren ließ er den goldenen Torques durch seine Finger gleiten: Er war so dick wie ein Daumen und über die gesamte Länge mit feinen Rankengravuren versehen. An den Enden des Halsschmucks prangten zwei Kugeln, aus denen ein Keiler und ein Bär herausgearbeitet waren. Der Keiler von Lug, höchste Gottheit des keltischen Pantheons, und der Bär, der Artus zu seinem Namen verholfen hatte ... Von nun an würde sich keiner mehr auf ihn berufen können.

Plötzlich schnellte der Arm des Kindes vor und es schleuderte den goldenen Halsreif in die Tiefe. Es sah zu, wie er hinabtrudelte, um dann zwanzig Klafter vom Ufer entfernt von den Fluten verschluckt zu werden. Dann drehte er sich zu den Soldaten des Königs um.

»Es ist vorbei, Riderch!«, schrie er mit kraftvoller Stimme. »Jetzt bist du gar nichts mehr! Führ deinen Krieg, du wirst ihn verlieren! Ich verfluche dich, dich und deine Nachkommenschaft! Ich verfluche deine Kriege und deinen Gott! *Hlystan Myrddin, beorn lyft leod! Onginna leofian! Onginna leofian!*«

Rasend vor Zorn schleuderte Riderch seinen Spieß, der das Kind vollständig durchbohrte. Merlin taumelte ohne einen Schrei nach hinten, in den Abgrund hinunter.

Einen Augenblick lang waren die Männer, die in dem kleinen Fort versammelt standen, sprachlos vor Bestürzung, dann stürmte Riderch mit einem Wutschrei den Hügel hinunter und raste die Kurtine bis zu den äußersten Ringmauern hinab. Atemlos bahnte er sich eine Schneise durch das Fußvolk, das sich in den Gassen der Unterstadt drängte, um zu dem unterhalb des kleinen Forts gelegenen Hafen hinauszurennen. Dort hatte sich ein Menschenauflauf gebildet, durch den er sich brutal einen Weg bahnte.

Merlin hatte im Hinabfallen einige Pflöcke zertrümmert, auf denen Fischernetze zum Trocknen aufgespannt gewesen waren. Eines davon hatte sich um seinen Hals gewickelt und ihm das Genick gebrochen, bevor er, nur wenige Daumen weit unter die Oberfläche, ins Wasser eingetaucht war. Riderch sank auf die Knie, keuchend, das Gesicht von seinem wahnwitzigen Lauf gerötet. Die langen weißen Haare des jungen Magiers wogten in der Brandung wie Algen, doch sein Körper war leblos.

Dreifach gestorben.

Gepfählt, gehenkt und ertränkt.

Merlins Seele trieb den Fluss Richtung Meer hinunter. Er war ein Aal, der zwischen den Steinen hindurchglitt, eine Raubmöwe, die von den Klippen herabschießt, dann noch einmal ein Sperber, der nach Dundurn zurückkehrt. Vogelgleich flog er den Fluss wieder hinauf und an den Hügeln oben entlang, wo sich die Krieger brüllend ins Getümmel stürzten.

Aedans Schlacht hatte bereits begonnen.

Nachwort

Es waren schreckliche Jahre, für die Skoten ebenso wie für die Britannier. Die von Artus (oder auch Artur) Mac Aedan und Eochaid Find angeführten Reiterzüge gerieten in der Nähe des Flusses Dubglas in einen Hinterhalt und wurden von den Miathi bis zum letzten Mann ausradiert, ohne dass Gartnait eingegriffen hätte. Dreihundertunddrei Männer ließen ihr Leben, genau, wie es der heilige Columcille prophezeit hatte, und auch die zwei Prinzen fanden den Tod.

Später verlor Aedan beinahe seine gesamte Armee bei Degsastan, als er Æthelfrith, den Sohn Æthelrics, König der Angeln von Bernicia, angriff. König Mynyddog, der Herrscher der Manau Goddodin, wurde seinerseits bei der Schlacht von Cattraeth besiegt, und sein Barde Aneirin schrieb das Gedicht ›Y Gododdin‹, um all denen, die an jenem Tag gefallen waren, ein ehrendes Denkmal zu setzen – allen voran dem jungen Prinz Owen.

Für gewöhnlich, Owen, saßest du hoch zu Ross; doch nun liegst du dort, vor den Wallgraben hingestreckt, du edelster Spross. Unermesslich, unendlich ist meine Schuld, diesen obersten aller Heerführer zu besingen, über dem sich ein grüner Grabhügel wölbt, der ihn gemeinsam mit seinen kühnen Recken gefangen hält.[1]

Riderch von Strathclyde, Urien von Rheged und die Heerführer Morcant und Gwallawg schlugen die Angeln zwar zunächst bis zur Insel Lindisfarne zurück, doch es hatte geheißen, dass die britannischen Armeen keinen Sieg mehr erleben würden. Eines Nachts ließ Morcant seinen Verbündeten Urien von Rheged, dessen Ruhm seinen Neid erregte, ermorden. Und Uriens Barde Liwarc'h Henn besang dessen tragischen Tod:

An meiner Seite trage ich Uriens Haupt, der gütig über seine Armee befahl; auf seinem weißen Busen ein Rabe so schwarz!
In meinem Gewand trage ich Uriens Haupt, der gütig über den Hof befahl; auf seinem weißen Busen der Rabe voll Gier.[2]

Einige Jahre später, nämlich 596 n. Chr., entsandte Papst Gregor I. den heiligen Augustinus[3] in Begleitung einer Heerschar von Mönchen auf die Insel Britannien, auf dass er die Angeln und Sachsen bekehre. Die beiden ersten sächsischen Bischöfe, Justus und Mellitus, wurden im Jahre 604 n. Chr. geweiht.

Von König Riderch hörte man nach dem Jahre 612 n. Chr. nichts mehr, kurz nachdem seine Festung in Dun Breatann von seinem ehemaligen Verbündeten, Aedan Mac Gabran, in Schutt und Asche gelegt worden war. Es heißt, er sei in seinem

---

[1] ›Y Goddodin‹, LIV, ins Deutsche übertragen nach der Übersetzung von Théodore Hersart de la Villemarqué.

[2] Ins Deutsche übertragen nach der Übersetzung von Théodore Hersart de la Villemarqué: ›Chant de mort d'Urien‹.

[3] Die Rede ist hier von Augustinus von Canterbury, den Papst Gregor Ende des sechsten Jahrhunderts als Missionar zu den Angelsachsen entsandte – nicht zu verwechseln mit dem berühmten Kirchenlehrer Augustinus. [Anm. d. Übs.]

eigenen Bett gestorben, ganz, wie Columcille es einst voraus-
gesagt hatte.

Es fanden noch etliche weitere Kriege auf der Insel Britannien statt, doch an dieser Stelle endet die Geschichte von Merlin – Sohn und Vater von Artus, dabei weder wirklich Sohn
noch wirklich Vater – dessen Seele angeblich noch immer in
Brocéliande an der Seite von Gwendydd weiterlebt.

Historische Übersicht

383

Als der römische Feldherr Maximus, Befehlshaber der auf der Insel Britannien stationierten Legionen, den Verfall des Römischen Reiches bemerkt, ernennt er sich selbst zum Kaiser und überquert an der Spitze seiner Truppen den Ärmelkanal. Einige Jahre später wird er von dem rechtmäßigen Kaiser Theodosius besiegt und seine Kontingente kehren nicht wieder nach Britannien zurück.

400

Die Sachsen versuchen, auf der von ihren römischen Verteidigern verlassenen Insel Fuß zu fassen. Sie werden von Konstantin (walisisch Cystennin) zurückgedrängt, der der Legende nach Vater von Konstans, Uther und Ambrosius (Emrys) ist.

410

Konstantin baut sich auch in Gallien ein Reich auf, kämpft gegen Kaiser Honorius und stirbt in Arles. Da sie nun den piktischen und gälischen Invasoren alleine die Stirn bieten müssen, setzen sich einige Britannier über die letzten Relikte der römischen Herrschaft hinweg, bewaffnen sich und gründen Königreiche, während andere sich, kraft eines danach erlassenen Edikts von Kaiser Honorius, das sie dazu ermächtigt, die Insel Britannien selbst zu verteidigen, als die »letzten Römer« betrachten. Diese Spaltung zwischen dem Unabhängigkeitsgeist und der Neigung, zu einer zentralen Macht zurückzukehren, soll die darauf folgenden Jahrhunderte prägen.

425 oder 446 Die Herrschaftszeit König Vortigerns beginnt, dessen Name so viel bedeutet wie »Groß-« oder »Hochkönig«. Er setzt sich gegen zwei britannische Rivalen, Vitalinus und Ambrosius, zur Wehr.

428 oder 449 Vortigern beruft sächsische Söldner *(foederati)* ein, um gegen die Gälen (Iren) und die Pikten ins Feld zu ziehen, aber auch gegen seine Rivalen.

437 oder 458 »Aufstand« der von Hengist und Horsa angeführten Sachsen und Schlacht von Guoloph (Guolopum), an der auch Ambrosius teilnimmt.

445 Geburt des Ambrosius Aurelianus. Es ist nicht bekannt, inwiefern er mit oben genanntem Ambrosius in Verbindung steht. Er könnte sein Sohn sein, sein Neffe oder auch einfach ein Nachfolger. Erste Pestepidemie in Großbritannien.

460 Ende des Sachsenaufstandes. Vortigern stirbt (getötet von Ambrosius Aurelianus in einer Festung in Gwynedd, Wales) oder geht ins Exil (nach Armorika, wo er anderen Angaben gemäß zum heiligen Gurthiern wurde).

470	Mögliches Geburtsjahr von Artus. Als leiblicher Sohn des Uther Pendragon, welcher der Legende (nicht etwa der Geschichte) nach der Bruder des Ambrosius Aurelianus war, wäre Artus folglich der Neffe von Letzterem.
475	Beginn der Herrschaft von Ambrosius Aurelianus und einer Reihe von Siegen über die Sachsen. In Armorika erringt zur selben Zeit ein Heerführer namens Riotham (Riothamus) – was höchstwahrscheinlich genau wie Vortigern oder Vercingetorix ein Beiname ist – mehrere Siege über die Franken. Möglicherweise handelt es sich um Uther Pendragon oder auch um Ambrosius Aurelianus selbst.
477	Ankunft von König Ælle in Sussex (bei den Südsachsen).
Um 500	Schlacht am Mount Badon, die den vorläufigen Stillstand der sächsischen Expansion markiert. Der Legende zufolge wird diese Schlacht von Artus gewonnen. Eventuell handelt es sich bei besagtem Artus um einen Heerführer *(Dux bellorum)* von Ambrosius Aurelianus oder, einmal mehr, um Ambrosius selbst. Diese Erfolgssträhne, die letzte vor einer ganzen Reihe verheerender Niederlagen in den Jahren zwischen 550 und 600, ist das stichhaltigste Argument dafür, dass

	Ambrosius der historische Artus war. Seine Siege wie auch seine Fähigkeit, die britannischen Königreiche unter einem einzigen Banner zu vereinen, sollen ihn über seinen Tod hinaus berühmt machen.
Um 530	Tod des Ambrosius Aurelianus, der möglicherweise in Guintonia (Winchester) vergiftet wurde.
534	Errichtung des Königreichs Wessex (Westsachsen) durch Cynric.
537 oder 542	Hier starb Artus vermutlich in der Schlacht von Camlann (Camboglana, in der Nähe des Hadrianswalls).
558	Der Piktenkönig Brude Mac Maelchon schlägt Gabran, König der Skoten von Dal Riada. Gabran stirbt im darauf folgenden Jahr, und das Königreich Dal Riada, über das nun sein Vetter Conall regiert, ist fortan in piktischer Hand.
563	Ankunft des heiligen Kolumban auf der Insel Iona.
Um 570	Beginn der Expansion Warocs im Vannetais.
573 oder 575	Schlacht von Arderydd zwischen König Gwenddoleu (Guendoleu) von Kumbrien und seinen Vettern Gwrgi (gesprochen: Gurgi) und Peredur von Gwynedd. Merlin, der Barde Gwenddoleus, erringt dort einen goldenen Torques für seine Tapferkeit. Angeblich sollen Gälen aus Hibernia (Ir-

land) an dieser Schlacht teilgenommen haben.

574 Beginn der Herrschaft von Aedan Mac Gabran, König der Skoten von Dal Riada, im heutigen Schottland. Als erbitterter Feind der Pikten wird er alles daransetzen, die Niederlage, die sein Vater Gabran im Jahre 558 n. Chr. erlitten hat, zu rächen. Einer seiner Söhne trägt den Namen Artur (oder auch Artus), und seine Großtaten als christlicher Krieger haben zu der Legende vom Herrn der Tafelrunde beigetragen. Artur Mac Aedan stirbt um das Jahr 596 herum bei einer Schlacht gegen den piktisch-britannischen Stamm der Miathi.

577 Schlacht von Dyrham, nach der den Sachsen die Städte Gloucester, Cirencester und Bath zufallen und die Britannier aus Wales von ihren Brüdern in Cornouailles abgeschnitten werden.

578 Der britannische Heerführer Waroc (oder auch Gwereg) nimmt Vannes ein und baut in Armorika ein Reich gegen die Franken auf, das er Bor-Waroc und später Broërec nennt.

586 Aedan Mac Gabran trägt bei Circenn den Sieg über die Pikten davon. König Brude wird bei dieser Schlacht getötet. An seiner Stelle gelangt Gartnait, vermutlich der Sohn von Aedan und

Ungefähr zwischen 590 und 605

einer piktischen Prinzessin namens Domelach, auf den Thron. Fehlgeschlagene Offensive von König Rhydderch von Strathclyde und Urien von Rheged gegen die Angeln unter König Ida von Bernicia.

Der König der Skoten von Dal Riada, Aedan Mac Gabran, führt einen Krieg gegen die Angeln von Bernicia. Er wird im Jahre 603 von Æthelfrith, dem Nachfolger Idas, in der Schlacht von Degsastan besiegt.

Verheerende Niederlage von Cattraeth (Catterick), die in dem Gedicht ›Y Goddodin‹ des Barden Aneirin Erwähnung findet. Aneirin beschreibt in diesem Gedicht die Niederlage König Mynyddawgs von Goddodin gegen ein von den Königen Ælle und Æthelfrith angeführtes Bündnis zwischen Angeln und Pikten, nach der Æthelfrith der mächtigste Potentat des Gebietes wird.

Diese drei im Zeitraum von 590 bis 603 gegen die Angeln und Pikten geführten Offensiven weisen auf eine Art Zweckbündnis zwischen den Skoten aus Dal Riada und den britannischen Königreichen hin oder zumindest auf eine Interessengemeinschaft, die vermutlich nicht von der fortschreitenden Evangelisierung Schottlands und Wales' zu trennen ist. Alles in allem

	eine düstere Epoche, da für die Britannier und die Skoten jeder dieser militärischen Vorstöße ein tragisches Ende nimmt.
Um 612	Tod König Rhydderchs.
613	Æthelfrith schlägt eine walisische Armee, die aus Powys und Gwynedd zum Angriff ausgerückt ist.
616	Niederlage von Chester, im Zuge derer König Æthelfrith die Mönche von Bangor, die gekommen sind, um für den Sieg der Britannier zu beten, grausam niedermetzeln lässt. Diese Niederlage trennt die Britannier im Norden (den heutigen schottischen Lowlands) von den Königreichen in Wales.
Um 830	Der Waliser Nynniaw, besser bekannt unter dem Namen Nennius, verfasst seine ›Historia Brittonum‹, in der, rund dreihundert Jahre nachdem sie wirklich stattgefunden haben, Artus' Schlachten erwähnt werden.

Für die lateinischen Übersetzungen danke ich Johann Goldberg, der weder einen Professorentitel noch sonstige akademische Würden hat, aber dennoch eine Koryphäe ist auf seinem Gebiet.